En punto muerto

Charlaine Harris (Misisipi, Estados Unidos, 1951), licenciada en Filología Inglesa, se especializó como novelista en historias de fantasía y misterio. Con la serie de novelas de Aurora Roe Teagarden, nominada a los premios Agatha en 1990, se ganó el reconocimiento del público. Su gran éxito le llegó con *Muerto hasta el anochecer* (2001), primera novela de la saga vampírica protagonizada por *Sookie Stackhouse* y ambientada en el sur de Estados Unidos. La traducción de las ocho novelas de la saga a otros idiomas y su adaptación a la serie de televisión *TrueBlood (Sangre fresca)* han convertido las obras de Charlaine Harris en *bestsellers* internacionales, otorgándole galardones como el premio Sapphire o el prestigio de ser finalista del premio Pearl. Los derechos de sus libros se han vendido a más de 20 países.

www.charlaineharris.com

En punto muerto

CHARLAINE HARRIS

Traducción de Omar El Kashef

punto de lectura

Título original: *Deadlocked*
© 2012, Charlaine Harris
© Traducción: 2012, Omar El Kashef
© De esta edición:
2013, Santillana Ediciones Generales, S.L.
Avenida de los Artesanos, 6
28760 Tres Cantos. Madrid (España)
Teléfono 91 744 90 60
www.puntodelectura.com
www.facebook.com/puntodelectura
@epuntodelectura
puntodelectura@santillana.es

ISBN: 978-84-663-2752-7
Depósito legal: M-22.120-2013
Impreso en España – Printed in Spain

Diseño de cubierta: María Pérez-Aguilera
Fotografía de cubierta: Xavier Torres-Bacchetta

Primera edición: octubre 2013

Impreso en BLACK PRINT CPI (Barcelona)

Julia, esto es para ti.
Te quiero, mi vida.

Agradecimientos

Agradezco el consejo y los ánimos de las amigas Dana Cameron y Toni L. P. Kelner. No podría hacer nada de esto sin mi marido, Hal. Paula Woldan (bffpaula) ha hecho de mi vida un paseo, en vez de una carrera de obstáculos. Y un sentido agradecimiento a mi agente, Joshua Bilmes, de JABberwocky, que monta guardia a la entrada de mi cueva.

Mi sincera gratitud para Stefan Diamante, de Body Roxx, por sus clases particulares sobre *striptease* masculino.

Capítulo 1

Incluso a esa hora de la noche hacía más calor que en las calderas del infierno y el día en el trabajo había sido movido. Lo último que me apetecía era estar en un bar atestado, viendo cómo se desnudaba mi primo. Pero era una de esas noches exclusivas para mujeres en el Hooligans, habíamos plancado la excursión desde hacía semanas y el establecimiento estaba lleno de mujeres chillonas dispuestas a pasar un buen rato.

Mi embarazadísima amiga Tara estaba sentada a mi derecha, y Holly, que trabajaba en el bar de Sam Merlotte, al igual que Kennedy Keyes y yo misma, se encontraba a mi izquierda. Kennedy y Michele, la novia de mi hermano, ocupaban el otro lado de la mesa.

—Esa *Suuuk-iii* —gritó Kennedy con una sonrisa traviesa.

Kennedy había sido la primera finalista del certamen de Miss Luisiana algunos años atrás, y a pesar de su paso por la cárcel, había conservado su aspecto espectacular, incluida una sonrisa con la que podría cegar a un autobús.

—Me alegro de que al final decidieras venir, Kennedy —dije—. ¿A Danny no le importa? —Ella no había dejado de quejarse de su novio la noche anterior. Y yo estaba casi segura de que iba a quedarse en casa.

—Eh, a mí me apetece ver a unos chicos guapos desnudos, ¿a ti no? —respondió.

Eché un vistazo a las otras mujeres.

—A menos que me haya perdido algo, todas tenemos ocasión de ver chicos desnudos habitualmente —señalé. Aunque mi intención no había sido la de ser graciosa, mis amigas se echaron a reír. Estaban con el puntillo.

Pero no había dicho más que la verdad: yo hacía tiempo que salía con Eric Northman; Kennedy y Danny Prideaux estaban en pleno ascenso de fogosidad; Michele y Jason vivían prácticamente juntos; Tara se había casado y, ¡Dios mío!, estaba embarazada; si hasta Holly estaba prometida con Hoyt Fortenberry, quien apenas aparecía ya por su propio apartamento.

—Al menos tendrás curiosidad… —dijo Michele, alzando la voz para hacerse oír en medio del clamor—. Aunque puedas ver a Claude por tu casa en cualquier momento. Con la ropa puesta, sí, pero aun así…

—Eso, ¿cuándo va a volver a su casa? —intervino Tara—. ¿Cuánto se puede tardar en cambiar las tuberías?

Por lo que yo sabía, las tuberías de la casa de Claude en Monroe estaban en perfecto estado. Pero la excusa era simplemente mejor que decir que mi primo era un hada y que necesitaba estar en compañía de seres como él, ya que se encontraba exiliado, o que mi tío abuelo mestizo Dermot, casi un calco de mi hermano, venía incluido en el paquete. Las hadas, a diferencia de los vampiros o los licántropos, deseaban mantener su existencia en secreto.

Además, la asunción de Michele de que nunca había visto a Claude desnudo era incorrecta. A pesar de que el espectacularmente atractivo Claude era mi primo —y yo, desde luego, iba por la vida con la ropa puesta—, la actitud feérica hacia la desnudez era del todo natural. Claude, con su larga melena negra, rostro juvenil e impresionantes abdominales, era de esos que dejan bocas abiertas a su paso… hasta que él abría la suya. Dermot vivía también conmigo, pero era mucho más modesto en sus hábitos…, quizá porque yo había compartido con él mi opinión acerca de los familiares con el culo al aire.

Dermot me caía mucho mejor que Claude, quien me provocaba sentimientos encontrados, y ninguno de ellos sexual. De hecho, recientemente, y con mucha reticencia, le había permitido volver a casa tras una discusión.

—No me importa que Claude y Dermot vivan conmigo. Me han ayudado mucho —dije con escasa convicción.

—¿Y Dermot, qué? ¿También hace *striptease*? —inquirió Kennedy, esperanzada.

—Aquí solo hace labores administrativas. Se te haría raro que se desnudase en público, ¿eh, Michele? —dije. Dermot era prácticamente una copia de mi hermano, quien mantenía una larga relación con Michele (al menos lo que Jason entendía por larga).

—Ya te digo, no podría verlo —confirmó—. ¡Salvo quizá por comparar! —Todas nos reímos.

Mientras seguían hablando de hombres, paseé la mirada por el club. Nunca había visto el Hooligans con una parroquia tan nutrida, ni había asistido a una noche exclusiva para público femenino. Había mucho en lo que pensar, como el personal, por ejemplo.

Habíamos pagado nuestra entrada a una joven de carnes muy prietas y membranas entre los dedos. Me lanzó una fugaz sonrisa al pillarme mirándola, pero mis amigas no repararon demasiado en ella. Tras acceder al recinto, nos guio hasta nuestro sitio un elfo llamado Bellenos, el mismo que me ofreció la cabeza de un enemigo la última vez que lo vi. Literalmente.

Ninguna de mis amigas pareció percatarse tampoco de la particularidad de Bellenos, por mucho que a mí no me pareciese un hombre normal. Su cabeza de cabello castaño era suave y semejante a piel animal, tenía los ojos separados, inclinados y oscuros, sus pecas eran mayores que las de cualquier humano y las puntas de sus largos dientes, afilados como agujas, refulgían bajo la tenue luz del local. La primera vez que lo vi era incapaz de ocultarse bajo un aspecto humano. Ahora sí podía.

—Disfruten, señoritas —nos había dicho el elfo con voz profunda—. Les hemos reservado esta mesa. —Me había lanzado una sonrisa particular antes de girarse para volver a la entrada.

Nos encontrábamos justo al lado del escenario. Alguien había dejado un cartel manuscrito sobre el mantel que ponía: «Fiesta de Bon Temps».

—Espero tener la ocasión de agradecérselo personalmente a Claude —dijo Kennedy sin tapujos. Se había peleado con Danny, eso saltaba a la vista. Michele soltó una risita y dio unos golpecitos en el hombro de Tara.

No, si al final conocer a Claude iba a tener sus beneficios...

—Ese pelirrojo que nos ha acompañado hasta la mesa no te quitaba el ojo de encima, Sookie —comentó Tara, incómoda. Tenía en mente a mi novio a jornada completa y marido vampírico, Eric Northman y creía que a él no le gustaría la idea de que un desconocido me desnudase con la mirada.

—Simplemente estaba siendo amable porque soy la prima de Claude —atajé.

—¡Y una mierda! Te miraba como si fueses una copa de helado de chocolate con galletas —insistió—. Te habría comido sin dejar nada.

Estaba segura de que tenía razón, pero probablemente no en el sentido que ella imaginaba. No podía leer la mente de Bellenos, no más que la de cualquier criatura sobrenatural... pero los elfos pueden considerarse seres de dieta poco restrictiva. Esperaba que Claude mantuviese los ojos bien abiertos en el variopinto grupo de hadas que estaba reuniendo en el Hooligans.

Mientras tanto, Tara se estaba quejando de que su pelo había perdido toda su vitalidad durante el embarazo, a lo que Kennedy dijo:

—Ve a que te lo acondicionen en Estilo de Muerte, en Shreveport. Immanuel es el mejor.

—A mí me lo cortó una vez —apostillé, y todas me miraron estupefactas—. ¿No os acordáis cuando se me chamuscó el pelo?

—¿Cuándo atacaron el bar? —dijo Kennedy—. ¿Fue Immanuel? Vaya, Sookie, no tenía la menor idea de que lo conocieras.

—Un poco —maticé—. Pensé en hacerme unas mechas, pero se fue de la ciudad. Aunque la peluquería sigue abierta. —Me encogí de hombros.

—Todos los grandes talentos acaban dejando la ciudad —se lamentó Holly, y mientras las demás lo asimilaban, intentó colocar el trasero en una posición más cómoda sobre la silla plegable entre Holly y Tara. Me incliné con cuidado para dejar el bolso entre mis pies.

Observando a todas las clientas nerviosas que nos rodeaban, empecé a relajarme. También yo me podía permitir disfrutar del momento, ¿no? Después de todo, ya sabía desde mi última visita que el club estaba lleno de hadas exiliadas. Estaba rodeada de amigas, todas ellas dispuestas a pasar un buen rato. Yo no debía ser menos. Claude y Dermot eran mi familia, y no permitirían que me ocurriese nada malo, ¿no? Me las arreglé para sonreír a Bellenos cuando se pasó para encender la vela que presidía el centro de nuestra mesa y me estaba riendo por un chiste verde de Michele cuando una camarera se nos acercó apresuradamente para tomar nota de lo que íbamos a beber. Pero la sonrisa se me evaporó. A ella la recordaba de mi última visita.

—Soy Gift, y esta noche seré vuestra camarera —anunció, vivaz como ella sola. Tenía el pelo de un brillante rubio y era muy guapa. Pero mi parte de hada (debida a un enorme desliz de mi abuela), era capaz de ver más allá de su atractivo cascarón rubio. Su piel no tenía en realidad el tono miel que las demás veían. Era verde pálido. Sus ojos carecían de pupilas…, o puede que estas y los iris fuesen del mismo color negro. Me hizo una señal con los párpados cuando nadie más la miraba. Puede que tuviese dos. Párpados, quiero decir. En cada ojo. Tuve tiempo de cerciorarme, porque se inclinó hacia mí—. Bienvenida, hermana —me murmuró al oído antes de volver a erguirse y lanzar una amplia sonrisa a las demás—. ¿Qué queréis tomar? —preguntó con un perfecto acento de Luisiana.

—Bueno, Gift, quiero decirte ante todo que la mayoría de nosotras trabajamos en el negocio de la hostelería, por lo que intentaremos no darte la noche —comentó Holly.

Gift le respondió con un guiño.

—¡Me encanta saberlo! Aunque tampoco es que tengáis aspecto de chicas conflictivas. Me encantan las noches solo para mujeres.

Mientras mis amigas pedían su bebida y algo para picar, paseé la mirada por el club para confirmar mis impresiones. Ninguna de las camareras era humana. Solo las clientas lo eran.

Llegado mi turno pedí una Bud Light. Ella volvió a acercarse a mi oído para preguntarme:

—¿Qué tal ese bombón de vampiro, nena?

—Está bien —contesté, algo seca, aunque realmente no era así.

—Pero ¡qué mona eres! —soltó Gift, palmeándome en el hombro como si acabase de decir algo ingenioso—. Pues, chicas, si es todo, voy a encargarme de vuestra comanda.

—Su cabeza brillaba como un faro mientras sorteaba con agilidad el gentío del local.

—No sabía que conocieras a todos los que trabajan aquí. ¿Y cómo está Eric? No lo veo desde el incendio del

Merlotte's —dijo Kennedy. Era evidente que había oído la pregunta de Gift—. Eric es un pedazo de tío —concluyó, asintiendo seriamente con la cabeza.

Todas mis amigas convinieron con un murmullo al unísono. Ciertamente, el atractivo físico de Eric era innegable. Pero el hecho de que estuviese muerto pesaba en su contra, sobre todo a los ojos de Tara. Cuando conoció a Claude, no se dio cuenta de que en él también había algo diferente, pero Eric, que nunca se había molestado en pasar por humano, estaba en su lista negra. Tara había tenido una mala experiencia con un vampiro que le había dejado una marca imborrable.

—Apenas puede salir de Shreveport. Tiene mucho trabajo —expliqué, y lo dejé ahí. Hablar de los negocios de Eric nunca era buena idea.

—¿No se ha molestado contigo porque vayas a ver a otro tío desnudarse? ¿Estás segura de que se lo has contado? —preguntó Kennedy con una sonora y alegre carcajada. Cada vez estaba más claro que la sociedad Kennedy-Danny tenía problemas. Oh, no quería saberlo.

—Me parece a mí que Eric confía tanto en su atractivo cuando está desnudo que no necesita preocuparse de la competencia —respondí. Y sí, le había contado que estaría en el Hooligans. No le había pedido permiso, como Kennedy dijo que había hecho con Danny; él no era mi jefe. Pero en cierto modo había dejado caer la idea para ver cómo reaccionaba. Hacía algunas semanas que las cosas se habían tensado un poco entre los dos. No tenía intención de desestabilizar nuestro barco, y menos por una razón tan frívola.

Como esperaba, Eric no se tomó nuestra propuesta de noche solo para chicas muy en serio. Por una razón: consideraba divertida la actitud estadounidense moderna sobre la desnudez. Había contemplado mil años de largas noches y se había dejado sus propias inhibiciones por el camino. Aunque yo sospechaba que nunca tuvo demasiadas.

Mi novio no solo no perdía la calma ante la posibilidad de que viese a otros hombres desnudos, sino que tampoco le importaba dónde estuviésemos. No pensaba que pudiese haber ningún peligro en un club de *striptease* de Monroe. Incluso Pam, su lugarteniente, se limitó a encogerse de hombros cuando Eric le comentó lo que hacíamos las humanas para entretenernos.

—Allí no encontraréis vampiros —nos dijo ella, y tras un fugaz inciso a Eric sobre mi deseo de ver a otros hombres desnudos, desestimó el asunto.

Mi primo Claude había acogido a todo tipo de hadas exiliadas en el Hooligans desde que mi bisabuelo Niall cerrara todos los portales que conducían al mundo feérico. Lo hizo de forma impulsiva, un giro radical de su anterior política por la cual los humanos y las hadas podían mezclarse libremente. No todos los seres feéricos y demás hadas que vivían en este mundo tuvieron tiempo de pasar al otro lado antes del cierre. Un portal muy pequeño, situado en el bosque de detrás de mi casa, permaneció parcialmente abierto. Por allí recibía noticias de vez en cuando.

Cuando se sentían solos, Claude y mi tío abuelo Dermot venían a casa a pasar unos días conmigo, les reconfortaba el toque feérico de mi sangre. El exilio era algo terrible para ellos. Por mucho que en su día disfrutaran del mundo humano, ahora añoraban su casa.

Con el tiempo, otras hadas fueron presentándose en el Hooligans. Dermot y Claude, pero sobre todo Claude, ya no pasaban tanto tiempo conmigo. Eso me resolvía bastantes problemas —Eric no podía pasar mucho tiempo en mi casa cuando las dos hadas estaban en casa, ya que su olor resulta embriagador para los vampiros—, pero echaba de menos a mi tío abuelo Dermot, que siempre había supuesto una agradable compañía para mí.

Mientras pensaba en él, lo divisé tras la barra. Si bien era el hermano de mi abuelo feérico, no aparentaba más de la veintena.

—Sookie, ahí está tu primo —dijo Holly—. No lo veía desde la fiesta de Tara. ¡Oh, Dios mío, es clavadito a Jason!

—El parecido familiar es increíble —convine. Eché un vistazo a la novia de Jason, que en absoluto se alegraba de ver a Dermot. Lo había conocido cuando él se encontraba bajo una maldición de locura. A pesar de saber que ya estaba en sus cabales, no tenía ninguna prisa por acercar posturas con él.

—Nunca he podido imaginarme cómo estás emparentada con ellos —dijo Holly. En Bon Temps todo el mundo conocía a todo el mundo y con quién estabas emparentado.

—Un desliz carnal —aclaré con delicadeza—. No diré más. No lo descubrí hasta la muerte de mi abuela, por unos viejos documentos familiares.

Holly adquirió un aire intelectual, lo cual era todo un paso en ella.

—¿Y ese parentesco con la gerencia nos servirá para que nos inviten a una copa o algo? —preguntó Kennedy—. ¿Quizá un baile privado de parte de la casa?

—¡Chica, no me digas que te pone que un *stripper* se ponga a bailar frotándose contra tu regazo! —soltó Tara—. ¡A saber en qué sitios ha estado eso!

—Estás amargada porque ya no tienes regazo —dijo Kennedy entre dientes y yo le lancé una mirada de lo más explícita. Tara estaba muy sensible en cuanto a la alteración de su figura.

—Chicas, ya hemos conseguido una mesa reservada junto al escenario —dije—. La avaricia rompe el saco.

Nuestras bebidas llegaron en el momento más oportuno. Gift se llevó una buena propina.

—Hmmm —se regodeó Kennedy tras el primer sorbo—. Es un *appletini* de lo más curioso.

Como si esa hubiese sido la señal, las luces de la sala se apagaron y se encendieron las del escenario, la música se puso a sonar y Claude apareció con unas mallas adornadas con lentejuelas plateadas y unas botas. Nada más.

—¡Por Dios, Sookie, es que está para comérselo! —exclamó Holly, y sus palabras llegaron hasta los afinados oídos de hada de Claude (se había quitado las puntas quirúrgicamente sin que por ello se viese afectado su sentido del oído). Miró hacia nuestra mesa y, cuando me vio, esbozó una sonrisa traviesa. A continuación tiró con brusquedad de los pantalones, haciendo refulgir las lentejuelas bajo la luz, y las mujeres que atestaban la sala se pusieron a dar palmas, ansiosas por ver las evoluciones del espectáculo.

—Señoritas —dijo Claude al micrófono—, ¿están listas para gozar en el Hooligans? ¿Están listas para que los asombrosos bailarines del Hooligans les enseñen de lo que están hechos? —Se pasó la mano por sus admirables músculos abdominales y arqueó una ceja, consiguiendo parecer increíblemente sexy y sugerente con dos sencillos movimientos.

Subió el volumen de la música y el público femenino gritó enloquecido. Hasta Tara, en su avanzado estado, se unió al coro de entusiasmo mientras una fila de hombres bailaban sobre el escenario, detrás de Claude. Uno de ellos iba disfrazado de policía (si es que los policías se echaban brillantina en los pantalones), otro iba vestido con prendas de cuero, un tercero disfrazado de ángel —¡con alas y todo!—. Y el último de la fila era…

Se produjo un repentino y completo silencio en nuestra mesa. Todas nos quedamos con los ojos muy fijos en el escenario, incapaces siquiera de robarle una mirada a Tara.

El último *stripper* era su marido, J.B. du Rone. Iba disfrazado de obrero de la construcción. Lucía un casco de obra, chaleco reflectante, vaqueros de pega y un pesado cinturón de herramientas. En vez de llaves inglesas y destornilladores, se había enfundado herramientas más útiles, como cocteleras, un par de esposas revestidas de peluche y algunas cosas más que era incapaz de identificar.

Resultaba bastante claro que aquello pillaba de improviso a Tara.

De todos los momentos bochornosos de mi vida, ese ocupó de repente el número uno.

La mesa de Bon Temps se quedó petrificada mientras Claude iba presentando a los bailarines por sus nombres artísticos (J.B. era «Randy»). Alguna de nosotras tenía que romper el silencio. Por fin vi la luz al final del túnel de nuestra locuacidad.

—Oh, Tara —dije con toda la seriedad del mundo—, qué detalle más mono.

Las demás se volvieron hacia mí simultáneamente, mirándome como si fuese el salvavidas de ese momento tan incómodo. Aunque podía «oír» que Tara deseaba llevarse a J.B. a la planta de procesado de carne de venado para hacerle picadillo, me lancé a la desesperada.

—Sabes que lo está haciendo por ti y por los bebés —continué, inyectando en mi voz cada gota de sinceridad que fui capaz de aunar. Me acerqué y la cogí de la mano. Quería asegurarme de que me oyese sobre el estruendo musical—. Sabes que quiere la paga extra para darte una sorpresa.

—Bueno —dijo con los labios apretados—, pues la sorpresa ha conseguido dármela.

Vi por el rabillo del ojo que Kennedy cerraba los ojos en agradecimiento por mi pronta reacción. Sentí el alivio abriéndose paso por la mente de Holly. Michele se relajó visiblemente. Ahora que las demás tenían una ruta que seguir, todas cogieron el ritmo. Kennedy contó una historia muy creíble sobre la última visita de J.B. al Merlotte's, en la que le confesó lo preocupado que estaba por las facturas médicas.

—Con gemelos en camino, temía que eso significase pasar más tiempo en el hospital —explicó Kennedy. La mayoría se lo estaba inventando, pero sonaba convincente. Durante su carrera como reina de la belleza (y antes de su otra carrera como criminal convicta), Kennedy había llegado a dominar el arte de parecer sincera.

Tara por fin pareció relajarse un poco, pero yo no dejaba de escuchar sus pensamientos para tener capacidad de reacción. Ella no tenía ganas de llamar la atención hacia nuestra mesa, que es lo que haría si pedía que nos marchásemos, aunque ese había sido su primer impulso. Cuando Holly mencionó titubeante la posibilidad de hacerlo si Tara se sentía demasiado incómoda, la afectada nos miró de una en una con mirada grave.

—Ni hablar —dijo.

Gracias a Dios que a continuación nos rellenaron las copas y las cestas de comida. Todas pusimos nuestro empeño en fingir que no había ocurrido nada fuera de lo normal, y ya estábamos mucho mejor cuando la música empezó a sonar al ritmo de *Touch My Nightstick* para anunciar la aparición del «policía».

El bailarín era un hada de pura sangre, más delgado de la cuenta para mi gusto, pero muy guapo. No existen las hadas feas. Y lo cierto es que sabía bailar muy bien y disfrutaba haciéndolo. Hasta la mínima superficie de piel mostrada resultaba tan tentadora como todo lo que venía detrás. «Dirk» tenía un fantástico sentido del ritmo y parecía estar pasándoselo en grande. Se revolcaba en el placer, la excitación, de saberse el centro de atención. ¿Eran todas las hadas tan superficiales y conscientes de su propia belleza como Claude?

Dirk describió unos giros sensuales sobre el escenario y un increíble montón de billetes de dólar pidieron paso para ocupar el escueto tanga masculino que acabó siendo la última prenda que lo separaba de la desnudez absoluta. Estaba claro que había sido generosamente dotado por la naturaleza y que gozaba de todas las atenciones que estaba recibiendo. De vez en cuando, alguna valiente se atrevía a rozar su protuberancia, pero Dirk enseguida la echaba atrás y la reprendía con una negación con el dedo.

—Buag —soltó Kennedy la primera vez que pasó eso, y tuve que comulgar con ella. Pero Dirk era tolerante, incluso alentador. Propinó un rápido beso a una donante especialmente generosa, lo que sirvió para avivar los decibelios del local. No se me da mal calcular propinas, pero no me atrevía a asegurar cuánto había sacado al abandonar el escenario, sobre todo habida cuenta de que, de tanto en tanto, tenía que entregar manojos de billetes a Dermot para seguir recibiendo. El espectáculo terminó en perfecta sincronía con la música, Dirk se quitó la escasa tira que le cubría y abandonó el escenario.

En apenas un abrir y cerrar de ojos, el policía se volvió a poner los pantalones de lentejuelas (y nada más) y empezó a deambular entre las mesas, sonriendo y asintiendo con la cabeza a las mujeres que le ofrecían un trago, números de teléfono y más dinero. Dirk se limitó a frugales sorbos de las copas ofrecidas, aceptó algunos números con encantadora sonrisa y se fue guardando los billetes extra en el tanga hasta hacerlo parecer un cinturón verde.

Si bien ese tipo de entretenimiento no era algo que disfrutaría practicando con regularidad, tampoco le veía el problema. Las mujeres tenían la posibilidad de chillar y alborotar en un entorno controlado. Era obvio que se lo estaban pasando en grande. Y aunque algunas estuviesen lo suficientemente embelesadas como para acudir todas las semanas (estaba recibiendo muchas lecturas de no pocas mentes), solo era una noche. No eran conscientes de que estaban vitoreando a elfos y hadas, cierto, pero estaba segura de que eran más felices sin saber que, aparte de la de J.B., la carne y las habilidades que tanto admiraban no eran humanas.

Los demás bailarines eran más de lo mismo. El ángel, «Gabriel», era de todo menos angelical, y el aire seguía lleno de plumas blancas a pesar de que aparentemente se había desprendido de sus alas (estaba segura de que seguían ahí, aunque invisibles), así como de casi cualquier prenda que tuviese costuras sobre su divino cuerpo. Al igual que el policía, se encontraba en un estado de forma formidable y particularmente bien dotado. También estaba afeitado, tan suave como el culo de un bebé, aunque costaba mucho incluirlo en una misma frase con esa palabra. Las mujeres agarraban las plumas del aire, así como a la criatura que las había llevado puestas.

Cuando Gabriel se acercó al público (las alas de nuevo visibles y con apenas un monokini blanco), Kennedy lo agarró al pasar junto a nuestra mesa. Sus inhibiciones iban desapareciendo al mismo buen ritmo que las copas que apuraba. El ángel contempló a Kennedy con unos brillantes ojos dorados, o al menos eso fue lo que vi. Ella le entregó su tarjeta de visita y una mirada de soslayo repleta de intención, recorriendo sus abdominales con la mano. Cuando el ángel se giró, le colé de manera sutil un billete de cinco dólares entre los dedos a cambio de la tarjeta de visita. Los ojos dorados se cruzaron con los míos.

—Hermana —dijo. Pude oír su voz a pesar del estruendo que precedió al siguiente bailarín.

Sonrió y se alejó con paso grácil para mi mayor alivio. Escondí con rapidez la tarjeta de Kennedy en mi bolso. Puse los ojos en blanco mentalmente ante el hecho de que una camarera a media jornada tuviese una tarjeta de visita; aquello era muy propio de Kennedy.

Por lo menos Tara no estaba pasando una noche horrible, pero a medida que se acercaba el momento en el que J.B., sin duda, ocuparía el escenario, la tensión volvió a aumentar en nuestra mesa. Tan pronto como saltó al centro del escenario y se puso a bailar al compás de *Nail Gun Ned*, resultó evidente que no era consciente de que su mujer se encontraba entre el público (la mente de J.B. es como un libro abierto con una media de dos palabras por página). Su estilo de baile era sorprendentemente depurado. No sabía que fuera tan flexible. La compañía de Bon Temps se esforzó mucho para evitar los cruces de miradas.

«Randy» se lo estaba pasando muy bien. Cuando se quedó solo con su tanga masculino, todas (o casi todas) compartían su júbilo, tal como atestiguaba la cantidad de billetes que iba amasando. Leí en la mente de J.B. que toda esa adulación estaba cubriendo una profunda necesidad. Estaba tan acostumbrado a recibir aprobación que la buscaba en cualquier lugar donde pudiese obtenerla.

Tara murmuró algo y abandonó la mesa justo cuando su marido se acercaba a nosotras, de modo que no pudiese verla allí sentada mientras hacía su número en esa parte del escenario. En cuando estuvo lo bastante cerca como para reconocernos, una sombra de preocupación recorrió su atractivo rostro. Fue, para mi alivio, lo bastante profesional como para seguir adelante con el trabajo. En realidad me sentí algo orgullosa de él. Incluso bajo el frío glacial del aire acondicionado sudaba con cada giro. Era vigoroso, atlético y sexy. Todas observamos ansiosamente para asegurarnos de que recibía las mismas propinas que los demás, aunque nos resultó un poco violento contribuir a la causa.

Cuando J.B. abandonó el escenario, Tara volvió a la mesa. Se sentó y nos miró a todas con una expresión de lo más extraña.

—Lo he visto desde el fondo de la sala —admitió mientras todas aguardábamos con el corazón en un puño—. Lo ha hecho bastante bien.

Exhalamos casi todas a la vez.

—Nena, ha estado de miedo —rectificó Kennedy, asintiendo con énfasis de modo que su melena castaña se meneara sobre su cabeza.

—Eres una mujer afortunada —aportó Michele—, y seguro que tus bebés serán igual de guapos y coordinados.

No teníamos muy claro dónde estaba el límite del aliento, y nos alivió el sonoro estribillo de *Born to Ride Rough* para anunciar la actuación del chico de los cueros. Era, como poco, un semidemonio de un tipo al que nunca había visto: su piel era rojiza, lo que mis compañeras interpretaron como un rasgo de nativo americano (ni por asomo lo que me parecía a mí, pero no tenía la menor intención de verbalizarlo). Tenía el pelo negro y liso, a juego con los ojos, y sabía menear muy bien su *tomahawk*. Tenía perforaciones en los pezones, algo que a mí no me excitaba especialmente pero demostró ser muy popular entre el público.

Di palmas y sonreí, pero lo cierto era que empezaba a aburrirme un poco. Si bien Eric y yo no habíamos estado en la misma sintonía emocional últimamente, no nos había ido nada mal con el sexo (no me preguntéis cómo es eso posible). Empecé a pensar que me estaba malcriando. Con Eric, el sexo nunca era aburrido.

Me pregunté si bailaría para mí si se lo pedía con amabilidad. Estaba teniendo una fantasía muy agradable al respecto cuando Claude apareció en el escenario, todavía con sus mallas de lentejuelas y las botas.

Estaba convencido de que toda la sala estaba deseando ver más progresiones suyas, y ese tipo de confianza compensa. Él también era increíblemente ágil y flexible.

—¡Oh, Dios mío! —exclamó Michele, su fornida voz a punto de quebrarse—. ¡Tiene toda la pinta de necesitar compañía!

—Vaya —dijo Holly con la mandíbula floja.

Incluso yo, que ya había visto todo el conjunto y sabía lo desagradable que podía llegar a ser Claude, sentí una sacudida de excitación donde no debía. El placer de Claude por recibir toda esa atención y admiración resultaba casi paradisíaco en su pureza.

Como gran final de la velada, Claude saltó del escenario y se puso a bailar entre el público con su tanga. Todas parecían dispuestas a desprenderse de los billetes de dólar que les quedaban... Y de los de cinco, y de los pocos de diez que aún resistieran en los bolsos. Claude distribuyó besos indiscriminadamente, pero esquivando el contacto físico con una agilidad que casi delataba su condición sobrehumana. Cuando se acercó a nuestra mesa, Michele le coló uno de cinco diciendo:

—Te lo has ganado, colega.

Claude respondió a su sonrisa con otra. A continuación se detuvo a mi lado y se inclinó para darme un beso en la mejilla. Di un respingo. Las mujeres de las demás mesas se echaron a aullar exigiendo su propio beso. Me dejó prendida del brillo de sus ojos oscuros y el escalofrío provocado por el contacto de sus labios.

Ya estaba más que lista para darle una buena propina a Gift y largarme de allí.

Tara condujo de vuelta, ya que Michele había bebido de más. Sabía que Tara se alegraba de tener una excusa para mantenerse en silencio. Las demás ya cubrían el silencio comentando lo bien que se lo habían pasado, tratando de dar pie a que Tara se congraciase con los acontecimientos de la noche.

—Espero no habérmelo pasado demasiado bien —decía Holly—. No me gustaría que Hoyt se pasase el tiempo en un club de *strippers*.

—¿Te molestaría que fuese solo una vez? —le pregunté.

—Bueno, gracia no me haría —se sinceró—. Pero si fuese invitado a una despedida de soltero, o algo parecido, tampoco montaría una escena.

—A mí no me gustaría nada que Jason lo hiciera —intervino Michele.

—¿Crees que te engañaría con una *stripper*? —preguntó Kennedy. Yo sabía que era el alcohol el que hablaba.

—El día que se le ocurra, saldrá por la puerta con un ojo morado —sentenció Michele con un bufido burlón. Al rato, añadió en tono más sosegado—: Soy un poco mayor para Jason, y puede que mi cuerpo no sea el mismo que hace algunos años. A ver, desnuda gano mucho, no me malinterpretéis. Pero seguro que no tanto como una *stripper* más joven.

—Los hombres nunca están contentos con lo que tienen, por bueno que sea —murmuró Kennedy.

—¿Y a ti qué te pasa, chica? ¿Es que Danny y tú os habéis peleado por otra? —inquirió Tara a bocajarro.

Kennedy le lanzó una dura mirada y por un momento pensé que soltaría una impertinencia. Así empezaría una pelea en toda regla. Sin embargo, Kennedy dijo:

—Tiene algo secreto entre manos y no me dice el qué. Me ha contado que estará fuera las mañanas y las noches de los lunes, miércoles y viernes. No me ha dicho ni adónde irá ni para qué.

Habida cuenta de que tan cierto era que Danny estaba colado hasta los huesos por Kennedy como que sale el sol todas las mañanas, a todas nos desconcertó su propia ceguera.

—¿Le has preguntado qué tiene entre manos? —preguntó Michele con su habitual franqueza.

—¡Ni hablar! —Kennedy era demasiado orgullosa (y estaba demasiado asustada, pero solo yo sabía eso) para preguntarle a Danny directamente.

—Bueno, no sé a quién o qué preguntar, pero si averiguo algo, te lo diré —dije. Me desconcertaba cuánta inseguridad se agazapaba detrás de una cara tan bonita.

—Gracias, Sookie. —Su voz estaba teñida con un grado de angustia. Oh, Dios, toda la diversión de la noche se perdía a raudales.

Se nos hizo eterno llegar a mi casa. Me despedí y di las gracias con mi registro más alegre y me dirigí hacia la entrada a paso ligero. La gran luz de seguridad estaba encendida y, por supuesto, Tara no dio marcha atrás hasta que llegué a la puerta, la abrí y me metí en casa, cerrando la puerta de inmediato. A pesar de los sellos mágicos que protegían la casa contra enemigos sobrenaturales, los cerrojos y las llaves nunca estaban de más.

No solo había trabajado toda la jornada, sino que también había aguantado la algarabía del público y la música, rematándolo todo después por el drama con mis amigas. Cuando se es telépata, resulta agotador. Pero, por contradictorio que fuese, me sentía demasiado espabilada e inquieta como para irme directamente a la cama. Decidí comprobar el correo electrónico.

Hacía dos días que no encontraba el rato de sentarme ante el ordenador. Tenía diez mensajes. Dos eran de Kennedy y Holly, para fijar la hora a la que se pasarían a recogerme. Como ya era agua pasada, pulsé el botón de eliminar. Los tres siguientes eran anuncios. Desaparecieron igual de rápido. Uno era de Amelia, con un adjunto que resultó ser una foto de ella con su novio Bob, sentados en un café de París. «Nos los estamos pasando muy bien», había escrito. «La comunidad local es muy acogedora. Creo que mi pequeño problema con mi NO comunidad ha sido perdonado. ¿Qué hay de ti y de mí?».

«Comunidad» era la palabra por la que Amelia se refería a su asamblea de brujas. Su problema con ella surgió cuando Amelia convirtió de forma accidental a Bob en gato. Ahora que volvía a ser un hombre, habían retomado la relación. A saber. ¡Y se habían ido a París!

—Algunas personas viven en una fábula —me dije en voz alta.

En cuanto a las cosas entre Amelia y yo… Ella me había ofendido profundamente al intentar meter con calzador a Alcide Herveaux en mi vida sexual. Me había decepcionado. No, no la había perdonado del todo, pero lo intentaba.

En ese instante alguien dio un golpe seco en la puerta. Di un respingo y me volví sobre la silla giratoria. No se había oído ningún coche, ni pasos. Normalmente eso querría decir que era un vampiro el que llamaba, pero cuando proyecté mi telepatía, la lectura que recibí no fue el típico vacío que presentan estos seres, sino algo muy distinto.

Se produjo otra discreta llamada a la puerta. Me acerqué a la ventana y miré hacia fuera. A continuación quité el pestillo y abrí la puerta.

—¡Bisabuelo! —exclamé antes de saltar para darle un abrazo—. ¡Pensé que no volvería a verte! ¿Cómo estás? ¡Pasa!

Niall olía de maravilla, como todas las hadas. Para el agudo olfato de algunos vampiros, yo rezumo una pizca de ese mismo olor, aunque no me lo noto.

Mi exnovio Bill me dijo una vez que el olor de las hadas le recordaba a las manzanas.

Imbuida en la sobrecogedora presencia de mi bisabuelo, sentí el torrente de afecto y asombro que me asaltaba siempre que lo veía. Alto y regio, ataviado con un inmaculado traje negro, camisa blanca y corbata negra, Niall era tan bello como antiguo.

También era algo inconsecuente si nos remitíamos a los hechos. Según la tradición, las hadas no pueden mentir, cosa que aseguran ellas mismas, pero pueden deformar la verdad cuando les conviene. A veces me daba por pensar que Niall había vivido tanto tiempo que en ocasiones omitía algunas cosas. Me costaba recordarlo cuando me encontraba ante su presencia, pero me obligué a no olvidarlo.

—Estoy bien, como puedes ver. —Hizo un gesto de magnificencia, aunque en realidad creo que solo pretendía indicar que se encontraba intacto—. Y tú estás preciosa, como siempre.

Las hadas son también algo floridas en su discurso, salvo que hayan vivido entre humanos demasiado tiempo, como Claude.

—Creía que no volverías nunca a este lado.

—He ampliado un poco el portal del bosque —explicó, como si tal acción hubiese respondido a un antojo casual por su parte. Después del drama con el que había justificado el aislamiento de las hadas para proteger a la humanidad, cercenando todo lazo con nuestro mundo, simplemente había ampliado una rendija y había pasado por ella… ¿porque quería asegurarse de que me encontraba bien? Hasta la más afectuosa de las bisnietas se olería que allí había gato encerrado.

—Sabía que el portal estaba ahí —dije, incapaz de imaginar qué otra cosa decir.

Ladeó la cabeza. Su pelo rubio canoso se movió como un velo de raso.

—¿Fuiste tú quien metió el cadáver?

—Lo siento. Es que no se me ocurría en qué otro sitio esconderlo. —La ocultación de cadáveres no era uno de mis talentos.

—Se consumió del todo, si esa era tu intención. Te ruego que te abstengas de hacerlo en el futuro. No queremos que haya demasiada gente cerca del portal —me regañó con suavidad, como si me hubiese pillado dando de comer a las mascotas durante la cena.

—Lo lamento —me disculpé—. Entonces... ¿para qué has venido? —Me puse roja al oír la brusquedad de mis propias palabras—. Quiero decir, ¿a qué debo el honor de tu visita? ¿Te apetece algo de beber o de comer?

—No, gracias, querida. ¿Dónde has estado esta noche? Hueles a hadas y a humanos, entre muchas otras cosas.

Cogí aire e intenté explicarle lo que significaba una noche solo para chicas en el Hooligans. Con cada frase, me sentía más y más tonta. Deberíais haberle visto la cara a Niall cuando le dije que, una noche a la semana, las mujeres humanas pagaban para ver cómo se desnudaban unos hombres. Como era de esperar, no lo comprendió.

—¿Los hombres también lo hacen? —preguntó—. Me refiero a ir en grupos a locales especiales para pagar por ver a mujeres desnudarse.

—Sí —asentí—, y mucho más a menudo que las mujeres. Es lo que ocurre el resto de noches en el Hooligans.

—Y así se gana la vida Claude —se maravilló Niall—. ¿Por qué no se limitan los hombres a pedir a las mujeres que se desvistan, si es que quieren verles el cuerpo?

Volví a coger aire, pero lo dejé escapar sin intentar ahondar más en las explicaciones. Algunos temas eran sencillamente demasiado complicados para abordarlos, sobre todo frente a un hada que nunca había vivido en nuestro mundo. Niall era un turista, no un residente.

—¿Y si dejamos el tema para otro momento, como nunca, por ejemplo? Estoy segura de que hay cosas más importantes de las que quieres hablar conmigo —dije.

—Por supuesto. ¿Puedo sentarme?

—Por favor.

Nos sentamos en el sofá esquinero, de modo que pudiéramos mirarnos a la cara sin problema. No hay nada como un hada escrutándote para hacerte consciente de cada uno de tus fallos.

—Te has recuperado bien —apuntó, para mi sorpresa.

—Así es —respondí, intentando no bajar la mirada, como si la cicatriz de mi muslo se transparentara a través de la ropa—. Llevó su tiempo. —Niall quería decir que tenía buen aspecto para haber sufrido una tortura. Dos famosas hadas que se habían afilado los dientes para que se parecieran a los de los elfos me habían provocado un daño físico permanente. Niall y Bill llegaron justo a tiempo para salvar lo que quedaba de mi cuerpo y mi cordura—. Gracias por llegar a tiempo —proseguí, forzando una sonrisa—. Jamás olvidaré lo que me alegró veros.

Niall minimizó el hecho con un gesto de la mano.

—Eres de mi sangre —afirmó. Esa era razón suficiente para él. Pensé en mi tío abuelo Dermot, su hijo mestizo, que estaba convencido de que Niall le había lanzado un hechizo de locura. Un poco contradictorio, ¿no? Casi se lo hago notar a mi bisabuelo, pero no quería alterar la paz, ya que había pasado mucho tiempo desde la última vez que nos habíamos visto.

—Cuando atravesé el portal esta noche, olí sangre en el terreno que rodea tu casa —soltó de golpe—. Sangre humana y de hada. Ahora estoy seguro de que hay sangre de hada arriba, en el desván, vertida recientemente. Y que ahora viven hadas aquí. ¿Quiénes? —Las suaves manos de Niall tomaron las mías y sentí un torrente de bienestar.

—Claude y Dermot han estado viviendo aquí de manera esporádica —respondí—. Cuando Eric se queda, ellos pasan la noche en la casa de Claude, en Monroe.

Niall parecía muy pensativo.

—¿Qué razón te dio Claude para venirse a vivir contigo? ¿Por qué se lo permitiste? ¿Te has acostado con él? —No parecía enfadado ni alterado, aunque las preguntas estaban teñidas de cierto matiz.

—Para empezar, no me acuesto con mis familiares —contesté, reflejando el mismo matiz en mi voz. Mi jefe, Sam Merlotte, me había dicho que las hadas no consideran ese tipo de relaciones como un tabú, pero yo sí. Volví a coger aire. Si Niall se quedaba mucho tiempo, acabaría por hiperventilarme.

Lo volví a intentar, esta vez modulando mi indignación.

—El sexo entre familiares es algo que los humanos no aceptamos —le dije, forzándome a dejarlo ahí antes de añadir nada en ese sentido—. He compartido cama con Claude y Dermot porque me dijeron que eso les hacía sentirse mejor. Y admito que a mí también me ayudó. Ambos parecían como perdidos al no haber podido pasar al lado feérico. Muchas hadas se quedaron atrás y la verdad es que no son muy felices. —Hice todo lo que pude para que no sonase a reproche, pero el Hooligans había sido como la isla de Ellis en régimen de aislamiento.

Niall no iba a desviarse del tema.

—Por supuesto que Claude querría estar cerca de ti —dijo—. Siempre es deseable estar en compañía de otros individuos con sangre de hada. ¿Sospechaste... que tuviera alguna otra razón para hacerlo?

¿Eso fue una pausa o quería decirme algo? A decir verdad, yo creía que las dos hadas tenían otra razón para estar cerca de mí y de mi casa, pero pensé —más bien esperaba— que se tratara de algo inconsciente. Se me había presentado la oportunidad de desembarazarme de un gran secreto y obtener alguna información sobre un objeto que obraba en mi posesión. Abrí la boca para hablarle de lo que había encontrado en el compartimento secreto de un viejo escritorio.

Pero el sentido de la cautela que había desarrollado a lo largo de mi vida como telépata... Bueno, ese sentido saltó como una alarma chillona. «¡Cállate!».

—¿Crees que tenían otras razones?

Me di cuenta de que Niall solo había mencionado a Claude, su nieto de purasangre, y no a su hijo mestizo

Dermot. Dado que Niall siempre había sido muy afectuoso conmigo, y yo no tenía más que una pizca de sangre de hada, se me escapaba por qué no proyectaba los mismos sentimientos hacia Dermot. Era cierto que había hecho algunas cosas malas, pero había sido cuando estaba hechizado. Aunque para Niall eso no suponía ningún atenuante. En ese instante, Niall me miraba dubitativamente, ladeando la cabeza.

Estiré las mejillas formando la perfecta sonrisa. Cada vez me sentía más incómoda.

—Claude y Dermot me han ayudado mucho. Bajaron todos los trastos viejos del desván. Se los vendí a un anticuario de Shreveport. —Niall me devolvió la sonrisa y se levantó. Antes de que pudiera decir nada, enfiló las escaleras. Un par de minutos después, volvió a bajar. Me había pasado ese interludio sentada, con la boca abierta. Hasta para un hada era un comportamiento extraño.

—Supongo que has subido a husmear la sangre de Dermot —dije con timidez.

—Veo que te he importunado, querida. —Me sonrió, y su belleza me llenó de bienestar—. ¿Por qué hubo sangre en el desván?

Niall ni siquiera usó el pronombre para referirse a Dermot.

—Entró un humano que me buscaba a mí —le expliqué—. Dermot estaba trabajando y no lo oyó entrar. Lo pilló por sorpresa y le golpeó en la cabeza. —Niall parecía confuso.

—¿Es del humano la sangre que olí en el exterior?

Habían sido tantos. Vampiros, humanos, licántropos, hadas… Lo cierto es que tuve que pensarme la respuesta.

—Podría ser —decidí—. Bellenos curó a Dermot y atraparon a los atacantes… —Me quedé en silencio. Al mencionar el nombre del elfo, los ojos de Niall refulgieron, y no de alegría.

—Bellenos, el elfo —dijo.

—Sí.

Giró la cabeza abruptamente y enseguida supe que oyó algo que a mí se me había escapado.

Estábamos demasiado enfrascados en nuestra conversación para oír el coche que llegaba por el sendero de acceso, o eso parecía; pero lo que había oído Niall era una llave introduciéndose en la cerradura.

—¿Te ha gustado el espectáculo, prima? —preguntó Claude desde la cocina, y apenas pude pensar nada antes de que se creara otro momento embarazoso cuando él y Dermot aparecieron en el salón.

Se produjo un silencio glacial. Las tres hadas se escrutaban como tres pistoleros del O.K. Corral. Todos esperaban que otro realizase un gesto decisivo que indicase si era hora de hablar o de luchar.

—Mi casa, mis reglas —decreté, saltando del sofá como si lo acabasen de incendiar—. ¡Nada de peleas! ¡No! ¡De ningún tipo!

Cayó otro telón de pesado silencio, y entonces Claude dijo:

—Claro que no, Sookie. Príncipe Niall…, abuelo…, temía que nunca volvería a verte.

—Claude —dijo Niall, gesticulando con la cabeza hacia su nieto.

—Hola, padre —saludó Dermot en voz muy baja.

Niall ni siquiera miró a su vástago.

Qué extraño.

Capítulo 2

Las hadas. Siempre tan complejas. Estoy segura de que mi abuela Adele habría estado de acuerdo con eso. Había tenido una larga relación con el gemelo de Dermot, Fintan. Los resultados habían sido mi tía Linda y mi padre, Corbett, que llevaban años muertos.

—Quizá sea hora de decirnos algunas cosas a la cara —dije, intentando parecer confiada—. Niall, quizá quieras contarnos por qué finges que Dermot ni siquiera está aquí. Y por qué le lanzaste ese hechizo de locura —habló la doctora en filosofía, o sea yo.

O no. Niall me lanzó su mirada más regia.

—Ese de ahí me desafió —dijo Niall, señalando con la cabeza a su hijo.

Dermot agachó la suya. No sabía si estaba ocultando su mirada para no provocar a Niall, si pretendía ocultar su rabia o si simplemente no sabía por dónde empezar.

Ser pariente de Niall, incluso remoto, no era cosa fácil. Así que no podía imaginar cómo sería tener un lazo más íntimo con él. Si su belleza y poder hubieran estado unidos a un curso de acción coherente y un propósito noble, habría rozado la condición de ángel.

Esa idea no podía haber aflorado en mi mente en instante más inoportuno.

—Me miras con extrañeza —dijo Niall—. ¿Qué te ocurre, querida?

—Durante su estancia aquí —respondí—, mi tío abuelo ha sido amable, trabajador y ha hecho gala de gran inteligencia. Lo único malo en él es cierta fragilidad mental, el resultado directo de años de locura inducida. Lo que quiero saber es por qué demonios hiciste algo así. «Ese de ahí me desafió» no me vale como respuesta.

—No tienes derecho a interrogarme —me espetó Niall con mucha solemnidad—. Soy el único príncipe feérico que vive.

—No veo cómo podría eso impedir que te pregunte. Yo soy estadounidense —repliqué, orgullosa.

Sus preciosos ojos me examinaron con detenimiento.

—Te quiero —dijo con desafecto—, pero tu presunción empieza a ser intolerable.

—Si me quieres, o si tan solo me respetas un poco, responde a mi pregunta. Yo también quiero a Dermot.

Claude estaba completamente inmóvil, era la viva imagen de la neutralidad suiza. Estaba segura de que no iba a decantarse del lado de ninguno de los tres. Para Claude, el único lado era el suyo.

—Te aliaste con las hadas del agua —recriminó Niall a Dermot.

—Después de que tú me maldijeras —protestó Dermot, mirando directamente a su padre un breve instante.

—Les ayudaste a matar al padre de Sookie —insistió Niall—. A tu sobrino.

—No es verdad —negó Dermot contenidamente—. Y en esto no me equivoco. Hasta Sookie me cree y me deja vivir con ella.

—No estabas en tus cabales. Sé que nunca habrías hecho una cosa así de no estar bajo un hechizo —dije.

—Ella es amable conmigo, y sin embargo tú no tienes una pizca de compasión hacia mí —se quejó Dermot—. ¿Por qué me maldijiste? ¿Por qué? —Miraba en dirección a su padre, con la angustia reflejada en cada poro de su rostro.

—No fue así —rebatió Niall. Parecía genuinamente sorprendido. Por fin se dirigía directamente a su hijo—. Yo nunca influiría en la mente de mi propio hijo, mestizo o no.

—Claude me dijo que fuiste tú quien me hechizó. —Dermot miró a Claude, que seguía a la expectativa de hacia dónde acabarían yendo los tiros.

—Claude —lo interpeló Niall con un poder en la voz que me hizo vibrar la cabeza—. ¿Quién te ha dicho eso?

—Lo saben todas las hadas. —Se había estado preparando, tenía la respuesta lista.

—¿Y quién lo dice? —Niall no iba a rendirse tan fácilmente.

—Me lo dijo Murry.

—¿Murry te dijo que hechicé a mi hijo? ¿Murry, el amigo de mi enemigo Breandan? —El elegante rostro de Niall estaba teñido de incredulidad.

«¿El Murry al que maté con la paleta de la abuela?», pensé yo, pero consideré que era mejor no interrumpir.

—Me lo dijo antes de pasarse al otro bando —se defendió Claude.

—¿Y quién se lo dijo a Murry? —volvió a preguntar Niall con un toque de exasperación en la voz.

—No lo sé. —Claude se encogió de hombros—. Parecía muy seguro de lo que decía. Nunca lo puse en duda.

—Claude, ven conmigo —ordenó Niall al cabo de un momento de silenciosa meditación—. Hablaremos con tu padre y el resto de nuestra gente. Descubriremos quién ha propagado este rumor sobre mí. Y averiguaremos quién hechizó realmente a Dermot y provocó ese comportamiento en él.

Pensé que Claude estaría eufórico, ya que lo único que había deseado desde el bloqueo de los portales había sido volver a su mundo. Sin embargo, parecía completamente contrariado, al menos fugazmente.

—¿Y qué pasa con Dermot? —pregunté.

—Ahora es demasiado peligroso que vuelva —dijo Niall—. Quienquiera que lo hechizara puede estar esperando su vuelta para actuar de nuevo. Me llevaré a Claude… y, Claude, si me causas algún problema con tus comportamientos humanos…

—Entiendo. Dermot, ¿te encargarás del club hasta que vuelva?

—Sí —dijo Dermot, pero parecía tan aturdido por el repentino giro de los acontecimientos que no tenía muy claro que supiese lo que estaba diciendo.

Niall se inclinó para darme un beso en los labios, y el intenso olor a hada me inundó las fosas nasales. A continuación, él y Claude salieron por la puerta de atrás en dirección al bosque. Decir que se fueron caminando habría sido muy limitado para describir su desplazamiento.

Dermot y yo nos quedamos solos en mi triste salón. Para mi consternación, mi tío abuelo, que parecía un poco más joven que yo, se echó a llorar. Le fallaron las rodillas, todo su cuerpo tembló y se llevó las palmas de las manos a los ojos. Avancé los escasos metros que nos separaban y me dejé caer al suelo junto a él. Lo rodeé con un brazo y le dije:

—No esperaba nada de lo que ha pasado. —Lanzó una risa ahogada entre sollozos y me miró con los ojos enrojecidos. Estiré el brazo libre para alcanzar la caja de pañuelos que tenía sobre la mesa, junto a la butaca. Saqué uno y lo usé para secar las mejillas de Dermot.

—No puedo creer que estés siendo tan amable conmigo —dijo—. De hecho siempre me ha parecido increíble, después de lo que Claude te contó.

Yo también me sorprendí a mí misma, la verdad.

Hablé desde el corazón:

—Ni siquiera creo que estuvieras allí la noche que murieron mis padres. Y, si estuviste, creo que fue por voluntad ajena a la tuya. Por lo que a mí respecta, has sido un auténtico cielo.

Se apoyó en mí como un niño cansado. A esas alturas, un humano normal habría hecho todo lo posible para recomponerse. Se habría avergonzado de mostrar su vulnerabilidad. Pero Dermot parecía muy dispuesto a dejarse consolar.

—¿Ya te sientes mejor? —le pregunté al cabo de un par de minutos.

Inhaló profundamente. Sabía que estaba saboreando mi olor feérico y que eso le ayudaría.

—Sí —dijo—. Sí.

—Lo que necesitas es darte una buena ducha y dormir la noche del tirón —aconsejé, buscando de dónde tirar para no recurrir a ninguna fórmula cursi, como si estuviese consolando a un crío—. Estoy convencida de que Claude y Niall volverán muy pronto y podrás… —Y entonces tuve que callarme, porque de verdad no sabía qué era lo que Dermot deseaba. Claude, tan desesperado por regresar al mundo feérico, había cumplido su deseo. Había dado por sentado que Dermot tenía el mismo. Desde que Claude y yo anulamos el hechizo de Dermot, nunca le pregunté.

Cuando Dermot salió pesadamente del salón, hice una ronda por la casa comprobando ventanas y puertas. Formaba parte de mi ritual nocturno. Fregué y sequé un par de platos mientras trataba de imaginar lo que Claude y Niall estarían haciendo en ese momento. ¿Cómo sería el mundo feérico? ¿Como el de Oz, en la película?

—Sookie —dijo Dermot, devolviéndome al presente. Estaba en la cocina, con sus habituales pantalones de pijama a cuadros. Aún tenía el pelo dorado húmedo de la ducha.

—¿Te sientes mejor? —le pregunté.

—Sí. ¿Crees que podríamos dormir juntos esta noche?

Era como si hubiese preguntado: «¿Podemos capturar un camello y quedárnoslo como mascota?». Dadas las preguntas de Niall acerca de Claude y de mí, la petición de Dermot me pareció un poco rara. No me encontraba de un humor muy afín a las hadas, por inocente que fuese la intención de Dermot. Y, a decir verdad, no estaba segura de que no insinuase algo más que dormir.

—Pues… no.

Dermot se quedó tan decepcionado que empecé a sentirme culpable. No podía soportarlo; tenía que dar una explicación.

—Escucha, sé que no estás sugiriendo que tengamos sexo, y sé que en el pasado hemos dormido todos en la misma cama y lo hemos hecho como troncos… Era agradable, curativo. Pero se me ocurre una decena de motivos por los que no me apetece repetir. Primero: resulta un poco extraño para una humana. Segundo: amo a Eric y solo debería acostarme con él. Tercero: estamos emparentados, y la idea de dormir en la misma cama me chirría. Además, te pareces tanto a mi hermano que podrías pasar por él, lo cual duplica el chirrido de posibilidad sexual. Sé que no son diez, pero me parece que bastan.

—¿No me encuentras atractivo?

—¡Eso está completamente fuera de lugar! —Mi voz ganaba en decibelios, así que me concedí una pausa. Proseguí con un tono más calmado—: Lo atractivo que pueda encontrarte es indiferente. Claro que eres guapo. Como mi hermano. Pero no siento ninguna atracción sexual hacia ti y me parece que dormir juntos es muy raro. Así que, en adelante, nos dejaremos de maratones de cama feérica.

—Lamento haberte importunado —dijo, más triste aún.

Otra vez me sentí culpable. Pero me obligué a suprimir la punzada.

—Creo que nadie en el mundo puede presumir de tener un tío abuelo como tú —dije con voz afectuosa.

—No volveré a sacar el tema. Solo buscaba consuelo. —Me puso ojos de corderillo degollado. Había un atisbo de sonrisa en la comisura de sus labios.

—Pues tendrás que consolarte a ti mismo —zanjé.

Ya sonreía cuando abandonó la cocina.

Esa noche, por primera vez en mi vida, cerré con llave la puerta de mi habitación. Me sentí mal al echar el pestillo, como si estuviese manchando la honra de Dermot con sospechas. Pero los últimos años me habían enseñado que uno de los dichos favoritos de mi abuela era cierto: más vale prevenir que curar.

Si Dermot giró el pomo de mi habitación durante la noche, estuve demasiado sumida en mi sueño como para darme cuenta. Y quizá el haber podido desconectar hasta ese punto demostraba que, en el fondo, confiaba en mi tío abuelo. O en el pestillo. Al día siguiente, me desperté oyéndolo trabajar en el desván. Sus pasos sonaban justo encima de mi cabeza.

—He hecho café —grité por las escaleras. Bajó al minuto. Se había puesto un mono vaquero que había encontrado en alguna parte, y como no llevaba nada debajo, habría podido pasar por uno de los *strippers* de la noche anterior; el granjero sexy con la horca grande. Pregunté con un gesto al granjero sexy si quería una tostada y él asintió, feliz como un crío. Dermot adora la mermelada de ciruelas y yo tenía un montón que me había hecho Maxine Fortenberry, la futura suegra de Holly. Su sonrisa se amplió cuando lo vio.

—Quería adelantar todo el trabajo posible antes de que empezase a hacer calor —explicó—. Espero no haberte despertado.

—Qué va. He dormido como un tronco. ¿Qué estás haciendo hoy allí arriba? —Dermot se había inspirado en el canal de decoración HGTV para colocar unas puertas en el acceso del desván y dedicar parte del amplio espacio como trastero, dejando el resto como dormitorio para él mismo. Hasta ahora, él y Claude habían compartido el pequeño cuarto de estar y dormitorio de la primera planta. Cuando despejamos el desván, Dermot decidió darle otra función. Ya había terminado de pintar y de restaurar el suelo de madera. Supuse que también había repasado el sellado de las ventanas.

—El suelo ya está seco, así que he levantado la nueva pared. De hecho, ahora estoy colocando las bisagras para las puertas. Espero acabar hoy o mañana. Vamos, que si tienes algo que quieras guardar, el trastero estará listo.

Cuando Claude y Dermot me ayudaron a bajar los trastos que atestaban el desván, tuve ocasión de deshacerme de los desechos de varias generaciones de Stackhouse: montones de despojos y tesoros. Fui lo suficientemente práctica como para saber que los trastos que acumulan polvo y que nadie ha echado de menos en décadas no pueden ser de ningún bien para nadie, así que todo había acabado en una gran pira. Lo más salvable terminó en una tienda de antigüedades de Shreveport. Cuando me pasé por Splendide la semana anterior, Brenda Hesterman y Donald Callaway me comentaron que habían conseguido vender algunas de las piezas más pequeñas.

Cuando los dos vendedores vinieron por casa para evaluar las posibilidades de la colección, Donald descubrió un cajón secreto en uno de los muebles más antiguos, un escritorio. El cajón contenía un tesoro: una carta de mi abuela dirigida a mí junto a un recuerdo único.

La cabeza de Dermot giró hacia un ruido que yo aún no era capaz de escuchar.

—Se acerca una moto —dijo, masticando un bocado de tostada con mermelada, adoptando un escalofriante parecido con Jason. Volví a aterrizar con brusquedad en la realidad.

Solo conocía a una persona que se desplazase habitualmente en motocicleta.

Al momento de oír cómo se apagaba el motor, llamaron a la puerta. Suspiré, tomando nota de recordar días como este la próxima vez que me sintiese sola. Llevaba puestos los shorts de dormir y una vieja camiseta de manga corta holgada y hecha un desastre, pero ese era el precio que debería pagar mi inesperado visitante.

Mustafá Khan, el recadero diurno de Eric, se encontraba de pie en el porche delantero. Su encarnación de Blade se resintió, ya que hacía demasiado calor para ir con abrigo de cuero. Con todo y con eso, se las arregló para mantener su aspecto de tipo duro con su camisa vaquera sin mangas, pantalones del mismo tejido y sus omnipresentes gafas de sol. Llevaba un peinado asimétrico, al estilo del Wesley Snipes de las películas, y estoy segura de que también habría llevado grandes pistolas enfundadas en los muslos de habérselo permitido las leyes sobre armas.

—Buenos días —saludé con moderada sinceridad—. ¿Te apetece una taza de café? ¿Una limonada, quizá? —pregunté lo de la limonada porque se me quedó mirando como si estuviese loca.

Meneó la cabeza con desprecio.

—No me gustan los estimulantes —dijo, y recordé, aunque tarde, que ya me lo había avisado anteriormente—. Algunas personas se pasan la vida dormidas —constató al observar el reloj sobre la repisa de la chimenea. Fuimos a la cocina.

—Algunas personas se acostaron tarde anoche —contesté, mientras Mustafá, que era un licántropo, se quedó tieso como un palo ante el olor y la presencia de Dermot el granjero.

—Veo qué tipo de trabajo has estado haciendo últimamente —declaró Mustafá.

A punto estuve de explicarle que era Dermot quien había estado trabajando hasta tarde y que yo solo me pasé la noche mirando cómo lo hacía, pero el tono del licántropo hizo que cambiase de plan.

—Oh, no seas tonto. Ya sabes que es mi tío abuelo —dije—. Dermot, ya conoces a Mustafá Khan. Es el recadero diurno de Eric.

Pensé que sería más diplomático no mencionar que el nombre auténtico de Mustafá era KeShawn Johnson.

—No tiene aspecto de ser el tío abuelo de nadie —gruñó Mustafá.

—Pero lo es; aunque tampoco es asunto tuyo, vaya.

Dermot arqueó su rubia ceja.

—¿Quieres convertir mi presencia aquí en un problema? —preguntó—. Estoy aquí sentado, tomando el desayuno con mi sobrina nieta. No tengo ningún problema contigo.

Mustafá recuperó su estoica impasibilidad zen, una parte importante de su imagen, y en cuestión de segundos volvió a ser el tipo frío de siempre.

—Si Eric no tiene ningún problema contigo, ¿por qué debería tenerlo yo? —dijo. No habría estado de más que se hubiese dado cuenta un poco antes—. He venido a decirte unas cosas, Sookie.

—Claro. Siéntate.

—No, gracias. No tardaré mucho.

—¿No te ha acompañado Warren? —Warren siempre estaba en la parte de atrás de la moto de Mustafá. Se trataba de un exconvicto flacucho, de piel pálida, desgreñado pelo rubio y algunos huecos en la dentadura, pero era un gran tirador y gran amigo de Mustafá.

—No pensé que fuera a necesitar un arma aquí. —Mustafá apartó la mirada. Parecía descolocado. Extraño. Los licántropos eran difíciles de leer, pero no hacía falta ser telépata para saber que algo le pasaba.

—Esperemos que nadie la necesite. ¿Qué ha pasado en Shreveport que no hayas podido contarme por teléfono?

Me senté a la espera de que Mustafá entregara su mensaje. Eric podría haberme dejado uno en el contestador o incluso mandar un correo electrónico en vez de enviar a Mustafá. Pero, como la mayoría de los vampiros, le costaba confiar en la electrónica, especialmente si el mensaje era importante.

—¿Estás segura de que quieres que él esté delante? —preguntó, inclinando la cabeza hacia Dermot.

—Quizá prefieras no estar al corriente —avisé a Dermot. Lanzó al recadero diurno una mirada para advertirle que mantuviera el buen comportamiento y se levantó, llevándose consigo la taza. Oímos el crujido de las escaleras mientras subía por ellas. Cuando el oído de licántropo de Mustafá le ratificó que Dermot estaba lo suficientemente lejos, se sentó frente a mí, colocando las manos a ambos lados de la mesa con suma precisión. Estilo y actitud.

—Vale, estoy esperando —dije.

—Felipe de Castro vendrá a Shreveport para hablar de la desaparición de su colega Victor.

—Oh, mierda —maldije.

—Y que lo digas, Sookie. La que nos espera —comentó con una sonrisa.

—¿Eso es todo? ¿Ese era el mensaje?

—Eric desearía que fueses a Shreveport mañana por la noche para recibir a Felipe.

—¿Y no lo veré hasta entonces? —Sentí cómo se me estrechaba la cara en una mueca de suspicacia. Aquello no me gustaba en absoluto. Las pequeñas grietas de nuestra relación acabarían por ampliarse si no pasábamos ningún tiempo juntos.

—Tiene que prepararse —se limitó a añadir Mustafá con un encogimiento de hombros—. No sé si se refiere a limpiar los armarios del baño, cambiar las sábanas o qué, pero «tiene que prepararse», eso es lo que me ha dicho.

—Vale —acepté—. ¿Y eso es todo? ¿Es todo el mensaje?

Mustafá titubeó.

—Traigo otros mensajes, pero no de Eric. Son dos cosas. —Se quitó las gafas de sol. Sus ojos, color galleta de chocolate, mostraban que no se encontraba de buen humor.

—Bueno, estoy lista —insistí, mordiéndome el labio. Si Mustafá podía adoptar una pose estoica acerca de la inminente visita de Felipe, yo no iba a ser menos. Corríamos un gran peligro. Ambos habíamos participado en un plan para atrapar a Victor Madden, regente de Luisiana, puesto a dedo por el rey Felipe de Nevada, ayudando a liquidarle a él y a todo su séquito. Y es más: estaba segura de que Felipe sospechaba todo eso con un alto índice de certeza.

—El primero, de parte de Pam.

Rubia e igualmente estoica, la vampira convertida de Eric era lo más parecido que yo tenía a una buena amiga en el mundo de los vampiros. Asentí, indicando a Mustafá que entregase el mensaje.

—Dijo: «Dile a Sookie que ha llegado la hora de la verdad, en la que tendrá que mostrar de qué está hecha».

Sacudí la cabeza.

—¿Nada más? No es de mucha ayuda. Ni tampoco me dice nada que no supiera. —Tenía claro que la primera visita de Felipe, tras la desaparición de Victor, se produciría en medio de una tremenda sensibilidad. Pero que Pam me advirtiese me parecía… raro, cuando menos.

—Más de lo que crees —dijo Mustafá con suma determinación.

Lo miré fijamente, esperando que prosiguiera.

Para mi exasperación, no lo hizo. Pues no sería yo la que le preguntase.

—El segundo mensaje es de mi parte —continuó.

Solo el hecho de haberme visto obligada a controlar mis expresiones toda la vida impidió que mi cara adquiriese una mueca de incredulidad. ¿Mustafá? ¿Dándome un consejo?

—Soy un lobo solitario —enunció a modo de preámbulo.

Asentí. No estaba afiliado a los licántropos de Shreveport, todos ellos de la manada del Colmillo Largo.

—La primera vez que puse un pie en Shreveport, quería unirme a los míos. Hasta fui al cónclave de la manada —dijo.

Era la primera grieta que veía en esa enorme fachada hecha a base de «soy un tipo duro y no necesito a nadie». Me sorprendió el mero intento de sincerarse. Alcide Herveaux, el líder de la manada de Shreveport, habría pagado por contar entre sus filas con un lobo tan fuerte como Mustafá.

—La razón por la que ni siquiera le di una oportunidad es Jannalynn —dijo. Jannalynn Hopper era la encargada de mantener el orden en el territorio de Alcide. Era del tamaño de un abejorro, y de su misma naturaleza.

—¿Porque es una tía dura y desafiaría a cualquier macho alfa como tú? —pregunté.

Inclinó la cabeza.

—No me dejaría en paz. Seguiría presionando hasta que luchásemos.

—¿Crees que ganaría? ¿A ti? —En realidad no era una pregunta. Con su mayor experiencia y envergadura, no conseguía imaginar por qué Mustafá dudaba siquiera de su victoria.

Volvió a inclinar la cabeza.

—Así es. Su espíritu es fuerte.

—¿Tanto le gusta estar al mando? ¿Es que siempre tiene que ser la zorra más dura de la pelea?

—Ayer estuve en el Pelo del Perro, a primera hora de la noche. Solo quería pasar un rato con mis congéneres tras una jornada de trabajo para los vampiros, quitarme de la nariz el olor de la casa de Eric… Últimamente hay un traficante rondando el Pelo. En fin, que Jannalynn estaba hablando con Alcide mientras le ponía una copa. Sabe que le prestaste a Merlotte un dinero para que mantuviese a flote el bar.

Me removí en la silla, sintiéndome de repente incómoda.

—Me sorprende un poco que Sam se lo contara, pero tampoco le pedí que guardara el secreto.

—No estoy tan seguro de que él se lo contase. A Jannalynn no le cuesta nada meter las narices cuando cree que hay algo que debe saber, y ni siquiera es consciente de que está husmeando donde no la llaman. Se piensa que es algo natural. Lo que te quiero decir es esto: no enfades a esa zorra. Estás en el límite en lo que a ella respecta.

—¿Porque ayudé a Sam? Eso no tiene sentido. —Pero mi corazón encogido me decía lo contrario.

—Tampoco hace falta que lo tenga. Tú le echaste una mano cuando ella no pudo. Y eso le jode. ¿Alguna vez la has visto cuando se cabrea de verdad?

—La he visto en acción. —A Sam siempre le habían gustado las mujeres así de echadas para adelante. Suponía que reservaba su lado más dulce y suave para él.

—Entonces ya sabes cómo trata a la gente a la que considera una amenaza.

—Me pregunto por qué Alcide no la habrá escogido como su primera dama, o comoquiera que sea el término que usáis —dije, aunque solo fuese para alejarnos un momento del tema—. La designó lugarteniente de su dominio, pero pensé que también escogería a la hembra más fuerte como compañera.

—A ella le encantaría —indicó Mustafá—. Puedo olerlo en ella. Pero no quiere a Alcide, ni él a ella. No es su tipo. A él le gustan de su edad, con sus buenas curvas. Mujeres como tú.

—Pero ella le dijo… —Tuve que cerrar la boca. Me sentía muy confusa—. Hace unas semanas sugirió a Alcide que intentase seducirme —añadí con torpeza—. Piensa que podría ser un recurso valioso para la manada.

—Si tú estás confusa, imagina cómo se sentirá Jannalynn. —El rostro de Mustafá podría pasar por una escultura de piedra—. Tiene una relación con Sam, pero fuiste tú quien lo salvó cuando ella no pudo. En parte desea a Alcide, pero también sabe que él te quiere a ti. Tiene influencia en la manada, pero sabe que gozas de su protección. Y ya sabes lo que es capaz de hacerle a la gente que no tiene esa protección.

Me estremecí.

—Le gusta su trabajo —dije—. La he observado. Gracias por contarme esto, Mustafá. Si te apetece algo de beber o de comer, la oferta sigue en pie.

—Tomaré un vaso de agua —accedió, y se lo serví enseguida. Se oía una de las herramientas eléctricas de Dermot desde el desván, y si bien Mustafá miró furtivamente hacia el techo, no comentó nada hasta apurar el vaso.

—Es una pena que no te pueda acompañar a Shreveport —dijo—. Las hadas luchan muy bien. —Me tendió el vaso vacío—. Gracias —añadió antes de salir por la puerta.

Subí las escaleras mientras el motor de la motocicleta rugía y se alejaba hacia Hummingbird Road. Me apoyé en la entrada del desván. Dermot estaba recortando el borde de las puertas. Era consciente de mi presencia, pero siguió a lo suyo, lanzando una fugaz sonrisa sobre el hombro para indicar que sabía que me encontraba allí. Pensé en compartir con él lo que Mustafá me había dicho, aunque solo fuese para compartir mis preocupaciones.

Pero, mientras observaba cómo trabajaba mi tío abuelo, me lo pensé dos veces. Dermot tenía sus propios problemas. Claude se había marchado con Niall, y no había forma de saber cuándo o en qué estado volvería. Hasta su regreso, Dermot supuestamente debía encargarse de que todo marchara como era debido en el Hooligans. ¿De qué sería capaz esa banda sin el control de Claude? No sabía si Dermot podría atarlos corto o si ellos pasarían de su autoridad.

Empecé a preocuparme al respecto, pero me forcé a ser realista. Yo no podía echarme el Hooligans a la espalda. No era asunto mío. Por lo que sabía, Claude había establecido un sistema y lo único que tenía que hacer Dermot era seguirlo. Solo me preocupaba un bar, y era el Merlotte's. Y a ratos el Fangtasia. Bueno, vale, dos bares.

Y hablando de bares, mi móvil zumbó para recordarme que esa mañana teníamos entrega de cerveza. Hora de ir al trabajo.

—Llámame si me necesitas —le dije a Dermot.

Con aire orgulloso, como si acabase de aprender una frase ocurrente en otro idioma, Dermot respondió:

—Pasa un buen día, ¿me oyes?

Me di una ducha rápida y me puse los shorts y una camiseta del Merlotte's. No me quedaba tiempo para pasarme el secador más que por encima, pero al menos pude maquillarme los ojos antes de salir por la puerta. Me sentó muy bien desterrar mis preocupaciones sobrenaturales y centrarme en lo que tenía que hacer en el Merlotte's, y más ahora que iba hacia allí.

El bar rival abierto por el difunto Victor, el Redneck Roadhouse de Vic, se había llevado a muchos de nuestros clientes. Para nuestro alivio, el efecto novedad de nuestra competencia se estaba pasando, y algunos de nuestros habituales estaban volviendo al redil. Al mismo tiempo, dejaron de producirse las protestas contra los asistentes a un bar propiedad de un cambiante desde que Sam empezó a asistir a la iglesia de la que provenían la mayoría de los manifestantes.

Fue un contraataque sorprendentemente eficaz, y me enorgullece poder decir que fue idea mía. Sam no quiso saber nada de ello al principio, pero se lo pensó mejor una vez más calmado. El primer domingo había estado muy nervioso; solo un puñado de personas se dignó a hablar con él. Pero él siguió asistiendo, aunque de manera irregular, y los demás feligreses fueron conociéndolo como persona primero, y como cambiante después.

Presté dinero a Sam para que reflotara el bar en los peores momentos. En vez de devolvérmelo poco a poco, como me había imaginado, Sam me consideraba ahora una especie de socia del negocio. Tras una larga y cautelosa conversación, me subió el sueldo y aumentaron mis responsabilidades. Nunca antes había tenido ningún negocio propio, aunque fuese en parte. No podía describirlo con una palabra que no fuese «alucinante».

Ahora que podía encargarme de algunas de las labores administrativas del bar y que teníamos a Kennedy en la barra, Sam se permitía disfrutar un poco más de su bien ganado tiempo libre. Parte del mismo lo pasaba con Jannalynn. También se iba a pescar, una afición de la que había disfrutado cuando era niño con sus padres. Sam también trabajaba en su caravana, tanto dentro como fuera, recortando los setos del perímetro, limpiando el jardín y plantando flores y tomateras de temporada para diversión del resto del personal.

A mí no me parecía gracioso. Me parecía muy bien que Sam tuviese tiempo que dedicarle a su casa, aunque estuviese aparcada detrás del bar.

Lo que más me complacía era ver cómo se aligeraba la tensión de sus hombros, ahora que el Merlotte's volvía a ir bien.

Llegué un poco pronto. Tenía tiempo para tomar algunas medidas en el almacén. Daba por sentado que si estaba autorizada a recibir los repartos de cerveza, también lo estaba para instaurar algunos cambios (sujetos al consentimiento y aprobación de Sam, por supuesto).

El tipo que conducía el camión, Duff McClure, sabía exactamente dónde colocar los barriles. Conté las cajas mientras las descargaba. Me ofrecí para ayudar la primera vez que me encargué del proceso, pero Duff dejó bien claro que solamente dejaría que una mujer le ayudase con el trabajo físico el día que hiciese frío en el infierno.

—Habéis vendido mucha Michelob últimamente —constató.

—Sí, algunos de nuestros clientes han decidido que solo quieren beber de esa —dije—. No tardarán en volverse a la Bud Light.

—¿Necesitas algo de TrueBlood?

—Sí, la caja de siempre.

—Tenéis clientela vampírica habitual.

—Reducida, pero regular —convine, con la mente puesta en rellenar el cheque. Normalmente dejaban varios días para pagar, pero a Sam le gustaba hacerlo en la entrega. Me parecía una excelente política.

—Donde Vic se llevan tres o cuatro cajas —comentó Duff despreocupadamente.

—El bar es más grande —apunté, mientras rellenaba el cheque.

—Supongo que ahora los vampiros están por todas partes.

—Ajá —murmuré, anotando los datos con cuidado. Me tomaba muy en serio mi privilegio de tender cheques. Firmé con una floritura.

—Hasta ese bar de Shreveport, el que se supone que es de los lobos, compra alguna caja que otra de sangre.

—¿El Pelo del Perro? —¿No había mencionado Mustafá a un vampiro que lo frecuentaba?

—Sí. Hice la entrega esta mañana.

—Ah. —Una noticia desconcertante, pero al robusto de Duff le gustaba cotillear y no quería que se me notase el sobresalto—. Bueno, todo el mundo tiene derecho a un trago —añadí como si nada—. Toma el cheque, Duff. ¿Qué tal está Dorothy? —Duff metió el cheque en una bolsa con cremallera que guardaba en una caja cerrada, en el suelo del asiento del copiloto.

—Está bien —contestó con una sonrisilla—. Dice que vamos a tener otro niño.

—Oh, Dios, ¿cuántos van ya?

—Será el tercero —respondió Duff, meneando la cabeza sin perder la sonrisilla—. Van a tener que pedir préstamos universitarios, ganarse las cosas por sí mismos.

—Os irá bien —dije, lo que no significaba nada más allá de mi buena voluntad hacia la familia McClure.

—Pues claro —aseguró—. Nos vemos, Sookie. Ya veo que Sam ha sacado su caña de pescar. Dile de mi parte que me pesque una perca.

Al irse el camión, Sam salió de la caravana y vino al bar.

—Lo has hecho aposta —le dije—. A ti no te gusta Duff.

—No es mal tipo —se defendió—. Lo que pasa es que le gusta demasiado hablar. Siempre le ha gustado.

Dudé un momento.

—Dice que está repartiendo TrueBlood al Pelo del Perro. —Caminaba sobre terreno pantanoso.

—¿En serio? Qué raro.

Puede que no sea capaz de leer la mente de los seres sobrenaturales con la misma facilidad que la de los humanos, pero no me hizo falta para saber que Sam estaba genuinamente sorprendido. Jannalynn no le había contado que un vampiro frecuentaba su bar, un bar de licántropos. Me relajé.

—Entra, que te quiero enseñar algo —dije—. He estado midiendo.

—Ay, ay, ay, ¿es que quieres mover el mobiliario? —preguntó con media sonrisa mientras me seguía hasta el interior del bar.

—No, lo que quiero es comprar alguno nuevo —le expliqué por encima del hombro—. ¿Ves ahí? —Indiqué un espacio despejado justo a la salida del almacén—. Mira, por aquí, en la puerta de atrás. Aquí es donde necesitamos unas taquillas.

—¿Para qué? —El tono de Sam no era indignado, sino auténticamente curioso.

—Para que las mujeres no tengamos que dejar el bolso en un cajón de tu escritorio —expliqué—. Y también para que Antoine y D'Eriq puedan guardar en ellas una muda. Así, cada empleado tendrá su pequeño espacio para guardar sus cosas.

—¿Crees que lo necesitamos realmente? —Sam parecía desconcertado.

—Con urgencia —declaré—. He mirado algunos catálogos y he consultado en Internet, y el mejor precio que he encontrado...

Seguimos hablando de taquillas unos cuantos minutos, Sam quejándose del gasto y dando todo tipo de excusas, pero de forma cordial.

Tras hacerse de rogar, Sam aceptó. Estaba convencida de que acabaría haciéndolo.

Quedaba media hora para la apertura y Sam fue tras la barra para ponerse a cortar unas rodajas de limón para el té. Yo me puse el delantal y fui comprobando los saleros y pimenteros de las mesas. Terry se había pasado muy temprano esa mañana para limpiar el bar y había hecho un gran trabajo, como de costumbre. Alineé algunas sillas.

—¿Cuánto hace desde la última vez que Terry tuvo un aumento? —pregunté a Sam, aprovechando que la otra camarera no había llegado todavía y Antoine estaba en la cámara frigorífica.

—Dos años —contestó Sam—. Ya le va tocando. Pero no podía empezar a repartir aumentos hasta que las cosas mejorasen. Y creo que será mejor que esperemos hasta que estemos seguros de que todo vuelve a ir bien.

Asentí, aceptando su juicio. Ahora que había tenido ocasión de hojear los libros, pude comprobar lo cauteloso que había sido Sam en los buenos tiempos, ahorrando dinero por si se presentaban los malos.

India, la incorporación más reciente del Merlotte's, llegó con diez minutos de antelación, lista para la faena. Cuanto más trabajaba con ella, mejor me caía. Se le daba muy bien lidiar con clientes difíciles. Como la única persona que entró, nada más abrir los cierres del bar, fue nuestra alcohólica habitual, Jane Bodehouse, India se retiró a la cocina para echar una mano a Antoine, que ya había encendido las freidoras y la plancha. India disfrutaba encontrando cosas que hacer en el trabajo, lo cual resultaba refrescante para variar.

Kenya, una de nuestras policías locales, entró y paseó una mirada inquisitiva por el local.

—¿Te puedo ayudar en algo, Kenya? —pregunté—. Kevin no está. —Kevin también era policía y ambos estaban locamente enamorados. Solían almorzar en el Merlotte's al menos una o dos veces por semana.

—¿Y mi hermana está? Me dijo que vendría a trabajar hoy —preguntó.

—¿India es tu hermana? —Kenya tenía sus buenos diez años más que India, por eso nunca las había asociado.

—Hermanastra. Sí, nuestra madre desapareció del mapa cuando nacimos —me contó Kenya, retándome de alguna manera a que tuviese el valor de encontrarlo divertido—. Nos dio nombres de sitios que le habría gustado visitar. Mi hermano mayor se llama Spain. Tengo uno más pequeño que se llama Cairo.

—No se limitaba a nombres de países.

—No, incluyó varias ciudades. Pensaba que Egypt era demasiado «correoso», eso decía ella. —Kenya caminaba mientras hablaba, y seguía la dirección en la que apuntaba mi dedo: la cocina—. Gracias, Sookie.

Los nombres extranjeros eran originales. La madre de Kenya me parecía divertida. La mía no lo había sido; pero también es cierto que por aquellos tiempos tenía muchas preocupaciones, sobre todo después de que yo naciera. Suspiré para mis adentros. Intenté no lamentar cosas que no podía cambiar. Oí la voz de Kenya desde el pasaplatos, seca, cálida y clara, saludando a Antoine y diciéndole a India que Cairo había arreglado su coche y que tenía que pasarse a recogerlo después del trabajo. Se me alegró el ánimo al ver entrar a mi propio hermano, justo cuando Kenya salía del bar. En vez de sentarse a la barra o en una mesa, vino directamente hacia mí.

—¿Crees que me podría llamar Holanda? —le pregunté y Jason me respondió con una de sus miradas más planas.

—No, te queda mejor Sookie —respondió—. Oye, Sook, voy a hacerlo.

—¿Hacer qué?

Me miró con impaciencia. Se veía que no esperaba que la conversación fuese por esos derroteros.

—Le voy a pedir a Michele que se case conmigo.

—¡Eso es genial! —exclamé con genuino entusiasmo—. En serio, Jason, me alegro mucho por vosotros. Cruzo los dedos para que diga que sí.

—Esta vez no voy a meter la pata —añadió, casi para sí mismo.

Su primer matrimonio había sido un error desde el principio, y acabó incluso peor de como había empezado.

—Michele tiene la cabeza bien amueblada —dije.

—No es ninguna cría —convino Jason—. De hecho es un poco mayor que yo, pero no le gusta que saque ese tema.

—Y no lo harás, ¿verdad? —le advertí—. Nada de bromas.

Sonrió.

—Nada de bromas. Y no está embarazada, y tiene su propio dinero y su trabajo. —Nada de lo cual podía aplicarse a su primera esposa.

—Pues a por ello, hermanito. —Le di un abrazo rápido.

Me regaló una de sus sonrisas, de esas que habían encandilado a tantas mujeres.

—Se lo voy a pedir hoy, cuando salga de trabajar. Pensaba almorzar aquí, pero estoy demasiado nervioso.

—Mantenme informada con lo que diga, Jason. Rezaré por ti. —Prolongué mi sonrisa mientras abandonaba el bar. Estaba más contento y nervioso de lo que nunca le había visto.

A partir de entonces, el Merlotte's se empezó a llenar y estuve demasiado ocupada para pararme a pensar. Me encanta el trabajo porque me rodeo de gente que sabe lo que se cuece en Bon Temps. Por otra parte, la mayoría del tiempo sé más cosas de las que me gustaría. Se trata de mantener un delicado equilibrio entre escuchar a la gente con los oídos y no hacerlo con la mente, y no es de extrañar que tenga cierta reputación de excéntrica. Al menos la mayoría de la gente es suficientemente educada como para seguir llamándome la loca de Sookie. Quiero creer que me he afirmado ante la comunidad.

Entró Tara, con su ayudante McKenna, para tomar un almuerzo rápido. Su vientre parecía más voluminoso que la noche anterior, en el Hooligans.

Dada la compañía que traía consigo, no podía preguntarle lo que quería saber: ¿qué había hablado con J.B. acerca de que también trabajara en el Hooligans? Aunque él no la hubiese visto entre el público, debió de imaginarse que nosotras se lo contaríamos.

Pero Tara estaba centrada exclusivamente en su tienda, y cuando no estaba pensando en la reposición de la zona de lencería, se centraba en la carta del Merlotte's —la limitadísima carta que ya se sabía de memoria—, intentando dar con algo que pudiera digerir y que entrase dentro de un cómputo de calorías que no la hiciera explotar. Y McKenna tampoco me fue de ayuda, porque, aun gustándole estar a la última del menor de los rumores de Bon Temps, no sabía nada sobre lo de J.B. Habría sido la primera interesada si se lo hubiese contado. A ella sí que le habría encantado ser telépata veinticuatro horas al día.

Pero seguro que, tras oír cosas como «Ya no lo aguanto más, voy a esperar a que se duerma y le rajaré» o «Me encantaría apoyarla en la barra y meterle...», seguro que ya no le gustaría tanto.

Tara ni siquiera fue al lavabo sola. Se llevó a McKenna con ella. Le lancé una mirada inquisitiva y ella me la devolvió hostil. No estaba lista para hablar, todavía no.

Tras la hora punta del almuerzo solo quedaban dos mesas ocupadas en la sección de India. Volví al despacho de Sam para seguir con el interminable papeleo. Habían muerto árboles para fabricar esos formularios, y eso me daba mucha pena. Yo siempre intentaba gestionar el mayor volumen posible de trámites por Internet, aunque todavía no le hubiese cogido el truco. Sam entró para coger un destornillador de su escritorio y aproveché para preguntarle por el formulario fiscal de los empleados. Estaba inclinado sobre mí cuando Jannalynn entró en el despacho.

—Hola, Jannalynn —saludé. Ni siquiera la miré al hacerlo porque ya había captado su lectura mental antes de que abriese la puerta y estaba muy concentrada en rellenar el formulario mientras las instrucciones de Sam aún estuvieran frescas en mi mente.

—Oh, hola, Jan —dijo Sam. Podía notar la sonrisa en su voz.

En vez de una respuesta, se produjo un ominoso silencio.

—¿Qué? —pregunté, rellenando uno de los apartados.

Al final levanté la mirada y noté que Jannalynn estaba en modalidad ultraofensiva, con los ojos redondos y muy abiertos, las fosas nasales dilatadas y todo su delgado cuerpo tenso de agresividad.

—¿Qué? —repetí—. ¿Es que nos están atacando?

Sam permaneció en silencio. Oscilé sobre la silla giratoria para mirarlo y vi que él también había adoptado una postura tensa. Su expresión parecía una advertencia de letras luminosas rojas.

—¿Queréis que os deje a solas? —Me levanté, dispuesta a quitarme de en medio.

—Eso pensé yo de vosotros al entrar —dijo Jannalynn, con los puños cerrados como pequeños martillos.

—Qué… ¡Espera! ¿Crees que Sam y yo estábamos tonteando en el despacho? —A pesar de la advertencia de Mustafá, mi desconcierto era auténtico—. Cariño, estamos rellenando formularios fiscales. ¡Si crees que hay algo sexy en eso, deberías buscarte un trabajo en Hacienda!

Por un largo instante me pregunté si me iba a patear el trasero, pero, poco a poco, el suspense fue perdiendo fuelle. No me di cuenta de que Sam no había dicho nada, ni una palabra, hasta que Jannalynn relajó por completo su postura. Respiré hondo.

—Discúlpanos un momento, Sookie —me pidió Sam, visiblemente enfadado.

—Claro. —Salí del despacho como un cerdo que hubiera visto a San Martín. Habría preferido fregar el servicio de hombres un sábado por la noche antes que quedarme en el despacho de Sam.

India estaba ayudando a D'Eriq a recoger una mesa. Me miró y esbozó media sonrisa.

—Parece que estás huyendo del coco —bromeó—. ¿Es la tenebrosa novia de Sam?

Asentí.

—Creo que voy a buscar algo que hacer aquí fuera —decidí.

Era una oportunidad inmejorable para quitar el polvo de las botellas y las estanterías de detrás de la barra. Lo hice moviendo cuidadosamente botella a botella y limpiando las estanterías porción a porción.

Aunque me resultaba inevitable preguntarme qué estaba pasando en el despacho, me acordé una y otra vez de que no era asunto mío. El bar estaba limpio como una patena cuando Jannalynn y Sam salieron por fin.

—Lo siento —me dijo ella sin ninguna sinceridad aparente.

Asentí a modo de aceptación.

«Se quedará con Sam a la mínima que pueda», pensó.

¡Oh, Dios! ¡Qué contenta se pondría si me viese muerta!

Y se marchó del bar, seguida por Sam, que fue a despedirse de ella. O puede que a asegurarse de que se montaba en el coche y se iba. O las dos cosas.

Cuando volvió, estaba tan desesperada por ocuparme con algo que me vi dispuesta a contar los palillos del dispensador.

—Podemos seguir con el papeleo mañana —dijo Sam al pasar, siguiendo su marcha. Evitó mirarme a los ojos. Sin duda estaba abochornado. Siempre es bueno dar a la gente tiempo para recuperarse de cosas así, sobre todo a los hombres. Le di cancha.

Entró una cuadrilla de trabajadores de Norcross. Habían terminado su turno y, al parecer, tenían una celebración entre manos. India y yo nos pusimos a juntar mesas para sentarlos a todos. Mientras trabajaba, me dio por pensar en las mujeres cambiantes. Ya me había topado con más de una más agresiva de la cuenta, y sin embargo había muy pocas líderes de manada en los Estados Unidos, sobre todo en el sur. Y un alarmante número de esta minoría de mujeres licántropo era increíblemente cruel. Me preguntaba si esa exagerada agresividad se debía a la estructura de poder masculina establecida en las manadas.

Jannalynn no era una psicótica, como sí lo eran las hermanas Pelt y Marnie Stonebrook, pero era demasiado consciente de su dureza y su destreza.

Tuve que abandonar mis disquisiciones teóricas para servir unas bebidas al grupo de Norcross. Sam apareció para trabajar en la barra, India y yo aceleramos el ritmo y, poco a poco, las cosas fueron volviendo a la normalidad.

Justo antes de salir del trabajo, Michele y Jason entraron juntos. Iban cogidos de la mano. A juzgar por la sonrisa de Jason no costaba imaginar cuál había sido la respuesta a la petición.

—Parece que vamos a ser hermanas —dijo Michele con su fornida voz antes de fundirnos en un afectuoso abrazo. A Jason le di otro incluso más cálido. La satisfacción se desprendía de cada uno de sus pensamientos, fundidos en un incoherente amasijo de placer.

—¿Habéis tenido tiempo de pensar cuándo os casaréis?

—Solo que será pronto, y de ahí no nos baja nadie —aseguró Jason—. Los dos hemos pasado por esto antes y no vamos mucho a la iglesia, así que no vemos la razón para celebrar una boda religiosa.

Pensé que era una pena, pero mantuve la boca cerrada. No había nada que ganar y sí todo que perder. Eran adultos.

—Es posible que tenga que preparar a Cork —añadió Michele, sonriente—. No creo que se tome a mal que me vuelva a casar, pero se lo quiero contar sin sobresaltos. —Michele aún trabajaba para su exsuegro, quien al parecer sentía más afecto por ella que por el vago de su hijo.

—Entonces será pronto. Supongo que no os importará que asista.

—Oh, por supuesto que no, Sook —dijo Jason y me abrazó—. No vamos a hacer nada a escondidas. Lo único es que no queremos ninguna gran ceremonia en la iglesia. Más tarde, celebraremos una fiesta en casa, ¿verdad, cariño? —consultó a Michele.

—Por supuesto —convino ella—. Encenderemos la barbacoa. Hoyt podría traer la suya, y cocinaremos lo que traiga todo el mundo. Otros pueden traer bebidas, verduras o postres. Lo importante es que nadie se complique y todos nos lo pasemos bien.

Una boda informal. Algo práctico y discreto. Les pregunté qué necesitaban que llevase. Tras un interminable intercambio de buena voluntad, se marcharon, aún cogidos de la mano y sonrientes.

—Otro que muerde el polvo —dijo India—. ¿Cómo lo ves, Sookie?

—Michele me cae fenomenal. ¡Estoy muy contenta!

—¿Están comprometidos? —preguntó Sam desde el fondo.

—Sí —respondí, con unas cuantas lágrimas de felicidad en los ojos. Sam se había esforzado por sonar animado, aunque seguía un poco preocupado por su situación sentimental. Toda irritación remanente por la visita de Jannalynn sencillamente se esfumó. Sam y yo éramos amigos desde hacía años, y durante ese tiempo muchos otros fueron y vinieron. Me apoyé en la barra.

—Es la segunda oportunidad para ambos. Forman una pareja genial.

Sam asintió, asumiendo la certeza tácita de que no iba a sacar el pequeño acceso de celos de Jannalynn.

—Crystal era la persona que menos le convenía a tu hermano. Michele es todo lo contrario.

—No se puede decir más claro —convine.

Holly llamó para decir que su coche no arrancaba, pero que Hoyt estaba trabajando en ello. Así que yo aún estaba en el Merlotte's cuando J.B. llegó diez minutos más tarde. Mi amigo, el *stripper* secreto, estaba tan guapo y cordial como siempre. Hay algo en él, algo cálido y sencillo que resulta simplemente atractivo, sobre todo si se sumaba a su fornido, aunque no amenazante, aspecto físico. Es como una gran rebanada de pan casero.

—Hola, amigo —lo saludé—. ¿En qué te puedo ayudar?

—Sookie, te vi anoche. —Esperaba ver una gran reacción.

—Y yo a ti. —Prácticamente cada centímetro de su cuerpo.

—Tara estaba allí —me dijo, como si no lo supiera—. La vi marcharse.

—Ajá —confirmé—. Allí estaba.

—¿Estaba enfadada?

—Muy sorprendida, más bien —respondí con cautela—. ¿Me estás diciendo en serio que no habéis hablado de lo de anoche?

—Llegué a casa bastante tarde —se excusó—. Dormí en el sofá. Cuando me desperté esta mañana, ya se había ido a la tienda.

—Oh, J.B. —lamenté, meneando la cabeza—. Cielo, tienes que hablar con ella.

—¿Y qué le digo? Sé que debí habérselo contado. —Acompañó estas palabras con un gesto de desesperación con las manos—. No se me ocurría otra forma de ganar un dinero extra. La tienda no va muy bien últimamente y yo tampoco gano demasiado por mi lado. No tenemos un seguro decente. ¡Gemelos! Eso va a suponer una factura hospitalaria enorme. ¿Y si alguno nace enfermo?

Era tan tentador decirle que no se preocupase…, pero tenía todas las razones para estarlo, y sería condescendiente por mi parte negarlo. J.B. había tomado una decisión inteligente, para lo que es él: había encontrado el modo de utilizar sus recursos para ganar más dinero. Su error había sido no informar a su mujer de que se dedicaría a quitarse la ropa delante de muchas mujeres todas las semanas.

Hablamos un rato más, mientras J.B. mecía una cerveza en la barra. Sam fingió sutilmente que estaba tan ocupado que no podía oír nuestra intermitente conversación. Le sugerí que cocinara algo especial para Tara esa misma noche, o que se pasase por el Wal-Mart y le comprase un ramo de flores. Podría darle un masaje en los pies y la espalda, cualquier cosa que le hiciese sentirse amada y especial.

—¡Y deja de recordarle lo gorda que está! —le advertí, clavando un dedo en su pecho—. ¡Ni se te ocurra! ¡Dile que está más guapa que nunca, ahora que lleva dentro a tus hijos!

J.B. parecía a punto de decir: «Pero es que no es verdad». Lo estaba pensando. Me miró a los ojos y apretó la boca.

—¡Sea cual sea la verdad, tú dile que está estupenda! —insistí—. Sé que la quieres.

Miró a un lado, como sopesando la veracidad de esa afirmación, y asintió.

—Sí, la quiero —dijo, y sonrió—. Es mi media naranja —añadió, orgulloso. A J.B. le gusta mucho el cine.

—Pues tú eres la suya —contesté—. Necesita sentirse guapa y adorada, porque se siente gorda, torpe e incómoda. Dicen que no es fácil estar embarazada.

—Lo intentaré, Sookie. ¿Puedo llamarte si no se tranquiliza?

—Claro, pero sé que podrás resolverlo, J.B. Tú sé cariñoso y sincero, el resto vendrá solo.

—Me gusta trabajar en el club —soltó, cambiando de tema repentinamente, cuando me iba a girar.

—Sí, lo sé —asentí.

—Sabía que lo comprenderías. —Tomó un último sorbo de cerveza, dejó una propina para Sam y se fue al gimnasio de Clarice donde trabajaba.

—Hoy debe de ser el día de las parejas —comentó India—. Sam y Jannalynn, Jason y Michele, J.B. y Tara. —Sus pensamientos denotaban que eso no la hacía particularmente feliz.

—¿Sigues saliendo con Lola? —A pesar de saber la respuesta, siempre es bueno preguntar.

—Qué va. No funcionó.

—Lo siento —dije—. Supongo que un día de estos entrará por esa puerta la mujer adecuada y todo se resolverá.

—Eso espero. —Parecía deprimida—. No me entusiasman las bodas, pero no me importaría tener una relación estable con alguien. Las relaciones esporádicas solo me confunden.

—A mí tampoco se me dio bien nunca ese tipo de relaciones.

—¿Por eso sales con el vampiro? ¿Para asustar a los demás?

—Le quiero —respondí con serenidad—. Por eso salgo con él. —No añadí que me resultaba del todo imposible salir con chicos humanos. Ya os imaginaréis lo que supone poder leer la mente de tu novio a cada momento. No, no sería nada divertido, ¿a que no?

—No te pongas a la defensiva —dijo India.

Yo creía que había hablado con normalidad.

—Es divertido —añadí rebajando el tono—. Y me trata bien.

—Ellos… No sé cómo preguntar esto…, son fríos, ¿verdad?

India no era la primera persona que buscaba una forma delicada de preguntármelo. No existía ninguna forma delicada.

—Digamos que no tienen la temperatura ambiente —contesté. Lo dejé ahí, porque el resto no era más que asunto mío.

—Mierda —dijo al cabo de un momento. Tras otro instante más largo, añadió—: Puaj.

Me encogí de hombros. Ella abrió la boca, como si quisiera preguntar algo más, pero luego la cerró.

Afortunadamente para las dos, los de su mesa le hicieron la seña de que querían la cuenta y además uno de los colegas de Jane Bodehouse entró para ponerse como una cuba a su lado, así que las dos teníamos cosas que hacer. Por fin llegó Holly para relevarme, quejándose de su trasto de coche. India hacía turno doble, así que no se quitó el delantal. Me despedí despreocupadamente de Sam, feliz de poder cruzar la puerta.

Llegué a la biblioteca justo antes del cierre y luego hice una parada en la oficina de correos para comprar unos sellos en el expendedor automático del vestíbulo. Allí me encontré a Halleigh Bellefleur haciendo lo mismo y nos saludamos con auténtico placer. Es una de esas personas que te caen muy bien aunque solo la veas de vez en cuando. Halleigh y yo no teníamos mucho en común, desde nuestro entorno hasta la educación, pasando por los intereses, pero nos caíamos bien de todas formas. El vientre embarazado de Halleigh se encontraba muy pronunciado, y estaba tan sonrosada como Tara hecha polvo.

—¿Qué tal Andy? —le pregunté.

—No duerme muy bien, está emocionado con lo del bebé —comentó—. Me llama desde el trabajo para preguntarme cómo me siento y cuántas patadas me ha dado el bebé.

—¿Seguís pensando en llamarla Caroline?

—Sí, le encantó la sugerencia. Su abuela le crió y era una buena mujer, si acaso un poco imponente. —Sonrió.

Caroline Bellefleur había sido algo más que una persona que impusiera. Había sido la última gran dama de Bon Temps. También había sido bisnieta de mi amigo Bill Compton. La hija de Halleigh acumularía otros tres grados de descendencia respecto a él.

Le comenté a Halleigh lo del compromiso de Jason y de su boca salieron todas las buenas palabras que cabía esperar. Era tan cordial como la abuela de Andy, y muchísimo más cálida en el trato.

A pesar de la alegría que me había supuesto ver a Halleigh, al volver al coche con mis sellos me sentía un poco triste. Giré la llave en el contacto, pero no di marcha atrás.

Sabía que era una mujer afortunada en muchos aspectos, pero todo el mundo a mi alrededor estaba dando paso a una nueva vida. Salvo yo...

Bloqueé esos pensamientos de un portazo. No pensaba transitar la senda de la autocompasión. Solo por no estar embarazada y casada con alguien que pudiera ponerle remedio, no tenía por qué sentirme como una isla en medio de una corriente. Me sacudí con vehemencia y me dispuse a terminar los recados pendientes. Al atisbar a Faye de Leon saliendo del Grabbit Kwik, mi actitud se ajustó. Faye había pasado por seis embarazos y tenía más o menos mi edad. Había dicho a Maxine Fortenberry que no deseaba los tres últimos que tuvo. Pero su marido adoraba verla encinta tanto como a los propios críos, y Faye se dejaba usar como un «criadero de cachorros», tal como decía la propia Maxine.

Sí, todo un ajuste de actitud, sin duda.

Esa noche, cené, encendí el televisor y leí los libros que había sacado de la biblioteca. Me sentía bien sola cada vez que pensaba en Faye.

Capítulo 3

Al día siguiente no se produjeron grandes acontecimientos en el trabajo, ni siquiera ningún incidente reseñable. Y la verdad es que me gustó. Simplemente tomé nota de pedidos y serví bebidas y platos a cambio de algunas propinas. Kennedy Keyes se ocupó de la barra. Me preocupaba que ella y Danny siguiesen peleados, aunque él también podría estar en su otro trabajo, en el almacén principal de suministros de la constructora. Kennedy se encontraba apagada y sin espíritu; una auténtica lástima. Pero tampoco me apetecía saber mucho más de sus problemas de pareja, o de los de cualquiera. Bastante tenía con los míos.

Bloquear los pensamientos de los demás requiere de un esfuerzo consciente. A pesar de que ya me sale con más naturalidad, sigue costándome. No tengo que concentrarme tanto con los seres sobrenaturales, ya que sus pensamientos no se emiten de forma tan nítida como los de los humanos; si acaso un atisbo, una emoción aquí y otra allá. Incluso entre los humanos puedes encontrarte con unos emisores más potentes que otros. Pero antes de aprender a blindar mi mente, era como escuchar diez cadenas de radio a la vez. Es complicado actuar con normalidad cuando está pasando todo eso en tu cabeza e intentas escuchar lo que la gente dice de verdad con la boca.

Así que, durante ese breve periodo de normalidad, disfruté de cierto grado de paz. Me convencí de que la reunión con Felipe iría bien, que creería que nosotros no habíamos matado a Victor o que su muerte estaba justificada. Pero no tenía ninguna prisa por tenerlo delante y averiguarlo.

Me quedé charlando en la barra unos minutos y, de regreso a casa, llené el depósito de gasolina. Me compré un sándwich de pollo en el Sonic y conduje sin prisas hasta casa.

El sol tardaba tanto en ponerse en verano que a los vampiros aún les llevaría un par de horas salir de sus refugios. No había sabido nada del Fangtasia. Ni siquiera sabía a qué hora debía presentarme allí. Solo que tenía que ir arreglada, porque eso era lo que esperaba Eric cuando tenía visita.

Dermot no se encontraba en casa. Esperaba que Claude hubiese vuelto de su misterioso viaje al mundo feérico, pero si así había sido, nada lo delataba. Esa noche no podía dedicar más preocupación a las hadas. Tenía problemas vampíricos más urgentes.

Los nervios no me dejaron comer más de medio sándwich. Revisé el correo del buzón, tirando a la basura más de la mitad. Tuve que recuperar la factura de la luz, que se había colado entre los folletos de venta de muebles. Abrí el sobre para comprobar el cargo. Más valía que Claude hubiese vuelto del mundo feérico; era un inconsciente con el consumo y la factura había ascendido al doble de lo que suelo gastar. Tendría que pagarme su parte. Mi calentador funcionaba con gas, y esa factura también se había disparado. Dejé el periódico de Shreveport sobre la mesa de la cocina para leerlo después. Seguro que estaba lleno de malas noticias.

Me duché, me arreglé el pelo y me maquillé. Hacía tanto calor que no me apetecía ponerme pantalones largos, pero unos shorts no encajarían en el sentido de la formalidad de Eric. Suspiré y me resigné a lo inevitable. Repasé mis vestidos de verano. Menos mal que me había molestado en depilarme las piernas, una costumbre que Eric encontraba tan extraña como fascinante. A esas alturas del verano, tenía la piel hidratada y bronceada. El pelo estaba varios grados más claro de lo habitual y, gracias a la intervención de urgencia de Immanuel, semanas atrás, tenía un aspecto inmejorable. Me puse una falda blanca, una blusa sin mangas azul claro y un cinturón de cuero negro muy ancho que a Tara ya no le valía. Mis sandalias negras buenas aún estaban en buen estado. Mi mano se detuvo delante del cajón de mi tocador. Dentro, escondido en una polvera, había un objeto mágico feérico llamado *cluviel dor*.

Nunca se me había ocurrido llevarlo encima. Una parte de mí no quería malgastar el poder del *cluviel dor*. Si lo empleaba con imprudencia, equivaldría a usar una bomba nuclear para matar a una mosca.

El *cluviel dor* era un raro regalo de amor feérico. Supongo que para las hadas era el equivalente del huevo de Pascua de Fabergé, pero con poderes mágicos. Mi abuelo (no el humano, sino el medio hada) Fintan, gemelo de Dermot, se lo había regalado a mi abuela Adele, que lo escondió de inmediato. Ella nunca me habló de su existencia, y yo lo descubrí solo cuando me puse a limpiar el desván. Me llevó mucho tiempo identificarlo y averiguar sus propiedades. Solo el abogado semidemonio, Desmond Cataliades, sabía que lo tenía…, aunque es posible que mi amiga Amelia también lo sospechara, ya que le había preguntado qué se podía hacer con algo así.

Hasta el momento, me había limitado a ocultarlo como había hecho mi abuela. No se puede ir por la vida con un arma en la mano por si acaso alguien te quiere atacar, ¿no? A pesar de ser un regalo de amor, y no un arma, el *cluviel dor* podía generar efectos igual de dramáticos. Su posesión garantizaba al dueño un deseo. Debía ser un deseo personal que le beneficiase a él o a alguien a quien amase. Pero se me ocurrían algunas situaciones terribles: ¿y si deseaba que un coche no chocase conmigo y, en vez de ello, atropellaba a una familia entera? ¿Y si deseaba que mi abuela volviese a estar viva y, en vez de aparecer ella, solo se reanimaba su cadáver?

Comprendía muy bien por qué la abuela lo había ocultado tan celosamente. Comprendía que su enorme potencial la había asustado, y puede que creyese que una cristiana no debía emplear la magia para cambiar su propio destino.

Por otra parte, el *cluviel dor* podría haberle salvado la vida si lo hubiese tenido a mano cuando fue atacada. Pero estaba en un cajón secreto de un viejo escritorio guardado en el desván, lejos de su alcance. Como nadie podía saber que se encontraba allí, no sirvió para hacer el mal; pero tampoco pudo emplearse para hacer el bien.

Si hacer realidad un deseo implicaba resultados catastróficos, la mera posesión del *cluviel dor* era un peligro en sí. Si alguien sobrenatural se enterara de que yo poseía ese asombroso objeto, mi tasa de peligro personal se multiplicaría.

Abrí el cajón y contemplé el regalo de mi abuela. El *cluviel dor* era de un verde crema y no parecía muy distinto de una polvera un poco gruesa, razón por la cual lo guardaba en el cajón del maquillaje. La tapa estaba bordeada por una banda dorada. No se abría; nunca se había abierto. No sabía cómo se hacía. En la mano, el *cluviel dor* irradiaba la misma calidez que notaba cuando me encontraba en presencia de Niall... La misma calidez multiplicada por cien.

Me sentí tentada de guardarlo en el bolso. Mi mano flirteó con la idea. Lo saqué del cajón y le di varias vueltas entre las manos. Mientras sostenía el liso objeto, sumida en el intenso placer que me provocaba su cercanía, sopesé la idea de llevarlo conmigo y el riesgo de hacerlo.

Al final, lo guardé otra vez en el cajón y puse una esponja encima.

Sonó el teléfono.

—La reunión es en casa de Eric a las nueve —dijo Pam sin más preámbulo.

—Pensé que sería en el Fangtasia —respondí, algo sorprendida—. Vale, llegaré lo antes posible.

Pam colgó sin decir más. Los vampiros no son precisamente expertos en modales telefónicos. Me acerqué al espejo para pintarme los labios.

A los dos minutos el teléfono volvió a sonar.

—Sookie —dijo la áspera voz de Mustafá—, no hace falta que vengas hasta las diez.

—¿Eh? Bueno…, vale. —Eso me daría un plazo más razonable. No me arriesgaría a que me pusiesen una multa, y además quería hacer algunas cosas antes de salir.

Recé una oración en la cama como signo de mi fe en que volvería a dormir en ella. Regué las plantas, por si acaso. Revisé rápidamente el correo electrónico, sin encontrar nada de interés. Tras echarme un último vistazo en el espejo de cuerpo entero de la puerta del baño, decidí que ya podía irme. Tenía mucho tiempo por delante.

Escuché música de baile de camino a Shreveport y acompañé cantando las canciones de *Fiebre del sábado noche*. Me encantaba ver bailar a John Travolta de joven, cosa que a mí también se me daba bien. Solo cantaba cuando estaba sola. Canté a pleno pulmón *Stayin' Alive*, consciente de que bien podría ser la canción de mi vida. Al llegar a la caseta del guarda que vigilaba la entrada a la urbanización donde vivía Eric, estaba una fracción menos preocupada por la noche que me esperaba.

Me preguntaba dónde estaría Dan Shelley. El nuevo guarda nocturno, un hombre musculoso cuya placa de identificación ponía «Vince», me indicó con la mano que podía pasar sin levantarse.

—Que disfrute de la fiesta —dijo.

Algo sorprendida, sonreí y le saludé con la mano. Pensaba que iba a asistir a una reunión seria, pero al parecer la visita del pez más gordo de la pecera comenzaría como un acontecimiento social.

Si bien los elegantes vecinos de Eric arqueaban las cejas ante la presencia de tantos coches, yo lo hice porque no me hacía gracia la idea de quedar bloqueada. El ancho sendero de acceso que discurría a la izquierda del jardín en ligera cuesta arriba hasta el aparcamiento de Eric estaba atestado. Jamás había visto tantos coches agolpados. La música se escapaba de la casa, aunque de forma tenue. Los vampiros no necesitaban subir el volumen como los humanos; su sentido del oído era inmejorable.

Apagué el motor y permanecí apoyada en el volante, tratando de ordenar las ideas antes de meterme en la boca del lobo. ¿Por qué no me habría limitado a decir que no cuando Mustafá me avisó de la reunión? Hasta ese momento, no había tenido en cuenta la opción de quedarme en casa. ¿Estaba allí por mi amor hacia Eric? ¿O quizá porque estaba tan enfrascada en el mundo vampírico que ni siquiera se me había ocurrido rechazar la invitación?

Puede que un poco por ambas cosas.

Iba a abrir la puerta del coche y me encontré a Bill justo delante. No pude evitar lanzar un grito ahogado.

—¡Ya te he dicho que dejes de hacer eso! —chillé, feliz de poder disipar parte de mis miedos en forma de rabia. Salí por el asiento del copiloto y di un portazo.

—Date la vuelta y vuelve a Bon Temps, cariño —recomendó Bill. Bajo la dura luz de la calle, mi primer amante vampiro parecía horriblemente pálido, salvo por los ojos, que semejaban pozos de sombras. Su recio pelo negro y la ropa a juego proporcionaban un contraste incluso mayor, de tal modo que parecía esmaltado con pintura luminiscente, como el cartel de una vivienda.

—Lo he meditado en el coche —admití—. Pero creo que ya es tarde.

—Deberías irte —insistió.

—Ah…, eso sería como dejar a Eric en la estacada —dije, aunque con un ligero tono a pregunta en la voz.

—Esta noche se las podrá arreglar sin ti. Vete a casa, por favor. —Su fría mano tomó la mía y la apretó con gran dulzura.

—Será mejor que me cuentes lo que está pasando.

—Felipe se ha traído a algunos de sus vampiros. Pasaron por uno o dos bares para recoger humanos con los que beber… y de los que beber. Su comportamiento es… Bueno, ¿recuerdas lo que te asqueaban Diane, Liam y Malcolm?

Los tres vampiros, ya definitivamente muertos, no tenían ningún reparo a la hora de mantener relaciones sexuales con humanos delante de mí, y la cosa no terminaba ahí.

—Sí, me acuerdo.

—Felipe suele ser más discreto, pero esta noche ha venido con ganas de fiesta.

Tragué saliva.

—Le dije a Eric que vendría —aduje—. Felipe podría tomarse a mal la ausencia de la esposa humana de su súbdito. —Eric me había forzado con engaños a ese matrimonio porque me proporcionaba cierto grado de protección ante la comunidad vampírica

—Eric sobrevivirá a tu ausencia —dijo Bill. Si hubiese extendido la frase, estoy muy segura de que el final habría sido: «Pero es posible que tú no sobrevivas a tu presencia»—. Yo tengo que estar aquí de guardia —prosiguió—. No puedo pasar a la casa. No podré protegerte.

Dejar el *cluviel dor* en casa había sido un error.

—Bill, puedo cuidar perfectamente de mí misma —aseguré—. Deséame suerte, ¿vale?

—Sookie...

—Tengo que entrar.

—Entonces, te deseo suerte. —Su voz era áspera, pero no sus ojos.

Podía elegir. Podía ser formal y entrar por la puerta principal; un camino de piedra se desgajaba del sendero de acceso y serpenteaba cuesta arriba hasta el jardín que daba a la inmensa puerta delantera. El camino estaba jalonado con bellos mirtos, ahora en plena flor. La otra alternativa era seguir por el sendero de acceso, doblar a la derecha, hacia el aparcamiento, y entrar por la cocina. Esa fue la que escogí. Al fin y al cabo, allí estaba más en casa que cualquiera de los visitantes de Nevada. Subí la cuesta con paso acelerado, rompiendo el silencio de la noche a intervalos regulares con mis tacones.

La puerta de la cocina estaba abierta, algo inusual. Recorrí con la mirada la espaciosa e inútil estancia. Con tantos invitados en la casa, alguien debería estar vigilando esa entrada.

Me di cuenta de que Mustafá Khan se encontraba de pie junto a las puertas acristaladas de la parte posterior de la cocina, más allá de la mesa del desayuno, donde nadie desayunaba nunca. Contemplaba la noche.

—¿Mustafá? —llamé.

El recadero diurno se dio la vuelta. Su postura estaba cargada de tensión. Levantó la barbilla a modo de saludo. A pesar de la hora que era, lucía sus gafas de sol.

Miré en busca de su sombra, pero no había ni rastro de Warren.

Por vez primera deseé saber en qué estaba pensando Mustafá. Sin embargo, sus pensamientos me resultaban tan opacos como los de cualquier licántropo con el que me hubiera cruzado en el pasado.

Se me puso la piel de gallina, pero realmente no sabía por qué.

—¿Qué tal por ahí fuera? —pregunté sin alzar demasiado la voz.

Se tomó una pausa antes de responderme, adoptando el mismo tono prudente que yo.

—Quizá debí trabajar para un maldito trasgo. O unirme a la manada y dejar que Alcide me diera órdenes todo el tiempo. Eso habría sido mejor que esto. Yo, en tu lugar, metería el culo en el coche y volvería a casa. Es lo que yo haría si Eric no pagase tan bien.

La conversación cada vez se parecía más al principio de un cuento de hadas:

Primer hombre: No crucéis el puente, es peligroso.
Heroína: Pero he de cruzarlo.
Segundo hombre: ¡Por vuestra vida, no crucéis el puente!
Heroína: Pero es que tengo que cruzarlo.

En un cuento de hadas, habría un tercer encuentro. Siempre son tres. Puede que me pasase lo mismo, pero creía que ya había captado la idea.

Los nervios se derramaron por mi espina dorsal como el sudor. Tenía claro que no quería cruzar el puente. ¿Y si bajaba por el camino?

Pero, en cuanto Pam entró en la cocina, supe que mi única oportunidad se había esfumado.

—Gracias a Dios que has llegado —dijo, escapándosele un toque de acento británico más marcado de lo habitual—. Empezaba a temer que no aparecerías. Felipe se ha percatado de tu ausencia.

—Pero si habéis cambiado la hora —repliqué, sorprendida—. Mustafá me dijo que viniera... —señalé, mirando el reloj del microondas— ahora mismo.

Pam giró la cabeza y lanzó a Mustafá una mirada más estupefacta que irritada.

—Hablaremos más tarde —le soltó y me apremió a mí con un gesto de impaciencia.

Me tomé un segundo para guardar el bolso en uno de los armarios de la cocina, sencillamente porque esa era la habitación más segura de la casa de un vampiro para guardar cosas. Antes de seguir a Pam hasta el amplio salón comedor, me cincelé una sonrisa en la cara. No pude evitar lanzar una última mirada por encima del hombro a Mustafá. Pero lo único que vi fue la negrura de las lentes de sus gafas de sol.

En lo sucesivo, miré hacia delante. Cuando estás entre vampiros, siempre es mejor mirar lo que viene de frente.

Si bien los interiores de la atrevida decoración de Eric habían salido en la revista *Louisiana Interiors*, al fotógrafo le habría costado reconocer la estancia esa noche. Las cortinas a rayas de las ventanas frontales estaban completamente corridas. No había flores frescas. Un heterogéneo grupo de vampiros y humanos salpicaba el amplio espacio.

Un hombre, exageradamente musculoso y teñido de rubio, bailaba con una joven a mi izquierda, cerca de la mesa del comedor, que Eric utilizaba para celebrar sus reuniones de trabajo. A medida que me acercaba, dejaron de bailar y empezaron a besarse, con mucho ruido y mucha lengua. Un vampiro de mandíbula cuadrada estaba bebiendo sangre de una bien dotada humana en el sofá de dos plazas, y lo estaba dejando todo hecho un desastre. Había salpicaduras por todo el tapizado.

En ese momento, ya estaba cabreada. Y añadió combustible a la llama que una vampira pelirroja a la que no conocía se pusiera a bailar al son de un viejo CD de los Rolling Stones encima de la mesa de centro de Eric. Otro vampiro, de recio pelo negro, la observaba con casual interés, como si ya la hubiese visto antes hacer lo mismo pero le siguiese pareciendo interesante. Sus tacones de punta horadaban y arañaban la mesa de madera, una de las adquisiciones favoritas de Eric.

Sentí cómo se me estiraban los labios como las correas de un bolso. Una mirada de soslayo a Pam me indicó que la vampira mantenía su expresión tan lisa y vacía como un cuenco. Con gran esfuerzo, logré neutralizar mi propia expresión. ¡Mierda, acabábamos de remplazar las alfombras y de pintar las paredes tras la debacle de Alexei Romanov! Ahora habría que volver a limpiar la tapicería y tendría que encontrar a alguien que restaurara la mesa.

Me acordé de que tenía problemas más importantes que unas cuantas manchas y arañazos.

Bill tenía razón. Mustafá tenía razón. No era el mejor sitio donde estar. A pesar de las quejas de Pam, no me creía que ninguno de los vampiros hubiese reparado en mi ausencia. Todos estaban demasiado ocupados.

Pero en ese momento el hombre que observaba a la bailarina giró la cabeza hacia mí. Me di cuenta de que era Felipe de Castro, completamente vestido (a Dios gracias). Me sonrió, arrancando destellos a la luz del techo con sus afilados colmillos blancos. Sí, estaba disfrutando del baile.

—¡Señorita Stackhouse! —exclamó con dejadez—. Llegué a temer que no vendrías esta noche. Ha pasado demasiado tiempo desde que tuve el placer de verte por última vez. —Dado su fuerte acento, pronunció mi nombre como «Stekhuss». La primera vez que lo vi, el rey llevaba una señora capa. Esa noche iba con un estilo más conservador, consistente en una camisa gris, chaleco plateado y pantalones negros.

—Ha pasado mucho tiempo, Majestad —fue todo lo que pude decir—. Lamento mi tardanza. ¿Dónde está Eric?

—Está en uno de los dormitorios —contestó Felipe, aún sonriente. El bigote y la perilla eran de un negro perfectamente perfilado. El rey de Nevada, Arkansas y Luisiana no era un hombre alto, pero sí impactaba por bello. Poseía una vitalidad extremadamente atractiva, aunque no para mí, y menos esa noche. Era también un político nato, según tenía entendido, y, sin duda, todo un empresario. Imposible saber la cantidad de dinero que habría amasado a lo largo de toda su existencia.

Devolví al rey una sonrisa gélida. Me sentía absolutamente descentrada. Los visitantes de Nevada no se estaban comportando mucho mejor que, digamos, los bomberos de cualquier localidad pequeña en una convención en Nueva Orleans. Que fuesen de Las Vegas y, aun así, sintiesen la necesidad de seguir comportándose mal en Shreveport..., bueno, no decía nada bueno de ellos.

«En uno de los dormitorios» no sonaba nada bien, pero por supuesto eso era lo que pretendía Felipe.

—Será mejor que le diga que estoy aquí —me excusé y me volví hacia Pam—. Vamos, amiga.

Pam me cogió de la mano, y por primera vez en la noche me sentí algo reconfortada, si bien su expresión parecía de cera.

Mientras atravesábamos el salón (el tipo musculoso no estaba teniendo sexo con la chica, pero ya les faltaba poco), Pam siseó:

—¿Has visto eso? La sangre no saldrá nunca de la tapicería.

—No será tan difícil de limpiar como la noche en que Alexei perdió los papeles —dije, procurando verlo con perspectiva—. O como en el club, cuando hicimos... eso. —No quería decir «cuando matamos a Victor» en voz alta.

—Pero eso fue divertido. —Pam era especialmente quejica.

—¿Es que esto no te lo parece?

—No, me gustan los placeres más personales e íntimos.

—Oh, lo mismo digo —convine—. ¿Cómo es que Eric está ahí detrás y no con todo el mundo?

—Ni idea. Acabo de volver de traer más licor —respondió escuetamente—. Mustafá insistió en que necesitaríamos más ron.

¿Ahora se dedicaba a hacer los recados que le mandaba Mustafá? Apreté los labios para no decir nada. No era asunto mío.

Llegamos a la puerta del dormitorio que usaba yo cuando me quedaba en casa de Eric, ya que no quería estar todo el día en su impenetrable refugio del sótano. Pam, un paso por delante, abrió la puerta y se quedó rígida. Eric estaba sentado en la cama, pero se estaba alimentando de alguien: una mujer de pelo negro. Ella estaba repantingada en su regazo, y llevaba su llamativo vestido corto retorcido por todo el cuerpo. Una de sus manos estaba apoyada en el hombro de Eric, masajeándolo mientras él succionaba de su cuello. Su otra mano estaba…, se estaba dando placer a sí misma.

—Serás cabrón —espeté, a punto de darme la vuelta. Salir de allí era un deseo tan ardiente que me estaba consumiendo por dentro. Eric levantó la cabeza, con la boca manchada de sangre, y nuestras miradas se encontraron. Estaba… borracho.

—No puedes irte —dijo Pam. Me agarró del brazo, y sabía que me lo rompería antes que dejarme marchar—. Si sales ahora, pareceremos débiles y Felipe reaccionará en consecuencia. Todos sufriremos. A Eric le pasa algo.

—Me importa una mierda —le contesté. Sentía la cabeza extrañamente ligera y distante de la conmoción. No sabía si me desmayaría, vomitaría o me echaría encima de Eric para estrangularlo.

—Tienes que irte —ordenó Eric a la mujer. Sus palabras parecían salir amordazadas. ¿Qué demonios ocurría?

—Pero si estábamos llegando a la parte divertida —replicó ella con lo que creía que era una voz seductora—. No me digas que me vaya, cielito, cuando todavía queda lo mejor. Si quieres que ella se una, por mí genial, bomboncito. —Tuvo que hacer un esfuerzo sobrehumano para pronunciar todas esas palabras. Estaba pálida como una sábana. Había perdido demasiada sangre.

—Debes irte —consiguió repetir Eric un poco más claramente. Su voz había adquirido el tono que usan los vampiros cuando quieren que un humano les obedezca.

A pesar de negarme a mirar a la morena, supe cuándo se levantó de la cama, igual que Eric. Supe cuándo se arrastró y casi cayó al suelo. «Ahora podré quedarme con mi coche», pensó ella.

Estaba tan desconcertada al oír ese pensamiento que me volví hacia ella. Era más joven que yo y más delgada. De alguna manera, eso agravaba la ofensa de Eric. Tras la agitación inicial, atisbé que, además, su mente estaba muy enferma. Lo que la estaba devorando era horrible y confuso a la vez. El odio hacia sí misma teñía sus pensamientos de gris, como si se estuviesen pudriendo desde su mismo núcleo. La superficie aún parecía bonita, pero no sería por mucho tiempo.

La chica también tenía parte de sangre sobrenatural, aunque me resultaba imposible atinar de qué tipo... Puede que fuese una licántropo. Uno de sus padres era el culpable. Tenía sentido, dada la condición de Eric. La sangre sobrenatural era como un tiro para los vampiros, y ella se la había adulterado de alguna manera para que resultase más embriagadora.

—No sé quién eres ni cómo has entrado aquí, chica, pero más te vale largarte ya —dijo Pam.

La chica se rio, algo que ni Pam ni yo esperábamos. Pam se puso rígida y en ese momento yo sentí una llamarada solar en mi cabeza. Al asco inicial se añadía la rabia. ¡Se reía! Clavé los ojos en los de la chica. La mueca se desvaneció de sus labios y se puso más blanca todavía.

No soy una vampira, pero supongo que mi aspecto era bastante amenazador.

—Vale, vale, ya me voy. Saldré de la ciudad al amanecer. —Mentía. Hizo un último intento para… ¿para qué? Me sonrió y añadió deliberadamente—: No es culpa mía que tu hombre estuviese hambriento…

Antes de poder moverme, Pam le propinó un golpe con el revés de la mano. La chica salió despedida hasta la pared y luego se escurrió hasta el suelo.

—Levanta —ordenó Pam con voz helada.

Con esfuerzo evidente, la chica se puso en pie. Ya no había sonrisas y frases provocadoras. Pasó a mi lado al salir de la habitación y pude olerla. No solo percibí un rastro de su mestizaje sobrenatural, sino algo más: sangre con un dulzor subyacente. Salió al pasillo, apoyando una mano en la pared.

Pam cerró la puerta tras ella. El dormitorio quedó sumido en un extraño silencio.

Mi mente corría en mil direcciones diferentes. Desde mi retraso hasta el nuevo guarda de la puerta, pasando por los extraños pensamientos que había percibido de la chica, el no menos extraño olor que sentí a su paso… Y entonces toda mi atención se centró en otro asunto.

Mi «marido».

Eric todavía estaba sentado en el borde de la cama.

Esa cama que yo pensaba que era mía. La cama donde habíamos hecho el amor. La cama donde había dormido.

Me habló directamente.

—Ya sabes que me alimento... —empezó, pero levanté una mano.

—No me hables —atajé. Parecía indignado, abrió la boca para decir algo y repetí—: No me hables.

En serio, si hubiese podido quedarme a solas durante treinta minutos (o treinta horas, o treinta días), habría sido capaz de manejar la situación. Tal como estaban las cosas, tenía que improvisar un discurso rápido.

Sabía que yo no era la única fuente de alimento de Eric (una sola persona no puede ser la única fuente de alimento de un vampiro, concretamente de uno que no complemente dicha alimentación con suplementos sintéticos).

Que si no es culpa suya, que si necesita alimentarse, que si eso, que si lo otro.

Pero...

Él sabía que estaba de camino.

Él sabía que yo le iba a dejar beber de mí.

Él sabía que el hecho de beber de otra mujer me haría mucho daño. Y lo hizo de todos modos. A menos que hubiera algo en esa mujer que yo no supiera, o algo que ella le hubiese hecho a Eric y que hubiese desencadenado esa reacción, algo que diese la apariencia de que no me quería tanto como yo siempre había dado por sentado.

Podía aferrarme al alivio de haber roto el vínculo de sangre, pues de haber sentido cómo disfrutaba con la morena, me habrían entrado ganas de matarlo.

—Si no hubieras roto el vínculo de sangre, esto nunca habría pasado —dijo Eric.

Otra llamarada solar estalló en mi cabeza.

—Por esto no llevo una estaca encima —murmuré, jurando larga y prolijamente para mis adentros.

Yo no le había ordenado a Pam que no hablase. Así que, tras observarme con atención para evaluar mi ánimo, dijo:

—Sabes que dentro de un momento te calmarás. Era una cuestión de oportunidad, no de infidelidad.

Tras un prolongado momento para resentirme de su endemoniada convicción sobre mi aceptación del comportamiento de Eric, tuve que asentir. No compartía necesariamente la premisa que alentaba sus palabras, según la cual, cuando me calmase, no me molestaría tanto lo que Eric había hecho. Simplemente admitía el hecho de que tenía su parte de razón. Aunque me hacía gritar por dentro, dejé de lado todo lo que deseaba decirle a Eric. Allí estaba pasando algo más apremiante. Hasta yo podía verlo.

—Escucha, esto es lo que importa —dije, y Pam asintió. Eric parecía sorprendido y envaró la espalda. Volvía a dar la impresión de ser más él mismo: más alerta, más inteligente.

—A esa chica no se le ocurrió venir aquí espontáneamente; la mandaron —resumí.

Ambos vampiros se miraron y se encogieron de hombros a la vez.

—No la había visto nunca —dijo Eric.

—Creí que formaba parte del séquito de Felipe —se justificó Pam.

—Hay un guarda nuevo en la entrada. —Miré a uno y otro—. ¿Cómo es que, de todas las noches, Dan Shelley ha escogido justo esta para librar? Y, después de que Pam me llamase para que estuviese a las nueve, Mustafá hizo lo mismo un rato más tarde para decirme que lo retrasase una hora. Eric, ¿esa chica no te sabía diferente?

—Sí —admitió, asintiendo con lentitud—. Aún noto los efectos. Era extra...

—¿Como si le hubiesen añadido algún tipo de suplemento? —Suprimí otra llamarada de dolor e ira.

—Sí —convino. Se levantó, aunque mantenerse en pie le costaba visiblemente—. Sí, como si se hubiese tomado un cóctel a base de hada y licántropo. —Cerró los ojos—. Estaba deliciosa.

—Eric, si no hubieses tenido hambre, habrías cuestionado una aparición tan oportuna.

—Así es —admitió—. Todavía no tengo las ideas claras, pero entiendo lo que quieres decir.

—Sookie, ¿qué captaste de sus pensamientos? —preguntó Pam.

—Estaba ganando dinero, pero le excitaba la posibilidad de morir. —Me encogí de hombros.

—Pero no ha muerto.

—No, llegué justo a tiempo para evitar lo que posiblemente habría acabado mal. ¿Verdad, Eric? ¿Podrías haber parado?

Parecía profundamente avergonzado.

—Puede que no. He perdido casi todo el control. Era su olor. Cuando vino parecía tan corriente. Bueno, atractiva por culpa de la sangre de licántropo, pero nada especial. Y yo no le ofrecí ningún dinero. Entonces, de repente... —Agitó la cabeza y tragó saliva.

—¿Por qué aumentó de repente su atracción?

Y entonces Pam sacó a relucir a la pragmática que siempre llevaba dentro:

—Espera. Perdón, pero no podemos perder tiempo con preguntas. Tenemos que seguir adelante con la velada, los tres —dijo, mirándonos a Eric y a mí consecutivamente. Volví a asentir. Eric sacudió la cabeza—. Bien —continuó—. Sookie, llegaste justo a tiempo; su presencia no ha sido ninguna casualidad. No olía ni sabía así por casualidad. Han pasado demasiadas cosas aquí que apestan a conspiración. Amiga mía, me repito: vas a tener que dejar de lado tu dolor personal por esta noche.

Lancé a Pam una mirada muy directa. Si no hubiese llegado a tiempo al dormitorio, era posible que Eric hubiese vaciado a la chica, algo que ella misma había tenido en consideración. Me daba la sensación de que todo esto lo había planeado alguien para pillar a Eric con las manos manchadas de sangre; más bien los colmillos.

—Lávate los dientes —le apremié—. Frota bien. Y la cara también; frótatela con mucha agua.

A Eric no le gustaba que le dijeran lo que tenía que hacer, pero sabía que aquello era lo que más le convenía en ese momento. Se metió en el cuarto de baño, dejando la puerta abierta.

—Iré a ver qué tal están nuestros invitados especiales —dijo Pam, desapareciendo por el pasillo que llevaba al salón, donde la música había seguido sonando sin interrupción.

Eric salió del baño, secándose la cara con una toalla. Parecía más alerta, más presente. Titubeó al verme sola. Era bastante torpe con los problemas de pareja. A tenor de las pequeñas pistas y reminiscencias que había dejado caer, me quedaba claro que, durante literalmente siglos de aventuras sexuales, Eric había mandado frente a mujeres que se habían limitado a decir: «Lo que tú desees, mi grande y bello vikingo». Había tonteado un par de veces con vampiras; relaciones más equilibradas aunque breves. Era todo lo que sabía. Eric no era de los que presumían; simplemente daba las relaciones sexuales por descontado.

Yo me sentía notablemente más calmada. Era algo bueno, sin duda, ya que me encontraba a solas en una habitación con un hombre al que habría querido pegar un tiro minutos antes. Si bien ya no compartíamos un vínculo de sangre, Eric me conocía lo suficiente como para saber que ya podía hablar.

—Solo era sangre —dijo—. Estaba ansioso y hambriento, llegabas tarde y no me apetecía lanzarme a tu cuello apenas llegaras. Ella vino mientras te esperaba y pensé que no me iría mal un tentempié. Su olor era embriagador.

—Así que lo que querías era «reservarme» —solté, tiñendo deliberadamente mis palabras de sarcasmo—. Ya veo. —Me forcé a callar.

—Actué impulsivamente —dijo, y su boca se comprimió en una fina línea.

Podía comprenderlo. Yo misma había actuado bajo un impulso en más de una ocasión. Por ejemplo, las veces que estaba tan dolida o enfadada que huía de los problemas;

no porque quisiera tener la última palabra o quisiera añadir dramatismo a la situación, sino porque necesitaba tiempo para relajarme. Respiré profundamente. Miré a Eric a los ojos. Supe entonces que los dos tendríamos que hacer grandes esfuerzos por pasar esa página, al menos durante esa noche. Sin pensarlo de forma consciente, identifiqué el sutil aroma que debió de poner patas arriba los sentidos de Eric.

—Era mitad licántropo y le inocularon sangre de hada para hacerla irresistible —concluí—. Quiero creer que habrías actuado de otra manera, de no ser por eso. Ella era, literalmente, una trampa. Vino porque esperaba ganar un montón de dinero si te alimentabas de ella, y a lo mejor coquetear con sus deseos de morir.

—¿Crees que podrás actuar como si siguiésemos en armonía? —preguntó Eric.

—Haré todo lo que pueda —afirmé, procurando no sonar amarga.

—Es todo lo que puedo pedir.

—No pareces tener ninguna duda acerca de ti mismo —observé. Cerré los ojos un momento, aunando cada pizca de autocontrol para recomponerme en una persona coherente—. Así que, si estoy aquí para dar la bienvenida oficial a Felipe y él ha venido para hablar de la «desaparición» de Victor, ¿cuándo va a parar el despropósito del salón? Y, solo para que lo sepas, estoy cabreadísima por lo de la mesa.

—Yo también —dijo con inconfundible alivio—. Le diré a Felipe que tenemos que hablar. Ahora. —Bajó la mirada hacia mí—. Mi amada, no dejes que tu orgullo se lleve lo mejor de ti.

—Bueno, mi orgullo y yo estaríamos encantados de meternos en mi coche y volver a casa —dije, esforzándome por mantener la voz calmada—. Pero supongo que mi orgullo y yo tendremos que hacer el esfuerzo de quedarnos por aquí y pasar la noche como mejor podamos, si consigues que dejen de follar en cada rincón para tratar los temas serios. Eso, o te puedes despedir de mí y de mi orgullo.

Dicho eso, me metí en el baño y cerré la puerta, tranquila y deliberadamente. Eché el pestillo. Ya estaba cansada de palabras, al menos por el momento. Necesitaba unos instantes a solas.

Fuera solo se oía el silencio. Me senté en la tapa del inodoro. Me sentía tan colmada de emociones encontradas que era como recorrer un campo de minas con mis sandalias de tacón de florecitas. Me miré las brillantes uñas de mis dedos gordos.

—Vale —les dije—. Vale. —Tomé aire—. Ya sabías que bebía sangre de otras personas. Y sabías que «otras personas» implicaba la posibilidad de otras mujeres. Y sabes que otras mujeres son más jóvenes, guapas y delgadas que tú. —Si me lo seguía repitiendo, acabaría asimilándolo.

Por Dios…, pero ¡qué diferente era «saber» algo de «verlo»!

—También sabes —proseguí— que te quiere. Y tú a él. —«Cuando no me entran ganas de quitarme uno de los tacones y clavárselo en…»—. Has pasado muchas cosas con él, y él ha demostrado, una y otra vez, que siempre irá un poco más lejos por ti.

Era verdad. ¡Era verdad!

Me lo repetí unas veinte veces.

—Así que —me dije con un tono muy razonable—, esta es la oportunidad de elevarse por encima de las circunstancias, de demostrar de lo que estás hecha y de contribuir a salvar la vida de los dos. Y eso pienso hacer, porque así es como me ha criado mi abuela. Pero cuando esto acabe…

—«Le arrancaré la cabeza»—. No, no lo haré —me reprendí—. Hablaremos de ello.

«Y entonces le arrancaré la cabeza».

—Quizá —dije, sintiendo que mi cara sonreía.

—Sookie —llamó Pam desde el otro lado de la puerta—. ¿Estás preparada?

—Sí —contesté con dulzura. Me incorporé, me sacudí y practiqué la sonrisa en el espejo. Era espantosa. Abrí la puerta. Intenté sonreír a Pam. Eric se encontraba detrás de ella, supongo que pensando que su lugarteniente absorbería la primera oleada si me daba por salir disparando.

—¿Felipe está listo para hablar? —pregunté.

Por primera vez desde que conocía a la vampira, Pam parecía algo incómoda al mirarme.

—Eh, sí —respondió—. Está listo para nuestra conversación.

—Genial, pues vamos —dije, manteniendo la sonrisa.

Eric me observaba con cautela, pero no añadió nada. Bien.

—El rey y su asistente están fuera —informó Pam—. Los demás han mudado la fiesta a la otra sala. —Aun así, se oían gritos al otro lado de la puerta cerrada.

Felipe y su vampiro de mandíbula cuadrada (ese al que acababa de ver bebiendo de una mujer) estaban sentados juntos en el sofá. Eric y yo ocupamos el sofá (manchado) de dos plazas, situado en ángulo recto con respecto al otro. Pam se sentó en el sillón. La amplia mesa de centro (ahora llena de arañazos), que normalmente albergaba solo unos cuantos objetos de arte, estaba llena de botellas de sangre sintética y vasos con mezclas de bebidas, un cenicero, un móvil y algunas servilletas arrugadas. En vez de la habitual formalidad, ordenada y atrayente, el salón presentaba un aspecto deplorable.

Me habían entrenado durante tantos años que sentí la tentación de levantarme, ponerme un delantal, coger un cubo de basura y despejar aquel desastre.

—Sookie, creo que no conoces a Horst Friedman —dijo Felipe.

Aparté la mirada del desorden y contemplé al vampiro con detenimiento. Horst tenía los ojos rasgados y era alto y anguloso. Lucía el pelo cuidadosamente cortado y castaño claro. No parecía saber cómo se sonreía. Sus labios eran sonrosados y sus ojos azul pálido; podía decirse que tenía unos tonos extrañamente agradables a pesar de sus rasgos.

—Encantada de conocerte, Horst —saludé, realizando un enorme esfuerzo para pronunciar su nombre con claridad. El gesto de la cabeza de Horst fue casi imperceptible. A fin de cuentas, yo era una humana.

—Eric, he venido a tu territorio para hablar de la desaparición de Victor, mi regente —dijo Felipe con brusquedad—. Se le vio por última vez en la ciudad, si es que se puede llamar así a Shreveport. Sospecho que tienes algo que ver con ello. No se le volvió a ver más tras su marcha a una fiesta privada que se celebraba en tu club.

Adiós a cualquier historia elaborada que habría podido esgrimir Eric.

—No pienso admitir nada —respondió Eric con calma.

Felipe parecía algo sorprendido.

—Pero tampoco niegas la acusación.

—Si realmente lo maté, Majestad —continuó Eric, como si admitiese haber sacudido a un mosquito—, no creo que haya la menor prueba que pueda sostener tal acusación. Lamento que numerosos miembros del séquito de Victor también desaparecieran cuando este lo hizo.

Tampoco podía decirse que Eric hubiera dado a Victor y los suyos una oportunidad para rendirse. Al único al que se le ofreció la opción de salvar el cuello fue a Akiro, el nuevo guardaespaldas de Victor, y rechazó la oferta. La lucha en el Fangtasia fue una batalla campal, con litros y litros de sangre, desmembramientos y muerte. Procuré no recordarla con demasiado detalle. Sonreí y aguardé a la respuesta de Felipe.

—¿Por qué lo hiciste? ¿Acaso no me debes lealtad? —Felipe abandonó su tono superficial por primera vez. De hecho, parecía sumamente severo—. Nombré a Victor mi regente en Luisiana. Yo lo designé… Y yo soy tu rey. —Ante la escalada del tono, me di cuenta de que Horst se había tensado, listo para la acción. Pam no fue menos.

Se produjo un largo silencio. Supongo que era la palpable definición de ambiente «cargado».

—Majestad, si hice tal cosa, puede que se debiera a un buen número de razones —dijo Eric, y yo volví a respirar—. Te debo lealtad, y te soy leal, pero no puedo permanecer quieto cuando alguien pretende asesinar a mi gente sin razón alguna…, y sin previa consulta conmigo. Victor envió a dos de sus mejores vampiros para matar a Pam y a mi esposa. —Posó su fría mano en mi hombro y yo me esforcé para simular una expresión de profunda sorpresa (no me costó demasiado)—. Solo escaparon porque Pam es una formidable luchadora y porque mi esposa sabe cuidar muy bien de sí misma —terminó Eric solemnemente.

Dejó que el silencio cuajara esas palabras en nuestra mente. Horst parecía escéptico, mientras Felipe se había limitado a arquear sus negras cejas. Asintió, animando a Eric para que prosiguiese.

—Si bien no admito la culpabilidad de su muerte, Victor me estaba atacando económicamente, y, por lo tanto, a ti también, mi rey. Estableció nuevos clubs en mi territorio, pero controlando en exclusividad su gestión, sus empleos y sus beneficios, lo cual choca con todo precedente. Dudo mucho de que compartiese contigo sus beneficios. También creo que quería minar mi autoridad, haciéndome pasar de uno de tus súbditos más rentables a una rémora. He oído muchos rumores de sheriffs de otras zonas, incluidos algunos de los que tú mismo trajiste desde Nevada, según los cuales Victor estaba descuidando los demás negocios de Luisiana en esta extraña *vendetta* contra mí y los míos.

Era imposible leer ninguna reacción en la cara de Felipe.

—¿Por qué no me hiciste llegar tus quejas? —preguntó el rey.

—Lo hice —respondió Eric con calma—. Llamé a tus oficinas dos veces y hablé con Horst, pidiéndole que llevase estos asuntos a tu atención.

Horst se enderezó un poco.

—Es verdad, Felipe. Yo…

—¿Y por qué no me transmitiste las preocupaciones de Eric? —lo interrumpió Felipe, volviendo su fría mirada hacia Horst.

Supuse que Horst se removería, incómodo, pero en vez de ello permaneció quieto y desconcertado.

Puede que pasar tanto tiempo entre vampiros me esté volviendo cínica, pero estaba casi segura de que Horst sí que había transmitido las quejas de Eric, pero que Felipe había decidido que Eric tendría que apañárselas para resolver sus problemas con Victor. Ahora, Felipe echaba a Horst a los caballos sin el menor escrúpulo, para poder aducir su desconocimiento.

—Majestad —dije—, lamentamos enormemente la desaparición de Victor, pero quizá no hayas sopesado que era una gran lacra para ti también. —Lo contemplé, triste, apesadumbrada.

Hubo un momento de silencio. Los cuatro vampiros me miraron como si acabara de ofrecerles una fuente de tripas de cerdo. Hice lo que pude para parecer sencilla y sincera.

—No era mi vampiro favorito —admitió Felipe tras lo que parecieron cinco horas—, pero era muy útil.

—Estoy segura de que te has percatado —insistí— de que, en el caso de Victor, «útil» es un sinónimo de «pozo económico». Porque, por ejemplo, me han comentado personas que trabajan en el Redneck Roadhouse de Vic que sus salarios eran ínfimos y trabajaban demasiado, lo que abultaba ficticiamente los ingresos. Eso nunca es bueno en un negocio. Además, aún se debe dinero a algunos de los proveedores. Y van retrasados con la distribución. —Era una información que Duff había compartido conmigo dos entregas atrás—. Así que, a pesar de que el Vic empezó con fuerza y quitó clientela a muchos bares de los alrededores, no se han hecho con la clientela habitual suficiente para mantener un negocio tan grande, y sé de buena tinta que sus ingresos se han desplomado. —Solo era una suposición, pero no debí de errar el tiro por la cara que puso Horst—. Lo mismo puede decirse de su bar de vampiros. ¿Para qué quitar clientes de la referencia turística que es el Fangtasia? Dividir no es multiplicar.

—¿Me estás dando una lección de economía? —Felipe se inclinó hacia delante, cogió una de las botellas abiertas de TrueBlood y bebió de ella sin apartarme la mirada.

—No, señor, jamás se me ocurriría hacer tal cosa. Pero sé lo que está pasando a escala local, porque la gente habla conmigo o porque lo oigo en sus cabezas. Claro que, comentar todo este asunto de Victor no quiere decir que sepa lo que ha sido de él. —Sonreí con amabilidad. «Mentiroso de mierda».

—Eric, ¿disfrutaste de la joven? Al llegar aquí, dijo que había sido llamada para servirte —apuntó Felipe, sin dejar de mirarme—. Me sorprendió, ya que tenía entendido que estabas casado con la señora Stackhouse. Pero la joven me pareció un cambio adecuado para ti. Tenía un aroma de lo más interesante. Si no hubiese estado reservada para ti, puede que me la hubiese quedado.

—A ella no le habría importado —respondió Eric con un tono absolutamente vacío.

—¿Dijo que la habían reservado? —Estaba asombrada.

—Eso fue lo que dijo —explicó Felipe. Sus ojos estaban fijos en mí, como los de un halcón que observa al ratón que piensa devorar.

Una parte de mi mente daba vueltas a ese particular: me habían retrasado, la chica había dicho que estaba reservada específicamente para Eric… Pero, por otra parte, me estaba arrepintiendo de haber salvado la vida de Felipe cuando uno de los guardaespaldas de Sophie-Anne estuvo a punto de acabar con él. Lo lamentaba inmensamente. Aunque eso había servido para salvar a Eric también. Felipe era un efecto colateral, pero aun así… De vuelta al otro asunto, me di cuenta de que no íbamos a ninguna parte. Sonreí a Felipe con más fuerza.

—¿Es que eres deficiente? —preguntó Horst, incrédulo.

«Deficiencia estomacal es lo que me causas», pensé, amordazando mi propia lengua.

—Horst, no confundas los aires desenfadados y alegres de la señorita Stackhouse con un síntoma de deficiencia mental.

—Sí, Majestad. —Horst intentó hacerse el reprendido, pero no se le dio bien.

Felipe le lanzó una mirada afilada.

—He de recordarte, a menos que mucho me equivoque, que la señorita Stackhouse acabó con Bruno o Corinna. Ni siquiera Pam habría podido con los dos a la vez.

Mantuve la sonrisa.

—¿Cuál de los dos fue, señorita Stackhouse?

Otro telón de silencio. Ojalá hubiese habido un hilo musical de fondo. Cualquier cosa habría sido mejor que ese punto muerto.

Pam se agitó, me miró casi con aire de disculpa, y respondió:

—Bruno. Sookie mató a Bruno. Yo me encargué de Corinna.

—¿Y cómo lo hiciste, señorita Stackhouse? —preguntó Felipe. Incluso Horst parecía interesado e impresionado a la par, cosa que no me animaba en absoluto.

—Fue una especie de accidente.

—Eres demasiado modesta —murmuró el rey escépticamente.

—Fue así, de verdad. —Recordaba el coche, la lluvia y el frío; los dos coches aparcados en el arcén de la interestatal en una terrible y oscura noche—. Llovía a cántaros —dije en voz baja. Recordaba cómo trastabillé una y otra vez, cuesta abajo, hasta la zanja por la que discurría un agua helada; los movimientos a la desesperada para encontrar el cuchillo de plata de Bruno.

—¿Fue la misma clase de accidente que tuviste cuando mataste a Lorena? ¿O a Sigebert? ¿O a la licántropo?

Caramba, ¿cómo sabía lo de Debbie? ¿O se refería a Sandra? Aunque la lista estaba incompleta.

—Sí, de la misma clase.

—Aunque no puedo quejarme de lo de Sigebert, ya que me habría matado a no mucho tardar —observó Felipe, adoptando un aire de absoluta ecuanimidad.

¡Por fin!

—Me preguntaba si te habrías olvidado de esa parte —murmuré. Puede que sonara un poco sardónica.

—Me rendiste un gran servicio —dijo—. Ahora solo evalúo hasta qué punto supones un quebradero de cabeza para mí.

—¡Oh, vamos! —Estaba profundamente molesta—. No he hecho nada de lo que no te hubieses ocupado tú mismo antes siquiera de que ocurriese.

Pam y Horst parpadearon con rapidez, pero vi que Felipe me comprendía.

—¿Mantienes que si hubiese sido más... proactivo, no habrías corrido peligro a manos de Bruno y Corinna? ¿Que Victor se habría quedado en Nueva Orleans, donde debería estar el regente, y que, por ello, Eric habría gobernado la Zona Cinco como siempre lo había hecho?

En una palabra, sí, como habría dicho mi abuela. No obstante (al menos por esta vez), mantuve la boca cerrada.

Eric, a mi lado, estaba rígido como una estatua.

No estoy muy segura de qué habría pasado a continuación, pero Bill apareció de golpe por la cocina. Estaba tan agitado como nunca lo había estado.

—Hay una chica muerta en el jardín frontal —anunció—. Ha venido la policía.

En cuestión de segundos, innumerables reacciones surcaron la expresión de Felipe.

—En ese caso, Eric, que es el propietario de la casa, debería salir para hablar con esos buenos agentes —dijo—. Arreglaremos las cosas aquí. Eric, asegúrate de invitarlos a pasar.

Eric ya estaba de pie. Llamó a Mustafá, que no apareció. Pam y él intercambiaron miradas preocupadas. Sin mirarme, Eric estiró el brazo, me agarró y me levantó junto a él. Hora de cerrar filas.

—¿Quién es la difunta? —preguntó a Bill.

—Una morena delgada —dijo—. Humana.

—¿Tiene marcas de colmillo en el cuello? ¿Vestido llamativo, en su mayoría verde y rosa? —pregunté yo con el corazón en un puño.

—No me he acercado tanto —replicó Bill.

—¿Cómo ha encontrado la policía el cuerpo? —quiso saber Pam—. ¿Quién los ha llamado?

Fuimos a la puerta principal. Se oía el ruido procedente del exterior. Con las cortinas echadas, no habíamos visto las luces de la policía. Los observé desde una rendija de la gruesa tela.

—No he oído ningún grito ni cualquier otra forma de alarma —dijo Bill—. No me explico por qué iba a llamar ningún vecino... Pero está claro que alguien lo ha hecho.

—¿No los habrás llamado tú por alguna razón? —inquirió Eric, y de repente se pudo oler el peligro en la estancia.

Bill estaba sorprendido, o lo que es lo mismo: sus cejas se crisparon y frunció el ceño.

—No se me ocurre ninguna razón por la que hacer eso. Al contrario; dado que yo patrullaba el exterior, sería considerado el primer sospechoso.

—¿Dónde está Mustafá? —preguntó Eric.

Bill lo miró fijamente.

—No tengo ni idea —respondió—. Estaba patrullando el perímetro, o eso dijo, hace un rato. No lo he visto desde que llegó Sookie.

—Yo lo he visto en la cocina —dije—. Estuvimos hablando. —Una presencia llamó mi atención—. Detecto a alguien acercándose a la puerta —alerté.

Eric avanzó hacia la entrada que apenas se usaba. Fui con él. Abrió con rapidez y vimos a una mujer torpemente petrificada en la postura de llamar a la puerta.

Alzó la mirada para abarcar a Eric y leí sus pensamientos. Para ella, él era un ser bello a la par que repugnante, repelente y extrañamente fascinante. No le gustaba la parte de «bello» y «fascinante». Tampoco le hacía gracia que la pillasen a contrapié.

—¿El señor Northman? —preguntó, bajando la mano como si le pesase como una piedra—. Soy la detective Cara Ambroselli.

—Detective Ambroselli, parece que ya sabe quién soy. Le presento a mi amada, Sookie Stackhouse.

—¿Es verdad que hay un cadáver en el jardín? —pregunté—. ¿Quién es?

No tenía tiempo de disimular la ansiosa curiosidad que impregnaba mi voz. Tenía muchas ganas de saberlo.

—Esperábamos que ustedes pudiesen ayudarnos con eso —contestó la detective—. Estamos bastante seguros de que la víctima estaba saliendo de su casa, señor Northman.

—¿Y qué le hace pensar eso? ¿Están seguros de que salía de esta casa? —se defendió Eric.

—Mordiscos de vampiro en el cuello, ropa de fiesta, su jardín. Sí, estamos bastante seguros —dijo Ambroselli áridamente—. Si pudiera venir hasta aquí, manteniendo los pies en el camino de piedra…

Las piedras, situadas a intervalos regulares sobre el césped, conducían al sendero de acceso. Los tonos verde oscuro y rosa de los mirtos conjuntaban muy bien con los mismos colores de la víctima. Yacía al pie de los arbustos, levemente inclinada a la izquierda, en una posición bastante perturbadora y similar a la que tenía cuando la vi por primera vez, en el regazo de Eric. Su melena negra estaba esparcida sobre el cuello.

—Esa es la mujer a la que nadie conocía —informé—. Al menos, eso creo yo. Solo la vi de pasada, no me dijo su nombre.

—¿Qué estaba haciendo cuando la vio?

—Estaba donando sangre a mi novio —expliqué.

—¿Donando sangre?

—Sí, nos dijo que ya lo había hecho antes y que le parecía bien —insistí con tono natural—. Sin duda lo hizo voluntariamente.

Se produjo un momento de silencio.

—Me está tomando el pelo —dijo Cara Ambroselli, aunque no parecía hacerle la menor gracia—. ¿Usted se quedó ahí mientras su novio chupaba el cuello de otra mujer? Mientras usted hacía… ¿el qué?

—Es un asunto de alimentación, no de sexo —contesté, mintiendo a medias. Sí que era algo relacionado con la alimentación, pero muy a menudo las dos cosas acababan muy mezcladas—. Pam y yo estábamos hablando de cosas de chicas. —Sonreí a Pam. Quería parecer frívola.

Pam me devolvió una mirada absolutamente llana. Imaginaba que era así como miraba a los gatitos muertos.

—Me encanta el color de las uñas de los pies de Sookie —dijo—. Hablábamos de pedicura.

—Así que ustedes dos estaban hablando de pedicura mientras el señor Northman se alimentaba de esta mujer. ¡Encantador! Y entonces, ¿qué, señor Northman? Cuando se acabó el tentempié, ¿se limitó a darle algo de dinero y hacerla salir por la puerta? ¿Mandó al señor Compton que la escoltara hasta el coche?

—¿Dinero? —preguntó Eric—. Detective, ¿está tildando a esta pobre mujer de prostituta? Por supuesto que no le pagué. Llegó a mi casa, se ofreció, dijo que tenía que irse y eso hizo.

—¿Y qué se llevó de su pequeña transacción?

—Disculpe, detective, yo puedo responder a eso —intervine—. Donar sangre es algo bastante placentero. Normalmente. —Todo dependía de la voluntad del vampiro. Lancé una rápida mirada a Eric. Me había mordido con anterioridad sin molestarse en que fuese algo agradable, y me había dolido endemoniadamente.

—En ese caso, ¿por qué no era usted la donante, señorita Stackhouse? ¿Por qué permitió que una chica, ahora muerta, se llevase toda la diversión?

¡Dios santo, qué persistente era!

—No puedo donar sangre tan a menudo como Eric la necesita —expliqué, y lo dejé ahí. Corría el riesgo de liarlo más.

Ambroselli sacudió el cuello como un látigo cuando sacó la siguiente pregunta dirigida a Eric.

—Aun así, usted podría sobrevivir a la perfección a base de sangre sintética, señor Northman. ¿Por qué iba a necesitar morder a una chica?

—Sabe mejor —contestó Eric. Uno de los agentes de uniforme escupió al suelo.

—¿Decidió usted probar también, señor Compton? Al ver que ya la habían probado...

Bill estaba ligeramente disgustado.

—No, señora. Eso no habría sido seguro para la joven.

—Parece que, de todos modos, no lo ha sido. ¿Y ninguno de ustedes sabe cómo se llamaba ni cómo llegó hasta aquí? ¿Por qué vino a esta casa? ¿No llamaron a ninguna especie de servicio de «donantes a domicilio», o algo parecido? Como un servicio de compañía especializado en vampiros...

Todos negamos con la cabeza simultáneamente en relación a todas las preguntas.

—Creía que venía con mis invitados de fuera de la ciudad —comentó Eric—. Trajeron consigo a algunos amigos nuevos a los que conocieron en el bar.

—¿Están dentro esos invitados?

—Sí —dijo Eric.

«Oh, Dios, espero que Felipe los haya sacado de la otra habitación», pensé. Como era de esperar, la policía querría hablar con ellos.

—En ese caso, entremos a conocer a los invitados —propuso la detective Ambroselli—. ¿Alguna objeción al respecto, señor Northman?

—Ni el menor atisbo —dijo Eric con amabilidad.

Así que volví con paso tranquilo a la casa, con Bill, Eric y Pam. La detective iba por delante, como si la casa fuese suya. Eric se lo permitió. Puede que el séquito de Las Vegas hubiese despejado el interior, o eso esperaba, ya que sin duda habrían oído lo que decía Ambroselli cuando Eric abrió la puerta.

Comprobé, aliviada, que el salón presentaba un estado mucho más ordenado. Había algunas botellas de sangre sintética, pero cada una de ellas cerca de alguno de los vampiros sentados. Los amplios ventanales de la parte de atrás estaban abiertos y la atmósfera era mucho más respirable. Hasta el cenicero había desaparecido, y alguien había colocado un bol para disimular los arañazos de la mesa de centro.

Todos los vampiros y los humanos, completamente vestidos, se habían reunido en el salón. Lucían expresiones serias.

Mustafá no se encontraba entre ellos.

¿Dónde se había metido? ¿Habría decidido sin más que no quería hablar con la policía y se había marchado? ¿O acaso alguien se había colado por las puertas acristaladas de la cocina y le había hecho algo terrible al aspirante a Blade?

Puede que hubiera oído algo sospechoso fuera y hubiese acudido a investigar. Quizá el asesino, o los asesinos, lo habían sorprendido al salir, razón por la cual no se había oído nada. Pero me costaba imaginar que alguien pudiera emboscar a Mustafá y salirse con la suya.

Pero, si bien «Mustafá» no tenía miedo de nada, había que tener en cuenta que anteriormente se hacía llamar KeShawn Johnson y era un exconvicto. No sabía por qué había acabado en la cárcel, pero sí que se trataba de algo de lo que se avergonzaba. Por eso había adoptado una profesión y un nombre nuevos tras cumplir la condena. La policía no lo conocería como Mustafá Khan…, pero sabrían que era KeShawn Johnson tan pronto comprobasen sus huellas y él no quería volver a la cárcel.

Oh, cómo deseaba poder comunicarle todo eso a Eric.

No creía que Mustafá hubiese asesinado a la mujer del jardín. Por otra parte, nunca había penetrado en sus pensamientos, dada su naturaleza sobrenatural. Pero nunca había percibido una agresividad ciega o violencia caprichosa. Más bien, la prioridad de Mustafá siempre había sido el autocontrol.

Creo que todos somos susceptibles de tener nuestros momentos de ira, momentos en los cuales se nos ha presionado hasta el punto de necesitar explotar verbalmente para disipar parte de esa presión. Sin embargo, estaba segura de que Mustafá estaba acostumbrado a lidiar con tratos mucho más agresivos del que esa pobre chica habría sido capaz de exhibir hacia él.

Mientras yo me preocupaba por la suerte de Mustafá, Eric presentaba al resto de los visitantes a la detective Ambroselli.

—Felipe de Castro —dijo, y Felipe respondió con una noble reverencia—. Su asistente, Horst Friedman. —Para mi sorpresa, Horst se levantó para estrechar la mano de la detective. No es un gesto muy típico de los vampiros—. Esta es la consorte de Felipe —prosiguió Eric—, Angie Witherspoon. —Era la tercera vampiresa de Nevada, la pelirroja.

—Un placer —saludó Angie, acompañando las palabras con un gesto de la cabeza.

La última vez que la vi, Angie Witherspoon estaba bailando encima de la mesa de centro, disfrutando de la atención de Felipe. Ahora, la pelirroja llevaba una falda gris, una blusa abotonada verde sin mangas con abundantes chorreras en el pronunciado cuello en V y unos tacones de siete centímetros. Sus piernas eran interminables. Su aspecto, despampanante.

Eric hizo una pausa al volverse a los humanos para presentarlos. Evidentemente, desconocía el nombre del tipo enorme y musculoso, pero antes de que el instante degenerase, el hombre extendió un abultado brazo y estrechó la mano de la detective con delicadeza.

—Soy Thad Rexford —se presentó. Ambroselli aflojó la mandíbula.

El agente de uniforme que venía tras ella exclamó:

—¡Oh, caramba! ¡Es T-Rex! —Estaba encantado.

—Vaya —se dejó contagiar Ambroselli, olvidando por un momento su expresión severa.

Todos los vampiros estaban un poco perdidos, pero otra de las humanas presentes, una rellenita vivaz veinteañera con una melena castaña que habría recibido la aprobación de la propia Kennedy Keyes, rezumaba orgullo, como si el hecho de estar en la misma fiesta que el otro elevase su estatus.

—Soy Cherie Dodson —dijo a su vez con una voz sorprendentemente infantil—. Esta es mi amiga Viveca Bates. ¿Qué está pasando ahí fuera, chicos?

Cherie era la chica que se lo estaba montando con T-Rex. Viveca, igual de curvilínea, pero de pelo ligeramente más oscuro, era la que había estado «donando» su sangre a Felipe.

La detective Ambroselli enseguida se recompuso de la sorpresa que le había supuesto conocer en persona a un famoso luchador de lucha libre en casa de un vampiro. Para compensar ese momento de debilidad, redobló su agresividad.

—Hay una mujer muerta, señora Dodson. Eso es lo que pasa. Tendrán que quedarse todos aquí a la espera de que les tomen declaración. Lo primero: ¿trajeron ustedes a otra chica para que ofreciese «voluntariamente» su sangre? —La detective se dirigía a las humanas, o sea, a todas menos a mí.

—Estas dos adorables señoritas estaban conmigo en el casino —dijo T-Rex.

—¿Qué casino? —Ambroselli no quería dejar pasar ningún detalle.

—El Trifecta. Conocimos a Felipe y a Horst en su bar y nos pusimos a hablar con unas copas de por medio. Felipe nos invitó amablemente a la preciosa casa del señor Northman. —El luchador se desenvolvía como pez en el agua—. Solo hemos venido a la ciudad para pasar un buen rato y no trajimos a nadie más con nosotros.

Cherie y Viveca asintieron con la cabeza.

—Solo nosotras —concretó innecesariamente Viveca, echando una mirada de soslayo provocadora a Horst.

—El señor Northman afirma que la víctima entró en la casa, aunque no parece saber quién era. —El frío tono de Cara Ambroselli dejaba muy claro lo que pensaba de los vampiros que tomaban sangre de desconocidas, al tiempo que vertía una duda sobre la afirmación de Eric de no conocerla. Eran muchas cosas implícitas en una sola frase, pero lo consiguió.

Yo estaba justo detrás de ella, leyendo sin problemas lo que pasaba por su mente. Cara Ambroselli era ambiciosa y dura, atributos necesarios para prosperar en el mundo de la policía, sobre todo si se es mujer. Había sido agente uniformada, distinguida por su coraje al rescatar a una mujer de una casa en llamas. Se había roto un brazo reduciendo a un sospechoso de robo, mantenía un perfil bajo y su vida personal en secreto. Ahora que era detective, quería brillar con luz propia.

Estaba llena de información.

En cierto modo, la admiraba. Esperaba que no tuviésemos que ser enemigas.

Cherie Dodson dijo:

—Dígame que no lleva un vestido verde y rosa. —Toda la coqueta jovialidad de su voz se había desvanecido.

—Me temo que sí —dijo la detective—. ¿La conocía?

—La conocí esta noche —respondió Cherie—. Se llama Kym. Kym, con y griega, dijo. T-Rex, ¿te acuerdas de ella?

El luchador bajó la mirada, como si le costase recordar, mostrando un par de centímetros de raíces negras en su pelo teñido de rubio. Sus mejillas estaban pobladas de una barba de varios días marrón rojiza, y a tenor de su camiseta negra ajustada, se notaba que se había afeitado el vello del pecho. Pensé que padecía cierta ambivalencia en cuanto al vello corporal, pero estaba demasiado fascinada por su musculatura, he de admitirlo. Le sobresalía por todas partes, incluido el cuello. Desvié la mirada para encontrarme a Eric, que me horadaba con ojos gélidos. Metedura de pata.

—Tengo mucho que repasar de esta noche, señorita Ambroselli —dijo el luchador con encantador pesar—.

Pero recuerdo el nombre, así que debía de conocerla. Cherie, cariño, ¿estaba en el bar?

—No, cielo. Aquí. Atravesó el salón mientras bailábamos. Nos preguntó dónde podía encontrar al señor Northman.

—¿Cómo llegó aquí esa tal Kym? —preguntó la detective. Me miró a mí primero. No sé por qué.

Me encogí de hombros.

—Ella ya estaba aquí cuando llegué —admití.

—¿Dónde?

—Le estaba donando su sangre a Eric en el primer dormitorio de la izquierda, pasado el baño.

—¿Usted la había invitado? —preguntó a Eric.

—¿A mi casa? No, como he dicho, no la conocía... que yo recuerde. Estoy seguro de que sabe que soy el propietario del Fangtasia, y claro, mucha gente entra y sale de mi club. Fui a la habitación de Sookie porque quería mantener una charla privada con ella antes de..., antes de agasajar a nuestros invitados. Esa mujer, Kym, entró en la habitación. Me dijo que Felipe la mandaba como un regalo de su parte.

La detective ni siquiera preguntó a Felipe. Simplemente lo miró con sus ojos negros. El rey extendió las manos con encanto.

—Parecía un poco perdida —dijo con una sonrisa—. Me preguntó si conocía a Eric. Le indiqué dónde podría encontrarlo. Le sugerí que le preguntase si quería beber un poco. Pensé que se sentiría solo sin Sookie.

—¿Vio llegar a la víctima? ¿Sabe cómo llegó hasta aquí, o por qué vino? —preguntó Ambroselli a Pam.

—Los demás invitados entraron por la puerta principal. Supongo que esa Kym entró por la cocina —manifestó Pam, encogiendo los hombros con elegancia—. Eric me mandó a un recado y no pude verla llegar.

—No es así —saltó Eric—. ¿Qué recado?

—Mustafá me dijo que querías que fuese a comprar más ron —explicó Pam—. ¿No era así?

Eric meneó la cabeza.

—No te mandaría hacer una cosa así estando Mustafá en la casa —dijo—. Eres mucho mejor guardaespaldas que él.

—La próxima vez, lo confirmaré antes —prometió Pam. Su voz era fría—. Di por sentado que la orden venía de ti y me fui enseguida a la tienda. Al volver, comprobé el salón para asegurarme de que todo iba bien y oí que Sookie entraba. Como sabía que estabas ansioso por verla, y también que estabas en el dormitorio, la llevé hacia allí.

Me encontraba en un grupo de emisores múltiples. Como era natural, el cerebro de Ambroselli era el más activo. T-Rex estaba pensando que menos mal que su publicista había salido por un asunto urgente y se preguntaba si ese incidente afectaría a su imagen pública. Viveca y Cherie se encontraban terriblemente emocionadas. Carecían de la imaginación de aliviarse por que el cuerpo que yacía en el jardín no fuese el suyo. Y mi propia cabeza palpitaba debido a la sobreactividad cerebral que me rodeaba.

—Señor Compton, le pregunto lo mismo —dijo Ambroselli—. ¿Vio llegar a la víctima?

—No —declaró Bill con plena seguridad—. Aunque debí haberlo hecho; yo estaba a cargo de la vigilancia de la parte frontal. Pero no la vi salir de un coche o llegar caminando. Debió de hacerlo por la puerta de atrás, subiendo por la cuesta, ocultándose en la esquina de la casa y colándose desde el garaje; o puede que lo hiciera por las puertas acristaladas que dan a la cocina y el salón. Aunque, de ser así, seguro que alguno de nuestros invitados se habría percatado.

Una coreografía de cabezas negando. Nadie la vio entrar de ese modo.

—¿Y no la conocía? ¿Nunca la había visto? —Ambroselli volvió a centrarse en Pam.

—Tal como ha señalado Eric, puede que frecuentase el Fangtasia. Pero no recuerdo haberla conocido o visto por allí.

—¿Tienen cámaras de seguridad en el Fangtasia?

Hubo un momento de silencio.

—No permitimos el funcionamiento de ninguna clase de cámara durante las horas de apertura del Fangtasia —indicó Eric con suavidad—. Si los clientes quieren hacer fotos, el club tiene en nómina a un fotógrafo que está encantado de tomar las instantáneas.

—A ver si lo he entendido bien —escenificó Ambroselli—. Esta casa es de su propiedad, señor Northman. —Hizo una señal que abarcaba desde el suelo hasta Eric—. Y usted es el propietario del Fangtasia. La señora… Ravenscroft trabaja para usted como gerente de dicho club. No vive en esta casa. La señorita Stackhouse, de Bon Temps, es su novia. Tampoco vive aquí. El señor Compton, que, si mal no tengo entendido, trabaja ocasionalmente para usted, también vive en Bon Temps.

Eric asintió.

—Exacto, detective.

Bill estaba de acuerdo. Pam estaba aburrida.

—Si no les importa ir a sentarse a la mesa del comedor —sus ojos expresaban el sardónico placer de que hubiese una mesa de comedor en la casa de un vampiro—, hablaré con estas amables personas. —Dedicó una desagradable sonrisa a los vampiros visitantes.

Pam, Eric, Bill y yo nos fuimos a la mesa. La oscuridad que acechaba desde la ventana me ponía de los nervios.

—Señor de Castro, señor Friedman, señorita Witherspoon —dijo Ambroselli—, vienen ustedes de… Las Vegas, ¿correcto? —Los tres vampiros asintieron a la vez con la misma sonrisa esculpida en la cara—. Señor de Castro, usted regenta un negocio en Las Vegas… El señor Friedman es su asistente y la señorita Witherspoon es su novia. —Sus ojos pasaron de Eric, Pam y yo al trío de Las Vegas, estableciendo un claro paralelismo.

—Así es —asintió Felipe, como si estuviese incentivando a una niña retrasada.

Ambroselli le echó una mirada que dejó claro que ya estaba incluido permanentemente en su lista negra. Se volvió hacia el siguiente trío.

—Bien, señor Rexford y señoritas Dodson y Bates, ¿me dicen otra vez cómo vinieron hasta aquí? ¿Conocieron al señor de Castro y su grupo en el bar del Trifecta?

—T-Rex y yo salimos desde hace tiempo —dijo Cherie. El enorme luchador puso un brazo sobre su hombro—. Y Viveca es mi mejor amiga. Los tres nos estábamos tomando una copa en el bar, donde conocimos a Felipe y los suyos. Nos pusimos a hablar. —Sonrió para mostrar sus hoyuelos—. Felipe dijo que venían a visitar a Eric, aquí, a su casa, y nos invitaron a unirnos.

—Pero la víctima no se encontraba con ustedes en el bar del casino.

—No —aseveró T-Rex, ahora más serio—. No la hemos visto nunca en el Trifecta, ni en ningún otro sitio, antes de llegar a esta casa.

—¿Había alguien más dentro cuando llegaron? —preguntó la detective a Eric directamente.

—Sí —asintió él—. Mi recadero diurno, Mustafá Khan. —Me moví con nerviosismo a su lado y él me echó una fugaz mirada.

Ambroselli parpadeó repetidas veces.

—¿Qué es un recadero diurno?

—Es como tener otro asistente —dije, colándome en la conversación—. Mustafá hace las cosas que Eric no puede, las cosas que deben llevarse a cabo durante el día. Va a correos; recoge cosas de la imprenta; va a la lavandería; compra los suministros para esta casa; se encarga de la inspección y reparación de los coches…

—¿Todos los vampiros cuentan con un recadero diurno?

—Solo los afortunados —dijo Eric con su sonrisa más encantadora.

—Señor de Castro, ¿tiene usted un recadero diurno? —le preguntó Ambroselli.

—En efecto, y espero que esté esforzándose todo lo que pueda en Nevada —dijo Felipe con exagerada afabilidad.

—¿Y usted, señor Compton?

—He tenido la suerte de contar con una vecina que me ayuda con los recados de día —dijo Bill. Se refería a mí—. Voy a contratar a alguien para no abusar de su buena voluntad.

La detective se volvió hacia el policía uniformado que estaba detrás de ella y le dio unas instrucciones que no pude escuchar, pero que, sin duda, los vampiros sí. Aun así, pude leerle la mente y saber que le estaba ordenando que buscase a un hombre llamado Mustafá Khan, que, al parecer, había desaparecido, y que el probable nombre de la víctima era Kym Rowe, para buscarla en la lista de personas desaparecidas. Un tipo de paisano —otro detective, supuse— entró y llamó a Ambroselli hacia el porche.

Estaba segura de que, mientras el policía le susurraba al oído, todos los vampiros agudizaban al máximo su oído para saber lo que le estaba diciendo. Pero yo tenía la ventaja de oír sus pensamientos. Pam me tocó el brazo y volví la cabeza hacia ella. Arqueó las cejas a modo de interrogación. Asentí. Sabía de lo que estaban hablando.

—Tengo que hablar con todos ustedes por separado —nos dijo Ambroselli volviéndose otra vez hacia nosotros—. El equipo de la científica necesita registrar la casa, así que será mejor que me acompañen a la comisaría.

Eric estaba enfadado.

—No quiero a nadie merodeando por mi casa. ¿Qué necesidad hay? —inquirió—. La mujer murió fuera. Ni siquiera la conocía.

—Pues no le costó nada tomar su sangre —objetó Ambroselli.

«*Touché*», pensé, tentada de sonreír, aunque solo fuese una milésima de segundo.

—No sabremos dónde ha muerto hasta que revisemos su casa, señor —siguió Ambroselli—. Por lo que yo sé, todos están encubriendo un asesinato que tuvo lugar aquí mismo.

Tuve que reprimir el impulso de mirar a mi alrededor con aire culpable.

—Eric, Sookie y yo estuvimos juntos desde que esa Rowe salió de la habitación hasta que salimos a hablar con Felipe y sus amigos —esgrimió Pam.

—Y nosotros no nos hemos separado hasta que Eric, Pam y Sookie salieron de esa habitación —se apresuró a añadir Horst, lo cual era simplemente mentira. Cualquiera de los vampiros de Nevada y sus amigos humanos podrían haber salido un momento para acabar con Kym.

Al menos Pam decía la verdad.

Entonces recordé que me había encerrado en el baño. Sola. Durante al menos diez minutos.

Daba por sentado que Pam se había quedado al otro lado de la puerta; que Eric había ido al salón para indicar a Felipe y los suyos que había llegado el momento de tratar los asuntos importantes. Que había sugerido que los humanos se fuesen al otro dormitorio mientras manteníamos nuestra conversación.

Eso daba por sentado.

Pero no tenía manera de saberlo a ciencia cierta.

Capítulo 4

En la comisaría seguimos hablando de lo mismo, pero esta vez en entrevistas individuales. Era una mezcla de aburrimiento y tensión. Cuando trato con la policía, siempre me da por pensar de qué podría ser culpable. Siempre imagino que existen leyes que desconozco y que he quebrantado. Y, claro, he quebrantado algunas leyes esenciales y me atormentan, unas más que otras.

Después de las entrevistas individuales, llevadas a cabo por varios agentes de policía, volvimos a nuestros respectivos grupos y permanecimos separados en la amplia sala. Los vampiros de Nevada estaban terminando de hablar con un detective a varios metros, mientras Cherie se encontraba en un cubículo acristalado con otro funcionario. T-Rex y Viveca la estaban esperando apoyados en la pared.

Ya tenía ganas de salir de ese edificio. A esas altas horas de la noche, aun siendo sábado, el tráfico del Texas Boulevard sería fluido. Con mi coche llegaría a casa en una hora, puede que menos. Por desgracia, la policía había sugerido que todos usásemos el Suburban de Felipe para ir a la comisaría. Y como mi coche estaba aparcado en casa de Eric, formaría parte temporalmente de la escena del crimen.

Ya fuese porque le apetecía o mientras esperaba el informe de la policía científica, Cara Ambroselli seguía encima de nosotros.

—Sí —decía un claramente aburrido Eric—. Mi amigo Bill Compton es de Bon Temps. Como los otros vampiros que trabajan para mí estaban ocupados en el club, le pedí a él que me ayudase en casa con mis invitados, aunque confieso que no esperaba que tuviese demasiado que hacer. Su… tarea… era vigilar la parte delantera. Si bien vivo en una urbanización vallada, los curiosos a veces intentan acercarse a mí, sobre todo durante mis fiestas. Así que Bill estaba haciendo la ronda en el jardín y las zonas circundantes a intervalos de unos pocos minutos. ¿No es así, Bill?

Bill asintió. Eric y él eran buenos amigos.

—Eso hacía —asintió—. Sorprendí a un anciano que iba hasta la entrada de su sendero de acceso para recoger el periódico y vi a una mujer paseando al perro. Hablé con Sookie cuando llegó.

Ahora me tocaba a mí confirmarlo. ¡Éramos todos amigos! «Y si hubiese seguido el consejo de Bill», pensé, «jamás habría visto a Eric succionando del cuello de Kym Rowe, ni su cadáver, y estaría tan tranquila dormida en mi cama». Contemplé a Bill pensativamente. Me arqueó las cejas: «¿Qué?». Sacudí la cabeza con un movimiento casi imperceptible.

—Y dio instrucciones a ese tal Mustafá, que no aparece, de que ayudase al señor Compton para mantener alejados a los intrusos. A pesar de que lo había contratado para ser su recadero diurno —le decía la detective Ambroselli a Eric.

—Creo que ya hemos tratado ese tema.

—¿Dónde cree que se encuentra el señor Khan?

—La última vez que lo vi, estaba en la cocina —respondí, suponiendo que era mi turno—. Ya se lo dije: cuando entré en la casa.

—¿Qué estaba haciendo?

—Nada en particular. No hablamos demasiado. Yo...

—«Tenía prisa por ver a Eric, pero él estaba ocupado con la muerta»—. Tenía prisa por presentar mis disculpas a los invitados por llegar tarde —dije. Mustafá me había retrasado a propósito. Por qué razón, eso no lo sabía.

—Y se encontró al señor Northman en su dormitorio, o al menos en el que usted suele usar, tomando la sangre de otra mujer.

No había mucho que añadir a eso.

—¿No le enfureció la situación, señorita Stackhouse?

—No —declaré—. Le da anemia si bebe muy a menudo de mí. —Al menos esa parte era cierta.

—Entonces no está enfadada, a pesar de que podría haberse alimentado igualmente de una botella.

Esa mujer no iba a parar nunca. Es lo que cabe esperar de un buen policía, a menos que tengas algo que ocultar.

—No estaba muy contenta —dije llanamente—. Pero lo acepté, como la muerte y los impuestos. Son los gajes de salir con un vampiro. —Me encogí de hombros, tratando de proyectar indiferencia.

—No estaba contenta, y ahora ella está muerta —soltó Ambroselli. Bajó la mirada a su bloc de notas para añadir dramatismo. Estaba convencida de que todos éramos un puñado de mentirosos de mala muerte—. La señorita Dodson afirma haber oído a la señorita Ravenscroft amenazar a la víctima.

Eric arrojó una ominosa mirada azul a Cherie Dodson, perfectamente visible al otro lado del cristal transparente. A la vez, su novio luchador, T-Rex, la observaba casi con la misma hostilidad que Eric. Tuve que esforzarme un poco, pero capté la esencia de sus pensamientos. T-Rex estaba al tanto de lo que su novia estaba relatando a la policía. El discurso de Cherie no parecía encajar con su código ético. Thad Rexford tenía una mente muy interesante, y me habría encantado explorarla un rato más, pero Eric me aferró la mano en lo que seguramente creía un dulce apretón. Giré para mirarlo con los ojos entrecerrados. Él sabía que me había distraído, y pensaba que no era el momento de dejar volar mi mente.

—Recomendé a la mujer que saliese de la ciudad, en efecto —dijo Pam, imperturbable—. Eso no quiere decir que la estuviese amenazando. Si hubiese querido hacerlo, le habría dicho que iba a arrancarle la cabeza del cuello.

Ambroselli tomó aire.

—¿Por qué le invitó a dejar la ciudad?

—Había insultado con sus insolencias a Sookie, que es mi amiga, y a Eric, que es mi jefe.

—¿Qué dijo que fuese tan insultante?

Probablemente esa pregunta debería responderla yo. Habría sonado demasiado arrogante en boca de Pam. Aunque Pam sea así.

—Estaba muy excitada con que Eric le hubiese chupado la sangre. —Me encogí de hombros—. Al parecer creía que eso la hacía especial. No le gustó que Eric la echara cuando aparecí yo. Supongo que dio por sentado que eso implicaba que Eric quería acostarse con ella y que yo estaría por la labor de, ya sabe, participar. —Si había sido difícil decirlo, imagino que no debió de ser muy agradable escucharlo, a juzgar por la cara que puso la detective.

—¿Usted no era de la misma opinión?

—Honestamente, habría sido como sentirme insultada por una chuleta de cerdo que se estuviese comiendo mi novio —dije. Luego, tuve las luces suficientes como para cerrar el pico.

Eric me dedicó una sonrisa. Habría dado lo que fuese por borrársela de la cara. Aproveché que Ambroselli se había distraído con su móvil para devolvérsela. Él comprendió muy bien mi expresión. Su boca se estiró en una línea. Por encima de su hombro comprobé que Bill estaba inconfundiblemente satisfecho.

—Bien, señorita Ravenscroft, usted le dijo a Kym Rowe que se marchase y luego ella murió —dijo Ambroselli a modo de resumen del interrogatorio. Ya no parecía tan obcecada con Pam como antes. Se estaba preparando para salir por otro lado.

—Eso es —convino Pam. Había leído el lenguaje corporal de la detective tan bien como yo. La miraba con aire pensativo.

—Por favor, quédense aquí, tengo que volver a la casa del señor Northman para comprobar una cosa —sugirió Ambroselli. Se incorporó y recogió su bolso—. Givens, asegúrate de que nadie se mueva hasta que lo diga yo.

Y, sin más, se fue.

Givens, un hombre de rostro cóncavo y famélico, era la viva imagen de la infelicidad. Llamó a unos cuantos colegas a unirse a él (todos hombres) y nos asignó a uno a cada uno de nosotros.

—Si alguien tiene que ir al baño, que lo haga acompañado, nunca solo —indicó al tipo corpulento a cargo de nuestro pequeño grupo—. Ella es la única que debería poder necesitarlo —añadió, señalándome.

Aburrida, giré mi silla para observar a los vampiros de Nevada. Felipe, Horst y Angie parecían tener una dilatada experiencia con la policía. Estaban sentados, en silencio, aunque una ligera mueca de la comisura del labio de Felipe me indicó que estaba muy contrariado. Como rey que era, probablemente había pasado mucho tiempo desde la última vez que fue tratado como un vampiro corriente. Los humanos no tenían por qué saber quién era pero, en condiciones normales, Felipe contaría con numerosos estratos que lo separasen de las habituales dificultades del mundo vampírico. Si tuviese que escoger una palabra para describir al rey de Arkansas, Nevada y Luisiana, sería: «ofendido».

No podía culpar a Eric por ese giro de los acontecimientos. Pero así lo haría si le venía en gana.

Dirigí la mirada al grupo de humanos encerrados en el cubículo de cristal. T-Rex estaba firmando autógrafos para un grupo de policías uniformados. Cherie y Viveca se jactaban de estar en tan notable compañía. Bajo ese aire de «buen tipo», T-Rex estaba aburrido. No le habría importado nada estar en cualquier otra parte. Cuando la pequeña bandada de policías se dispersó, sacó su móvil y llamó a su mánager. No sabía exactamente de qué hablaban, pero por sus pensamientos sabía que T-Rex no sabía a quién más llamar en medio de la noche. Estaba cansado de la conversación de sus acompañantes femeninas, en especial de la de Cherie, que era sencillamente incapaz de mantener la boca cerrada.

Divisé un rostro familiar entre los policías, yendo de un lado a otro en la sala amplia.

—¡Detective Coughlin! —llamé, extrañamente contenta de ver a alguien a quien conocía. El agente de mediana edad se dio la vuelta sobre el centro de gravedad de su estómago. Llevaba el pelo más corto y canoso que nunca.

—Señorita Stackhouse —dijo, acercándose a nosotros—. ¿Ha encontrado más cadáveres?

—No, señor —respondí—. Pero sí que ha aparecido una mujer asesinada delante de la casa de Eric, y yo estaba dentro. —Indiqué con la cabeza a Eric, por si Coughlin no sabía a quién me refería. Era poco probable que aquel detective de Shreveport no conociera al vampiro más prominente de la ciudad, pero todo era posible.

—¿Y con quién anda ahora, joven? —Yo no le gustaba a Coughlin, pero tampoco me odiaba.

—Con Eric Northman —contesté, sorprendida por lo descontento de mi voz.

—Siempre con los peluchitos y los chupasangres, ¿eh?

Eric, que había estado hablando con Pam en voz muy baja, se volvió para mirarme.

—Supongo que sí. —La primera vez que vi al detective Coughlin me encontraba con Alcide Herveaux. La segunda, con Quinn, el hombre tigre. Los dos iban con su forma humana, ajeno el detective a su segunda naturaleza, ya que por aquel entonces los cambiantes todavía no se habían revelado. Ahora ya lo sabía. Mike Coughlin podía ser lento y algo soso, pero no era tonto.

—¿Sois del grupo que ha entrado con T-Rex? —preguntó.

No estaba acostumbrada a que los humanos fuesen más importantes que los vampiros. Sonreí.

—Sí, lo he conocido hoy en casa de Eric.

—¿Nunca lo ha visto luchar?

—No. Es un tío grande, ¿eh?

—Sí, y hace mucho por la comunidad. Lleva juguetes para los críos del hospital en Navidad y Pascua.

Así que, si bien T-Rex no era un cambiante, sí que tenía dos caras. Una de ellas rendía servicios a la comunidad y realizaba obras benéficas para recaudar dinero. La otra golpeaba a sus oponentes en la cabeza con sillas y se lo montaba con chicas encima de las mesas de comedor de otras personas.

—Si me piden que ayude con los interrogatorios, solicitaré que me asignen a usted —dijo.

—Gracias —respondí, preguntándome si aquella era una perspectiva por la que mereciera la pena sonreír—. Aunque espero que ya hayan terminado conmigo.

Fue a echar un vistazo más de cerca a Thad Rexford. Pam, Eric, Bill y yo permanecimos sentados sin intercambiar una palabra.

Los vampiros son unos maestros del silencio. Simplemente entran en su modo de inmovilidad vampírica. Podría jurarse que son estatuas de lo quietos que se quedan. No sé en qué piensan cuando lo hacen; quizá no piensen directamente, sino que se abstraigan. Es casi imposible para un humano. Supongo que la meditación sería lo más cerca a lo que podría llegar una persona viva, y yo no soy practicante de dicha disciplina, ni en su vertiente profunda, ni en la superficial.

Al cabo de un rato en el que no ocurrió nada especial, el detective Coughlin se nos acercó para decirnos que podíamos irnos. No dio ninguna explicación. Eric tampoco la pidió. A punto estuve de preguntar a alguien si me podía acurrucar bajo su escritorio. Estaba demasiado cansada para reunir las fuerzas necesarias para sentirme indignada por el tratamiento recibido.

Pam sacó su móvil para llamar al Fangtasia y que alguien viniese a recogernos. Dentro de poco amanecería; Felipe y los suyos querían ir directamente a los refugios seguros del Trifecta y los de Shreveport no querían esperar a un taxi humano.

Mientras esperábamos fuera a que nos recogieran, los tres vampiros se dirigieron a mí.

—¿Qué le estaba contando por teléfono el tipo a Cara Ambroselli? —inquirió Pam—. ¿Qué han encontrado?

—Han encontrado un pequeño frasco de cristal, como esos en los que los floristas meten flores individuales.

Los vampiros quedaron desconcertados. Escenifiqué una medida con los dedos.

—El tamaño justo para poder meter una flor en remojo —expliqué—. Es posible que llevase un tapón, pero eso no lo han encontrado. El frasco lo han hallado en el suelo, debajo del cadáver. Creen que lo llevaba escondido en el sujetador. Tenía restos de sangre.

Todos meditaron el dato.

—Me apuesto la polla de un demonio a que llevaba sangre feérica —aseguró Pam—. Llegó a la casa de alguna manera, y cuando se acercó a Eric abrió el frasco para volverse irresistible.

—A menos que él hubiese querido resistirse —murmuré, pero todos ignoraron el comentario—. Y si eso es lo que pasó, ¿dónde está el tapón?

Todos estábamos demasiado cansados para hablar de ese interesante giro de los acontecimientos; y si los demás no lo estaban, yo sí.

A los cinco minutos se presentó Palomino en un Mustang color rojo manzana de caramelo. Llevaba puesto el uniforme del personal femenino del Trifecta, y no parecía haberse hecho con él todavía. Estaba demasiado cansada para preguntarle cuándo había empezado a trabajar en el casino. Me subí al asiento trasero con Bill, mientras que Pam lo hizo sobre el regazo de Eric, en el asiento del copiloto. Ni siquiera discutimos cómo repartirnos.

Eric rompió el silencio preguntando a Palomino si alguien sabía algo de Mustafá.

La joven vampira lo miró de soslayo. Su pelo era sedoso y del color del maíz, y su piel de un pálido acaramelado. La inusual combinación era lo que le había hecho ganarse el apodo, la única forma que yo conocía para dirigirme a ella. Ni la menor idea de lo que figuraba en su partida de nacimiento.

—No, señor. Nadie ha oído ni sabe nada de Mustafá.

Bill tomó mi mano en silencio. Y yo dejé en silencio que lo hiciera. En medio del calor, su mano resultaba agradablemente fresca.

—¿Todo en orden en el club? —preguntó Eric—. Hasta donde tú sabes.

—Sí, señor. Oí que hubo un pequeño problema, pero Thalia lo ha resuelto.

—¿A qué precio?

—El de una pierna y un brazo rotos.

Thalia era una vampira antigua, increíblemente fuerte y famosa por su corta paciencia.

—¿Ningún mobiliario?

—Esta vez no.

—¿Indira y Maxwell Lee se han ocupado de las cosas?

—Eso dice Maxwell Lee —respondió Palomino con precaución.

Eric rio, no ostentosamente, sino más bien con una tos ahogada.

—Sepultados en vanas alabanzas —dijo.

Indira y Maxwell, que vivían en el dominio de Eric, tenían que echar las horas que fuesen necesarias al mes en el bar para que el Fangtasia pudiera jactarse de que en todo momento había vampiros de verdad. Esa era la mayor atracción para los turistas. Si bien Indira y Maxwell (al igual que los demás vampiros de la Zona Cinco) cumplían con su tarea, no eran, sin embargo, muy entusiastas al respecto.

Palomino y Eric bien pudieron haber resuelto los misterios del universo durante el resto de su conversación, que yo no oí sus conclusiones. Me quedé dormida. Cuando llegamos a casa de Eric, Bill tuvo que ayudarme a arrastrarme fuera del asiento del coche. Palomino arrancó en cuanto Bill cerró la puerta. Pam corrió hacia su propio coche para recorrer el escaso espacio hasta su casa, lanzando una ansiosa mirada al cielo mientras daba marcha atrás por el sendero de acceso.

Si aún había un equipo de la policía científica en la casa, lo cierto era que su trabajo había terminado. Tuvimos que entrar por la puerta del garaje, ya que una cinta precintaba la zona donde habían encontrado a Kym. Me arrastré hasta la casa, tan atontada que apenas era consciente de lo que pasaba a mi alrededor.

Bill no tenía tiempo de volver a Bon Temps, así que ocuparía una de las cápsulas de fibra de vidrio para invitados que tenía Eric en el segundo dormitorio de arriba. Se dirigió hacia la parte de atrás de la casa sin dilación, dejándome a solas con Eric. Miré a mi alrededor, aturdida. En la cocina se agolpaban botellas y vasos sucios, junto a la pila, pero me di cuenta de que la bolsa de la basura había desaparecido. La policía debía de habérsela llevado.

—Mustafá tenía esa puerta abierta cuando entré —le dije a Eric, señalando la puerta que daba al patio de atrás. Sin decir una palabra, Eric se acercó a la puerta. No tenía el pestillo echado. Lo remedió mientras yo observaba el salón. No estaba demasiado caótico, ya que Felipe, Horst y Angie lo habían adecentado un poco. A pesar de ello, el desorden me ponía un poco nerviosa. Me puse a colocar sillas y a recoger las pocas botellas y los vasos que quedaban para llevarlos a la cocina.

—Déjalo, Sookie —dijo Eric.

Me quedé paralizada.

—Sé que no es mi casa —convine—, pero esto es un desastre. No me apetece levantarme y encontrármelo así.

—El problema no es que la casa sea tuya o no. El problema es que estás agotada y, aun así, quieres hacer el trabajo de la criada. Espero que te quedes a pasar lo que queda de noche. No estaría tranquilo si te fueses con el coche, con lo cansada que estás.

—Supongo que me quedaré —accedí, aunque estaba lejos de estar satisfecha con cómo habían quedado las cosas entre nosotros dos. Si hubiese tenido fuerzas suficientes, me habría ido. Pero habría sido una enorme imprudencia conducir en mi estado, arriesgándome a tener un accidente.

Eric apareció de repente justo delante de mí, rodeándome entre sus brazos.

—Sookie —dijo—. Arreglemos esto. Tengo enemigos en todas partes y no quiero tener uno más en mi propia casa.

Me obligué a mantenerme quieta. Revisé todo lo que me había dicho a mí misma mientras me tomaba un respiro en el baño. Parecía que había pasado una semana, en vez de varias horas.

—Está bien —respondí con lentitud—. De acuerdo. Sé que no debería afectarme lo que has hecho con esa mujer. Sé que, si la gente lo quiere, no hay razón por la que no debas tomar su sangre, sobre todo si te tienden una trampa así. Pero creo que podrías haberte resistido un poco si lo hubieras deseado. Sé que mi reacción es emocional, no lógica. Pero es la que tengo. También sé, en lo más profundo de mi mente, que te quiero. Es solo que ahora no estoy de humor. Oh, por cierto, yo también tengo que confesarte una cosa, acerca de otro hombre.

¡Ja! Eso sí que lo había puesto derecho. Eric arqueó las cejas y dio un tímido paso atrás, mirándome fijamente, a punto de fruncir el ceño.

—¿Qué? —preguntó, escupiendo la palabra, como si supiese mal. Eso me hacía sentir más animada.

—¿Recuerdas que te conté que iría al Hooligans a ver trabajar a Claude? —dije—. También había otros chicos, casi todos feéricos, que se lo quitaron casi todo. —Alcé una ceja, intentando parecer inescrutable.

La boca de Eric se retorció en algo muy parecido a una sonrisa.

—Claude es un hombre muy atractivo. ¿Cómo puedo competir con un hada? —preguntó.

—Hmmm. El hada estaba muy bien dotado —contesté, mirando ostentosamente en otra dirección.

Eric me apretó contra sí.

—¿Sookie?

—¡Eric! Sabes que desnudo estás bien.

«¿Bien?».

—Estás celoso —dije.

—No es lo único que estoy —susurró. Me levantó, cogiéndome por el trasero, y de repente me encontraba a la altura ideal para besarlo.

Así, un día que había tenido tantas malas cosas, terminaba en algo bueno. Durante quince minutos olvidé por completo que estaba en la misma cama en la que había chupado la sangre de otra..., que bien podría ser lo que Eric pretendía. Dio en todo el centro. Pleno.

En menos de lo que dura un parpadeo, centró sus atenciones en la parte de abajo.

Capítulo 5

No salí de la cama hasta mediodía. Había dormido muy profundamente y había soñado. Me desperté aturdida y no me sentía en absoluto descansada. No pensé en comprobar el móvil hasta que oí un zumbido proveniente de mi bolso, y eso no ocurrió hasta que me tomé un café, me duché, me puse la ropa limpia que guardaba en el armario y, por mucho que se quejase Eric, recogí los «artículos de desecho», como suelen decir los auxiliares de vuelo.

Cuando finalmente dejé el cepillo y metí la mano en el bolso para rebuscar el móvil, quienquiera que llamase había colgado. Frustrante. Miré el número y, para mi sorpresa, vi que Mustafá Khan había estado intentando ponerse en contacto conmigo. Devolví la llamada tan pronto como pude pulsar los botones necesarios, pero nadie respondió.

Mierda. Bueno, si no contestaba, tampoco había nada que yo pudiera hacer. Tenía más mensajes: uno de Dermot, uno de Alcide y otro de Tara.

La voz de Dermot decía: «¿Sookie? ¿Dónde estás? No viniste a casa anoche. ¿Va todo bien?».

La de Alcide Herveaux: «Sookie, tenemos que hablar. Llama cuando puedas».

Y Tara decía: «Sookie, creo que los bebés llegarán muy pronto. Ya se me ha borrado y estoy empezando a dilatar. ¡Prepárate para ser tía!». Estaba aturdida de alegría.

Devolví la llamada primero a Tara, pero no la cogió.

Luego llamé a Dermot, quien sí respondió. Le relaté una versión condensada de la noche anterior. Me pidió que volviese a casa de inmediato, pero no me ofreció explicación alguna. Le dije que iría una hora después, a menos que la policía me entretuviera. ¿Y si los agentes querían ir a la casa de Eric? No podían entrar sin más, ¿verdad? Necesitaban una orden judicial. Pero la casa era la escena de un crimen. Me preocupaba que intentasen acceder al refugio inferior de Eric y recordé que Bill estaba en el dormitorio del otro lado del pasillo, en una cápsula para invitados. ¿Y si los polis decidían abrirla? Tenía que comprar esos carteles de «NO ENTRAR, VAMPIRO DESCANSANDO» para colgar que había visto anunciados en uno de los ejemplares de *American Vampire* de Eric.

—Volveré en cuanto pueda —le dije a Dermot. Colgué algo preocupada por su insistencia en que regresara. ¿Qué habría pasado en casa?

Con gran reticencia, devolví la llamada a Alcide. Solo se habría molestado en ponerse en contacto por algo importante, puesto que ya no éramos precisamente colegas. Tampoco es que fuésemos enemigos. Pero, al parecer, nunca estábamos contentos el uno con el otro a la vez.

—Sookie —dijo Alcide con su voz grave—. ¿Cómo estás?

—Estoy bien. No sé si estarás al tanto de lo que pasó anoche en casa de Eric...

—Sí, algo he oído.

No me sorprendía. ¿Quién necesita Internet cuando tienes a seres sobrenaturales a tu alrededor?

—Entonces sabrás que Mustafá ha desaparecido.

—Una lástima que no pertenezca a la manada. Lo encontraríamos.

¿Cómo?

—A fin de cuentas es un licántropo —dije ásperamente—. Y la policía lo está buscando. Sé que podría explicarlo todo si se presentase a declarar. Así que, si alguien de la manada lo viese en alguna parte, ¿te importaría hacérmelo saber? Me llamó..., o al menos lo hizo alguien con su número. No pude coger la llamada y ahora estoy muy preocupada.

—Te llamaré si averiguo algo —prometió Alcide—. Pero tengo que hablar contigo de otro asunto.

Aguardé a escuchar lo que tenía en mente.

—¿Sigues ahí, Sookie?

—Sí, estoy esperando.

—Noto una absoluta falta de entusiasmo.

—Bueno, teniendo en cuenta la última vez... —No necesitaba terminar la frase. Encontrarme a Alcide desnudo en mi cama no le había hecho ganar puntos de mi simpatía. Ese licántropo tenía muchas cosas agradables, pero su don de la oportunidad nunca había coincidido con el mío y se había dejado llevar por unos malos consejos.

—Está bien, me equivoqué. Cuando hiciste de chamán para nosotros, los resultados fueron muy buenos, pero me equivoqué al pedírtelo, y lo admito libremente —dijo Alcide con cierto orgullo.

¿Se habría apuntado a Manipuladores Licantrópicos Anónimos? Me observé en el espejo y entrecerré los ojos para indicar a mi reflejo lo que pensaba de la conversación.

—Me alegra oírlo —contesté—. ¿Qué pasa?

Una risa ahogada y lastimera. Encantadora y lastimera.

—Bueno, tienes razón, Sookie, tengo que pedirte un favor.

Miré asombrada mi reflejo.

—Dime —le invité a proseguir con cordialidad.

—Ya sabes que mi lugarteniente ha estado saliendo con tu jefe últimamente.

—Así es. —Venga, al grano.

—Bueno, pues quiere que le ayudes con algo, y como las dos habéis tenido vuestras diferencias…, por lo que sea…, me ha pedido que te llame.

Qué astuta esta Jannalynn. Tenía toda la pinta de una doble treta… o algo. Era verdad que Jannalynn me caía mucho peor que Alcide. También lo era que (y esto probablemente Alcide no lo supiera) sospechaba que mi relación con Sam iba mucho más allá de lo que debería haber entre un jefe y su empleada. Si estuviésemos en la década de los cincuenta, sería de las que comprueban el cuello de las camisas de Sam para buscar marcas de pintalabios. (¿Seguiría la gente haciendo esas cosas? Y, en todo caso, ¿por qué iban las mujeres a besar los cuellos de las camisas? Además, Sam casi siempre se ponía camisetas).

—¿En qué quiere que la ayude? —pregunté, esperando que mi voz sonase adecuadamente neutra.

—Se va a declarar de forma oficial a Sam, y quiere que le ayudes a preparar el escenario.

Me senté en la esquina de la cama. Ya no me apetecía poner muecas al espejo.

—¿Quiere que yo le ayude a pedirle matrimonio a Sam? —pregunté lentamente. Había echado una mano a Andy Bellefleur con Halleigh, pero no me podía imaginar a Jannalynn queriendo esconder un anillo de compromiso en una cesta de patatas fritas.

—Quiere que consigas que Sam vaya al lago Mimosa —dijo Alcide—. Ha alquilado una cabaña por allí y quiere sorprenderlo con una cena, un rollo romántico, ya sabes. Supongo que allí se lo propondrá. —Alcide parecía extrañamente falto de entusiasmo, o quizá convencido de que no debería transmitir esa petición.

—No —dije de inmediato—. No pienso hacerlo. Tendrá que engatusar a Sam por su cuenta. —Podía ver a Sam imaginando que era yo la que quería llevarlo hasta el lago conmigo, solo para encontrarse allí de sopetón a Jannalynn y lo que quiera que fuese para ella una cena romántica; unos conejos vivos que cazar juntos, quizá. Toda la escena me producía una aguda incomodidad. Noté el calor de la rabia subiéndome por el cuello.

—Sookie, eso no es… —empezó a decir Alcide.

—¿Servicial o complaciente? No quiero serlo, Alcide. Ese plan es terreno abonado para el desastre. Además, no creo que entiendas muy bien las motivaciones de Jannalynn.

—Lo que quería decirle era que pensaba que estaba deseando pillarme de alguna manera a solas para matarme, o prepararlo todo para que pareciese culpable de algo que no había hecho. Pero no lo hice.

Hubo un prolongado silencio.

—Supongo que Jannalynn tenía razón —continuó, dando vía libre a la consternación en su voz—. La tienes tomada con ella. ¿Qué, es que no crees que sea lo suficientemente buena para Sam?

—No. En absoluto. Dile que yo… —Iba a decir que lamentaba no poder complacerla, pero me di cuenta de que sería una mentira como una casa—. Simplemente no puedo ayudarla. Tendrá que buscarse su propia proposición, Alcide. —Sin aguardar su respuesta, colgué.

¿Es que el lugarteniente se había metido a Alcide en el bolsillo, o qué?

—Engáñame una vez, y es culpa tuya. Engáñame dos, y es mía —me dije. No estaba segura de si me refería a Jannalynn, a Alcide o a ambos.

Estaba que echaba humo mientras guardaba mis cosas. ¿Ayudar a esa zorra para declararse a Sam? Cuando se congele el infierno. ¡Cuando los cerdos vuelen! Además, como le había dicho a Alcide, si hubiese ido al lago Mimosa seguro que habría tenido una excusa para montar un drama.

Mientras cerraba con llave la puerta de la cocina de Eric y me dirigía hacia mi coche con los tacones que me estaban matando los pies, pronuncié palabras que jamás pensé que pasarían por mis labios. Entré en el coche y cerré de un portazo, ganándome una aguda mirada de una de las vecinas de Eric, que estaba desbrozando el parterre sobre el que se levantaba su buzón.

—Lo próximo que me pedirá la gente será que sea su vientre de alquiler, porque le vendrá mal estar embarazada —dije, lanzando una abyecta sonrisa al retrovisor. Eso me recordó a Tara y volví a intentar ponerme en contacto con ella. Seguía sin contestar.

Aparqué detrás de mi casa alrededor de las dos. El coche de Dermot seguía allí. Ver mi casa fue como darme permiso para dejar que el agotamiento se me echase sobre los hombros. Me agradaba que mi tío abuelo me estuviese esperando. Cogí la pequeña bolsa con la ropa sucia y el bolso y corrí hasta la puerta de atrás.

Tras dejar la ropa sucia sobre la lavadora del porche trasero, puse la mano en el pomo de la puerta, detectando que dos personas me aguardaban en el interior.

¿Sería que Claude había vuelto? A lo mejor había resuelto todos los problemas del mundo feérico y al final todos los del Hooligans podrían regresar a casa. ¿Con cuántos problemas me dejaría eso a mí? Quizá solo tres o cuatro.

Me sentía honestamente optimista cuando abrí la puerta y me di cuenta de la identidad de los dos hombres sentados a la mesa.

Otro momento embarazoso. Uno era Dermot, a quien me esperaba. El otro era Mustafá, a quien no esperaba; ni por asomo.

—Por el amor de Dios, ¿dónde te habías metido? —Creía que me iba a poner a gritar, pero la voz me salió en forma de jadeo desconcertado.

—Sookie —dijo el otro con su voz profunda.

—¡Creíamos que habías muerto! ¡Estábamos muy preocupados! ¿Qué ha pasado?

—Respira hondo —aconsejó Mustafá—. Siéntate y… respira. Tengo que contarte algunas cosas. No puedo darte una respuesta completa. No es que no quiera. Es una cuestión de vida o muerte.

Su afirmación cortó de raíz las siguientes siete preguntas que se peleaban por salir disparadas desde mi lengua. Lancé el bolso sobre la encimera, cogí una silla, me senté y respiré hondo, como me había recomendado. Le dediqué toda mi atención. Por fin me di cuenta de su aspecto desmejorado. Mustafá siempre había sido muy meticuloso con su apariencia. Me chocó mucho verle tan desgreñado, su preciso corte de pelo alborotado, sus botas llenas de rozaduras.

—¿Has visto quién mató a esa chica? —pregunté. Tenía que hacerlo.

Me miró duramente. No respondió.

—¿La mataste tú? —probé de nuevo.

—No.

—Y por esa situación de la que me has hablado, supongo que no podrás decirme quién lo hizo.

Silencio.

Me aterraba que Mustafá estuviese intentando decirme sin palabras que la había matado Eric, cuando ella salía de la casa mientras yo me encerraba en el baño. Eric podría haber perdido los nervios, proyectado su rabia hacia Kym Rowe y haber intentado arreglar las cosas entre nosotros acabando con su vida. Sin importar las veces que, la noche anterior, me hubiera repetido lo ridícula que era esa sospecha (Eric tenía un gran autocontrol y era muy inteligente, además de ser muy consciente de la policía y sus vecinos como para cometer un acto tan bárbaro e irracional), no me sentía capaz de poner la mano en el fuego por él.

Esa tarde, todos esos pensamientos funestos que había estado mimando salieron a la superficie mientras observaba a Mustafá.

Si no hubiese sido un licántropo, me habría sentado en su pecho hasta sacarle una respuesta del cerebro. Tal como estaban las cosas, solo podía percibir la agitación de su mente y su sombría determinación de que sobreviviría, cayese quien cayese. Y le consumía la preocupación por otra persona. Un nombre cruzó su mente.

—¿Dónde está Warren, Mustafá? —pregunté. Me incliné hacia delante para obtener una lectura más clara. Incluso extendí la mano hacia él, pero se contrajo.

Mustafá meneó la cabeza, enfadado.

—Ni siquiera lo intentes, Sookie Stackhouse. Es una de las cosas de las que no puedo hablar. No debí venir. Pero creo que estás en una situación injusta, en medio de cosas de las que no sabes nada.

Como si eso fuese una novedad.

Dermot no dejaba de fluctuar su mirada entre los dos. No sabía cómo actuar ni qué esperaba yo que hiciese.

«Únete al club, Dermot».

—Dime qué pasa y así sabré de qué tengo que tener cuidado —sugerí.

—Ha sido un error —dijo, bajando la mirada y sacudiendo la cabeza—. Buscaré un sitio donde esconderme mientras intento encontrar a Warren.

Pensé en llamar a Eric y dejarle un mensaje diciendo que su recadero diurno estaba conmigo. Retendría a

Mustafá hasta que llegase. O podría llamar a la policía para denunciar que el testigo material de un asesinato estaba sentado en mi cocina.

Esos planes pasaron por mi mente a gran velocidad y sopesé cada uno durante un segundo. A continuación pensé: «¿A quién quiero engañar? No voy a hacer nada de eso».

—Deberías acudir a Alcide —dije—. Te protegerá si solicitas unirte a la manada.

—Pero tendría que enfrentarme a...

—A Jannalynn. Lo sé. Pero eso vendrá después. Alcide te protegerá por ahora. Puedo llamarlo. —Sostuve en alto mi pequeño teléfono.

—¿Tienes su número de móvil?

—Sí.

—Llámalo, Sookie. Dile que quiero reunirme con él. Dale mi número y que me llame cuando esté solo. Eso es importante. Tiene que estar a solas.

—¿Por qué no lo llamas tú?

—Es mejor que intercedas tú. —Fue todo lo que conseguí que dijera—. Tienes mi número, ¿verdad?

—Claro.

—Me voy.

—¡Dime quién mató a la chica! —Si hubiese podido, le habría arrancado la respuesta con unas tenazas.

—Si lo supieras, correrías un peligro mayor —respondió antes de montarse en su moto y desaparecer.

Todo había pasado a tal velocidad que tenía la sensación de que la habitación temblaba tras la partida de Mustafá. Dermot y yo nos miramos.

—No tengo la menor idea de qué hacía aquí en lugar de en Shreveport, donde debería estar. Podría haberlo retenido —dijo Dermot—. Solo esperaba una señal tuya, sobrina.

—Te lo agradezco, tío. Creo que pensé que no era lo más adecuado —murmuré.

Permanecimos en silencio un momento. Pero tenía que explicarle lo que había pasado la noche anterior.

—¿Quieres saber por qué se ha presentado Mustafá aquí? —pregunté. Él asintió, aparentemente más contento ahora que iba a obtener algo de información. Me arranqué con la narración de los hechos.

—¿Nadie la conocía y no había venido con nadie? —preguntó, pensativo.

—Eso es lo que todo el mundo dice.

—Seguro que alguien la mandó, alguien que sabía que en casa de Eric se estaba celebrando una fiesta. Alguien se aseguró de que pudiera colarse sin contratiempos cuando la casa estuviera llena de extraños. ¿Cómo pasó el control de la puerta?

Eran todas preguntas pertinentes, a las que yo añadí una:

—¿Cómo pudo nadie anticipar que Eric no se resistiría a tomar su sangre? —Mi propia voz se me antojaba desesperada. Solo esperaba no haber cruzado la línea de la autocompasión. Es lo que provoca la tristeza.

—Está claro que la eligieron por su sangre dual, potenciada posteriormente con aroma de hada. Sabemos de sobra que es una perdición para los vampiros. La llamada de Mustafá te hizo llegar tarde y, por ende, se aseguraban de que Eric encontrara la tentación prácticamente irresistible —afirmó Dermot—. Mustafá ha debido de tener algo que ver en todo.

—Sí. Eso ya me lo imaginaba. —No me agradaba esa conclusión, pero todas las pruebas la respaldaban.

—Puede que no supiera cuáles serían los resultados, pero alguien debió de instruirle para que te hiciera llegar tarde.

—Pero ¿quién? Es un lobo solitario. No responde ante Alcide.

—Alguien ejerce poder sobre él —dijo Dermot, cargado de razón—. Solo alguien en esas condiciones podría hacer que Mustafá traicionase la confianza de Eric. Está buscando a su amigo Warren. ¿Tendrá Warren alguna razón para querer ver a Eric entre barrotes?

Dermot funcionaba a pleno rendimiento. A mi cansada mente le estaba costando mantener su ritmo.

—Esa es la clave, por supuesto —respondí—. Su amigo Warren. El propio Warren no debería tener ninguna razón que me venga a la cabeza para desearle ningún mal a Eric, quien, después de todo, es el que paga el sueldo de Mustafá. Pero creo que alguien lo está utilizando para influir en Mustafá. Creo que alguien lo ha secuestrado. Lo mantienen para asegurarse la colaboración de Mustafá. Necesito pensar en todo esto —añadí, bostezando hasta hacer sonar la mandíbula—. Pero ahora mismo lo que necesito es dormir un poco más. ¿Te vas al Hooligans?

—Más tarde —contestó.

Lo miré, pensando en todas las preguntas que nunca había respondido acerca de la extraña acumulación de hadas en ese remoto club de *striptease* de Luisiana. Claude siempre me había dicho que se debía a que todas ellas se habían quedado atrás cuando Niall cerró los portales al mundo feérico. Pero ¿cómo habían sabido adónde ir y cuál era su propósito en Monroe? No era el mejor momento de preguntar, ya que estaba demasiado cansada para procesar las respuestas, si es que me las daba.

—Bueno, me voy a echar una siesta —dije. Era domingo y el Merlotte's estaba cerrado—. Deja que el contestador se encargue de las llamadas, si no te importa. —Bajé el volumen del timbre del teléfono de la cocina y haría lo mismo con el del dormitorio.

Me llevé el móvil a la habitación y llamé a Alcide. No contestó, pero le dejé un mensaje. Puse a cargar el móvil. Me arrastré hasta la cama. Ni siquiera me quité la ropa. Enseguida me quedé dormida.

Me desperté dos horas después sintiéndome como algo que hubiera escupido un gato. Rodé de costado para mirar por la ventana. La luz había cambiado. El aire acondicionado mantenía a raya lo peor del calor de la tarde, que vibraba en el exterior. Me incorporé, poniendo la mirada en la hierba seca. Hacía falta que lloviera.

Los pensamientos aleatorios seguían rebotando en mi cansada cabeza. Me preguntaba cómo estaría Tara. No sabía qué había querido decir con «se me ha borrado». Me preguntaba qué había sido del señor Cataliades. Era mi «benefactor», una especie de padrino de otro mundo. La última vez que había visto al abogado semidemonio fue corriendo por mi jardín, perseguido por unas manchas infernales grises.

¿Y habría regresado Amelia ya de Francia? ¿Qué estarían haciendo Claude y Niall en el mundo feérico?

¿Cómo sería aquello? A lo mejor los árboles parecían plumas de pavo real y todo el mundo vestía con lentejuelas.

Comprobé el teléfono. Ninguna noticia de Alcide. Llamé otra vez, pero saltó directamente el contestador. Dejé un mensaje en el móvil de Bill, diciendo que Mustafá había aparecido en mi casa. Al fin y al cabo, era el inspector de la Zona Cinco.

Si bien me había duchado en casa de Eric esa mañana, parecía que habían pasado semanas desde aquello, así que volví a meterme debajo del grifo. Me puse después unos shorts vaqueros, una camiseta y unas sandalias de dedo y salí al jardín, dejando que el pelo mojado me empapara el cuello y la espalda. Coloqué la tumbona de manera que el cuerpo quedara bajo la sombra mientras el pelo se secaba bajo los últimos rayos del sol, porque me gusta el olor que se le queda cuando lo hago. El coche de Dermot no estaba. Tanto el jardín como la casa estaban vacíos. Los únicos sonidos eran los de la omnipresente naturaleza, que seguía su curso: aves, insectos y la ocasional brisa susurrando entre las hojas perezosamente.

Reinaba la paz.

Intenté pensar en cosas mundanas: una posible fecha para la boda de Jason y Michele, la lista de tareas pendientes en el Merlotte's para el día siguiente, comprobar el nivel del tanque de propano. Cosas que pudiera resolver con una llamada telefónica o con papel y lápiz. Como tenía el coche a la vista, me di cuenta de que una de las ruedas parecía un poco baja de presión. Tendría que ir a ver a Wardell al taller de neumáticos para que me echase un vistazo a la presión. Había sido maravilloso ducharse sin estar pendiente de si habría suficiente agua caliente; era la ventaja de que no estuviera Claude.

Estaba bien pensar en cosas que no fuesen sobrenaturales.

De hecho, era como estar en el paraíso.

Capítulo 6

Al anochecer, sonó el teléfono. Por supuesto, eso no fue hasta pasadas las ocho, ya que estábamos en pleno verano. Había pasado unas horas muy agradables a solas. «Agradable» ya no significaba para mí «positivo», sino «carente de cosas malas». Arreglé la cocina, leí un poco y dejé el televisor encendido solo para oírlo de fondo. Agradable. Emocionante, no. Ya había tenido bastantes emociones.

No había comprobado el correo electrónico en todo el día, y pensé que sería mejor seguir así durante un par de días más. Me di cuenta de que tampoco me apetecía responder al teléfono. Pero había dejado mensajes a Alcide y a Bill. Al tercer timbre, obedecí la costumbre y descolgué.

—¿Diga?

—Sookie, voy de camino a tu casa —dijo Eric.

¿Veis? Sabía que había una buena razón para no cogerlo.

—No —contesté—. Me parece que no. —Hubo un breve silencio. Eric estaba tan sorprendido como yo.

—¿Es este mi castigo por lo de anoche? —preguntó.

—¿Por beber de otra mujer en mi presencia? No, creo que eso ya lo he asumido.

—Entonces… ¿Qué? ¿De verdad no quieres verme?

—Esta noche no. Aunque sí que me gustaría decirte un par de cosas.

—Por supuesto. —Estaba tenso y se le notaba ofendido, lo cual no era ninguna sorpresa. Lo superaría.

—Si Bill sigue siendo el inspector de la Zona Cinco…

—Lo es. —Cauto.

—Pues tiene que ponerse a trabajar, ¿no crees? Podría llevarse a Heidi, ya que se supone que es una rastreadora tan buena. ¿Cómo consiguió Kym Rowe sortear al guarda? A menos que alguien lo sobornara, y encima teniendo en cuenta que era un tipo al que yo no conocía, cabe la posibilidad de que Kym entrase por la puerta trasera de tu propiedad, ¿no es así? Quizá Bill y Heidi puedan averiguar cómo llegó hasta allí. También tengo que hablar con Bill de una cosa.

—Buena idea. —Intentaba romper el hielo. O, al menos, no parecía querer afincarse en la ofensa sufrida.

—Estoy llena de buenas ideas —dije, sintiéndome cualquier cosa menos lista—. Otra cosa, ¿cómo sabía Felipe lo de la muerte de Victor?

—Ninguno de mis vampiros se iría de la boca —contestó Eric con absoluta certeza—. Colton sigue en la Zona, pero Immanuel se ha ido a la Costa Oeste. Tú no dirías nada. Warren, el amigo de Mustafá, que fue nuestro hombre de la limpieza…

—Ninguno de ellos hablaría. Warren no bostezaría siquiera sin contar con el permiso de Mustafá. —Era lo que pensaba de todos modos. Lo cierto era que tampoco conocía a Warren demasiado bien, de quien no podía decirse que fuese un gran conversador. Estuve a punto de contarle que Mustafá se había presentado en mi cocina cuando él prosiguió—. Debimos encargarnos de Colton e Immanuel.

¿Quería decir Eric que teníamos que haber matado a los supervivientes humanos de esa cruel pelea, aunque hubiesen luchado por su causa? ¿O se refería a que debió emplear sus poderes para borrarles los recuerdos? Cerré los ojos. Pensé en mi propia humanidad, mi propia vulnerabilidad, a pesar de que la seducción vampírica nunca hubiera funcionado conmigo.

Había llegado el momento de pasar a otro tema antes de perder los papeles.

—En realidad, ¿sabes por qué Felipe está aquí? Porque sabes de sobra que no es por Victor, o al menos no más que parcialmente.

—No desdeñes su necesidad de disciplinarme por la muerte de su regente —dijo Eric—. Pero tienes razón, tiene otros planes. Me di cuenta anoche. —Eric era cada vez más precavido—. Al menos confirmé mis sospechas.

—Entonces ya conocías sus planes secretos y no me has dicho nada.

—Hablaremos de ello más tarde.

Como era lógico, tenía que haberle hablado de la visita de Mustafá, pero perdí lo que me quedaba de paciencia.

—Ajá, de acuerdo. —Colgué. Me miré la mano, ligeramente desconcertada por lo que acababa de hacer.

Divisé el pequeño montón de correo y el periódico, apilados en la encimera. Antes, ese mismo día, había recorrido el sendero de acceso bajo el brillante sol para recoger el correo del día anterior y el diario de Shreveport de sus respectivos buzones en Hummingbird Road. Me senté a leer el periódico. La portada me reveló que Kym Rowe tenía veinticuatro años, que era de Minden y (a la vista de una fotografía suya que ilustraba el artículo) no me sorprendió que la hubiesen despedido recientemente de su trabajo como bailarina exótica por asaltar a un cliente.

Debió de ser una noche infernal en ese club de *striptease*.

La causa de la muerte de Kym, según el rotativo, había sido la ruptura del cuello. Rápido, silencioso, con los únicos requisitos de la fuerza y el factor sorpresa. Por eso, incluso en un barrio tan silencioso como ese, nadie había oído un solo grito… Ni siquiera Bill, con su sentido vampírico del oído. O eso decía él. Kym Rowe, descubrí, tenía buenas razones para el mal genio.

«Rowe estaba desesperada por el dinero. "Tenía varios pagos pendientes y su casero estaba a punto de echarla de casa", dijo Oscar Rowe, padre de la víctima. "Se dedicó a hacer locuras para ganar dinero"». Esa era la corta y triste historia de Kym Rowe. Una cosa quedaba clara: no tenía nada que perder.

Como era de esperar, los medios se cebaron en el hecho de que fuese hallada en el jardín de «un prominente empresario vampiro y los invitados de su fiesta». Eric y sus indeseados invitados tenían por delante una dura batalla con la maquinaria publicitaria. Al menos había una foto de

T-Rex en su indumentaria de lucha. Las palabras «protuberante» y «maníaco» me vinieron a la mente. Fui a la página donde continuaba el artículo. Había una fotografía de los afligidos padres de Kym aferrados a una Biblia y un ramo de margaritas, que decían que eran las flores favoritas de su hija. Me reprendí por mi engreimiento, pero es que las margaritas no eran gran cosa.

Antes de poder terminar de leer el artículo, sonó el teléfono. Casi me caí del salto. Me preguntaba si Eric volvería a llamar después de disponer de un rato para enfadarse aún más conmigo, pero el identificador de llamadas me chivó que se trataba de Sam.

—Hola —dije.

—¿Qué pasó anoche? —inquirió—. Acabo de ver las noticias de Shreveport.

—Fui a casa de Eric porque le visitaban vampiros de fuera de la ciudad —dije, resumiendo—. La tal Kym Rowe salió de la casa justo después de llegar yo. Eric se había alimentado de ella. —Tuve que hacer una pausa para recomponerme—. Luego, Bill encontró su cadáver en el jardín. Podrían haberlo ocultado todo... Bueno, qué demonios, seguro que lo habrían hecho. Habrían movido el cadáver o algo parecido. Pero la policía recibió una llamada anónima informando del cadáver en la propiedad de Eric, así que los agentes llegaron antes siquiera de que supiésemos que alguien había muerto.

—¿Sabes quién lo hizo?

—No —admití—. De ser así, se lo habría dicho a los polis anoche.

—¿Aunque el asesino hubiese sido Eric?

Eso me frenó en seco.

—Dependería de las circunstancias. ¿Delatarías tú a Jannalynn?

Hubo un largo silencio.

—Dependería de las circunstancias —dijo.

—Sam, a veces pienso que somos sencillamente tontos —apunté, y luego oí mis palabras—. Espera, ¡no hablaba de ti, sino de mí!

—Da igual, estoy de acuerdo —me disculpó—. Jannalynn es... una chica genial, pero a veces tengo la sensación de que es más de lo que puedo lidiar.

—¿Se lo cuentas todo, Sam? ¿Cuánto compartías con tus demás parejas? —Necesitaba información. Yo ya había tenido unas cuantas relaciones.

Dudó.

—No —dijo finalmente—. No se lo cuento todo. Todavía no hemos llegado a la fase de ponernos románticos, pero aunque así fuera... no.

Mi atención mental hizo un cambio de sentido. Un momento. Según Alcide, Jannalynn le había dicho que se iba a declarar. A todas luces, Sam no estaba listo para eso, si ni siquiera se habían dicho el uno al otro que se querían. Algo no encajaba. Alguien estaba mintiendo o engañando. La voz de Sam volvió a sonar:

—¿Sookie?

Entonces supe que había dejado que el silencio llenase mi momento de introspección.

—Entonces no solo pasa entre Eric y yo —dije apresuradamente—. Entre nosotros, Sam, creo que Eric no está compartiendo conmigo algunos temas muy importantes.

—¿Y qué hay de lo que tú no le cuentas a él? ¿Son temas importantes?

—Sí que lo son. Importantes, pero no... personales. —No le había hablado de Hunter, mi pequeño primo segundo, otro telépata, como yo. No le había hablado de lo preocupada que estaba ante la concentración de hadas en Monroe. Había intentado ponerle al día de la situación de las hadas, pero parecía que la política de los de su especie era la primera de sus prioridades en aquel momento. No podía culparlo.

—Sookie, te encuentras bien, ¿verdad? No sé qué quieres decir con que no es personal. Todo lo que te ocurra es personal.

—Por cosas personales... me refiero a cosas que solo nos pasen a él y a mí. Como que no estuviese contenta con su forma de tratarme, o que se viniera conmigo a la boda de Jason y Michele. Si necesitase hablar de alguna de esas cosas, lo haría. Pero conozco informaciones que podrían afectar a terceros, y a veces no las comparto con él porque su perspectiva es muy diferente.

—Sabes que puedes hablar conmigo si necesitas compartir algo. Sabes que te escucharé y que no se lo diré a nadie.

—Lo sé, Sam. Eres mi mejor amigo. Y quiero que sepas que siempre estaré para escuchar lo que tú tengas que contarme. Estoy segura de que Eric y yo volveremos a la normalidad cuando Felipe se vaya..., cuando el barco deje de zozobrar.

—Es posible —dijo—. Pero ya sabes que, si te pones nerviosa por allí, tengo un dormitorio de sobra en casa.

—Jannalynn me mataría —respondí. Había verbalizado el primer pensamiento que se me pasó por la cabeza y me habría abofeteado por ello. No había dicho más que la verdad..., pero estaba hablando de la novia de Sam—. ¡Lo siento, Sam! Me temo que Jannalynn está convencida de que tú y yo tenemos un..., un pasado fogoso. Intuyo que no está contigo esta noche.

—Esta noche trabaja en el Pelo del Perro. Atiende a los teléfonos y al bar mientras Alcide mantiene reuniones en la trastienda. Tienes razón, es un poco posesiva —admitió—. ¿Sabes?, al principio era halagador. Pero luego empecé a preguntarme si no será que no tiene ninguna fe en mi integridad.

—Sam, si tiene una pizca de sentido común, es imposible que dude de ti. —Estaba convencida de que Jannalynn me echaba toda la culpa a mí—. Eres un tío honesto.

—Gracias —dijo, incómodo—. Bueno... Ya te he entretenido demasiado. Llámame si necesitas cualquier cosa. A propósito, ya que estamos hablando de temas de relaciones, ¿sabes por qué Kennedy está enfadada con Danny? Se lo ha dejado caer a todo el mundo.

—Danny guarda una especie de secreto que no quiere compartir con ella, y Kennedy teme que esté relacionado con otra mujer.

—¿Y lo está? —Sam conocía mi habilidad telepática.

—En absoluto. Pero no sé qué es. Al menos no es hacer *striptease* en el Hooligans. —Una de nosotras había hablado, lo cual era inevitable, y el segundo trabajo de J.B. ya era noticia en Bon Temps.

—¿No se le ha ocurrido preguntarle directamente?

—Creo que no.

—Son como críos —concluyó Sam, como si tuviese sesenta años en vez de treinta.

Reí. Me encontraba de mejor humor cuando colgué.

Dermot apareció media hora después. Lo normal era que mi tío abuelo llegase solo moderadamente alegre. Esa noche ni siquiera se acercaba al buen humor; estaba visiblemente preocupado.

—¿Qué pasa?

—La ausencia de Claude me está poniendo nervioso.

—Será por su inigualable carisma. —Claude tenía la misma personalidad que un nabo.

—Ya —dijo Dermot simplemente—. Sé que no eres sensible al encanto de Claude, pero cuando está entre nuestra gente, todo el mundo puede ver su fuerza y su determinación.

—¿Estamos hablando del mismo tipo que decidió quedarse entre los humanos en vez de volver al mundo feérico cuando se cerraban los portales? —Sencillamente no lo comprendía.

—Claude me contó dos cosas al respecto —respondió Dermot, encaminándose a la nevera para servirse un vaso de leche—. Por una parte, dijo que sabía que los portales se estaban cerrando, pero que no podía marcharse sin afianzar sus negocios aquí, y en realidad nunca creyó que Niall fuese en serio con su decisión. Puesto en una balanza, para él pesaba más quedarse aquí. Pero, por otra parte, dijo a los demás, a todas las hadas del Hooligans, que Niall le había prohibido la entrada.

Me di cuenta de que Dermot estaba admitiendo, aunque no explícitamente, que no tenía a Claude en la misma alta estima que las demás hadas.

—¿Por qué contó dos versiones? ¿Con cuál tenemos que quedarnos?

Dermot se encogió de hombros.

—Puede que las dos tengan su parte de verdad —contestó—. Creo que Claude no estaba muy por la labor de abandonar el mundo humano. Está acumulando una fortuna que podría seguir aumentando mientras esté en el mundo feérico. Ha hablado con abogados para establecer un consorcio empresarial, o algo parecido. Seguiría generando dinero aunque él desapareciera. De ese modo, si quisiera volver a este mundo, sería tan rico que podría vivir como le placiese. Tener una base económica aquí tiene sus ventajas, aunque te pases una temporada en el mundo feérico.

—¿Como qué?

Dermot estaba sorprendido.

—Como poder comprar cosas que no puedes encontrar al otro lado —dijo—. Como contar con los medios para viajar aquí ocasionalmente, para permitirse cosas que no son… aceptables en nuestro propio mundo.

—¿Como qué? —repetí.

—A algunos de nosotros nos gustan las drogas y el sexo de los humanos —explicó Dermot—. Y a muchos nos gusta mucho la música humana. Y los científicos humanos han ideado algunos productos fantásticos que resultan muy útiles en nuestro mundo.

Estaba tentada de repetir «¿Como qué?» una tercera vez, pero no quería parecer un loro. Cuanto más escuchaba, más curioso me parecía todo.

—¿Por qué crees que Claude se ha ido con Niall? —opté por preguntar.

—Creo que quiere afianzarse en el afecto de Niall —contestó bruscamente—. Y creo que quiere recordar al resto del mundo feérico la tentadora alternativa que han cercenado desde que Niall cerró los portales y los custodia con tanto celo. Pero no estoy seguro del todo. —Volvió a encogerse de hombros—. Soy de su sangre, por lo que tiene que cobijarme y defenderme. Pero eso no quiere decir que tenga que sincerarse conmigo.

—Vamos, que sigue queriendo soplar y sorber a la vez —dije.

—Sí —convino Dermot—. Así es Claude.

En ese preciso momento, llamaron a la puerta de atrás. Dermot levantó la cabeza y husmeó el aire.

—Hablando de problemas —dijo y se levantó para abrir.

Era Bellenos, el elfo, cuyos dientes de cinco centímetros, afilados como agujas, seguían siendo igual de aterradores que siempre cuando sonreía. Recuerdo su sonrisa cuando me entregó la cabeza de mi enemigo.

Nuestro visitante tenía las manos ensangrentadas.

—¿Qué has hecho, Bellenos? —pregunté, orgullosa del control que ejercí sobre mi voz.

—He estado cazando, estimada mía —respondió, esbozando esa sonrisa que me ponía tan nerviosa—. Me quejé de que me sentía inquieto y Dermot me dio permiso para cazar en estos bosques. Lo he pasado muy bien.

—¿Qué has cazado?

—Un ciervo —respondió—. Una hembra adulta.

No era temporada de caza, pero no creía que nadie del Departamento de Medio Ambiente y Pesca fuese a multar a Bellenos. En cuanto le viesen la cara, saldrían corriendo.

—Pues me alegro de que aprovecharas la oportunidad —dije, aunque decidí que tendría algunas palabras en privado con Dermot sobre eso de otorgar privilegios de caza en mis tierras sin consultarme.

—Algunos de los demás querrían cazar aquí también —sugirió el elfo.

—Me lo pensaré —contesté, nada contenta con la idea—, siempre que la caza se limite a ciervos y no salgáis de mis tierras… Ya te diré.

—Mis semejantes están cada vez más inquietos —indicó Bellenos en lo que no era del todo una advertencia—. Nos gustaría abandonar el club. A todos nos gustaría visitar tus bosques, experimentar la paz de tu casa.

Guardé mi profunda incomodidad en un pequeño bolsillo de mis adentros. Ya la recuperaría más tarde para echarle un vistazo cuando se fuese Bellenos.

—Comprendo —dije, preguntándole con un gesto si quería agua. Cuando asintió, saqué la jarra de la nevera y llené un vaso. Se lo bebió de un trago. Por lo visto, cazar ciervos con las manos desnudas en plena noche era una tarea agotadora. Tras apurar el vaso, Bellenos preguntó si se podía lavar. Le indiqué el baño del pasillo y saqué una toalla.

Cuando cerró la puerta tras de sí, lancé una significativa mirada a Dermot.

—Sé que tienes razones para estar enfadada, Sookie —concedió. Se me acercó y bajó la voz—. Bellenos es el más peligroso. Si se pone tenso o se aburre, las cosas se ponen feas. Me pareció adecuado facilitarle una válvula de escape. Espero que me perdones por haberle dado permiso, ya que somos familia. —Sus grandes ojos azules, tan parecidos a los de mi hermano, me miraban, implorantes.

No estaba muy contenta, pero el razonamiento de Dermot tenía mucho sentido. La imagen de un elfo constreñido desatándose en medio de Monroe no era una imagen que quisiera conservar en mi mente.

—Entiendo lo que dices —admití—, pero la próxima vez que quieras que alguien recorra con libertad mis tierras, consúltalo primero conmigo. —Lo miré fijamente para que supiese que iba en serio.

—Claro —accedió, aunque yo no estaba muy convencida. Dermot tenía un montón de cosas buenas, pero me costaba verlo como un líder fuerte y decisivo—. Están cansados de esperar —dijo, desesperado—. Supongo que yo también.

—¿Quieres irte al mundo feérico? —pregunté, intentando esbozar una sonrisa—. ¿Podrías vivir sin tu canal HGTV y tus Cheetos? —Deseaba preguntarle si podría vivir sin mí, pero sería un tremendo ejercicio de autocompasión. Habíamos vivido la mayor parte de nuestras vidas bien sin el otro, pero no podía negar que le tuviera afecto.

—Te quiero —dijo inesperadamente—. El tiempo que he pasado contigo en esta casa ha sido el más feliz de mi vida. Hay tanta paz.

Era la segunda vez en apenas minutos que un ser feérico me resaltaba la paz que reinaba en mi casa. Mi subconsciente se agitó en mi interior. Empecé a sospechar que no era mi persona o mi casa la que atraía a tantos seres feéricos, sino la presencia oculta del *cluviel dor*.

Bellenos salió del baño envuelto en una toalla, portando su ropa en la mano. La palidez y las pecas se extendían por todo su cuerpo.

—Hermana, ¿podrías lavar esto en tu lavadora? Pensaba limpiarme la cara y los brazos solamente, pero luego me dije que me sentiría bien si me duchaba.

Mientras llevaba la ropa sucia a la lavadora del porche trasero, me alegré de haber seguido a pies juntillas la advertencia del señor Cataliades. Si el *cluviel dor* gozaba de tanta influencia cuando ni siquiera lo veían, ¿qué pasaría cuando fuesen conscientes de su presencia? ¿Qué harían si quisieran tocarlo y yo no se lo permitiese?

Tras iniciar el ciclo de lavado en frío, permanecí en el porche perdiendo la mirada en la noche a través de la puerta de malla. La sinfonía de los insectos estaba en su apogeo. Hacían tanto ruido que casi eran molestos. Una vez más, me alegré de contar con la bendición del aire acondicionado, a pesar de que se tratase de unidades independientes adosadas a las ventanas, en lugar de una unidad central de frío y calor. Así podía cerrar las ventanas de toda la casa y dejar el concierto de ruidos fuera… Y sentirme segura por si aparecían otras cosas. Una de esas cosas salía de entre los árboles justo en ese momento.

—Hola, Bill —saludé tranquilamente.

—Sookie. —Se acercó un poco más. Aun sabiendo que estaba ahí, no podía oírlo. Los vampiros son muy sigilosos.

—Supongo que has oído a mi visitante —dije.

—Sí. He encontrado los restos del ciervo. ¿Un elfo?

—Bellenos. Ya lo conoces.

—¿El tipo que arrancó las cabezas?

—Sí.

—¿Está Dermot en casa?

—Sí.

—Es mejor que no te quedes sola con Bellenos. —Bill, hombre muy serio de por sí, adquirió un aire más sombrío si cabe.

—No es mi intención. Dermot piensa llevárselo de vuelta a Monroe, esta noche o mañana. ¿Te ha llamado Eric esta noche?

—Sí. Me voy a Shreveport dentro de una hora. Me reuniré allí con Heidi —titubeó un momento—. Tengo entendido que tiene un familiar aún vivo.

—Su hijo, en Nevada. Creo que es drogadicto.

—Carne viva de tu carne. Debe de ser muy extraño poder hablar con su descendencia directa. Esta época es para los vampiros tan diferente de los días en que me convirtieron. Casi no puedo creer que conozca a mis tatara-tatara-nietos.

La creadora de Bill le había mantenido fuera de Bon Temps, e incluso fuera del Estado, durante mucho tiempo, para que no lo reconocieran ni su mujer ni sus conocidos. Así se hacía en los viejos tiempos.

Noté la tristeza en su voz.

—No creo que a Heidi le haya venido muy bien mantener el contacto con su hijo —dije—. Ahora ella parece más joven que él y... —Me callé. El resto de la triste historia correspondía a Heidi contarlo.

—Hace unos días, Danny Prideaux me abordó para preguntarme si podía ser mi recadero diurno —dijo Bill de repente. Tras un instante, supe que Bill estaba pensando en los vínculos humanos.

Así que ese era el gran secreto de Danny.

—Pero si ya tiene un trabajo a media jornada en el depósito de madera...

—Con dos trabajos cree que podrá pedir a su novia que se case con él.

—¡Caramba! ¿Danny va a pedirle la mano a Kennedy? Es maravilloso. ¿La conoces? Es Kennedy, la que trabaja en la barra del Merlotte's.

—La que mató a su novio. —Bill no estaba muy contento con ese dato.

—Bill, ese tipo le pegaba. Además, ha cumplido una condena en la cárcel. Tú tampoco eres el más indicado para ir sermoneando. ¿Lo has contratado?

Bill se avergonzó.

—He accedido a tenerlo un tiempo a prueba. No me sobra tanto trabajo como para tener a alguien a jornada completa, pero no estará mal contar con él a media jornada. No tendría que molestarte a ti siempre, lo cual sé que es un inconveniente para ti.

—No me importa hacer alguna llamada ocasional —dije—, pero entiendo que necesites a alguien con quien no tengas que sentirte permanentemente agradecido. Ojalá Danny le hubiese contado a Kennedy lo que se traía entre manos. La ignorancia le está dando toda clase de ideas raras sobre él.

—Si van a tener una relación auténtica, ella tendrá que aprender a confiar en él. —Bill me echó una mirada enigmática y volvió a fundirse entre los árboles.

—Yo confío en la gente que demuestra ser de fiar —murmuré y volví a la casa.

La cocina estaba vacía. Por el sonido, Bellenos y Dermot habían subido a ver la tele; creí oír unas risas enlatadas. Subí hasta la mitad del tramo de escaleras con la idea de sugerir a Bellenos que sacara su ropa de la lavadora cuando acabase, pero me detuve al oírlos hablar durante una pausa comercial.

—Se llama *Dos hombres y medio* —le estaba contando Dermot a su invitado.

—Comprendo —dijo Bellenos—. Es porque los dos hermanos son mayores y el hijo es pequeño.

—Eso creo —respondió Dermot—. ¿No te parece que el hijo es inútil?

—¿El «medio»? Sí. Si fuese nuestra casa nos lo habríamos comido —afirmó Bellenos.

Me di la vuelta automáticamente, convencida de que podía meter la ropa en la secadora yo misma.

—Sookie, ¿necesitabas algo? —gritó Dermot. Debí imaginar que me oiría.

—Solo dile a Bellenos que voy a meter su ropa en la secadora, pero que la saque él. Creo que estará seca en… —Hice unos cálculos apresurados—. Tres cuartos de hora.

Me voy a la cama. —A pesar de la siesta, la cabeza me empezaba a pesar.

Casi ni esperé a que Dermot dijera «eso hará» antes de correr hasta el porche trasero para colocar las prendas mojadas en la secadora. Luego me metí en mi habitación, cerré la puerta y eché el cerrojo.

Si el resto de las hadas hablaban de canibalismo con tanta naturalidad como el elfo, Claude nunca llegaría lo bastante pronto para mi gusto.

Capítulo 7

Cara Ambroselli me llamó a primera hora del lunes, lo cual no suponía la mejor manera de empezar la semana.

—Necesito que venga a la comisaría para hacerle algunas preguntas más —dijo, y sonó tan brusca y espabilada que no le costó caerme mal.

—Ya le he dicho todo lo que sé —respondí, empeñándome en sonar alerta.

—Lo estamos repasando todo —insistió—. Estoy segura de que está igual de ansiosa que los demás por saber quién ha matado a esa pobre mujer.

Solo había una respuesta posible.

—Tardaré un par de horas —acepté, procurando no sonar hosca—. Tendré que pedir permiso a mi jefe para que me deje llegar tarde al trabajo.

Eso no iba a ser un problema, ya que me tocaba el último turno, pero no pensaba ponérselo fácil. Sí que llamé a Jason para decirle adónde iba, ya que siempre es bueno que alguien sepa que estás en una comisaría.

—Qué mal rollo, hermana —dijo—. ¿Necesitas un abogado?

—No, pero me llevo el número de uno por si acaso —lo tranquilicé. Busqué frente a la nevera hasta encontrar la tarjeta de visita de Osiecki & Hilburn. También me aseguré de que el móvil estuviese cargado del todo. Y para cubrir todo tipo de imprevistos, me guardé el *cluviel dor* en el bolso.

Conduje hacia Shreveport sin reparar en el cielo azul, el sofocante calor, las grandes segadoras y los camiones de dieciocho ruedas. Estaba de muy mal humor, y me pregunté cómo lo soportarían los delincuentes profesionales. No estaba hecha para la vida criminal, decidí, aunque los últimos años habían estado llenos hasta arriba de sensaciones fuertes. No había tenido nada que ver con la muerte de Kym Rowe, pero me había implicado en suficientes asuntos turbios como para ponerme nerviosa ante el escrutinio policial.

Las comisarías no son lugares agradables, en el mejor de los casos. Si eres una telépata con conciencia de culpabilidad, la mala vibración se multiplica por dos.

La gruesa mujer sentada en la sala de espera estaba pensando en su hijo, que se encontraba en una de las celdas del edificio. Había sido detenido por violación. No era la primera vez. El hombre frente a mí estaba recogiendo el informe policial sobre un accidente en el que estaba implicado; tenía un brazo en cabestrillo y estaba bastante dolorido. Había dos hombres sentados en silencio, uno junto al otro, codos apoyados en las rodillas y las cabezas colgando hacia delante. Sus respectivos hijos habían sido detenidos por apalear a otro muchacho hasta la muerte.

Fue un cambio positivo ver a T-Rex saliendo por la puerta, al parecer abandonando el edificio. Miró en mi dirección, sin parar de andar, hasta que se dio cuenta.

—Sookie, ¿verdad? —Bajo la áspera luz, su pelo teñido de platino parecía una paleta multicolor, pero era también alegre, sencillamente porque él era una persona muy vital.

—Sí —dije, estrechándole la mano. «Es guapa, la novia del vampiro, ¿de Bon Temps?». Estaba llegando a sus propias conclusiones mentales acerca de mí—. ¿A ti también te han llamado?

—Sí, estoy cumpliendo con mi deber cívico —respondió con una diminuta sonrisa—. Ya han interrogado a Cherie y a Viv.

Intenté esbozar una sonrisa despreocupada. No creo que tuviera demasiado éxito.

—Supongo que todos tenemos que contribuir a descubrir quién mató a esa chica —concedí.

—Pero no tenemos por qué disfrutar del proceso.

Ahí sí que pude dedicarle una sonrisa genuina.

—Gran verdad. ¿Te han hecho confesar?

—Soy incapaz de guardar secretos —contestó—. Esa es mi mayor confesión. En serio, ya les dije todo lo que sabía las dos horas que pasamos aquí la otra noche. T-Rex y los secretos no son buena combinación.

Por lo visto, T-Rex era de esos a los que les gusta hablar de sí mismos en tercera persona. Pero era tan vivaz, estaba tan lleno de vida, que, para mi sorpresa, descubrí que me caía bien.

—Tengo que decirles que he llegado —me disculpé y di un paso hacia la ventanilla.

—Claro —dijo—. Oye, llámame si alguna vez quieres venir a una pelea. Me da la sensación de que no has ido a muchas, si es que has visto alguna, pero creo que te lo pasarías bien. ¡Puedo conseguirte un asiento junto al ring!

—Es todo un detalle —agradecí—. No sé cuánto tiempo tendré, entre el trabajo y el novio, pero agradezco la oferta.

—Nunca había salido por ahí con vampiros antes. Ese Felipe es condenadamente divertido, y el tal Horst no está mal. —T-Rex dudó—. Por otra parte, tu novio da mucho miedo.

—Ya lo sé —convine—. Pero él no asesinó a Kym Rowe.

Nuestra conversación terminó cuando la detective Ambroselli me llamó desde su escritorio.

Cara Ambroselli era como una pequeña dinamo. Me hizo las mismas preguntas que el sábado por la noche y yo le di las mismas respuestas. También me hizo algunas preguntas nuevas.

—¿Cuánto hace que sale con Eric? —Ya no era «el señor Northman», me di cuenta—. ¿Ha trabajado alguna vez en un club de *striptease*? —Esa era fácil—. ¿Qué me puede decir de los hombres con los que vive?

—¿Qué pasa con ellos?

—¿No es Claude Crane propietario de un club de *striptease*?

—Sí —asentí, aburrida—. Lo es.

—¿Trabajó Kym Rowe alguna vez allí?

Eso me desconcertó.

—No lo sé —respondí—. Nunca me lo había planteado. Supongo que es posible.

—Dice que Crane es su primo.

—Así es.

—Su parentesco con usted no consta en ninguna parte.

Ya me gustaría saber qué registros tenían de Claude, dado que no era ni siquiera humano.

—Es hijo de una unión ilegítima —expliqué—. Son asuntos familiares privados.

Por mucho que intentase entrar por el lado de Claude, yo me aferré a mis argumentos. Finalmente se rindió ante mi determinación, ya que en realidad no tenía forma de relacionarnos a Kym, a Claude y a mí. Al menos eso esperaba. Otro tema del que hablar con Claude en cuanto tuviese la ocasión.

Saludé con un gesto de la cabeza a Mike Coughlin, que estaba sentado varios escritorios más allá. Había estado lidiando con el papeleo, pero ahora conversaba con un joven que me daba la espalda. Era el mismo que estuvo vigilando la verja de entrada de la urbanización de Eric el sábado.

Un agente de uniforme reclamó la atención de Ambroselli y yo me sentí libre para escuchar. No pasaba nada por escuchar un poco.

Por supuesto, Coughlin estaba preguntando a... ¿Qué nombre ponía en la chapa de la camisa? Vince, ese era. Pues Coughlin le estaba preguntando a Vince la razón por la que había sustituido a Dan Shelley la noche de la fiesta en casa de Eric.

—Dan estaba malo —contestó Vince instantáneamente. Su mente estaba muy agitada. Me preguntaba qué le daba tanto miedo—. Me pidió que le cubriese el turno. Dijo que era un trabajo fácil y yo necesitaba el dinero, así que accedí.

—¿Le dijo Dan qué le pasaba? —El detective Coughlin era persistente y minucioso, si no brillante.

—Claro. Dijo que había bebido demasiado. Es algo que no iría comentando por ahí, pero se trata de un asesinato y no quiero meterme en problemas.

Coughlin le dedicó una mirada impasible.

—Apostaría a que fue usted quien nos llamó —sugirió—. ¿Por qué no se identificó?

—Se supone que no debemos llamar a la policía —respondió Vince—. Dan dice siempre que los vampiros le pagan unas buenas propinas por mantener el pico cerrado sobre sus asuntos.

—¿Ha visto a más chicas en problemas? —Había un tono ominoso subyacente en la voz de Coughlin.

—¡No, no! Dan habría llamado de todas formas. No, las propinas eran para que Dan no se fuera de la boca sobre quién entra y sale de la casa. Hay muchos periodistas y curiosos que pagarían una pasta por saber quién visitaría a un vampiro. Ese en concreto, Eric No sé qué, no quería que a su novia se le hiciese cuesta arriba quedarse en su casa.

Eso no lo sabía.

—Pero cuando me levanté para estirarme, pude ver mejor el jardín y vi el cuerpo tendido. No sabía quién era, pero no se movía. Ese sí que es el tipo de cosas del que debo informar a la policía. —Vince prácticamente refulgía de pura virtud al finalizar su relato de los hechos.

El detective trataba al interrogado con abierto escepticismo, y el brillo de su virtud disminuía a cada segundo de escrutinio.

—Vale, amigo —dijo Coughlin finalmente—, todo eso me parece muy interesante, dado que no podía ver el cuerpo de la chica desde la caseta del guarda. A menos que se estirara mientras levitaba sobre el suelo.

Intenté recordar la disposición del terreno de la pequeña comunidad vallada mientras Vince miraba fijamente al detective. Coughlin tenía razón: la casa de Eric se encontraba en un terreno más elevado que la caseta, y además la hilera de mirtos que jalonaban el paso impedían una visión clara.

Ojalá pudiese coger la mano de Vince. Facilitaría mucho saber qué estaba pasando por su cabeza. Suspiré. Sencillamente no había forma casual de tocar físicamente a un desconocido. Cara Ambroselli regresó, impaciente.

La entrevista se prolongó durante media hora. Poco a poco, fui comprendiendo que Cara Ambroselli había reunido un montón de hechos relacionados con cada uno de los presentes en la escena del crimen, pero todos ellos podrían haberla conducido a un callejón sin salida. Su estrategia pasó por centrarse en el pasado *stripper* de Kym Rowe más que en la parte de su desesperación e imprudencia…, o la de la licantropía.

No sabía cómo encajar esos aspectos en el hecho de que Kym Rowe se presentase en la casa de Eric, ni quién la pagó por ello. Pero a mí me parecía obvio que alguien le había pagado para que sedujera a Eric. ¿Quién querría hacer tal cosa y qué ganaría con eso? Estaba tan lejos de hallar la respuesta como la propia Cara Ambroselli.

Esa noche, mientras trabajaba, repasé una y otra vez los hechos de la noche del sábado. Serví las cervezas con el piloto automático. Cuando me metí en la cama, me di cuenta de que era incapaz de recordar cualquiera de las conversaciones que había mantenido con los clientes y los compañeros.

El martes se presentó como otro agujero negro. Dermot iba y venía sin decir gran cosa. No parecía muy contento; de hecho, parecía ansioso. Tras tantearle con una o dos preguntas, finalmente dijo:

—Las hadas del club están preocupadas. Se preguntan por qué se ha ido Claude, cuándo volverá y qué pasará con ellas cuando eso pase. Ojalá hubieran podido ver a Niall.

—Lamento la actitud de Niall —dije, dubitativa. No sabía si debía ahondar en el tema o no. Debía de ser muy duro para Dermot, hijo de Niall, ser tan menospreciado por su padre.

Dermot me miró con ojos de cordero degollado.

—¿Cómo es el mundo feérico? —le pregunté en un torpe intento de cambiar de tema.

—Es precioso —contestó inmediatamente—. Los bosques son verdes y se extienden a lo largo de kilómetros y kilómetros. No tanto como antaño... pero aún son verdes y rebosan vida. La costa es pedregosa; ¡nada de playas de blanca arena! Pero el océano es verde y diáfano...
—Se levantó, perdido en la ensoñación de su país natal. Quería hacerle un millar de preguntas: ¿cómo pasaban

el tiempo las hadas? ¿Se mezclaban con criaturas como Bellenos? ¿Se casaban? ¿Cómo era un nacimiento? ¿Había ricos y pobres?

Pero al ver el dolor en la cara de mi tío abuelo, tiré de las riendas de mi curiosidad. Se sacudió y me echó una mirada sombría. Luego se volvió y subió las escaleras, probablemente para buscar consuelo en su canal de televisión favorito.

Lo más destacable de esa noche fue lo que no pasó. Eric no me llamó. Comprendía que sus visitantes le llevarían la mayor parte de su tiempo, pero casi me sentía tan apartada e ignorada como Dermot. Tal como yo lo veía, los vampiros de Shreveport no querían hablar conmigo, ni consultarme, ni visitarme. Hasta Bill me evitaba abiertamente. Mustafá seguiría lo más probable buscando a Warren, igual que Cara Ambroselli seguiría buscando al asesino de Kym Rowe.

Suelo ser una persona muy alegre, pero me estaba costando ver una salida a esa situación tan complicada. Empezaba a pensar que tal vez no hubiese ninguna.

A la mañana siguiente, hice un considerable esfuerzo para saltar de la cama con entusiasmo. Me sentía descansada y tenía que volver al trabajo, al margen de los acontecimientos del mundo sobrenatural.

No se movía ni una criatura. Ni siquiera un elfo. Tomé un yogur con granola y fresas y un café. Me puse una dosis extra de maquillaje, ya que seguía sintiéndome relativamente triste en términos generales. Me tomé unos minutos para pintarme las uñas. Una chica necesita un toque de color en su vida.

En la bulliciosa oficina de correos, utilicé mi llave para vaciar el buzón del Merlotte's, que Sam tenía tanto para uso personal como para el bar. Había tres sobres para él de los arrendatarios de sus dúplex. Pasé rápidamente los folletos de propaganda hasta dar con la única factura importante: la de la luz. Subía mucho en verano, claro, ya que teníamos encendido el aire acondicionado en todo momento. Casi me daba miedo abrir el sobre. Apreté los dientes y al final lo hice. La suma no era nada agradable, pero tampoco más de lo que esperaba.

Terry Bellefleur abrió la puerta de cristal mientras yo tiraba a la basura el correo no deseado. Tenía buen aspecto: más despierto, menos delgado quizá. Le acompañaba una mujer. Cuando Terry se detuvo para hablar conmigo, ella sonrió. Necesitaba un paso por el dentista, pero la sonrisa era genuina.

—Sook, te presento a Jimmie Kearney, de Clarice —dijo Terry—. Ella también cría catahoulas.

Terry adoraba a sus perras, y al parecer había dejado atrás su mala suerte con ellas. Su última perra, *Annie*, acababa de tener su segunda camada. Esta vez serían de purasangre. Oí hablar a Terry sobre Jimmie cuando encontró un animal con el que cruzar a *Annie*, pero creí que Jimmie era un chico. Saltaba mucho a la vista que no lo era.

—Encantada de conocerte —saludé. Jimmie era más joven que Terry. Diría que rondaba los cuarenta. Su larga melena marrón, que le llegaba hasta la cintura, presentaba algunas vetas grises. Vestía unos pantalones holgados con una sencilla blusa blanca y sandalias de cuero.

—Me han hablado mucho de ti —dijo Jimmie tímidamente—. Deberías pasarte por casa de Terry y ver los cachorros. Mi *Tombo* es el papá. Son lo más mono del mundo. ¡Y los hemos vendido todos! Pero antes comprobamos los hogares a los que irían, por supuesto.

—Bien hecho —convine. La mente de Jimmie me decía que pasaba mucho tiempo en casa de Terry. Mucho, mucho. Por lo poco que sabía, Jimmie parecía una persona agradable. Terry se merecía a alguien agradable y, sobre todo, muy estable. Crucé los dedos para que ella reuniese ambas cualidades—. A ver si puedo pasarme un día para ver los cachorros antes de que salgan para sus nuevos hogares. Ha sido un placer, Jimmie. Terry, ya nos veremos.

Antes de ir al bar, tenía que pasarme a ver a Tara, que no había respondido a ninguna de mis llamadas. ¿Sería que hoy también había ido a trabajar? Lo que estaba claro era que su coche estaba aparcado al lado de Prendas Tara.

Dentro, estaba sentada en la mesa de las bodas, donde todas las novias se sentaban para encargar sus invitaciones, las servilletas y todo lo que una novia pudiera querer.

—¿Tara? —llamé. La expresión de su cara era muy peculiar—. ¿Por qué no me devuelves las llamadas? ¿Qué querías decir con «se me ha borrado»? ¿Es que vas a tener a los bebés pronto?

—Ajá —dijo, pero estaba claro que tenía la atención puesta en otra cosa.

—¿Dónde está McKenna? —Su ayudante le había echado más y más horas al trabajo a medida que Tara avanzaba semanas de embarazo.

—Está en casa. Tiene los pies hechos polvo. Le he dicho que se quede en casa, que ya trabajaría yo. Hoy es mi último día.

—No tienes aspecto de poder trabajar ocho horas seguidas —le advertí con extremada cautela. Tara se había vuelto muy sensible durante el embarazo, y cuanto más grande se ponía, mayores eran las probabilidades de que soltase una opinión pasada de vehemencia sobre cualquier tema, sobre todo si se hablaba de su resistencia o su aspecto.

—No puedo —respondió y me quedé boquiabierta.

—¿Por qué? —pregunté.

—Hoy tendré a los bebés.

Sentí que el pánico se abría paso por mi estómago hasta la garganta.

—¿Lo sabe…? ¿Quién sabe esto, Tara?

—Tú.

—¿Y no has llamado a nadie más?

—No. Solo intento llevarlo lo mejor posible. Necesito estar sola. —Trató de sonreír—. Pero supongo que será mejor que llames a McKenna, y le digas que venga a trabajar, y a J.B. para que vaya al hospital de Clarice. También podrías llamar a su madre, y a una ambulancia.

—¡Oh, Dios mío! ¿Sientes dolores? —¡Oh, por el Pastor de Judea!

Me lanzó una mirada incendiaria, aunque no creo que fuese consciente.

—Todavía no es insoportable —contestó con aire de suma concentración—. Pero acabo de romper aguas, y como son gemelos…

Ya estaba marcando el número de emergencias. Describí la situación al funcionario lo mejor que pude, y dijo:

—Sookie, enseguida estaremos allí. Dile a Tara que no se preocupe. Ah, y que no beba ni coma nada, ¿entendido?

—Sí —respondí y colgué—. Ya están de camino. ¡No bebas ni comas nada!

—¿Acaso ves comida por alguna parte? —se quejó Tara—. Ni una migaja. He intentado ganar el menor peso posible para tener algo con lo que retener al señor Me Desnudo Por Dinero cuando para a sus hijos.

—¡Él te quiere! ¡Y voy a llamarle ahora mismo! —Y eso hice.

—¡Voy para allá! —dijo J.B. tras un instante de parálisis—. ¡Espera, si ya has llamado a la ambulancia, mejor será que nos veamos en el hospital! ¿Has llamado al médico?

—Tara no lo ha incluido en la lista. —Agitaba las manos, nerviosa, mientras hablaba. Había cometido un error.

—Yo lo haré —dijo J.B. antes de colgar.

Como no parecía que hubiera nada que pudiera hacer para ayudar a Tara (ella permanecía sentada, absolutamente quieta y con una expresión de absoluta concentración en la cara), lo que hice fue llamar a la señora Du Rone, quien dijo con mucha calma:

—Bien, si tú te quedas con Tara, conduciré directamente hasta el hospital. Gracias, Sookie. —Y, sin colgar, se puso a gritar—: ¡Donnell! ¡Ve a arrancar el coche! ¡Es la hora!

Colgué y llamé a McKenna.

—¡Oh, Dios mío! ¡Acabo de levantarme de la cama! Cierra la tienda, yo estaré allí en menos de una hora. ¡Dile que le deseo mucha suerte!

Sin saber qué más hacer, fui con Tara, quien me pidió que le diese la mano. Al cogérsela, ella me la apretó como si en ello se le fuese la vida. Comenzó a respirar profunda y rítmicamente y se le puso la cara roja. Todos sus músculos se tensaron. Tan cerca de ella como me encontraba, empecé a oler algo inusual. No era exactamente un mal olor, pero sin duda uno que nunca había asociado con Tara.

Supuse que sería el líquido amniótico.

Pensé que acabaría con todos los huesos de la mano rotos antes de que Tara terminase de resoplar. Las dos descansamos en silencio, su mirada perdida en algún punto remoto. Al cabo de un breve instante, dijo:

—Vale. —Como si yo supiera qué indicaba eso. Lo supe en cuanto reanudó las respiraciones. Esta vez, Tara se puso blanca. Me sentí increíblemente aliviada cuando oí las sirenas de la ambulancia, aunque Tara no pareció ni darse cuenta.

Reconocí a las dos técnicas sanitarias, aunque era incapaz de recordar sus nombres. Se habían graduado con Jason, o puede que un año antes que él. Eran como ángeles caídos del cielo.

—Hola, señorita —saludó a Tara la mujer más alta—. ¿Lista para dar un paseo en ambulancia?

Tara asintió sin perder de vista el punto invisible en el que tenía clavada la mirada.

—¿Cómo van las contracciones, cielo? —preguntó la otra, una mujer bajita y rellena con gafas de montura de alambre. Me lo preguntó a mí, y yo solo pude responder abriendo la boca, impotente.

—Cada tres o cuatro minutos —respondió Tara, monótona, como si temiese hacerse las necesidades encima si hablaba con más énfasis.

—En ese caso, creo que lo mejor será que nos demos prisa —dijo la mujer alta con tranquilidad. Mientras comprobaba la tensión arterial de Tara, la de las gafas preparó la camilla y luego las dos la ayudaron a levantarse de la silla (que estaba empapada) y la subieron a la camilla. De ahí, rápidamente la subieron a la ambulancia.

Yo me encontraba en el centro de la tienda. Contemplé la silla mojada. Escribí una nota para McKenna. «Tendrás que limpiar la silla», puse. La pegué en la puerta de atrás, por donde entraría McKenna. Cerré con llave y me fui.

Era uno de esos días en los que lamentaba tener un trabajo. Podría haberme ido a Clarice para esperar el nacimiento de los bebés, sentada en la sala de espera con los demás seres queridos de Tara.

Fui a trabajar sintiéndome ridículamente feliz. Apenas había dejado el correo sobre el escritorio de Sam, cuando Kennedy entró por la puerta del personal, con India pisándole los talones. Las dos venían con cara de pocos amigos, estado del que me sentía completamente ajena.

—Señoritas —anuncié—. Hoy va a ser un gran día.

—Sookie, me encantaría estar de acuerdo, pero me han roto el corazón —dijo Kennedy patéticamente.

—¡Oh, y una mierda, Kennedy! No es así. Pídele a Danny que comparta sus cosas contigo, dile el maravilloso hombre que es y que adoras su estupendo cuerpo, y él te revelará su gran secreto. No tienes ninguna razón para sentirte tan insegura. Él está convencido de que eres fabulosa. Le gustas más que su LeBaron.

Kennedy estaba desconcertada, pero al cabo de un instante una sonrisa fue abriéndose paso por sus labios.

—India, cualquier día de estos conocerás a una chica que esté a tu altura, lo sé —le dije a India, que respondió:

—Sookie, hoy vienes tan llenita de tonterías como una vaca de leche.

—Hablando de leche —recordé—, vamos a tener que cogernos de las manos y rezar una oración por Tara. Está pariendo en estos mismos momentos.

Y no me equivocaba.

No fue hasta la mitad de mi turno que me di cuenta de lo llevadero que se hace el trabajo cuando tienes el corazón alegre. ¿Cuánto hacía que no me desprendía de mis preocupaciones y me dejaba llevar por la alegría de otra persona?

Demasiado.

Hoy, todo me parecía más fácil. Kennedy estaba sirviendo cervezas, tes y limonadas, y la comida salía a tiempo de la cocina. Antoine estaba allí, cantando. Tenía una buena voz, y todos disfrutamos de ella. Los clientes dejaban buenas propinas y todo el mundo tuvo alguna palabra amable para mí. Danny Prideaux vino para soñar despierto en presencia de Kennedy, y su cara cuando ella le dedicó una sonrisa…, bueno, fue como si se iluminase.

Justo cuando creía que podría culminar el día en el tobogán de la felicidad, Alcide entró por la puerta. Había estado trabajando: aún se le notaba la clara marca del gorro en su denso pelo negro, y venía sudado y sucio, como la mayoría de los hombres que entraban los mediodías del verano. Le acompañaba otro licántropo, visiblemente confortado de meterse en un local con aire acondicionado. Lanzaron simultáneos suspiros de alivio cuando se hundieron en las sillas de una de las mesas de mi sección.

Lo cierto era que me sorprendía ver a Alcide en el Merlotte's. Había muchos otros sitios donde comer por la zona. Nuestra última conversación no había sido precisamente agradable, y él nunca respondió al mensaje que le dejé en el móvil.

Quizá su presencia simbolizaba la rama de olivo. Me acerqué a ellos con las cartas y una sonrisa de tanteo.

—Debéis de tener el trabajo cerca —dije a modo de saludo. Alcide había sido socio en la empresa de peritajes de su padre y ahora poseía todo el negocio. Lo llevaba bien, según tenía entendido. También había oído que se habían producido importantes cambios en el personal.

—Nos estamos preparando para la construcción del nuevo gimnasio del instituto de Clarice —indicó Alcide—. Acabamos de terminar. Sookie, este es Roy Hornby.

Saludé con un cordial gesto de la cabeza.

—Encantada de conocerte, Roy. ¿Qué os traigo de beber?

—¿Sería posible una jarra de té dulce? —pidió Roy. Emitía la fuerte lectura típica de los licántropos.

—Claro —dije—. Voy a por una. —Mientras llevaba a la mesa la jarra fría con dos vasos llenos de hielo, me pregunté si todos los nuevos trabajadores de la empresa de peritajes serían cambiantes. Serví la primera ronda de té, que desapareció de los vasos a los pocos segundos. Los rellené.

—Demonios, qué calor hace por aquí —se quejó Roy—. Me has salvado la vida. —Podría definir a Roy como «del montón»: pelo castaño del montón, ojos azules del montón, uno setenta y ocho del montón y constitución normal. Lo que sí tenía era unos dientes estupendos y una sonrisa cautivadora que se encargaba de lucir cada dos por tres—. Creo que conoces a mi novia, señorita Stackhouse.

—¿Ah, sí? ¿Y quién es? Llámame Sookie, por cierto.

—Salgo con Palomino.

Me quedé tan aturdida que no sabía qué decir. Tuve que rebuscar para hallar algunas palabras.

—Sin duda es una chica muy atractiva. No he tenido ocasión de conocerla muy bien, pero nos vemos alguna que otra vez.

—Sí, reparte sus horas laborales entre tu chico y el Trifecta.

Las parejas de vampiros y licántropos eran de los más escasas, prácticamente un drama potencial a lo Romeo y Julieta. Roy debía de ser un tipo tolerante. Resultaba curioso que esa no fuese la imagen que proyectaba. A mí me parecía un licántropo de lo más convencional: duro, masculino, decidido.

No había muchos licántropos «granola». Pero Alcide, si bien no parecía entusiasmado con Roy, tampoco tenía el ceño fruncido.

Me preguntaba qué pensaría Roy de los compañeros de nido de Palomino: Rubio y Parker. Me preguntaba si sabía que Palomino estuvo implicada en la masacre del

Fangtasia. Como la mente de Roy resultaba más fácil de leer que la de otros licántropos, supe que estaba pensando en que Palomino fuese al bar con él. Se me encendió una bombilla y supe que había captado una idea, aunque no sabía exactamente cuál. Había un par de cabos que pedían a gritos que los atasen, pero tendría que esperar a que saliesen a la luz en mi cerebro. ¿Acaso no es una de las sensaciones más irritantes del mundo?

La siguiente vez que pasé junto a la mesa de Alcide, Roy se había ido a los aseos. Alcide estiró la mano para pararme.

—Sookie —dijo en voz baja—. Tengo un mensaje. Nadie sabe nada aún de Mustafá, y su colega Warren también ha desaparecido. ¿Qué fue lo que te contó?

—Me dio un mensaje para ti —repuse—. ¿Te importa que salgamos un momento?

—Está bien. —Alcide se incorporó y se encaminó hacia la puerta conmigo detrás. No había nadie en el aparcamiento, con el calor que hacía.

—Sé que no quieres oír esto, pero me dijo que Jannalynn va a por mí y que no confiase en ella —espeté.

Alcide abrió mucho sus ojos verdes.

—Jannalynn. Dice que no es de confianza.

Levanté los hombros y los dejé caer.

—No sé cómo tomarme eso, Sookie. Aunque no es la misma desde hace algunas semanas, ha demostrado más que de sobra su valía como mi lugarteniente. —Alcide estaba tan perplejo como irritado—. Pensaré en ello. Mientras, mantendré los ojos y los oídos abiertos y sabrás lo que sea tan pronto como lo sepa yo.

—Quiere que le llames —expliqué—. Cuando estés a solas. Insistió mucho en eso.

—Gracias por pasarme el mensaje.

Aunque eso no era lo mismo que decir que lo llamaría, le di una sonrisa forzada mientras volvíamos al bar. Volvió a sentarse justo cuando Roy volvía a la mesa.

—Y ahora ¿qué puedo traer de comer a estos dos chicarrones hambrientos?

Pidieron una cesta de rebozados y dos hamburguesas cada uno. Entregué la nota del pedido e hice la ronda por el resto de mis mesas. Llevaba el móvil en el bolsillo y lo comprobaba de vez en cuando. Estaba muy ansiosa por recibir noticias de Tara, pero no quería molestar a J.B. Imaginé que ya estaría bastante nervioso, y había muchas probabilidades de que hubiera apagado su teléfono, dado que se encontraba en el hospital.

Estaba más preocupada por él que por Tara. En las últimas semanas me había hecho un despliegue de sus quebraderos de cabeza. No estaba seguro de poder estar en la sala de parto, sobre todo si tenían que hacerle la cesárea a Tara. No estaba seguro de si recordaría las lecciones de asistencia al parto. No me pareció mal que mostrase una fachada de seguridad a su pareja y compartiese sus preocupaciones con una amiga, pero quizá debería haber compartido algunas de ellas con Tara o el médico.

A lo mejor yacía desmayado en el suelo del hospital. Tara…, ella estaba hecha de un material más fuerte.

Alcide y Roy tenían el apetito de hombres fornidos que llevan toda la mañana trabajando al aire libre (y que casualmente también son licántropos), y se bebieron toda la jarra de té. Los dos parecían mucho más contentos cuando llenaron el estómago. Alcide se esforzó para llamar mi atención. Yo esquivé sus reclamos mientras pude, pero en uno de ellos me cazó sin lugar a dudas, así que me encaminé hacia ellos con una sonrisa.

—¿Queréis algo más? ¿Algún postre?

—Yo voy a explotar —dijo Roy—. Las hamburguesas estaban riquísimas.

—Se lo diré a Antoine de vuestra parte —aseguré.

—¿Hoy no ha venido Sam? —preguntó Alcide.

Estuve a punto de preguntarle si lo veía por alguna parte de la sala, pero sabía que eso sería muy grosero. Era una pregunta retórica. Quería derivar a otro asunto.

—No, hoy se encarga Kennedy de la barra.

—Seguro que está con Jannalynn —supuso Roy, dedicándome una significativa sonrisa.

Me encogí de hombros e intenté hacer gala de una cordial indiferencia.

Alcide tenía la vista perdida en la distancia, como si tuviese la cabeza en otra parte, pero yo sabía que esa parte era yo. Alcide se sentía afortunado de no haber forzado nuestra relación, porque sospechaba que algo extraño ocurría entre Jannalynn y yo. Alcide no pensaba que él pudiera ser la manzana de la discordia, ya que Jannalynn le había dicho que se iba a declarar a Sam y yo era la novia de Eric. Pero lo que estaba claro es que las cosas no iban bien entre nosotras y él estaba en la obligación de considerar cómo afectaría eso a la manada, que, de un tiempo a esta parte, se había convertido en lo más importante para él.

Emitía esos pensamientos con tanta claridad que dudé si no quería compartir premeditadamente sus preocupaciones conmigo.

—Parece que hay un problema entre las dos —dije—. Al menos ella lo tiene.

Alcide, perplejo, se volvió a mí. Antes de que Roy pudiera empezar a hacer preguntas, añadí:

—¿Cómo va el bar? —El Pelo del Perro, el único bar de licántropos de Shreveport, no era para los turistas, como el Fangtasia. Tampoco era exclusivo para licántropos, sino más bien para todos los cambiantes de la zona de Shreveport—. Nosotros parece que vamos saliendo del hoyo.

—Va bien. Jannalynn está haciendo un trabajo estupendo allí —contestó Alcide. Dudó un instante—. He oído que esos nuevos bares, los que ha abierto el tipo nuevo, no van tan bien.

—Sí, yo también lo he oído —dije, intentando que no se me notase demasiado la satisfacción.

—¿Qué le pasaría al nuevo? —preguntó Alcide, calculando las palabras—. Me refiero al tal Victor. —Si bien el mundo conocía la existencia de los vampiros, no pasaba lo mismo con sus infraestructuras. La vida de los seres sobrenaturales seguía envuelta en secretos. Alcide escenificó un desinteresado sorbo del té que le quedaba—. Hace tiempo que no lo veo.

—Yo tampoco, desde hace semanas —respondí. Le lancé una mirada muy directa—. A lo mejor se ha vuelto a Nevada.

La mente de Roy era un páramo en lo que a Victor se refería, y menos mal que Palomino había sabido mantener el pico cerrado. Palomino…, la misma vampira que frecuentaba un bar de licántropos. Ahí estaba el cabo suelto. Por eso el repartidor llevaba TrueBlood al Pelo del perro… Era por Palomino. ¿Solo Palomino? ¿Había más visitas vampíricas?

—¿Qué tal tu novio? —preguntó Alcide, sacándome de mis ensoñaciones.

—Eric siempre está bien.

—¿Ha descubierto cómo entró esa chica en su casa? La que fue asesinada.

—¿Vais a querer postre? Os traeré la cuenta. —Ya la tenía preparada, pero necesitaba cualquier excusa para salir de ese círculo vicioso. Cuando volví, Alcide ya se había sacado la billetera del bolsillo. Roy se había acercado a la barra para charlar con algunos hombres que trabajaban en la planta maderera. Por lo visto, habían ido juntos al instituto.

Al inclinarme junto a Alcide para dejarle la cuenta sobre la mesa, inhalé su olor. Resultó un poco triste recordar lo atractivo que me pareció la primera vez que nos vimos, cómo me había permitido soñar con los ojos abiertos que ese hombre guapo y trabajador podría ser mi alma gemela.

Pero no funcionó, y ya nunca lo haría. Había pasado mucha agua bajo ese molino en particular. Alcide cada vez estaba más implicado en su cultura licantrópica, cada día más alejado de la vida humana relativamente normal que había conseguido vivir hasta el desastroso intento de su padre por convertirse en líder de la manada.

Él también me olió. Nuestros ojos se encontraron. Ambos estábamos un poco tristes.

Quise decirle alguna cosa, algo sincero y significativo, pero en esas circunstancias mi mente era incapaz de dar con nada.

Y el instante se nos escapó como arena entre los dedos. Me dio unos billetes y me dijo que me quedase el cambio, al tiempo que Roy daba una palmada a su amigo y volvía a la mesa. Se prepararon para coger el coche bajo ese calor infernal hacia otro trabajo en Minden, de camino a la sede de la empresa en Shreveport.

Cuando se marcharon, me puse a despejar su mesa a falta de nada mejor que hacer. Apenas quedaban clientes, e imaginé que D'Eriq estaba aprovechando el momento para salir por detrás para fumarse un cigarrillo mientras escuchaba su iPod.

Mi móvil se puso a vibrar en el bolsillo de mi delantal y lo saqué rápidamente, deseosa de recibir noticias de Tara. Pero en la pantalla figuraba el número de móvil de Sam.

—¿Qué pasa, jefe? —saludé—. Por aquí todo va bien.

—Bueno es saberlo, pero no llamaba por eso —dijo—. Sookie, esta mañana, Jannalynn y yo nos hemos pasado por Splendide para pagar la mesa que ha comprado. —Sam fue quien me recomendó Splendide cuando despejé los trastos del desván. Me seguía extrañando que la joven Jannalynn fuese tan aficionada a las antigüedades.

—Bien —dije cuando Sam hizo una pausa—. ¿Qué tal les va por Splendide? —«Que requiere que me llames».

—Anoche les robaron —respondió, titubeando extrañamente.

—Lo lamento —dije, sin captar todavía la importancia de la situación—. Ah... ¿Su mesa está bien?

—Las cosas que les vendiste a Brenda y a Donald... las han desmantelado allí mismo o se las han llevado.

Saqué una silla y me precipité en ella.

Por fortuna no tuve que atender a nadie en los minutos que Sam me contó los detalles del asalto. Nada de lo que me dijo me resultó clarificador. Al parecer, también se habían llevado algunos de los pequeños objetos de los mostradores.

—No sé si les venderías algo pequeño —dijo Sam.

—¿Han robado más cosas, o solo las mías?

—Creo que han desaparecido bastantes cosas ajenas para tapar el hecho de que iban a por lo que había estado en tu desván —supuso en voz muy baja. Supe que no estaba solo—. Me di cuenta cuando Donald y Brenda me mostraron lo sistemáticos que han sido con tus cosas.

—Gracias por contármelo —dije con el piloto automático puesto—. Hablaremos luego, Sam. —Cerré el móvil y permanecí sentada un rato, pensando con todas mis fuerzas.

Danny hablaba de manera tan seria con Kennedy que supe que le estaba contando las razones por las que últimamente había estado tan desaparecido. Ella se apoyó en la barra y le dio un beso. Yo me obligué a llevar el cajón de los platos sucios a la cocina. A mi espalda, alguien abrió la puerta. Miré por encima del hombro para ver cuántos eran y me llevé otra mala sorpresa.

Bellenos estaba quieto en el umbral. Observé apresuradamente alrededor y nadie (tampoco es que hubiese más de cinco personas en el local) pareció reparar en el elfo. No estaban viendo al mismo ser que yo.

Bellenos, cuyo aspecto con ropa normal resultaba de los más extraño (cuando era él mismo siempre llevaba una especie de falda escocesa y una camiseta de un solo hombro) observó el Merlotte's lenta y cautelosamente. Al no apreciar ninguna amenaza potencial, se deslizó hacia mí, sus ojos rasgados llenos de travesura.

—Hermana —dijo—. ¿Qué tal estás? —añadió, mostrando sus dientes, afilados como agujas, al sonreírme.

—Bien —contesté. Debía estar alerta—. ¿Y tú?

—Hermana —dijo—. Veo que no estás ocupada. ¿Podemos sentarnos y hablar?

—Sí —respondí—. Deja que antes limpie esta mesa.
—Lamenté que no me llevase más tiempo. Cuando me senté con el guerrero elfo, seguía sin tener una idea muy clara de cómo lidiar con esa visita de Bellenos. Coloqué una silla a su derecha. Deseaba que la conversación se desarrollase en voz baja, ya que no quería que nadie se enterase de lo que hablábamos, pero también quería poder estar al tanto de los pocos parroquianos de la sala.

Bellenos me cogió de la mano a la manera feérica. Solo me apetecía retirarla, pero no deseaba ofenderlo. Los huesos sobresalían tanto, que su mano casi no parecía humana, lo que, por otra parte, tampoco era. Era muy pálida, pecosa y muy fuerte.

Por encima de su hombro vi que Kennedy miraba en nuestra dirección. Hizo un gesto de broma con el dedo. Se creía que estaba flirteando con alguien a espaldas de Eric. Le respondí con una sonrisa rígida. Muy graciosa.

—Hay demasiados de los nuestros cobijados bajo el techo del Hooligans —declaró Bellenos.

Asentí.

—Claude es un líder. Dermot no.

Asentí otra vez, lo justo para denotar que seguía su argumento. Hasta ahí, no estaba poniendo nada nuevo sobre la mesa.

—Si tuvieras cualquier medio para contactar con Niall, ahora es el momento de ponerlo en práctica.

—Lo haría si pudiera. Pero me temo que no tengo ningún medio secreto de hacerlo. —Sus ojos inclinados eran un poco perturbadores a esa distancia.

—¿Es eso verdad? —preguntó, alzando una ceja castaña.

—La verdad es que no tengo ningún medio seguro para contactar con él —dije llanamente—. Y no estoy segura de que consiguiera hacerlo aunque tuviese la capacidad.

Bellenos asintió, pensativo.

—El príncipe de las hadas es caprichoso —declaró.

—No me cabe duda. —Por fin estábamos de acuerdo en algo.

—Lamento que no puedas ser de ayuda —se quejó Bellenos—. Solo espero que no vaya a peor.

—¿A peor?

—Empieza a haber peleas —dijo, encogiéndose de hombros—. Algunos de los nuestros dejan el bar para divertirse entre los humanos.

Eso sonaba a amenaza.

Recordé de repente que Claude me había traído una carta de Niall que decía haber recibido a través del portal del bosque. Eso fue lo que me dijo cuando me la entregó, si mal no recordaba.

—Podría escribirle una carta —ofrecí—. No estoy segura de si le llegaría, pero podría intentarlo.

Estaba convencida de que Bellenos querría conocer todos los detalles, pero, para mi alivio, se limitó a decir:

—Será mejor que intentes cualquier cosa que se te ocurra. No me conoces bien, pero en este asunto te estoy diciendo toda la verdad.

—No lo dudo —dije—. Haré todo lo que esté en mi mano. Pero tengo una pregunta.

Aguardó cordialmente a que la formulara.

—Una joven, en parte licántropo, se presentó en la casa de mi novio hace varias noches —dije—. Resultó ser irresistible para él.

—¿La mató?

—No, pero bebió su sangre, a pesar de saber controlarse normalmente. Creo que ella llevaba un frasco de sangre de hada. Lo abrió cuando estuvo cerca de Eric para potenciar su atractivo. Puede que incluso bebiera parte del frasco para multiplicar el efecto. ¿Se te ocurre de dónde podría haber sacado esa sangre? —Mantuve la mirada puesta en él.

—¿Quieres saber si consiguió la sangre de alguno de nosotros?

—En efecto.

—Es imposible que un hada venda su sangre sin saber para qué se va a utilizar —dijo Bellenos.

A mí me parecía que me estaba contando un cuento, pero, interesada en hallar una respuesta más satisfactoria, dije:

—Claro.

—Investigaré —continuó—. Y tú manda esa carta.

Sin decir más, se incorporó y se deslizó fuera del bar, apenas recibiendo una o dos miradas. Consulté el calendario de detrás de la barra. Danny por fin se había marchado de vuelta al trabajo y Kennedy estaba canturreando mientras movía vasos y botellas de un lado a otro, sin orden aparente. Me sonrió mientras «trabajaba».

Me acercaba para escrutar la página de junio cuando el móvil se puso a sonar. Lo saqué del bolsillo. ¡J.B.!

—¿Qué ha pasado? —pregunté sin ceremonias.

—¡Tenemos una parejita! —gritó—. ¡Están bien! ¡Tienen todos los deditos de las manos y los pies! ¡Son grandecitos! ¡Y están perfectos!

—¡Oh, cómo me alegro! Dale a Tara un abrazo enorme de mi parte. Intentaré escaparme al hospital para ver a los pequeñines. Cuando vuelvas a casa, te llevaré la cena, ¿estamos?

—Se lo diré de tu parte —dijo, pero estaba tan agitado que sabía que se olvidaría al minuto de colgar. No pasaba nada.

Sonriendo como una tonta, compartí con Kennedy las buenas noticias. Llamé a Jason; quería compartir con él mi felicidad.

—Qué bien —dijo, ausente—. Me alegro por ellos. Oye, Sook, creo que tenemos una fecha para la boda. ¿Hay algún día que no te venga bien?

—Creo que no. Si escoges un día laborable podría tener que cambiar mi turno, pero eso no es problema.

—Y menos ahora, que era propietaria de una parte del bar, aunque no fuese algo de lo que presumiese abiertamente. Hasta donde yo sabía, Jannalynn era la única persona a la que Sam se lo había contado, cosa que me había sorprendido un poco.

—¡Genial! Esta noche la fijaremos. Creemos que podría ser dentro de un par de semanas.

—Caramba, qué pronto. Claro, confírmamelo cuando lo sepas.

Cuántas cosas felices estaban pasando al mismo tiempo. Tras la inesperada visita de Bellenos, era imposible olvidar que tenía preocupaciones…, pero no costaba nada meterlas en el trastero y regodearme con las cosas buenas.

La calurosa tarde llegó a su fin. En verano, poca gente se pasaba por el bar para tomar algo después del trabajo. Se iban directamente a cortar el césped de sus jardines, bañarse en la piscina montable y llevarse a los críos a eventos deportivos.

Una de nuestras alcohólicas de cabecera, Jane Bodehouse, se presentó alrededor de las cinco. Cuando se cortó con los cristales que volaron en el atentado al bar, semanas antes, le cosieron con puntos y estuvo de vuelta al Merlotte's en cuestión de veinticuatro horas. Durante varios días pudo disfrutar de un cóctel de analgésicos y alcohol. Me pregunté si su hijo no culparía al Merlotte's de todos los males de su madre, pero hasta donde yo sabía, el pobre diablo solo albergaba un moderado pesar de que ella sobreviviese. Tras el ataque, Jane abandonó su habitual taburete de la barra a favor de la mesa donde estaba sentada, junto a la misma ventana que la botella incendiaria atravesó, el día del ataque. Era como si hubiese disfrutado del subidón de adrenalina y estuviese lista para otro cóctel Molotov. Cuando me acercaba para llevarle un cuenco con cosas de picar y ver si necesitaba que le rellenase su copa, siempre estaba envuelta en una letanía de murmullos quejándose del calor y el aburrimiento.

Dado que el bar seguía casi vacío, me senté para mantener una conversación con Jane tras servirle la primera bebida del día. Quizá. Kennedy se unió a nosotras cuando se aseguró de que los dos clientes de la barra estaban servidos. Para que estuviesen incluso más contentos, encendió el televisor y lo puso en el canal deportivo.

Cualquier conversación con Jane era como una excursión a tierras salvajes, inexorablemente tendente a violentos vaivenes entre distintas décadas sin previo aviso. Cuando Kennedy mencionó sus propios días de concursos de belleza, Jane dijo:

—Yo fui Miss Valle del Río Rojo, Miss Jabalí y Miss Condado de Renard cuando era adolescente.

Y así disfrutamos de una agradable mirada al pasado en aquellos días, y la verdad es que resultó agradable ver cómo Jane buscaba recuerdos y los compartía con Kennedy. Por otra parte, Kennedy estaba un poco espantada por la idea de estar ante alguien que había empezado como ella y había terminado formando parte del mobiliario de un bar. Sus pensamientos estaban cargados de ansiedad.

Al cabo de unos minutos, Kennedy tuvo que volver a la barra y yo me incorporé para dar la bienvenida a Holly, que venía a relevarme. Abrí la boca para despedirme de Jane, cuando me soltó:

—¿Crees que volverá a pasar?

Tenía la vista perdida a través del cristal ahumado de la amplia ventana.

Iba a preguntarle a qué se refería, pero enseguida me lo reveló su confusa mente.

—Espero que no, Jane —dije—. Espero que nadie vuelva a tener la idea de atacar el bar.

—Ese día reaccioné bien —me contó—. Me moví muy deprisa y Sam me pilló corriendo por ese pasillo a buen paso. Los sanitarios se portaron muy bien conmigo. —Sonreía.

—Sí, Jane, estuviste muy bien. Todos lo creemos —le dije. Le di una palmada en el hombro y me alejé.

El ataque con bomba incendiaria al Merlotte's, que constituía un terrible recuerdo para mí, resultó ser una agradable reminiscencia para Jane. Sacudí la cabeza, recogí mi bolso y salí del bar. Mi abuela habría dicho que no había mal que por bien no viniera. Una vez más, había demostrado tener razón.

Incluso el asalto a Splendide había servido para algo. Ahora sabía a ciencia cierta que alguien, casi seguro que una de las hadas, sabía que mi abuela había estado en posesión del *cluviel dor*.

Capítulo 8

Una hora después, llegué al remanso de frescor de mi casa vacía. Estaba sentada en la mesa de la cocina, con mi mejor material de papelería y un bolígrafo negro. Intentaba decidir cómo empezar la carta, la que prometí a Bellenos que trataría de hacer llegar al mundo feérico. Tenía mis dudas sobre cómo iba a acabar aquello.

La última vez que había metido algo por el portal fue devorado. Pero, claro, se trataba de un cadáver humano.

Mi primer intento se prolongó a lo largo de cinco páginas manuscritas. Ahora se encontraba en el cubo de basura de la cocina. Tenía que condensar todas las cosas que necesitaba decir. ¡Emergencia! Ese era el mensaje.

«Querido bisabuelo», empecé de nuevo. Dudé. «Y Claude», añadí. «Bellenos y Dermot están preocupados por la creciente agitación de las hadas del Hooligans, que cada vez dificulta más que permanezcan dentro del local. Echan de menos a Claude y su liderazgo. Todos tememos que vaya a pasar algo malo si no se pone remedio a la situación pronto. Por favor, informadnos de lo que está pasando. ¿Podríais mandar una contestación a través del portal? ¿O quizá enviar a Claude de vuelta? Besos, Sookie».

Releí el texto y decidí que era lo más cercano a lo que quería decir: «¡Claude, trae de vuelta tu trasero ahora mismo!». Anoté los nombres de Claude y Niall en el sobre, que, por cierto, era realmente bonito (color crema con rosas rojas y rosas en los bordes). Casi pegué un sello en la esquina superior derecha antes de darme cuenta del ridículo desperdicio que supondría.

Entre el calor, los insectos y la persistente maleza, mi paseo por el bosque para «enviar» la carta no fue tan agradable como las veces anteriores. Tenía la cara empapada en sudor y el pelo pegado al cuello. Una rama endemoniada me raspó lo suficiente para hacerme sangrar. Me detuve junto a un montón de plumosos arbustos que solo parecían crecer con fuerza bajo el sol (seguro que la abuela habría sabido su nombre, pero yo no tenía ni idea) y escuché un ciervo adentrarse en la profunda floresta. «Al menos Bellenos me ha dejado uno», pensé, y me dije que estaba siendo ridícula. Había montones de ciervos. Montones.

Para mi alivio, el portal seguía en el mismo claro de la última vez, aunque parecía más pequeño. Tampoco es que sea fácil definir el tamaño de una porción de aire brillante, pero la última vez que fui, era lo bastante amplio como para que cupiese un cuerpo humano. Ahora eso sería imposible si uno no recurría primero a una sierra mecánica.

O el portal estaba encogiendo de forma natural, o Niall había decidido reducirlo para evitar envíos no autorizados al mundo feérico. Me arrodillé ante el tramo de aire titilante, que flotaba aproximadamente a la altura de mis rodillas, justo por encima de unos zarzales y unos matorrales. Introduje allí el sobre y este desapareció.

Contuve la respiración por si pasaba algo, pero me quedé con las ganas. Esta vez no se oyeron los gruñidos de ninguna bestia, aunque el silencio me pareció un poco deprimente. En realidad no sé qué me esperaba, pero una parte de mí anhelaba recibir algún tipo de señal. ¿Una campanilla, quizá? ¿O el sonido de un *gong*? ¿Una grabación que dijera: «Hemos recibido tu mensaje e intentaremos que llegue a su destino»? Eso habría estado bien.

Me relajé y sonreí, divertida de mi propia tontería. Me incorporé y deshice el tortuoso camino a través del bosque. No veía la hora de quitarme la ropa sucia y sudada y darme una ducha. Al salir de entre las sombras de los árboles hacia la menguante tarde, supe que tendría que posponer esos placeres.

Durante mi ausencia habían llegado visitas. Tres personas a las que no conocía, todas ellas rondando el ecuador de los cuarenta, estaban junto a un coche, como si se dispusieran a marcharse. ¡Ojalá me hubiese quedado junto al portal unos pocos minutos más! El pequeño grupo era extrañamente variopinto. El hombre que había frente a la puerta del conductor tenía el pelo cobrizo, al igual que la corta barba, y lucía unas gafas con montura dorada. Vestía unos pantalones caqui y una camisa de algodón azul pálido remangada; prácticamente el uniforme de verano de un ejecutivo. El otro hombre suponía todo un contraste a su lado. Llevaba los pantalones vaqueros manchados y en su camiseta un mensaje declaraba que le gustaban los conejitos, acompañado de un ocurrente dibujo de un adorable conejo blanco. Sutil, ¿eh? Noté una esencia sobrenatural proveniente de él; no era exactamente humano, pero no tenía ninguna gana de investigar más de cerca.

Su acompañante femenina llevaba una camiseta de corte bajo, verde oscura, con tachuelas doradas a modo de decoración, y unos shorts blancos. Tenía las piernas llenas de tatuajes.

—Buenas tardes —dije, sin siquiera intentar parecer cordial. Sus mentes irradiaban problemas. Un momento. ¿Era cosa mía, o esa perturbadora pareja me sonaba de algo?

—Hola —saludó la mujer, una morena de piel color oliva que se había maquillado los ojos como un mapache. Dio una calada a su cigarrillo.

—¿Eres Sookie Stackhouse?

—La misma. ¿Y vosotros sois…?

—Somos los Rowe. Me llamo Georgene y este es Oscar. Ese de aquí —y señaló al conductor— es Harp Powell.

—Disculpad —dije—, ¿os conozco?

—Somos los padres de Kym —dijo la mujer.

Ahora sí que lamentaba haber vuelto a casa.

Llamadme antipática, pero no tenía la menor intención de invitarlos a pasar. No habían avisado de su visita, no tenían ninguna razón para hablar conmigo y, por encima de todo…, ya había recorrido ese mismo camino antes con los Pelt.

—Lamento vuestra pérdida —dije—. Pero no entiendo muy bien por qué habéis venido.

—Hablaste con nuestra hija antes de morir —intervino Oscar Rowe—. Solo queremos saber qué pasaba por su mente.

Si bien ellos no se dieron cuenta, la verdad es que habían acudido al sitio más adecuado para saberlo. Saber lo que pasaba por la mente de las personas era mi especialidad. Pero igual de cierto era que ninguno de los tres emitía señales positivas. En vez de pena y dolor, solo percibía una aguda curiosidad…, una emoción que encajaba más con la gente que suele reducir la velocidad cuando se cruza con un accidente para verlo mejor que con alguien que ha perdido a una hija.

Me giré sutilmente para ver mejor a su acompañante.

—¿Y usted, señor Powell? ¿Cuál es su papel aquí? —Era consciente de su intensa observación.

—Estoy pensando en escribir un libro sobre la vida de Kym —dijo—. Y su muerte.

Ya me lo imaginaba: un pasado oscuro, una chica guapa, muerta fuera de la casa de un vampiro durante una fiesta con invitados peculiares. Nada que ver con la biografía de la Kym desesperada y emocionalmente perturbada a la que yo había conocido de forma tan breve. Harp Powell estaba pensando en escribir una novela basada en un crimen auténtico con fotos en el centro: Kym como una adorable jovencita, Kym en el instituto, Kym como *stripper* y puede que Kym como cadáver. Traerse a los Rowe con él había sido una maniobra inteligente. ¿Quién iba a rechazar a unos padres rotos? Pero yo sabía que Georgene y Oscar eran cualquier cosa menos unos padres devastados por el dolor de la pérdida. Lo de los Rowe era definitivamente más curiosidad que desolación.

—¿Cuándo fue la última vez que la viste? —pregunté a la madre de Kym.

—Ya era mayorcita. Se fue de casa en cuanto se graduó en el instituto —dijo Georgene razonablemente. Había dado un paso hacia la casa, como si esperase que fuese a abrir la puerta de atrás. Tiró el cigarrillo al suelo de gravilla y lo aplastó con su sandalia de plataforma.

—Eso será hace unos cinco años, ¿seis? —Crucé los brazos sobre el pecho y los miré de uno en uno.

—Bastante tiempo —concedió Oscar Rowe—. Kym vivía su propia vida; nosotros no podíamos mantenerla. Tuvo que salir a buscarse las habichuelas como los demás. —Con su mirada pretendía incluirme en ese «como los demás». Todos éramos trabajadores. Todos en el mismo barco.

—No tengo nada que deciros sobre vuestra hija. Ni siquiera hablé con ella directamente. La vi unos cinco minutos.

—¿Es verdad que tu novio bebió su sangre? —preguntó Harp Powell.

—Puedes preguntárselo. Pero tendrás que ir cuando anochezca, y puede que no se alegre mucho de tu visita. —Sonreí.

—¿Es verdad que vives con dos hombres que se desnudan en un escenario? —insistió Powell—. Kym era *stripper* —añadió, como si eso fuese a suavizar de alguna manera mi postura.

—Con quien viva no es asunto tuyo. Podéis iros —dije, sin perder la sonrisa, con la esperanza de resultar desagradable—. O llamaré al sheriff, que no tardará nada en llegar. —Dicho lo cual, me metí en casa y cerré con llave la puerta. No tenía ningún sentido seguir ahí fuera escuchando preguntas para las que no tenía respuesta.

La luz de mi teléfono estaba parpadeando. Bajé mucho el volumen y pulsé el botón de reproducción. «Hermana», decía Bellenos. «Ninguno de los de aquí admite haber dado sangre ni a la chica que fue asesinada, ni a nadie. O hay otra hada en alguna parte o alguien está mintiendo. No me gusta ninguna de las alternativas». Pulsé el botón de borrado.

Alguien llamó a la puerta de atrás. Me fui a alguna parte donde no pudieran verme.

Harp Powell llamó varias veces más y deslizó su tarjeta de visita por debajo de la puerta. Yo seguí sin responder.

A los dos minutos se fueron en su coche. A pesar de sentirme aliviada viéndolos marchar, el encuentro me había dejado deprimida y agitada. ¿De verdad parecía mi vida tan chabacana vista desde fuera?

Sí, vivía con un *stripper* masculino, pero uno solo. Y sí, salía con un vampiro que había bebido la sangre de Kym Rowe justo delante de mí.

Puede que Harp Powell solo quisiera respuestas para sus preguntas sensacionalistas. A lo mejor las habría reproducido de manera fiel y equilibrada. A lo mejor solo quería provocarme. O puede que yo me sintiera especialmente frágil. Pero su estrategia surtió efecto, aunque no hasta que fue demasiado tarde como para reportarle algún beneficio. Me sentía mal conmigo misma. Me apetecía hablar con alguien sobre cómo se veía mi vida desde fuera, en oposición a cómo la sentía, cómo la vivía, desde dentro. Necesitaba justificar mis decisiones.

Pero Tara acababa de parir a sus bebés, Amelia y yo teníamos grandes diferencias que arreglar y Pam sabía más que yo misma de las cosas a las que me enfrentaba. Jason me quería, pero tenía que admitir que mi hermano nunca había sido demasiado despierto. Sam probablemente estaría más preocupado por su romance con Jannalynn. La lista se acababa, y no quedaba nadie con quien tuviese la confianza suficiente para desahogarme de mis miedos interiores.

Estaba demasiado inquieta como para pasar mi tiempo libre sin hacer nada; demasiado nerviosa para leer o ver la televisión, demasiado impaciente para hacer labores domésticas. Tras una ducha rápida, me monté en el coche y me dirigí hacia Clarice. Aunque el día ya languidecía, no había ni una sola sombra en el aparcamiento del hospital. Sabía que el coche sería un horno en cuanto salí de él.

Hice una parada en la tienda de regalos y compré unos claveles rosas y azules para la madre primeriza. Al salir del ascensor en la segunda planta (solo había dos) me detuve un momento en el pabellón de recién nacidos para echar un vistazo a través del frontal acristalado. Había siete criaturas. Dos de ellos, dispuestos uno junto al otro, tenían una etiqueta que los identificaba como «Bebés Du Rone».

Mi corazón se detuvo una fracción de segundo. Uno de los bebés de Tara tenía un gorrito rosa, y el otro azul. Eran tan pequeños, con las caras arrugadas, rojas, solo estiradas cuando bostezaban. Los ojos se me llenaron de lágrimas. Jamás pensé que me emocionaría tanto al verlos. Mientras me secaba las mejillas con un pañuelo, me alegré de ser la única visitante del pabellón en ese momento. Devoré los minutos contemplándolos, fascinada por la vida que mis amigos habían creado.

Pasados unos instantes, me asomé a la habitación para ver a una exhausta Tara. J.B. estaba sentado en la cama, abrumado por la felicidad.

—Mis padres acaban de irse —dijo él—. Han dicho que mañana abrirán una cuenta de ahorro para los bebés. —Meneó la cabeza, dando a entender claramente que le parecía una reacción un poco extraña. Para mí, eso decía mucho de los abuelos Du Rone. Tara tenía un aspecto distinto, una gravedad y una profundidad que nunca antes había visto en ella. Ahora era una madre.

Los abracé y les dije lo preciosos que me parecían los bebés. Escuché el relato del parto de Tara y cuando las enfermeras trajeron a los hermanos para que su madre les diera el pecho, los dejé solos.

No solo anochecía, sino que una tormenta empezaba a formarse en el cielo cuando salí por la puerta del hospital. Corrí hasta el coche y abrí la puerta para que se airease. Cuando el interior estuvo tolerable, me metí y me abroché el cinturón. Me compré una quesadilla en el *drive-in* del Taco Bell. No fui consciente del hambre que tenía hasta que el olor inundó el coche. No pude esperar a llegar a casa. Me comí la mayor parte de la quesadilla mientras conducía.

Quizá, si me dedicaba a vegetar delante del televisor durante el resto de la noche, me sentiría como un ser humano normal a la mañana siguiente.

No conseguí completar esos planes.

Bubba me esperaba en la puerta de atrás cuando llegué a casa. La muy necesaria lluvia había empezado a caer durante el camino, pero a él no parecía importarle mojarse. No veía al vampiro desde que se acomodó en el Fangtasia, la noche que matamos a Victor. Me desconcertaba verlo ahora. Metí los desperdicios de la comida en la bolsa, preparé las llaves y corrí hasta la puerta de malla.

—¡Pasa! —invité. Estaba justo detrás de mí cuando abrí la puerta de la cocina y entré en la casa.

—He venido a contarle algo —dijo sin preámbulos.

Sonaba tan serio que solté la bolsa de los desperdicios y el bolso sobre la mesa de la cocina y me volví rápidamente para mirarlo.

—¿Pasa algo? —pregunté, intentando no parecer tan nerviosa como me sentía en realidad. Si perdía el control, eso solo agitaría al vampiro, que no había tenido una transición muy favorable de la vida humana a la no vida vampírica.

—Ella vendrá a visitarla —me dijo, tomándome de la mano. La suya estaba helada y empapada por la lluvia. Era una sensación desagradable, pero no podía permitirme retirarla. Bendito sea.

—¿Quién viene, Bubba? —pregunté con toda la dulzura posible.

—Yo —pronunció una voz con un ligero acento desde las sombras. La puerta de atrás seguía abierta y pude ver a través de la puerta de malla del porche. Dado que la figura estaba iluminada por detrás con las luces de seguridad, apenas pude percibir la silueta de una mujer de pie, bajo la torrencial lluvia. El estruendo del agua cayendo casi ahogaba su voz—. He venido a hablar. Soy Freyda.

Me había pillado tan a contrapié que fui incapaz de hablar.

Bubba encaró la voz que salía de la oscuridad, quedándose justo bajo la lámpara del techo de la cocina, el pelo empapado y el rostro lleno de determinación. El gesto me emocionó, a la par que me inspiró un profundo temor por él.

—No pretendo hacerte daño, tienes mi palabra —afirmó. Ladeó la cabeza ligeramente y pude ver su perfil. Nariz recta, barbilla estrecha, frente alta.

—¿Por qué debería creerte? —inquirí.

—Porque Eric me odiaría si te tocase un pelo. —Avanzó hasta la puerta de malla. Ahora podía verla bajo la luz. «Mierda», pensé sin más.

Freyda medía casi uno ochenta. Incluso empapada por la lluvia era preciosa. Tenía la impresión de que su pelo sería castaño claro cuando se secase y tenía hombros anchos, caderas estrechas y unas mejillas tan afiladas que se podría cortar el pan con ellas. Vestía una camiseta de tirantes, sin nada debajo, y unos shorts, lo cual me pareció simplemente extraño. Nadie debería exhibir unas piernas tan pálidas.

—Necesito que prometas que tampoco harás daño a Bubba —sugerí lentamente, todavía insegura de lo que debía hacer.

—Lo prometo —asintió. No tenía por qué creerla, pero estaba lo suficientemente cerca de la casa como para que las protecciones mágicas que había instalado Bellenos estallaran si su intención hubiese sido ofensiva. O eso me había dicho el elfo.

Para mi asombro (si es que aún me cabía más), Bubba se sacó un móvil del bolsillo y pulsó una tecla de marcado rápido. Oí una voz que respondía. Bubba describió la situación y oí la voz de Pam decir: «Está bien. Pase lo que pase, sé quién es la responsable. Estate avispado».

—Por si acaso —dijo Bubba, y le di una palmada en el hombro.

—Buena idea —le agradecí—. Muy bien, señorita Freyda. Adelante.

Se cobijó de la lluvia, empapándome el porche de atrás. Había unas toallas dobladas en la cesta de la colada, sobre la secadora. Cogió una para frotarse la cara y secarse el pelo. Me aparté a un lado para dejarla entrar en la cocina. Ella cogió otra toalla y entró. No me apetecía empapar también el suelo del salón, así que señalé las sillas que rodeaban la mesa de la cocina.

—Siéntate, por favor —ofrecí, sin apartar los ojos de ella un solo segundo—. ¿Algo de beber?

—Te refieres a sangre sintética —dijo al cabo de un fugaz titubeo—. Sí, estaría bien. Un gesto sociable.

—Los gestos son lo mío. ¿Quieres una tú también, Bubba?

—Sí, señorita, ya lo creo —aceptó.

Puse a calentar dos botellas, saqué dos vasos del armario, por si acaso, y lo dispuse todo ante los vampiros, quienes ya se habían sentado a la mesa: Bubba dando la espalda a la puerta y Freyda dándosela a la pila. Me senté frente a Bubba, a la izquierda de la reina. Aguardé en silencio a que los vampiros tomaran los sorbos de rigor. Ninguno usó vaso.

—Comprendes cuál es la situación —dijo Freyda.

Menos mal: no pensaba andarse por las ramas. Tampoco sonaba enfadada o celosa. Parecía más bien realista. Sentí que algo frío reptaba hasta mi corazón.

—Eso creo —contesté, con la intención de no dejar lugar a dudas—. Aunque no estoy muy segura de por qué quieres hablar conmigo al respecto.

No hizo ningún comentario. Al parecer, quería que yo misma atase los cabos.

—El creador de Eric estaba inmerso en negociaciones contigo cuando murió, y dichas negociaciones implicaban tu matrimonio con Eric —dije.

—Dado que yo soy reina y él no, sería mi consorte —especificó.

Había leído la biografía de la reina Victoria (y alquilado la película), por lo que el término no me era extraño. Procuré pensarlo muy bien antes de decir nada.

—Bien —continué, e hice una pausa, poniendo todos mis recursos evasivos en fila—. Tú sabes que Eric me quiere, que se casó conmigo según vuestras leyes y que yo también le quiero a él. —Las bases claras.

Asintió mientras me observaba, pensativa. Tenía los ojos grandes, quizá un poco inclinados hacia arriba, y eran marrones oscuro.

—He oído decir que tienes muchos atributos ocultos. Y, por supuesto, también veo los que están a la vista. —Sonrió abiertamente—. No es mi intención insultarte. Que eres una mujer atractiva es un hecho objetivo.

Pues muy bien. Pero aún quedaba más…, y Freyda me lo echó a la cara sin miramientos.

—Pero tienes que admitir que yo también soy atractiva —me dijo—. Y, además, rica. Y, aunque solo hace ciento cincuenta años que soy vampira, ya he conseguido ascender hasta un trono. O sea, que también soy poderosa. A menos que malinterprete a Eric, y he conocido a muchos hombres..., a muchos..., sé que a él le agradan todos esos atributos.

Asentí para transmitir que confería la importancia adecuada a sus palabras.

—Ya sé que no soy rica ni poderosa —dije. Era imposible de negar—. Pero el caso es que él me quiere.

—Estoy segura de que eso es lo que cree —concedió, todavía envuelta en esa calma escalofriante—. Y puede que hasta sea verdad. Pero no desdeñará lo que tengo que ofrecerle, al margen de cuáles sean sus sentimientos.

Me lo pensé antes de responder. Inhalar. Exhalar.

—Pareces muy segura de que la promesa de poder se impondrá al amor. —Pronuncié esas palabras con mi propia versión de la calma, aunque por dentro intentase controlar el pánico que me atenazaba.

—Sí, lo estoy. —Se permitió mostrar un atisbo de sorpresa. ¿Cómo me atrevía a dudar de sus razones? Miré a nuestro silencioso acompañante. La tristeza ejercía de lastre en la pálida cara de Bubba mientras me miraba. Bubba también creía que ella tenía razón.

—Entonces ¿por qué tomarte tantas molestias en venir hasta aquí para verme, Freyda? —pregunté, luchando por mantener el control. En mi regazo, bajo la mesa, tenía las manos dolorosamente apretadas.

—Quería ver a quién cree amar —contestó. Me examinó con tanta atención que me sentí como si me estuviesen haciendo una resonancia—. Me agrada saber que sabe apreciar el buen aspecto y la inteligencia. Estoy convencida de que eres lo que aparentas. No eres arrogante ni manipuladora.

—¿Tú sí? —Empezaba a perder el control.

—Como reina, puedo parecer arrogante —admitió—. Y, como reina, a veces tengo que conspirar. Empecé desde la nada. Según he podido observar, es como empiezan los vampiros más poderosos. Tengo intención de mantenerme fuerte en mi reinado, Sookie Stackhouse. Y un consorte fuerte multiplicaría mis probabilidades. —Freyda tomó su botella de TrueBlood y dio un trago. La volvió a posar con tanta delicadeza que no se oyó tocar la mesa—. He visto a Eric en innumerables eventos a lo largo de los años. Es audaz. Es inteligente. Se ha adaptado al mundo moderno. Y tengo entendido que es un fenómeno en la cama. ¿Es verdad?

Cuando resultó obvio que el infierno se congelaría antes de que yo fuese a compartir mis confidencias de cama con ella, Freyda sonrió sutilmente y prosiguió.

—Cuando Apio Livio Ocella vino a Oklahoma con su vampiro convertido, aproveché la oportunidad para conversar con él. A pesar de las ventajas de Eric, también he observado que le gusta demasiado exhibir su independencia.

—Es que es independiente.

—Se ha contentado con ser el sheriff durante mucho tiempo. Disfruta siendo el pez gordo en un estanque pequeño. Es una ilusión de independencia a la que parece tener mucho afecto. Había pensado que sería bueno ejercer cierta influencia sobre él para que considerase seriamente mi oferta. Así que hice un trato con Apio Livio Ocella. Lástima que no haya vivido para disfrutar de su parte.

La muerte de Ocella no afectaba en absoluto a Freyda. Al menos teníamos algo en común, aparte de formar parte del club de fans de Eric.

Sin duda, había estudiado a Eric. Lo conocía casi mejor de lo que se conocía él a sí mismo.

Necesitaba saber con desesperación si ya había hablado con Eric esa noche. Él ya me había dicho que anteriormente Freyda le había estado llamando cada semana, pero que él se había mostrado distante en sus conversaciones. ¿Habrían estado negociando vis a vis en la distancia? ¿Se habrían reunido en secreto? Si se lo preguntaba a Freyda, sabría de inmediato que Eric no lo había compartido conmigo. Pondría al descubierto el punto débil de nuestra relación, y ella se aferraría a él y lo golpearía como un martillo sobre el yunque para aumentarlo. Maldito fuese Eric por ser tan reacio a discutir el tema conmigo. Ahora me encontraba en franca desventaja.

—¿Hay algo más que quieras decirme? Supongo que has cumplido con lo que pretendías. Me has visto y conoces mi posición. —Mantuve la mirada—. No me queda muy claro qué es lo que quieres de mí ahora mismo.

—Pam te tiene aprecio —afirmó, escabulléndose de dar una respuesta directa—. Y este también —dijo, indicando a Bubba con la cabeza—. No sé por qué, y quiero saberlo.

—Es amable —dijo Bubba enseguida—. Huele bien. Es educada. Y también pelea bien.

Sonreí al vampiro.

—Gracias, Bubba. Eres un buen amigo.

Freyda observó su conocido rostro como si estuviese sacándole los secretos con pico y pala. Volvió su atención a mí.

—Le sigues gustando a Bill Compton a pesar de haberlo rechazado —añadió con calma—. Incluso Thalia dice que eres tolerable. Bill y Eric han sido tus amantes. Debes de tener algo, aparte de la sangre de hada. Con franqueza, apenas soy capaz de detectar tu ascendencia feérica.

—A la mayoría de los vampiros les cuesta hasta que alguien se lo dice —convine.

Se levantó, cogiéndome desprevenida. La imité. La reina de Oklahoma se encaminó hacia la puerta de atrás. Justo cuando me convencí de que esa lamentable conversación había llegado a su fin y que mi visitante se iba, Freyda se volvió de improviso.

—¿Es cierto que mataste a Lorena Ball? —preguntó con voz fría e indiferente.

—Sí. —No aparté la mirada de sus ojos un solo segundo. Ahora nos encontrábamos en una situación muy, muy delicada—. ¿Has tenido algo que ver con la muerte de Kym Rowe?

—Ni siquiera sé quién es —respondió Freyda—. Pero acabaré descubriéndolo. ¿También mataste a Bruno, el segundo de Victor?

No dije nada. Me limité a devolverle la mirada.

Meneó la cabeza, como si le costara creerlo.

—¿Y a algún que otro cambiante? —insistió.

En el caso de Debbie Pelt utilicé una escopeta. No es igual que hacerlo cuerpo a cuerpo. Levanté un hombro ligeramente para que pudiera interpretar la respuesta como quisiera.

—¿Hadas? —preguntó, sonriendo furtivamente, quizá consciente de lo ridículo que era preguntarme eso.

—Sí —me limité a decir—. Justo fuera de esta casa, curiosamente.

Sus ricos ojos marrones se entrecerraron. Estaba claro que Freyda se estaba pensando dos veces alguna cosa. Esperaba que no fuese sobre si dejarme vivir o no, pero estaba bastante segura de que empezaba a sopesar la amenaza que yo suponía. Si acababa conmigo en ese preciso instante, gozaría del lujo de simplemente disculparse a Eric a posteriori. Las campanas de alarma sonaban con demasiada vehemencia como para ignorarlas.

«Estoy a punto de echar a perder mi reputación de buena educación», pensé.

—Freyda, rescindo mi invitación —dije. Y Freyda desapareció, quedando de ella si acaso el portazo de la puerta de malla. Se desvaneció en la intensa lluvia y la oscuridad tan rápidamente como apareció. Puede que viese una sombra cruzar el haz de las luces de seguridad, poco más.

Puede que no fuese intención de Freyda hacerme daño cuando llegó, pero estaba bastante segura de que mis protecciones mágicas entrarían en acción si ahora intentaba atacar.

Empecé a temblar sin remedio. Si bien la lluvia había reducido un poco la temperatura, seguía siendo una noche de junio en Luisiana, pero yo temblaba y me sacudía hasta verme forzada a sentarme otra vez. Bubba estaba tan asustado como yo. Se sentó también a la mesa, pero no dejó de removerse, inquieto, y mirar por las ventanas, dándome ganas de pararlo de un golpe. Volvió a llamar a Pam y dijo:

—Freyda se ha ido. La señorita Sookie está bien.

Al final, Bubba se bebió de un trago lo que quedaba de sangre sintética. Dejó su botella en la pila y lavó la de

Freyda, como si así pudiera desterrarla del todo. Aún de pie, se volvió hacia mí con mirada triste.

—¿Es que Eric se va a ir con esa mujer? ¿Tendrá que acompañarlo el señor Bill? —Bill era objeto de adoración por parte de Bubba.

Levanté la mirada hacia el vampiro impedido. Sus carencias restaban algo de atractivo a su rostro, pero nunca dejaba de irradiar esa genuina dulzura que me llegaba al alma. Le di un abrazo.

—No creo que Bill forme parte del trato —dije—. Estoy segura de que se quedará aquí. Solo quiere a Eric.

Había amado a dos vampiros. Bill me había roto el corazón. Puede que Eric estuviese encaminado a hacer lo mismo.

—¿Se irá Eric a Oklahoma con ella? ¿Quién será el sheriff? ¿De quién será usted novia entonces?

—No sé si se irá o no —admití—. No voy a preocuparme de quién lo sustituirá. No tengo que ser la novia de nadie. Puedo valerme por mí misma.

Solo esperaba estar diciéndole la verdad.

Capítulo 9

A la hora de marcharse Bubba, y justo cuando había conseguido conciliar el sueño, el teléfono se puso a sonar.

—¿Estás bien? —La voz de Eric sonaba extraña, diría que casi afónica.

—Sí —dije—. Ha sido muy racional.

—Ella… Es lo que me ha dicho. Y Bubba le ha contado a Pam que estabas bien.

Así que había hablado con Freyda, y al parecer en persona. Y había esperado a tener noticias de Bubba para saber que me encontraba bien, por lo que deducía que no tenía prisa en llamarme, como si en su fuero interno nunca hubiese albergado dudas al respecto. Cuánta información en apenas dos frases.

—No —convine—. No ha habido violencia. —Estaba tumbada a solas en la oscuridad. —Había estado tumbada en la oscuridad con los ojos muy abiertos durante un buen rato. Estaba convencida de que Eric llegaría en cualquier momento, desesperado por asegurarse de que me encontraba bien.

Me estaba controlando con los últimos vestigios de amor propio que me quedaban.

—No se saldrá con la suya —aseguró Eric. Parecía confiado, apasionado..., todo cuando hubiese esperado que me reconfortase.

—¿Estás seguro? —pregunté.

—Sí, mi amor. Seguro.

—Pero no has venido —observé, y colgué con mucha suavidad.

No volvió a llamar.

Me dormí entre las tres y las seis, creo, y desperté en un día de verano que se mofaba de mí con su belleza. El aguacero se lo había llevado todo, había refrescado el aire y había renovado el césped y los árboles. La delicada tonalidad rosa del mirto de crepe había recuperado su vigor. La achira no tardaría en abrirse.

Me sentía como si tuviese una resaca de mil demonios.

Puse la cafetera en marcha y me derrumbé sobre la mesa de la cocina, con la cabeza entre las manos. Recordé, con demasiada viveza, mi tránsito a una oscura depresión cuando comprendí que Bill, mi primer novio y amante, me había dejado.

Esto no era tan malo; aquella había sido la primera vez y esta la segunda. Durante el mismo periodo de tiempo había sufrido otro tipo de pérdidas. Seres queridos, amigos y conocidos que habían sido reclamados por la Parca. La pérdida y el cambio no eran cosas nuevas para mí, sino experiencias que me habían enseñado algo.

Pero ese día era lo bastante malo como para no permitirme encontrar nada que me motivase.

Tenía que arrancarme de alguna manera de ese estado de desdicha. Con una sonrisa preventiva, ya había puesto la mano sobre el teléfono para llamar al padre de Hunter, cuando me di cuenta del criminal error que hubiera sido invitar al muchacho. Hunter era un telépata, como yo, y podría leer mi tristeza como en un libro abierto…, algo terrible para Hunter.

Intenté pensar en otra cosa agradable. Hoy Tara volvería a casa y debería hacerle la comida. Intenté invocar mis fuerzas para planificarla, pero no se me ocurrió nada. Vale, mejor dejarlo para más tarde. Tenía que dar con otra cosa, pero nada fue capaz de superar mi deprimido estado de ánimo para librarme de él.

Tras agotar mis reservas de autocompasión dando vueltas a mi insostenible situación con Eric, me dije que tenía que centrarme en la muerte que había causado la actual crisis, al menos en parte. Eché un vistazo a las noticias por Internet. No habían arrestado a nadie por el asesinato de Kym Rowe. La detective Ambroselli había declarado: «Aún no hay sospechosos firmes, pero estamos siguiendo varias pistas. Mientras tanto, si alguien vio algo en la zona de Clearwater Cove esa noche, que no dude en llamar a nuestra línea directa». Sería interesante preguntar a Bill y Heidi si habían descubierto algo; como lo sería, quizá, preguntar al escritor, Harp Powell, por qué revoloteaba alrededor de los Rowe. Me daba la sensación de que había algo más detrás de lo que aparentemente estaba haciendo (sacar un provecho rápido del asesinato de una joven y autodestructiva *stripper*).

Me sentó bien tener un par de proyectos en mente, y a ellos me aferré mientras me sometía a mi ritual matutino. Se suponía que hoy traerían las taquillas para los empleados. Sería divertido; para alguien con una idea muy limitada de la diversión, claro.

Me azucé para estar lista y entré por la puerta trasera del Merlotte's con sombría determinación. Mientras me ataba el delantal, sentí cómo los labios se me retorcían en la peor de mis sonrisas, la que hacía pensar a cualquiera que la viese que estaba loca. Hacía mucho que no la adoptaba.

Hice una ronda por mis mesas y me di cuenta de que Sam no estaba en la barra… otra vez. Otro hombre que no estaba en su sitio cuando lo necesitaba. A lo mejor había acompañado a Jannalynn la Terrible a Arkansas para obtener la licencia de matrimonio. Me detuve en seco. La sonrisa se tornó en expresión ceñuda. Di la vuelta sobre mis talones y salí por la misma puerta por la que había entrado. La camioneta de Sam no estaba aparcada junto a su caravana. En medio del aparcamiento de los empleados, saqué mi móvil y pulsé una de las teclas de marcado rápido.

A los dos tonos, Sam descolgó.

—¿Dónde estás? —espeté. Si yo estaba allí a desgana, lo menos sería que Sam también. ¿No éramos una especie de socios?

—Me he tomado otro día libre —respondió, haciéndose una idea de mi humor. Fingía naturalidad.

—En serio, Sam, ¿dónde estás?

—Sí, vaya si suenas seria —contestó, bordeando él mismo la línea del enfado.

—¿Te has casado? —La idea de Sam disfrutando de su luna de miel con Jannalynn, pasándoselo bien mientras Eric me hacía sentir como una piltrafa, me resultaba sencillamente intolerable. En ocasiones he reconocido que mis reacciones estaban completamente fuera de lugar (sobre todo en esos días del mes), y esa certeza solía bastar para tirar de las riendas y rectificar.

Pero ese día, no.

—¿Qué te hace pensar eso, Sookie? —Ahí Sam sí que sonaba genuinamente estupefacto.

—Le contó a Alcide que te lo pediría. Le dijo que quería que yo le ayudase a darte la sorpresa… Pero me negué.

Sam guardó silencio durante un instante, puede que pugnando entre tanta información.

—Estoy fuera de su casa —dijo al fin—. Jannalynn se ha prestado para ayudar a Brenda a ordenar Splendide tras el asalto. Creí que volvería a Bon Temps antes. Pero no estoy preocupado ni tengo ninguna intención de estarlo.

Empecé a llorar. Tapé el micrófono del teléfono con la mano para que no pudiese oírme.

—Sookie, ¿qué es lo que te pasa de verdad? —preguntó la voz de Sam.

—No puedo decírtelo desde un aparcamiento vacío, y de todos modos me haría parecer la persona más patética del mundo. —Conseguiría recuperar el control yo sola. Cuando pensaba en el frío comportamiento de Freyda, me asqueaba mi propio estallido de irracionalidad—. Lo siento, Sam. Siento haberte llamado. Te veré cuando vuelvas a casa. Olvida toda esta conversación, ¿vale?

—¿Sookie? Oye, cállate un momento.

Eso hice.

—Escucha, amiga mía, todo va a salir bien —dijo—. Hablaremos y todo estará mejor.

—O quizá no —repliqué. Con todo, al oírme sentí que ya empezaba a estar mejor.

—Pues lo arreglaremos —insistió.

—Vale.

—Sookie, ¿crees que hay alguna razón por la que alguien querría destrozar los muebles que le vendiste a Brenda? Quiero decir a su socio, Donald. Dijo que había encontrado un cajón secreto, y que solo encontró un viejo patrón que te entregó. ¿Sabes algo acerca del escritorio que pudiera dar alguna pista sobre por qué alguien querría destrozarlo?

—No —mentí—. No era más que un patrón de Butterick, creo. Seguro que Jason o yo lo escondimos ahí cuando éramos pequeños porque nos parecería divertido. Ni siquiera me acuerdo de que la abuela nos lo enseñara. Ya me contarás los detalles del robo cuando vuelvas. Conduce con cuidado.

Colgamos. Me sacudí mentalmente, notando cómo mi personalidad se volvía a asentar. Me sentía como si un tornado emocional hubiese menguado hasta convertirse en un mero remolino de polvo. Me froté la cara con el delantal antes de volver al bar, con el móvil en el bolsillo, como un talismán. Todo el mundo me miraba de reojo. Debí de desconcertar a los parroquianos con mi repentina salida. Hice una ronda de cortesía por mis mesas, aunque solo fuese para dar a entender a la gente que había vuelto en mí. Trabajé durante el resto de mi turno sin volver una sola vez al nivel del infierno donde había estado.

Kennedy estaba cantando tras la barra, todavía feliz porque Danny por fin había compartido con ella su gran secreto. No me apetecía nada hablar de vampiros, así que me limité a mimetizar su buen humor.

Cuando llegó el camión de entrega a la puerta de atrás, ya casi me sentía absolutamente normal. Las taquillas encajaban en el espacio que había despejado para ellas; ya había comprado candados para todo el mundo, y dado que Sam no estaba, me reservé el placer de repartir las taquillas entre todos los empleados. Les expliqué que, si bien Sam y yo no accederíamos a las taquillas salvo alguna crisis, mantendríamos una llave de reserva de cada una. Dado que las mujeres habían confiado sus bolsos a Sam todos esos años, no veía problema en que siguiesen haciendo lo mismo con sus mudas o sus cepillos para el pelo. Todo el mundo estaba contento, y puede incluso que un poco emocionado, ya que un cambio en el entorno de trabajo puede significar mucho.

La camioneta de Sam estaba aparcada junto a su caravana cuando acabé mi turno, así que me sentí con libertad para irme. Teníamos que hablar, pero esa noche era lo que menos me apetecía.

Hice una parada en el supermercado de camino a casa para comprar los ingredientes del almuerzo de bienvenida a Tara. Dejé un mensaje en el móvil de J.B. para decirle que llevaría algo. Para asegurarme, también dejé un mensaje en el fijo.

Me puse a cocinar en mi fresca y vacía casa. Hice todo lo posible para no pensar más que en la preparación del menú. Había decidido hacer algo sencillo y básico. Hice un pastel de carne de hamburguesa y salchicha, una ensalada de pasta y una crema de zanahorias. Las moras del supermercado habían sido demasiado irresistibles, así que también hice una tarta con ellas. De todo lo que hacía, dejaba una ración para Dermot y para mí. Dos pájaros de un tiro, pensé, orgullosa.

En la pequeña casa de Magnolia Street, un sonriente J.B. me recibió en la puerta para ayudarme a llevar la comida. Mientras yo encendía el fogón de la cocina para calentar el pastel de carne y la crema, el orgulloso padre volvió con su familia. Le seguí de puntillas para encontrarme a Tara y a J.B. meciendo las cunas de esos asombrosamente pequeños seres. Me uní a ellos en su admiración.

Antes de poder siquiera preguntar, Tara dijo:

—Sara Sookie du Rone y Robert Thornton du Rone.

Sentí un vuelco en el corazón.

—¿Le has puesto Sookie?

—Es su segundo nombre. Solo hay una Sookie, y esa eres tú. La llamaremos Sara. Pero queríamos que tuviese tu nombre como parte de su identidad.

Me negaba a llorar más, pero no pude evitar que se me enrojecieran los ojos. J.B. me dio una palmada en el hombro y fue a responder al teléfono antes de que el ruido despertase a los pequeños. Tara y yo nos abrazamos. Los bebés seguían durmiendo apaciblemente, por lo que nosotras aprovechamos para salir en silencio e ir al salón. Casi no había sitio donde sentarse, ya que las flores y los regalos para los críos lo ocupaban casi todo (en realidad ocupaban toda la casa). Tara era muy, muy feliz. Y J.B. también. Ojalá fuese contagioso.

—Mira lo que nos regaló tu primo hace dos semanas —dijo Tara. Sacó una caja de colores muy vivos que, según el cartel, contenía un gimnasio para bebé. El concepto me resultaba confuso, pero Tara me explicó que era un juguete arqueado bajo el que se coloca al bebé para que pudiera tocar y jugar con las cosas brillantes que colgaban. Me enseñó la imagen explicativa.

—Ohhh —exclamé—. ¿Te lo ha regalado Claude? —Era incapaz de imaginarle eligiendo un regalo, envolviéndolo y llevándolo a su casa. Le gustaban los bebés, aunque no para comérselos, como sugeriría Bellenos. Aunque no pensaba que Bellenos pudiera... Prefería no seguir pensando.

Tara asintió.

—Bastará con que le mande una nota de agradecimiento a tu dirección, ¿no?

«O que la metas por el agujero de aire brillante del bosque».

—Claro, será suficiente.

—¿Va todo bien, Sookie? —preguntó Tara de repente—. No pareces tú misma.

Lo último que deseaba en el mundo era interferir en su felicidad con mis problemas. Y las emisiones de su mente dejaban claro que no tenía ganas de oír malas noticias de ningún tipo. Pero había preguntado de todos modos, y eso contaba un mundo.

—Estoy bien —contesté—. Es solo que anoche no pude dormir muy bien.

—Oh, ¿no te ha dejado dormir ese vikingo? —Tara me lanzó una mirada astuta y las dos nos echamos a reír, aunque a mí me costó parecer auténtica.

La cena debía estar ya caliente y necesitaban quedarse solos. Habían tenido suerte al poder salir del hospital con gemelos tan temprano. Estaba segura de que Tara necesitaría descansar. Me despedí, le dije a mi amiga que me pasaría en un par de días a recoger mis platos y abracé a J.B. de camino a la puerta, bloqueando mis recuerdos de su aspecto en tanga.

Sara Sookie. Alguien llevaba el mismo nombre que yo.

La sonrisa me acompañó durante todo el camino a casa.

Allí estaba Dermot cuando llegué. Era todo un alivio saber que no pasaría la noche sola. La cena estaba lista. Solo teníamos que sacarla del horno, aún caliente.

Le dije que había «mandado» la carta que Bellenos había sugerido y se emocionó tanto que quiso correr hasta el portal para ver si habían respondido. Lo convencí para esperar hasta el día siguiente, pero nadie le quitó sus buenos veinte minutos de nerviosismo.

A pesar de todo, Dermot es el tipo de invitado que cualquiera desearía tener: alabó la comida y ayudó con los platos. Cuando acabamos, la noche bullía con el ruido de los insectos.

—Voy a terminar de sellar las ventanas del desván —anunció Dermot, todavía lleno de energía.

Si bien antes de empezar a trabajar en el desván no había sellado nada en toda su vida, le bastó con ver una demostración por Internet para hacerlo tan bien como cualquiera.

—Eres la caña, Dermot —dije.

Me sonrió. Estaba muy decidido con la reforma del desván, a pesar de que yo albergaba cada vez menos esperanzas de que Claude volviese para tomar posesión de su cuarto. Cuando subió, abrí un poco la ventana de la cocina, junto al fregadero, para que entrase algo de brisa mientras lavaba la pila.

Un sinsonte se había posado sobre un arbusto, en la esquina de la casa. El estúpido pájaro estaba piando con fuerza suficiente como para despertar a los muertos. Eché de menos un tirachinas.

Cuando pensaba eso, creí oír una voz en el exterior que pronunciaba mi nombre.

Salí al porche trasero. Bill me estaba esperando en el jardín de atrás.

—Huelo a hada desde aquí —dijo—. Sé que no puedo entrar. ¿Puedes salir tú?

—Espera un momento.

Enjuagué la pila, me sequé las manos y cerré la ventana para que no se escapara el aire acondicionado. Finalmente, confiando en que mi pelo tuviese un aspecto decente, salí.

Bill acababa de salir del letargo vampírico. Estaba de pie, en silencio, en medio de la oscuridad, perdido en sus pensamientos. Cuando me oyó acercarme, se puso bajo la luz de seguridad, dotándose de un aspecto atento y concentrado. Saltaba a la vista que tenía una lista de cosas que decirme.

—Empezaré por lo menos importante —soltó, algo rígido—. No sé si te habrás tomado un momento para valorar mis esfuerzos para descubrir quién mató a esa mujer, pero te aseguro que he puesto todo mi empeño. Murió durante mi ronda y no descansaré hasta saber por qué.

Desconcertada, no pude más que asentir levemente.

—No sé por qué pensaste que yo… Oh, Eric. Bueno, da igual. Por favor, dime lo que has descubierto. ¿Quieres sentarte?

Tomamos asiento en las sillas del jardín.

—Heidi y yo hemos rastreado con cuidado el jardín trasero de Eric —dijo Bill—. Sabes que describe una pendiente hasta un muro de ladrillo, el perímetro exterior de la urbanización privada.

—Sí. —No había pasado más de diez minutos en el jardín de atrás de Eric, pero conocía su disposición—. Hay una puerta en el muro.

—Sí, para los jardineros. —Bill dijo esas palabras como si tener jardineros fuese una exótica indulgencia, como quien tiene un puñado de pavos reales—. Para ellos es más fácil reunir allí todos los desechos del jardín y sacarlos por la puerta, en vez de subir toda la cuesta. —Por su tono, saltaba a la vista lo que Bill pensaba de la gente que necesitaba que le facilitasen el trabajo.

—¿No está cerrada con llave? —No podía creer que dejasen ese acceso abierto sin más.

—Normalmente, sí. Y, normalmente, Mustafá es el responsable de abrirla los días que se espera a los jardineros, como de cerrarla cuando se van. Pero el candado ha desaparecido.

—Un licántropo o un vampiro podría haberlo roto —aventuré—. Mustafá no tiene por qué ser sospechoso de haber dejado la puerta abierta. —Pero había hecho algo malo. Uno no desaparece sin dejar rastro, a menos que haya hecho algo malo—. ¿Percibiste algún olor?

—Ni siquiera Heidi podía asegurar quién estuvo allí
—dijo Bill—. Muchos humanos, humanos sudorosos… Los
jardineros. Un leve rastro de hada, pero bien podría deberse al frasco que encontraron al cuello de la chica. También
había un rastro más fuerte de cambiante. Podría ser la propia chica. —Se recostó y contempló el cielo nocturno…, el
único cielo que había visto en más de ciento treinta años.

—¿Qué crees que pasó? —le pregunté tras dejarlo meditar en silencio durante un instante. Yo también me había
quedado contemplando el cielo junto a él. Aunque Bon
Temps estaba cerca, no emitía demasiada contaminación lu-
mínica, y menos a esas horas. Podían verse las estrellas,
vastas, frías y distantes. Me estremecí.

—Mira, Sookie —dijo, sacando algo pequeño. Lo cogí
y me lo llevé a la altura de la nariz para poder verlo bajo la
tenue luz.

—Entonces es verdad —advertí. Era un tapón de
goma, de los que se usaban para tapar pequeños frascos—.
¿Dónde lo has encontrado?

—En el salón. Se había colado bajo la mesa del comedor, junto a la pata de una de las sillas. Creo que ella
misma lo quitó del frasco cuando pensó que vería a Eric
cara a cara —explicó—. Lo tiró mientras se bebía la sangre.
Se escondió el frasco en el sujetador para que el aroma
remanente rematase la jugada. Cuando la encontré en el
jardín, olí que era una cambiante. Eso debió de sumar
puntos a su… encanto.

—Su padre es cambiante; un licántropo, diría yo. Los
Rowe se presentaron aquí ayer con un periodista para intentar sacar tajada.

Bill quería que le contase la historia.

—¿Tienes la tarjeta del periodista? —preguntó cuando terminé de hablar.

Entré en la casa y la encontré en la encimera de la cocina. Ahora que me tomaba un momento para mirarla con más atención, me di cuenta de que el domicilio de Harp Powell estaba en Terre Sauvage, una pequeña ciudad al norte de la interestatal, entre Bon Temps y Shreveport.

—Vaya —le dije a Bill mientras se la entregaba—. Creí que viviría en Shreveport, Baton Rouge o Monroe.

—He visto a este hombre en el Fangtasia —dijo Bill—. Publica en una pequeña editorial regional. Ha escrito varios libros.

Su tono era bastante respetuoso; admiraba mucho la palabra escrita.

—¿Qué estaba haciendo en el Fangtasia? —pregunté.

—Nos entrevistó a mí y a Maxwell Lee por nuestra condición de oriundos de Luisiana. Quería escribir una antología de relatos de vampiros de Luisiana. Quería que le contásemos nuestros recuerdos de infancia y los hechos históricos que presenciamos. Pensó que sería interesante.

—Vamos, una copia barata de Christina Sobol. —Procuré no sonar sarcástica. Su *Dead History* había estado en las listas de los más vendidos un par de años atrás. Había recibido un aviso de Amazon a cuenta del lanzamiento de la segunda parte en un mes. Como cabe imaginar, se trataba de libros basados en los recuerdos de épocas vividas por los propios vampiros. Harp Powell, por lo visto, pretendía aportar el toque regional a un superventas nacional.

Bill asintió.

—Intento recordar si hizo preguntas sobre Eric. Creo que quería su número por si necesitaba ponerse en contacto con él… No se lo di, por supuesto, pero bien podría haber descubierto su dirección en Internet. —Bill era uno de los pocos vampiros aficionados a la informática.

—Está bien, podría haber averiguado dónde vive Eric, pero ¿por qué iba a querer un escritor mandar a Kym Rowe a su casa, o asesinarla a continuación?

—No tengo la menor idea —admitió Bill—. Pero podríamos ir a preguntárselo. Intento pensar en otras vías de investigación, cualquiera que no implique a alguien que estuviese en casa de Eric.

—No digo que Harp Powell no sea sospechoso, presentándose así con los padres de Kym. Pero me da la sensación de que solo quiere sacar provecho publicitario. Me parece mucho más probable que Mustafá dejase pasar a Kym para que se ofreciese a Eric. Lo que no sé es por qué. ¿Por qué querría alguien condicionarla y mandarla para hacer una cosa así? ¿Por qué instruyeron a Mustafá para retrasar mi llegada? Supongo que para dar tiempo a Kym para enganchar a Eric… Pero, en ese caso, ¿por qué querías que los viese? Mustafá podría haberme dicho que la reunión se había cancelado o que se celebraría en el Fangtasia. Hay mil excusas.

—Su papel en todo esto sigue siendo un misterio —dijo Bill, encogiéndose de hombros—. Es evidente que ella era un señuelo para Eric, para avivar su lujuria. —Me miró y parpadeó—. Su lujuria por la sangre —añadió apresuradamente—. Pero debía de tener alguna información, por lo menos el nombre de quien la contrató para hacerlo. Cuando discutiste con Eric y él echó a la chica, alguien se fue detrás y le partió el cuello. —Hizo un gesto muy gráfico con las manos. Por lo visto, tenía práctica en agarrar y retorcer.

—Al margen de por qué la mataron —dije—, ¿por qué la mandaron? Hacer que me enfade con Eric no tiene mucho sentido.

Bill se miró las manos.

—Hay un par de teorías que encajan con los pocos hechos confirmados —dijo con lentitud—. Y son exactamente las que le contaré a Eric. La primera es que el propio Eric, o Pam, o Mustafá siguió a Kym Rowe fuera de la casa y la mató, iracundo por los problemas que había causado. Quizá, si el asesino fue Eric, quería borrar el recuerdo de la ofensa cometida hacia ti.

Me puse rígida. No era nada que no hubiera pensado yo misma, pero oírlo verbalizado lo hacía parecer más probable.

—La otra teoría… Bueno, es más compleja. —Bill desvió la mirada hacia el bosque sombrío—. Como la dejaron entrar en la casa, he de asumir que formaba parte de alguna conspiración de los licántropos. Debería señalar a Alcide, ya que es el líder de la manada. Pero no creo que emplease un método tan retorcido para desacreditar a Eric. Alcide es un hombre bastante directo, aparte de inteligente…, al menos en algunos aspectos. Obviamente, las mujeres son su gran punto ciego. —Arqueó una ceja.

Era una evaluación bastante adecuada del carácter de Alcide.

—Pero ¿qué licántropo haría esto sin el consentimiento de Alcide? —inquirí.

—Mustafá es un lobo solitario. —Bill se encogió de hombros. Era obvio.

—Pero no fue él quien trajo a Kym Rowe a la casa —argumenté—. Tú mismo lo has dicho, a juzgar por los rastros de olor.

—Pero debía de saber que estaba de camino. Sookie, sé que te cae bien en cierta medida, pero él lo sabía. Quizá no el porqué, pero sí que si la dejaba pasar sin más, los demás darían por sentado que había sido invitada. Y sabía que no había ido a lavar los retretes o cantar en la fiesta. Estaba para conseguir que Eric bebiese de ella. Como fue Mustafá quien te llamó para hacerte llegar más tarde, su objetivo debía de ser evitar que impidieses el interés de Eric por ella.

—Pero el único resultado fue que me enfadé con Eric. Bill, ¿quién se preocuparía tanto por mi vida sentimental? —El vampiro me lanzó una mirada muy directa y supe que me estaba poniendo roja.

No obstante, en vez de hacer una referencia personal, Bill dijo:

—Anoche tuviste una visita a la que le importa mucho.

Intenté reprimir el respingo.

—¿Sabes que vino a mi casa?

—Todos sabemos de su presencia en la Zona Cinco, Sookie. Todos los que le debemos lealtad a Eric. Es difícil mantener en secreto la visita de una reina, y menos si es tan conocida como Freyda. Es incluso más difícil no saber dónde está con exactitud. Fue al casino para conversar con Felipe directamente, tras salir de tu casa, y luego Felipe convocó a Eric. Se llevó a Thalia con él…, no a Pam. Thalia dijo que fue una reunión muy tensa.

Eso explicaba por qué tardó Eric tanto en llamarme…, pero no me hizo sentir mejor.

—¿Por qué es Freyda tan conocida? —Pasé por alto todos los pies de conversación que Bill había ido lanzando en su pequeño discurso y ataqué lo que más me interesaba a mí. Era muy consciente de que Bill veía lo desesperada que estaba por saber algo más de ella, y me daba igual.

Bill puso la mirada benévolamente en sus manos mientras me decía:

—Es preciosa, por supuesto. Ambiciosa. Joven. No se contenta con quedarse sentada en su trono mientras se desarrollan las cosas a su alrededor. Y, por cierto, se lo ganó peleando. Mató a su predecesor, quien no se lo puso fácil. Freyda ha trabajado duro para extender sus negocios de Oklahoma. Su único lastre es no contar con un lugarteniente fuerte y leal. Si consigue al vampiro poderoso que necesita como mano derecha, siempre tendrá que vigilar su espalda contra su ambición. Si se casa con su mano derecha, esta no podrá sucederla. Se asegurará su lealtad, ya que su destino estará ligado al suyo.

Medité al respecto durante unos minutos, mientras Bill permanecía en silencio. Los vampiros son muy buenos en eso. Le sorprendí mirándome. Me daba la impresión de que sentía lástima por mí. Noté una punzada de pánico en el estómago.

—Freyda es fuerte, activa y decidida —dije—. Como Eric. Y dices que necesita a un buen guerrero, una buena mano derecha. Como Eric.

—Sí, como Eric —insistió deliberadamente—. Freyda sería una buena pareja para él. Quiero decir desde el punto de vista práctico, ya que así Eric se zafaría de la complicada situación política derivada de la muerte de Victor. No nos engañemos, el rey tendrá que escarmentarlo de alguna manera. Felipe no puede permitirse mostrar debilidad ante la muerte de su regente.

—¿Por qué no?

Me miró, desconcertado.

—Felipe dejó que Victor se saliese con lo que demonios quiso hacer —dije—. ¿Por qué no debería ser percibido como un rey débil?

—No quiere perder la lealtad de los vampiros que le sirven —explicó Bill.

—¡Eso es ridículo! —Pensé que me iba a salir vapor por las orejas—. ¡No se puede querer una cosa y hacer la otra!

—Pero lo intentará. No creo que sea Felipe lo que te saca de quicio, sino lo práctico que resultaría para todos que Eric se casase con Freyda. —Me sobresalté, pero prosiguió despiadadamente—. Tienes que admitir que su carácter se parece más al de Eric y que forman un buen equipo.

—Eric está en mi equipo —respondí, incidiendo en el «mi»—. Me quiere. Quiere quedarse aquí. —Me di cuenta de que, por decirlo de alguna manera, estaba bateando con la mano mala. La noche anterior me había convencido de que Eric se marcharía, de que amaba al poder más que a mí.

—Pero… Sookie, tienes que comprender… Quedarse podría significar su muerte.

Podía ver una mezcla de compasión y, a pesar de ello, amor en la actitud de Bill.

—Bill, ¿estás seguro de poder juzgar eso?

—Lo que sé es que deseo tu bien de todo corazón, Sookie. —Hizo una pausa, como si estuviese decidiendo la conveniencia de seguir adelante—. Sé que sospecharás de todo lo que diga en relación con todo esto… Porque te quiero a ti y no a Eric. Pero, en serio, deseo tu felicidad, por encima de cualquier otra cosa.

«Por encima de casi cualquier otra cosa». Me sorprendí anticipando lo que vendría después de eso. ¿Su propia supervivencia?

Oí el portazo de la puerta de malla y vi a Dermot saliendo disparado a su coche.

—Tengo que irme al club —dijo.

—Conduce con cuidado —grité. Desapareció antes de que pudiera decir nada más. Me volví hacia Bill, que contemplaba el punto donde había estado Dermot un momento antes con expresión melancólica. No me extrañaba que Dermot se hubiese dado tanta prisa; debía de saber que había un vampiro en el jardín de atrás y que su olor sería irresistible—. Volvamos al tema de Kym Rowe —dije para recuperar la atención de Bill—. ¿Qué puedo hacer para ayudarte a encontrar a quien la mató?

—La primera persona con la que nos gustaría hablar es Mustafá, y se ha esfumado. Dime con exactitud qué te contó cuando estuvo aquí.

—¿Cuál de las veces? ¿Cuando vino antes de la noche de la fiesta o después?

—Ambas visitas.

Le relaté nuestra primera conversación, aunque había sorprendentemente poco que contar. Había venido. Me había transmitido la advertencia de Pam, que no acabé de comprender hasta que conocí a Freyda. Me advirtió sobre Jannalynn. La segunda vez había mostrado su preocupación por Warren.

—¿Le has contado a Eric todo esto? —preguntó.

Resoplé.

—No estamos teniendo conversaciones muy prolongadas últimamente, que digamos. Mi diálogo con Freyda fue más largo que cualquiera de las últimas conversaciones que haya mantenido con Eric.

Bill estuvo avispado y no hizo ningún comentario.

—Entonces, Mustafá se presenta en tu casa, a pesar de estar desaparecido desde la muerte de la chica. Y te dice que quiere hablar con Alcide, pero tiene miedo de llamarlo o abordarlo directamente, ya que Jannalynn podría interceptarlo.

Me pareció un resumen muy preciso.

—Sí, y le he pasado el mensaje a Alcide —añadí—. Y, además, lo que es más importante para Mustafá, su amigo Warren ha desaparecido. Creo que alguien lo ha raptado y lo utilizan para presionar a Mustafá.

—Entonces, encontrar a Warren sería lo suyo —dijo Bill. Su voz me puso nerviosa. La había fastidiado.

—Pensé que sería una tontería mencionarlo —lamenté—. Lo siento.

—Háblame de ese tal Warren.

—¿Nunca lo has visto?

Bill se encogió de hombros.

—No. ¿Por qué debería?

—Es un tirador. Estaba situado fuera del Fangtasia cuando matamos a Victor.

—Así que ese era Warren. ¿Un tipo delgaducho, de ojos grandes y pelo largo?

—El mismo.

—¿Qué tienen él y Mustafá?

Era mi turno de encoger los hombros.

—Ni idea. Creo que estuvieron juntos en la cárcel.

—¿Mustafá ha estado encerrado?

Asentí.

—Sí. Su nombre real es KeShawn Johnson. Lo leí en su mente.

Bill se quedó perplejo.

—Pero… ¿te acuerdas del vampiro que decapitó a Wybert al principio de la pelea en el monasterio de Sophie-Anne?

—Nunca me olvidaré de aquello. ¿Delgado, con trenzas?

—Se llamaba Ra Shawn.

Ahora los dos estábamos perplejos.

—No, no me acordaba de eso en absoluto. Oh…, espera. Sí. Andre me dijo cómo se llamaba.

—¿No te parece una coincidencia interesante? ¿Ra Shawn y KeShawn? ¿Ambos negros? ¿Ambos sobrenaturales?

—Pero uno es un licántropo y el otro era un vampiro. Ra Shawn podría haber nacido hace siglos. Podrían estar emparentados, sí, pero remotamente.

—Me parece muy posible. —Bill me echó una prolongada y tortuosa mirada.

—La base de datos —sugerí, y él se sacó un manojo de llaves del bolsillo. Había un rectángulo negro prendido al llavero.

—La tengo aquí mismo —dijo, volviendo a asombrarme ante su rápida adaptación al mundo moderno.

—¿Y eso qué es? —pregunté.

—Es una memoria USB —dijo, intrigante.

—Oh, claro. —Ya tenía suficiente para sentirme como una tonta durante el resto de la noche. Entramos en casa para que Bill pudiera usar mi ordenador. Bill trajo una silla para mí y ocupó la giratoria, directamente frente a la pantalla del ordenador.

Introdujo el pequeño dispositivo en una ranura lateral del ordenador en la que jamás había reparado. Tras un par de minutos, teníamos delante el directorio vampírico.

—Caray —dije, contemplando los gráficos de la presentación, algunos de ellos muy espectaculares. Había representadas dos puertas góticas cerradas con un gigantesco candado. La música de fondo era sombría y ambiental. La vez que robé una copia de la base de datos no me di cuenta de esas cosas, ahogado todo lo demás por mi sentimiento de culpa. Ahora podía apreciar el ambiente a cementerio que pretendía Bill. Apareció un mensaje de presentación, superpuesto a las puertas, en muchos idiomas. Tras escoger el que preferías, una solemne voz leía la presentación. Bill se saltó todo eso, pulsó varias teclas y las puertas se abrieron con un crujido para mostrar todas las opciones disponibles. Según Bill, se podía clasificar a los vampiros de varias maneras. Se podía buscar vampiros en Yugoslavia, por ejemplo, o solo a vampiras en la zona de Luisiana. O a todos los vampiros de más de mil años en Myanmar.

—No puedo creer que hayas conseguido hacer todo esto —admiré—. Es asombroso.

—Ha supuesto mucho trabajo —dijo, ausente—, y me han ayudado mucho.

—¿En cuántos idiomas está?

—Treinta, hasta el momento.

—Esto ha debido de dar mucho dinero, Bill. Espero que te hayas llevado tu parte. —No deseaba que estuviese metido en una cuenta bancaria de Felipe de Castro. No se lo merecía.

—He sacado algo de calderilla, sí. —Sonrió.

Me confortaba ver esa expresión en su cara. No la exhibía muy a menudo.

En apenas un momento, introdujo la referencia de Ra Shawn. El vampiro rondaba los treinta en el momento de su muerte humana, pero ya tendría, por lo menos, un siglo en su muerte definitiva. El pasado de Ra Shawn era brumoso, pero las fuentes de Bill le habían informado de que la primera noticia que se tuvo de él fue en Haití. Hacía tiempo que era una figura de culto en la comunidad sobrenatural negra. Había sido un mortífero guerrero, contratado por reyes, gánsteres y personalidades políticas por sus mortíferas habilidades.

—Bueno —dije—, puede que los padres de Mustafá (y KeShawn) estuviesen interesados en la cultura sobrenatural africana. Y que, tras su paso por prisión, él se convirtiera en un clon de Blade buscando ser un modelo más actual.

—Todo el mundo necesita un héroe —convino Bill, y abrí la boca para preguntarle cuál había sido el suyo. ¿Robert E. Lee?

—¿Qué estáis haciendo? —preguntó Eric. Di un respingo y se me escapó un grito ahogado de sorpresa.

—Sería todo un detalle que me avisaras de que vas a venir a mi casa —dije, airada por el susto que me había dado.

—Sería todo un detalle —se mofó Eric, imitando mi voz de un modo muy irritante—. Sería todo un detalle que mi mujer me avisase de que tiene visita masculina, y más si es uno que ha compartido cama con ella.

Respiré hondo con la esperanza de que eso me tranquilizase.

—Nunca te he sido infiel y siempre he confiado en que tú tampoco lo fueras conmigo. Quizá debería volver a pensármelo, ya que, al parecer, no confías en tu mujer —solté con arrogancia.

No podía evitar darme cuenta de que eso dejaba un montón de terreno al descubierto; pero no era el momento de hacer preguntas detalladas.

Bill permanecía sentado como una estatua. Me tomé un segundo para apreciar su ejemplo. Eric se encontraba de un humor tan obviamente malo, que cualquier cosa que Bill dijera sería tomada como una prueba de su culpabilidad.

La situación pedía a gritos una distracción, aunque sentí una punzada de resentimiento por tener que ser yo quien enfriara la situación.

—¿Qué mosca te ha picado? —pregunté—. ¿Ha pasado algo en el Fangtasia?

La expresión de Eric se relajó un poco.

—Todo va mal —se quejó—. Felipe y su séquito siguen en la ciudad. Todavía puede presentar cargos contra mí por la muerte de Victor. Y eso que ni se molesta en ocultar que está encantado de que lo hayamos borrado del mapa. Él y Freyda acaban de tener una larga charla en privado. Mustafá sigue desaparecido. La policía se ha presentado en el Fangtasia para interrogarme otra vez. Querían que sus perros pudieran husmear en busca de cadáveres por mi propiedad. No me quedó más remedio que aceptar, pero estoy furioso. ¿Qué estúpido enterraría a un muerto en su propio jardín? Han vuelto a registrar la casa. T-Rex y sus chicas han vuelto al bar esta noche, y se ha comportado como si fuese mi mejor amigo mientras ellas se drogaban en el retrete. A Thalia se le fue un poco la mano reprendiéndolas y le ha roto la nariz a Cherie. Tendré que costear la factura del hospital, aunque ha accedido a no contar nada de lo ocurrido si nosotros no contábamos a la policía lo que estaba haciendo en el baño.

—Dios mío —dije con dulzura—. Y cuando te presentas en la casa de tu novia, te la encuentras mirando la pantalla de un ordenador... ¡con otro hombre! Sí que has tenido una noche horrible, pobrecito mío.

Bill arqueó una ceja para darme a entender que quizá me estaba pasando un poco.

Pasé de él.

—Si te hubiese visto o hubiese mantenido una conversación contigo de más de treinta segundos, te habría dicho que Mustafá estuvo aquí —añadí, sin perder la dulzura—. Y te habría contado lo que me dijo.

—Cuéntamelo ahora —ordenó Eric con una voz mucho más neutra—. Por favor.

Bueno, había hecho un esfuerzo. Así pues, repetí la historia de la visita de Mustafá, su advertencia sobre Jannalynn y su preocupación por la seguridad de Warren.

—Pues Bill y Heidi tendrán que husmear a esa Jannalynn, y así sabremos si fue ella quien dejó pasar a la chica a mi casa con Mustafá. Sabremos cuál es su implicación en este plan si lo encontramos (o a su amigo Warren), y ellos nos dirán lo que tenemos que hacer para sacarlos de la escena. Sookie, ¿crees que Sam llamaría a esa mujer si se lo pidieras?

Se me aflojó la mandíbula.

—No sería capaz de pedirle que la llamara para traicionarla. No pienso hacerlo.

—Pero sabes que sería lo mejor para todos nosotros —argumentó Eric—. Bastaría con que Bill o Heidi le estrechasen la mano para quedarse con su olor. Así saldríamos de dudas. Sam no tiene que hacer nada más que eso. Nosotros nos encargaremos de todo lo demás.

—¿Y que he de entender por «todo lo demás»?

—¿Tú qué crees? —preguntó Bill, impaciente—. Tiene información que necesitamos, y parece una de las piezas clave de una conspiración para implicar a Eric en un asesinato. Lo más probable es que ella misma sea una asesina. Tenemos que conseguir que hable.

—¿Igual que los licántropos te hicieron hablar a ti en Misisipi, Bill? —espeté.

—¿Por qué te importa tanto lo que le pueda pasar a esa zorra? —inquirió Eric, alzando sus cejas rubias.

—No me importa —repuse al instante—. No la soporto.

—¿Entonces?

No tenía respuesta.

—Es porque hablamos de implicar a Sam —explicó Bill—. Ese es el problema.

De repente ambos estaban en el mismo lado, un lado que no era el mío.

—¿Sientes afecto por él? —preguntó Eric. No le habría sorprendido tanto que me hubiera enamorado de la catahoula de Terry.

—Es mi jefe —me defendí—. Hace años que somos amigos. Claro que siento afecto por él. Y está que no bebe por esa zorra peluda, por la razón que sea. Ese es mi problema, como tú mismo dices.

—Hmmm —reflexionó Eric, escrutándome con mirada afilada. No me gustaba cuando se ponía tan pensativo—. Entonces tendré que llamar a Alcide y pedirle oficialmente una muestra de olor de Jannalynn.

¿Hacía lo que me pedían, lo que, en cierto modo, sería como traicionar a Sam; o permitía que Eric llamase a Alcide, lo que implicaba involucrar oficialmente a la manada del Colmillo Largo? No se puede llamar al líder de la manada extraoficialmente. Pero tampoco podía mentir a Sam. Se me tensaron todos los músculos de la espalda.

—Está bien —accedí—. Llama a Alcide.

Eric sacó su móvil, dedicándome en el proceso una mirada profundamente sombría. Veía el estallido de una guerra…, otra guerra. Más muertes. Más pérdidas.

—Espera —dije—. Hablaré con Sam. Iré a la ciudad a hablar con él. Ahora mismo.

Ni siquiera sabía si Sam estaba en casa, pero salí de casa y ninguno de los vampiros trató de detenerme. Era la primera vez que dejaba a dos vampiros solos en mi casa, y solo me quedaba esperar que estuviese intacta a mi regreso.

Capítulo 10

Mientras conducía hacia la ciudad, me di cuenta de lo cansada que estaba. Me pensé muy en serio dar media vuelta, pero ante la perspectiva de volver a vérmelas con Bill y Eric, preferí seguir adelante.

Y así es como me crucé con Bellenos y la camarera que nos había atendido en el Hooligans cruzando la carretera en pos de un ciervo. Frené a la desesperada y el coche derrapó lateralmente. Sabía que acabaría en la zanja lateral. Grité mientras el coche giraba sin control y la línea del bosque se acercaba sin remedio. Entonces, de repente, todo movimiento paró en seco, y no porque hubiera chocado con algo, sino porque acabé metida de cabeza en la zanja. Los faros iluminaban los arbustos, que aún se mecían, mientras toda clase de insectos salían despavoridos a causa del impacto. Apagué el motor y permanecí sentada, jadeando.

Mi pobre coche había quedado incrustado en un ángulo muy empinado. Habían pasado veinticuatro horas desde las últimas lluvias, por lo que la zanja estaba razonablemente seca. Toda una bendición. Bellenos y la rubia aparecieron, rodeando el coche para alcanzar mi puerta. Bellenos llevaba una lanza y su compañera dos espadas curvadas de alguna clase. Bueno, no eran exactamente espadas, sino más bien cuchillos largos, tan finos en la punta como agujas.

Intenté abrir la puerta, pero los músculos se negaban a obedecerme. Me di cuenta de que estaba llorando. Un recuerdo punzó súbitamente mi memoria: Claudine despertándome al quedarme dormida al volante en esta misma carretera. El ágil cuerpo de Bellenos atravesó el haz de los faros y apareció a mi lado, arrancando la puerta.

—¡Hermana! —exclamó, volviéndose hacia su compañera—. Corta el cinturón, Gift.

Un cuchillo pasó justo delante de mi cara, cortando limpiamente una de las tiras que me sujetaban al asiento. Oh, demonios, ellos no comprendían el principio de los cierres.

Pero Gift se agachó y volvió a usar su cuchillo. Un segundo más tarde, ella me estaba alejando del coche.

—No pretendíamos asustarte —murmuró—. Lo siento, hermana.

Me depositó con cuidado, como si fuese una niña, y tanto ella como Bellenos se acuclillaron a mi lado. Concluí, aunque sin demasiada seguridad, que no iban a matarme y a comerme. Cuando pude hablar, dije:

—¿Qué estabais haciendo aquí fuera?

—Cazando —dijo Bellenos, como si pensase que mi buen juicio estuviera perturbado—. ¿No viste el ciervo?

—Sí. ¿Sois conscientes de que ya no estáis en mis tierras? —Mi voz salía vacilante, pero no podía hacer nada para remediarlo.

—No veo ninguna valla, ningún límite. La libertad es buena —argumentó.

Y la rubia asintió, entusiasmada.

—Qué agradable es salir a correr —dijo ella—. Es un placer salir de ese edificio humano.

El caso era... que parecían muy felices. Aunque sabía que tenía que leerles la legislación sobre escándalo público, no solo me vi sintiendo verdadera lástima por las dos hadas, sino asustada, por ellas y de ellas. Era una mezcla emocional muy incómoda.

—Me alegro de que os lo estéis pasando tan bien —jadeé. Ambos sonrieron con ganas—. ¿Cómo es que te llamas Gift*? —No se me ocurrió otro tema de conversación.

—En realidad es Aelfgifu —dijo con una sonrisa—. Regalo de elfo, Elf Gift en inglés. Pero Gift es más fácil de pronunciar para los humanos. —Y hablando de bocas, los dientes de Aelfgifu no eran tan feroces como los de Bellenos. De hecho, eran bastante pequeños. Pero como estaba inclinada sobre mí, pude ver una hilera de dientes más largos, afilados y delgados plegada contra el paladar.

Colmillos. No de vampiro, sino de serpiente. Santo Dios; eso, unido a los ojos sin pupila, le confería un aspecto sumamente temible.

—¿Esto es lo que hacéis en el mundo feérico? —pregunté con debilidad—. ¿Cazar en el bosque?

Ambos sonrieron.

---

* «Regalo» en inglés (N. del T.).

—Oh, claro. Allí no hay vallas ni cercas —aseguró Aelfgifu, nostálgica—. Pero los bosques ya no son tan profundos como antaño.

—No quisiera… regañaros —dije, mientras me preguntaba si podría incorporarme para quedarme sentada—, pero la gente normal no debería veros sin vuestros disfraces humanos. Y aunque pudierais pasar por humanos corrientes…, la gente no va por ahí cazando ciervos en medio de la noche… con armas afiladas. —Ni siquiera en Bon Temps, donde la caza era una especie de religión.

—Puedes ver cómo somos de verdad —dijo Bellenos. Se notaba que antes de eso no tenía ni idea. A lo mejor había delatado una importante baza de información al revelarlo.

—Pues, sí.

—Tu magia es muy poderosa —indicó Gift con sumo respeto—. Eso te convierte en nuestra hermana. La primera vez que viniste al Hooligans, no estábamos muy seguros de ti. ¿Estás en nuestro bando?

La mano de Bellenos se disparó ante mí y se aferró al hombro de Aelfgifu. Se miraron. Bajo la extraña combinación de las sombras y las luces proyectadas por los faros del coche, los ojos de ella se me antojaron tan negros como los del elfo.

—No sé de qué bando hablas —respondí para romper el momento. Pareció funcionar, porque ella se rio y deslizó un brazo por debajo de mi cuerpo para ayudarme a sentarme.

—No estás herida —me confirmó—. Dermot estará contento. Te quiere mucho.

Bellenos imitó a su compañera, y de repente nuestro pequeño trío se halló situado de una manera íntimamente incómoda en medio de la carretera desierta. Los dientes de Bellenos se encontraban a una distancia escalofriante de mi carne. Vale, estaba acostumbrada a los mordiscos de Eric, pero él no arrancaba la carne de cuajo para comérsela.

—Estás temblando, hermana —observó Aelfgifu—. ¡No puedes tener frío en una noche tan cálida como esta! ¿Acaso ha sido el *shock* de tu pequeño accidente?

—¿No tendrás miedo de nosotros? —se burló Bellenos.

—No, qué va —dije—. Pues claro que me dais miedo. Si hubieseis pasado un rato a solas con Lochlan y Neave, vosotros también tendríais miedo.

—No somos como ellos —matizó Aelfgifu con un tono mucho más moderado—. Y lo lamentamos, hermana. No eres la única que sufrió sus atenciones. No todos vivieron para contarlo. Eres muy afortunada.

—Entonces ¿ya tenías la magia? —quiso saber Bellenos.

Era la segunda vez que el elfo se refería a una supuesta cualidad mágica mía. Sentía mucha curiosidad de por qué lo decía, pero al mismo tiempo odiaba delatar mi profunda ignorancia al respecto.

—¿Queréis que os lleve de vuelta a Monroe? —pregunté, omitiendo la pregunta de Bellenos.

—No soportaría verme encerrada en una caja metálica —adujo Gift—. Preferimos correr. ¿Podríamos ir a cazar a tus tierras mañana por la noche?

—¿Cuántos? —Pensé que sería mejor optar por la cautela en lo tocante a ese asunto.

Me ayudaron a ponerme en pie, consultándose en silencio mientras tanto.

—Cuatro —contestó Bellenos, procurando no parecer que me lo estaba preguntando.

—No hay problema —acepté—. Siempre que respetéis las lindes.

Recibí sendos besos en ambas mejillas. A continuación, las dos hadas se introdujeron en la zanja, se agacharon para agarrar mi coche por debajo del capó y empujaron. El coche volvió a la carretera en cuestión de segundos. Aparte del cinturón de seguridad cortado, la experiencia no parecía haberme deparado demasiados quebraderos: estaba sucia, por supuesto, y el parachoques delantero un poco deteriorado. Gift me despidió con mucha alegría mientras me volvía a poner tras el volante, y al instante siguiente los dos se lanzaron a la carrera, de regreso a Monroe... Al menos el rato que pude verlos. El motor se encendió, a Dios gracias, giré en el siguiente camino lateral que encontré y me dirigí a casa. Se acabó la excursión. Estaba hecha polvo.

Al llegar, supe que los vampiros seguían allí. Eché un vistazo al reloj del salpicadero y comprobé que solo habían pasado veinte minutos desde que me había ido. Al pensar en el accidente, todo el cuerpo se me puso a temblar: el ciervo asustado, la rápida y mortal persecución y la tierna preocupación de las hadas en contraste. Apagué el motor y salí despacio. Seguro que al día siguiente estaría llena de agujetas, lo sabía. Como era de esperar, Bill y Eric me oyeron llegar, pero ninguno de los dos salió corriendo para ver cómo me encontraba. Tuve que acordarme de que ninguno de los dos sabía lo que me acababa de pasar.

Al poner un pie en el suelo, creí que me caería de bruces. Mi cuerpo empezaba a reaccionar con respecto al extraño accidente, y era incapaz de dejar de reproducir mentalmente a las dos figuras a la carrera. Parecían tan alienígenas, tan, tan... inhumanas.

Y ahora sabía que alguien sospechaba que albergaba algún tipo de poderosa magia feérica. Si las hadas sospechaban que dicha magia estaba contenida en un objeto, veía menguar con desagrado mis probabilidades de mantenerlo, así como las de seguir con vida. Todo ser sobrenatural querría arrebatármelo, especialmente el popurrí de hadas atrapadas en el Hooligans. Añoraban su hogar, al margen de cómo hubiesen quedado atrapadas en nuestro mundo. Cualquier poder que pudiesen adquirir sería más del que ya poseían. Y si se hicieran con el *cluviel dor...* echarían abajo las puertas del mundo feérico.

—¿Sookie? —llamó Eric—. Cariño, ¿qué te ha pasado? ¿Estás herida?

—¿Sookie? —La voz de Bill estaba igualmente cargada de urgencia.

No era capaz de hacer otra cosa que seguir mirando al frente, con la mente centrada en lo que podrían hacer las hadas desterradas si irrumpiesen en el mundo feérico. ¿Y si los humanos también pudiesen traspasar los portales hacia ese país? ¿Y si todas las hadas pudiesen ir y venir a su antojo? ¿Aceptarían el estado de las cosas, o habría otra guerra?

—He tenido un accidente —dije, remotamente consciente de que Eric me había cogido en brazos y me estaba metiendo en la casa—. No he llegado a casa de Sam. He tenido un accidente.

—No pasa nada, Sookie —me tranquilizó Eric—. No te preocupes por eso. Puede esperar. Ya se nos ocurrirá algo. Al menos no huelo sangre por ninguna parte —le dijo a Bill.

—¿Te has golpeado en la cabeza? —preguntó Bill. Noté unos dedos que me palpaban el pelo. Entonces los dedos se quedaron quietos.

—Apestas a hada.

Noté cómo el hambre iluminaba su expresión. Miré a Eric, cuya boca estaba comprimida como una trampa para ratones. Apostaba a que sus colmillos estaban pugnando por salir. La embriagadora Eau de Hada era para los vampiros como la hierba gatera para los gatos.

—Os tenéis que ir —dije—. Cuanto antes mejor, antes de que a alguno de vosotros se le ocurra usarme como canapé.

—Pero Sookie —protestó Eric—. Deseo quedarme contigo y hacerte el amor durante toda la noche.

No se podía ser más sincero.

—Aprecio el entusiasmo, pero oliendo a hada, me temo que podrías dejarte llevar demasiado.

—Oh, no, mi amor —insistió.

—Eric, por favor, contrólate un poco. Bill y tú os tenéis que marchar.

Fue mi mención del autocontrol la que lo consiguió. Ninguno de los dos admitiría flaquear en un rasgo del que tanto se jactaban los vampiros.

Eric fue hasta el borde del bosque y me dijo:

—Thalia llamó mientras estabas fuera. La había mandado a hablar con ese humano, Colton, a su trabajo. Al llegar allí, le dijeron que no se había presentado. Fue a buscarlo a su caravana. Dentro había rastros de forcejeo. Había un poco de sangre. Colton había desaparecido. Creo que Felipe lo ha encontrado. —Mientras Eric seguía negando su implicación en la muerte de Victor, Colton estaba en el Fangtasia la noche en que murió. Conocía la verdad y era humano, por lo que se le podía hacer hablar.

Bill dio un paso hacia mí.

—Saldrá bien —dijo, tranquilizador, y aunque era un vampiro, noté que simplemente quería estar más cerca.

—Está bien, hablaremos de eso mañana —acordé. Tenía prisa. Dadas las circunstancias, estaba segura de que lo único que podía hacer por Colton era rezar. No había forma de encontrarlo esta noche.

Reacios y con una dilatada despedida en la que insistieron en que les llamase a poco que me sintiese mal en lo que quedaba de noche, Eric y Bill desaparecieron en direcciones opuestas.

Tras cerrar las puertas con llave, me di una ducha caliente. Ya empezaba a notar que los músculos se me entumecían. Tenía que trabajar al día siguiente y no podía permitirme cojear.

Al menos se había resuelto un pequeño misterio. Supuse que la ausencia de Aelfgifu y Bellenos había sido la crisis que reclamó a mi tío abuelo de vuelta al Hooligans de forma tan precipitada. Lamenté su dura noche, pero no tanto como para esperarle toda la madrugada. Me arrastré hasta la cama. Fui fugazmente consciente del alivio que sentía por que ese día horrible tocase a su fin… Y me quedé dormida.

A las nueve de la mañana siguiente salí tambaleándome de la habitación.

No me sentía tan entumecida como había temido la noche anterior, lo cual supuso una agradable novedad.

No había nadie más en casa. Proyecté mis sentidos para rastrear a cualquier ser pensante dentro de la casa. No había nadie durmiendo tampoco.

¿Qué tenía que hacer hoy? Me dediqué a confeccionar una pequeña lista después de tomarme un café y una tartita precocinada.

Tenía que ir al supermercado, ya que le había prometido a Jason que le haría un estofado de boniatos para agasajar a Michele y a su madre esa noche. No era precisamente temporada de boniatos, pero Jason me lo había pedido expresamente, y en los últimos tiempos no me pedía demasiadas cosas. Como tenía que ir hasta allí de todos modos, anoté llamar antes a Tara. De paso, podría llevarle cualquier cosa que necesitase.

Luego tenía que imaginar una forma de quedar con Jannalynn para que Bill y Heidi pudieran husmearla. Como Palomino, la vampira de Eric, frecuentaba el Pelo del Perro, en el peor de los casos podría conseguir que ella obtuviese alguna muestra de Jannalynn.

Pedirle a la licántropo que se estuviese quieta un momento para que unos sabuesos vampíricos la oliesen nunca fue una opción viable. Imaginaba muy vivamente cómo reaccionaría ante tal propuesta.

Y Bill pensaba visitar a Harp Powell para hablar de la chica muerta. No estaba segura de si habría tiempo esa noche. Pensé en los padres de Kym y me estremecí. Por desgraciada que hubiese sido su vida, tras conocer a Oscar y a Georgene, sus malas decisiones se volvían más comprensibles.

Mientras pensaba en las posibilidades de la noche venidera, recordé que las hadas habían pedido permiso para volver a cazar en mis tierras. No quería ni imaginar las consecuencias de que se extendiesen a los campos de Luisiana en busca de entretenimiento. Recordé la incomodidad que sentí la noche que Bellenos y Aelfgifu se refirieron a mi magia. Sin saber que lo iba a hacer, me encontré en mi dormitorio buscando en el cajón del tocador para comprobar que el *cluviel dor* estaba a salvo disimulado como una polvera.

Ahí estaba. Dejé escapar un hondo suspiro de alivio. Al mirarme al espejo vi el miedo de mi cara. Pensé en otra cosa en la que ocuparme. Warren había desaparecido, Immanuel se había ido a California y se encontraba presumiblemente a salvo, pero ¿dónde estaba Colton, el otro humano presente esa sangrienta noche en el Fangtasia? Era de suponer que Felipe lo tenía preso en alguna parte. Colton no era licántropo, no tenía sangre de hada y no debía lealtad alguna a ningún vampiro. No era más que uno de los empleados de un negocio propiedad de un vampiro. Nadie lo buscaría a menos que yo llamase a la policía. ¿Serviría eso de algo? ¿Me agradecería Colton que hubiese metido a la policía en su secuestro? Estaba indecisa.

Era hora de sacudirme de encima todas esas cuestiones y enfundarme el uniforme del Merlotte's. Con ese calor, no me importaba ponerme los shorts. Me depilé las piernas para que estuviesen suaves, admiré el moreno que desprendían y las hidraté profusamente. Para cuando me terminé de maquillar, cogí la lista de la compra y me guardé el móvil, ya era hora de irse. De camino a la ciudad llamé a Tara, que me dijo que no necesitaba nada; la madre de J.B. había hecho una visita a la tienda por la mañana. Parecía cansada, y pude oír a uno de los bebés llorando al fondo. Una cosa que tachar de la lista.

Como mi propia lista de la compra era tan escueta, hice una parada en el viejo Piggly Wiggly. Podría hacer las compras más rápidamente que en el Wal-Mart. A pesar de coincidir con Maxine Fortenberry y tener que pasar el rato de rigor con ella, salí del establecimiento con una bolsa llena y bastante tiempo.

Con un alto sentido de la eficiencia, me estaba atando el delantal con quince minutos de antelación.

Sam se encontraba detrás de la barra charlando con Hoyt Fortenberry, que hoy almorzaba temprano. Me paré con ellos para decirle que había visto a su madre, preguntarle cómo iban los planes de boda (puso los ojos en blanco) y le di una palmada a Sam en el hombro a modo de disculpa por mis excesos emocionales al teléfono de la jornada anterior. Me dedicó una sonrisa y siguió hablando con Hoyt sobre los baches de la calle frente al bar.

Metí el bolso en mi resplandeciente taquilla nueva. Me colgué la llave al cuello. Las demás camareras estaban encantadas con sus propias taquillas, y a tenor de los atestados bolsos que metían, estaba convencida de que los espacios habían sido bien aprovechados. Todo el mundo quería tener una muda de ropa limpia, un paraguas de reserva, algo de maquillaje, un cepillo… Hasta D'Eriq y Antoine parecían contentos con el sistema nuevo. Al pasar por delante del despacho de Sam, reparé en el perchero y en una chaqueta que estaba colgada; una chaqueta de un vivo color rojo… La de Jannalynn. Antes de pensar en lo que estaba haciendo, me metí en el despacho, robé la chaqueta y fui a esconderla en mi taquilla.

Había dado con un modo rápido y sencillo de llevar el olor de Jannalynn hasta el olfato de Bill y Heidi. Incluso me convencí de que a Sam no le importaría si le pidiese permiso, aunque no puse esa idea a prueba.

No estoy acostumbrada a hacer las cosas a espaldas de nadie, y he de confesar que, durante las dos horas siguientes, evité a Sam. Fue una tarea inesperadamente sencilla, ya que el bar se llenó. La asociación local de agentes de seguros se presentó al completo para su almuerzo mensual. El calor les había vuelto sedientos. El equipo de técnicos sanitarios de servicio aparcó su ambulancia fuera y pidió la comida. También vino Jason con su cuadrilla de trabajadores de carreteras, al igual que un puñado de enfermeras del camión de donaciones de sangre, que llevaba todo el día apostado en la plaza de la ciudad.

A pesar de estar concentrada en mi trabajo, la idea de bolsas de sangre me hizo pensar en Eric. Al igual que todos los caminos llevan a Roma, todos mis pensamientos parecían converger en cierta perspectiva de desdicha venidera. Mientras contemplaba la cocina a la espera de una cesta de frituras para los agentes de seguros, sentí que mi corazón latía más deprisa de lo normal. Repasé el perturbador escenario, una y otra vez. Eric la escogería a ella. Me dejaría a mí.

El lastre que increíblemente más pesaba en mi fuero interior era la idea de usar el regalo de amor que Fintan le había hecho a mi abuela, el *cluviel dor*. Si había entendido bien sus propiedades, cualquier deseo formulado por alguien amado se cumpliría irremediablemente. Ese objeto feérico, que según Amelia ya no se fabricaba en el mundo de las hadas, podía conllevar una penalización por su uso. No sabía si el deseo conllevaría el pago de un precio, ni de lo caro que sería ese precio. Pero si lo usaba para conservar a Eric...

—¿Sookie? —llamó Antoine. Parecía ansioso—. Eh, chica, ¿me oyes? Aquí tienes las frituras, por tercera vez.

—Gracias —dije. Recogí la cesta de plástico y la llevé a toda prisa a la mesa. No dejé de sonreír en ningún momento mientras la dejaba en el centro de la mesa y comprobaba si alguien necesitaba que le rellenase la bebida. Todos lo necesitaban, así que fui a por la jarra de té dulce, llevándome uno de los vasos para rellenarlo de Coca-Cola.

Luego Jason me pidió mayonesa para su hamburguesa y Jane Bodehouse un cuenco de saladitos para acompañar su almuerzo (una Bud Light).

Cuando la clientela del mediodía empezó a disiparse, ya me sentía un poco más normal. Le recordé a Jason que haría su estofado de boniatos y que tenía que pasarse por casa esa noche para recogerlo.

—Gracias, Sook —dijo con su encantadora sonrisa—. A Michele y a su madre les va a encantar. Te agradezco en el alma que te tomes el tiempo de hacerlo. Yo puedo asar algo de carne, pero no soy ningún chef.

Seguí el resto del turno con el piloto automático puesto. Mantuve una breve conversación con Sam sobre si cambiar la aseguradora del bar o de si él debería asegurar el bar y la caravana por separado. El agente de la State Farm había hablado con Sam durante la hora del almuerzo.

Por fin llegó la hora de irse, pero tuve que hacer tiempo hasta que el sitio se quedó vacío y pude abrir la taquilla para retirar la chaqueta prestada («prestada» sonaba mucho mejor que «robada»). Encontré una bolsa vacía de Wal-Mart y metí la chaqueta con manos torpes por las prisas. Tras atar las asas y abrir la puerta trasera, vi a Sam entrando en su despacho. Pero no salió gritando a los cuatro vientos dónde estaba la chaqueta de su novia.

Llegué a casa y descargué la bolsa de la chaqueta y las compras. Me sentía como si hubiese robado el cepillo de la iglesia. Me quité el uniforme y me puse unos shorts vaqueros y una camiseta de tirantes de camuflaje que Jason me había regalado el año anterior por mi cumpleaños.

Dejé un mensaje en el contestador de Bill antes de ponerme a cocinar. Coloqué una olla grande con agua sobre el fogón para hervirla. Puse la radio mientras pelaba las patatas y las cortaba en trozos gordos para cocinarlas. Me servía de ruido de fondo, al menos hasta que empezasen las noticias de Shreveport. Tras el asesinato de Kym Rowe, los movimientos antivampiro ganaban fuerza. Alguien había arrojado un cubo de pintura blanca sobre la fachada del Fangtasia. Nada podía hacer al respecto, así que relegué esa preocupación al trastero de mi mente. Los vampiros eran más que capaces de cuidarse solos, a menos que las cosas empeorasen notablemente.

Después de meter los boniatos en el agua caliente y dejarlos hirviendo a fuego lento, fui a comprobar el correo electrónico. Tara me había mandado unas fotos de los bebés. Qué monos. Recibí una carta en cadena de Maxine (que borré sin siquiera leer) y un mensaje de Michele. Tenía una corta lista de tres fechas de boda que Jason y ella estaban barajando y quería saber si me venían bien. Sonreí, miré mi calendario vacío y justo había mandado la respuesta cuando oí cómo un coche aparcaba fuera.

Mi agenda para esa noche estaba hasta arriba, y no me hacía ninguna gracia tener una visita inesperada. Mi irritación se convirtió en profunda sorpresa cuando vi por la ventana del salón que el recién llegado era Donald Callaway, el socio de Brenda Hesterman en Splendide. Me preguntaba si tendría noticias de ellos desde que Sam me contó lo del robo, pero en ningún caso imaginé que recibiría una visita en persona. Una llamada telefónica o un correo electrónico habrían bastado para tratar las consecuencias de la destrucción del mobiliario que les había vendido.

De pie junto a su coche, Donald parecía tan decidido como la mañana que se había pasado examinando el contenido de mi desván. Llevaba el pelo y el bigote canosos perfectamente peinados e irradiaba una especie de buena forma y bronceado de mediana edad. Puede que jugase al golf. Parecía estar pasando por una mala racha.

Abrí la puerta con la mente puesta en los boniatos hirviendo, que no tardarían en estar listos.

—Hola, señor Callaway —saludé—. ¿Qué haces por aquí? —¿Y por qué no se acercaba?

—¿Puedo entrar un momento? —preguntó.

—Claro —dije. Se encaminó hacia mí—. Pero me temo que no tengo demasiado tiempo.

Le sorprendió un poco que no fuese más cordial. Algo no iba bien. Bajé todas mis barreras y miré en su mente.

Ya se encontraba en el porche cuando le ordené:

—Quieto ahí.

Me miró con aparente sorpresa.

—¿Qué es lo que has hecho? —le pregunté—. Sé que me la has jugado de alguna manera. No estaría de más que me dijeras cómo.

Abrió mucho los ojos.

—¿Eres humana?

—Soy humana, pero con algunos extras. Habla de una vez, Callaway.

Estaba asustado, pero empezaba a irritarse. Mala combinación.

—Necesito esa cosa que encontré en el cajón secreto.

Qué revelación.

—Tú lo abriste primero, antes de enseñármelo. —Ahora me tocaba a mí quedar desconcertada.

—De haber tenido la más mínima idea de lo que era, nunca te lo habría dado —dijo, dejando rezumar el lamento en su voz—. En ese momento pensé que no valía nada, que incluso aumentaría mi reputación de honesto.

—Pero no lo eres, ¿verdad? —Seguí hurgando en sus pensamientos mientras ladeaba la cabeza—. Eres un retorcido hijo de perra.

Las protecciones de la casa lo habían intentado mantener alejado, pero, idiota de mí, lo había invitado a pasar.

Tuvo el cuajo de hacerse el ofendido.

—Vamos, solo intento sacar algo de dinero y mantener a flote la empresa en un mal momento económico. —¿De verdad pensaba que podía decirme eso y que yo lo aceptaría? Lo escruté rápida, pero profundamente. No tenía pistola, pero sí un cuchillo en una funda enganchada al cinturón, como tantos hombres que tenían que abrir muchas cajas al día. No era muy grande, pero cualquier cuchillo bastaba para dar miedo—. Sookie —prosiguió—, hoy he venido a hacerte un favor. Creo que no sabes lo valioso que es ese pequeño objeto que tienes. El interés en él no deja de aumentar y el rumor se está extendiendo. Quizá compruebes que es un poco peligroso que lo mantengas en casa. Estaré encantado de guardarlo en la caja fuerte de mi despacho. He estado investigando por ti, y lo que crees que no es más que una cosa bonita que te ha dejado tu abuela en el escritorio, es en realidad algo que bastantes personas querrían tener en su colección privada.

No solo había abierto el compartimiento secreto y mirado por todas partes antes de llamarme, sino que también había repasado la carta. La misma que mi abuela había escrito para mí, y para nadie más. Menos mal que no tuvo tiempo de leerla con más detalle. No tenía la menor idea de quién era yo.

Algo en mi interior empezó a arder. Estaba enfadada. Muy enfadada.

—Adelante —dije con calma—. Hablaremos de ello.

Primero se sorprendió y luego se sintió aliviado.

Le dediqué una sonrisa.

Me di la vuelta y entré en la cocina. Hay muchas armas a mano en una cocina.

Callaway me siguió, produciendo ruidos sordos con sus mocasines sobre las tablas del suelo.

Habría sido de lo más oportuno que Jason se hubiese presentado en ese momento a por su estofado de boniatos, o que Dermot hubiese venido a cenar, pero no iba a contar con ninguna ayuda.

—¿Así que abriste la bolsa? ¿Miraste dentro? —pregunté por encima del hombro—. No sé por qué mi abuela me dejó una vieja polvera, pero es bonita. La abuela estaba un poco ida de la cabeza, una dulce anciana, pero demasiado imaginativa.

—Es muy habitual que los ancianos sientan apego por cosas que no tienen ningún valor intrínseco —dijo el vendedor de antigüedades—. En tu caso, tu abuela te dejó un objeto que solo interesa a algunos coleccionistas especializados.

—¿En serio? ¿Cómo era? Le dio un nombre muy raro. —Seguía caminando por delante. Sonreí para mí misma. Estaba convencida de que no era una sonrisa agradable.

Él no dudó.

—Es un regalo de San Valentín de principios de siglo —describió—. Está hecho de esteatita. Si se abre, hay un pequeño compartimiento para el mechón de pelo de la persona que lo regala.

—¿De verdad? No he podido abrirlo. ¿Sabes cómo se hace? —Estaba convencida de que solo la intención de usarlo podría abrir el *cluviel dor*.

—Sí, creo que puedo abrirlo —contestó, y se lo creía, aunque nunca lo hubiese intentado. Ese día no tuvo tiempo; apenas un instante para echarle un vistazo y ojear la carta. Dio por sentado que podría abrir el objeto redondo porque nunca había hallado resistencia al intentarlo anteriormente con otras antigüedades similares.

—Pues sería muy interesante —dije—. ¿Y cuántas personas quieren pujar por él? ¿Cuánto dinero crees que podría sacar?

—Hay al menos dos personas —respondió—. Pero es más que suficiente para sacar algún beneficio. Puede que saques mil dólares, sin contar mi parte.

—¿Y por qué deberías quedarte con una parte? ¿Qué me impediría tratar con ellos en persona?

Se sentó a la mesa de la cocina, sin que le invitase a hacerlo, mientras yo comprobaba la cocción de los boniatos. Estaban hechos. Los demás ingredientes, como la mantequilla, los huevos, el azúcar, la melaza, la pimienta, la nuez moscada y la vainilla, estaban dispuestas en fila sobre la encimera, listas para tomar las medidas correspondientes. El horno estaba precalentado.

Le había sorprendido un poco mi pregunta, pero se recompuso.

—Porque no querrías tratar con esas personas, jovencita. Son gente bastante dura. Te conviene dejar que trate yo con ellos. Así que es justo que me lleve una pequeña recompensa por las molestias.

—¿Y si no quiero dejar que lo hagas? —Apagué el fogón, pero el agua siguió burbujeando. Fui sacando los trozos de boniato con una espumadera, dejándolos en un cuenco. Humeaban profusamente, aumentando más si cabe la temperatura de la cocina a pesar de los esfuerzos del aire acondicionado. No perdía de vista sus pensamientos, como bien podría haber hecho el día que estuvo trabajando en casa.

—Pues en ese caso tendré que hacerlo de todos modos —dijo.

Me volví hacia él. Tenía una especie de maza, aparte del cuchillo. Oí que la puerta delantera se abría y se cerraba muy sigilosamente. Callaway no la oyó; no conocía la casa tan bien como yo.

—No pienso dártelo —repliqué llanamente, en voz más alta de lo necesario—. Y no serás capaz de encontrarlo.

—Soy vendedor de antigüedades —dijo con absoluta seguridad—. Se me da muy bien encontrar cosas antiguas.

No sabía si quien había entrado era un amigo u otro enemigo. A decir verdad, tenía poca fe en las protecciones mágicas. El silencio y el sigilo del recién llegado podía indicar cualquiera de las dos alternativas. Lo que sí sabía era que no entregaría el *cluviel dor* sin ofrecer resistencia, tanto como que no me quedaría quieta para que ese capullo me hiciese daño. Me di la vuelta, agarré con fuerza el mango de la olla y pivoté de forma sostenida hasta verter el agua hirviendo directamente sobre la cara de Donald Callaway.

Entonces se desencadenaron muchas cosas en una rápida sucesión. Callaway chilló y soltó la maza y el cuchillo, echándose las manos a la cara mientras el agua lo empapaba todo. El abogado semidemonio, Desmond Cataliades, entró a la carga en la cocina. Rugió como un toro enloquecido cuando vio a Donald Callaway en el suelo (el vendedor ya había iniciado su propio concierto de alaridos). El demonio se echó sobre el vendedor caído, le agarró la cabeza y la retorció. Todo el ruido cesó de improviso.

—Por el amor de Dios —exclamé. Saqué una silla y me dejé caer sobre ella para no precipitarme sobre el suelo empapado, junto al cadáver.

El señor Cataliades se incorporó, se sacudió las manos y me dedicó una sonrisa.

—Señorita Stackhouse, qué alegría verla —dijo—. Y qué inteligente ha sido al distraerlo. Todavía no he recuperado todas mis fuerzas.

—Entiendo que sabe usted quién es este hombre —dije, procurando no mirar hacia la figura inerte de Donald Callaway.

—Así es. Y estaba buscando la oportunidad de cerrarle la boca para siempre.

El cuenco con las patatas dulces aún humeaba.

—No puedo fingir que lamente su muerte —admití—, pero todo este incidente ha sido bastante desconcertante, y necesitaré un momento para volver en mí. De hecho, últimamente me han pasado muchas cosas desconcertantes. Pero qué novedad, ¿no? Lo siento, hablo sola.

—La comprendo a la perfección. ¿Quiere que le diga lo que he estado haciendo?

—Sí, por favor. Siéntese y hablemos. —Eso me daría una oportunidad para recuperarme.

El demonio se sentó frente a mí y sonrió con cordialidad.

—La última vez que me vio, iba a dar una fiesta para los bebés, ¿me equivoco? Y los perros del infierno me estaban persiguiendo. ¿Le importaría servirme un vaso de agua con hielo?

—En absoluto —dije, y me levanté para hacerlo. Tuve que maniobrar sobre el cadáver.

—Gracias, querida. —El abogado apuró el vaso de un solo trago. Lo rellené. Me alegró volver a mi silla.

—Parece bastante hecho polvo —observé tras verle beber. El señor Cataliades siempre vestía trajes caros que, si bien no impedían ver su oronda figura, sí mostraban al menos que se trataba de alguien de cierta prosperidad. El traje que llevaba puesto había conocido mejores días. Ahora lo estropeaban enganchones, agujeros, tramos deshilachados y manchas. Sus zapatos, antaño lustrosos, ya no tenían salvación posible. Hasta sus calcetines estaban hechos andrajos. La coronilla de pelo oscuro estaba cubierta de desechos, hojas y ramitas. ¿Sería posible que no hubiera tenido tiempo de cambiarse la ropa desde la última vez que lo vi, allí sentado, en la cocina, tomándose un respiro de la persecución a la que le estaban sometiendo esas cuadrúpedas sombras infernales?

—Sí —dijo, consciente de su aspecto—. Bastante hecho polvo es una forma amable de expresarlo. Esas sombras eran perros del infierno. —No me sorprendió que pudiera leerme la mente; mi propia telepatía había sido un regalo de cumpleaños del señor Cataliades. Siempre había sabido ocultar su propio don, jamás delatando su capacidad de leer la mente humana ni siquiera con una furtiva mirada. Pero supuse que, si podía regalarlo, debía de tenerlo—. Esos perros del infierno me persiguieron durante mucho tiempo, y no tenía ni idea de por qué. No alcanzaba a imaginar qué había hecho para ofender a su amo. —Meneó la cabeza—. Ahora, por supuesto, lo sé.

Aguardé a que me contara la razón, pero al parecer no estaba preparado para eso.

—Finalmente les cogí la delantera suficiente como para tenderles una emboscada. Para entonces, Diantha había conseguido encontrarme para unirse a mí en la sorpresa que les había preparado. Fue… toda una pelea la que tuvimos con esos canes.

Permaneció en silencio durante un instante. Observé las manchas de su ropa y respiré hondo.

—Por favor, dígame que Diantha no ha muerto —rogué. Su sobrina Diantha era una de las criaturas menos convencionales que había conocido, y eso ya era decir mucho, habida cuenta de las referencias de mi agenda personal.

—Vencimos —dijo sin más—. Pero pagamos un precio, por supuesto. Tuve que esconderme en el bosque durante muchos días hasta poder reemprender el viaje. Diantha se recuperó antes, ya que sus heridas eran más superficiales, y se dedicó a traerme comida y a reunir información. Necesitábamos comprender lo que estaba pasando antes de intentar salir del problema por nuestros propios medios.

—Oh, oh —aventuré, preguntándome adónde conduciría el relato—. ¿Y quiere compartir esa información conmigo? Estoy convencida de que este tipo no comprendió la carta de mi abuela. —Señalé el cuerpo con la cabeza.

—Puede que no comprendiera el contexto y que no creyera en las hadas, pero leyó la palabra *«cluviel dor»* —dijo el señor Cataliades.

—Pero ¿cómo supo de su valor? Está claro que no comprendía sus propiedades, ya que no comprendía la realidad de las hadas.

—He sabido a través de mi benefactora, Bertine, que Callaway buscó en Google el término. Halló una referencia en un fragmento de texto de un viejo cuento irlandés —explicó el señor Cataliades.

Esa tal Bertine debía de ser la hada madrina del señor Cataliades, en el mismo sentido en que el señor Cataliades (el mejor amigo de mi abuelo) lo era para mí. Me pregunté fugazmente qué aspecto tendría Bertine, dónde viviría. Pero el señor Cataliades siguió hablando.

—La informática es otra de las razones por las que deben deplorarse estos tiempos en los que no hace falta viajar para aprender cosas de otras culturas. —Agitó la cabeza y un fragmento de hoja salió disparado de su cabeza y planeó hasta aterrizar sobre el cadáver—. Y le contaré más acerca de mi benefactora cuando tengamos más tiempo libre. Puede que le caiga bien.

Sospechaba que el señor Cataliades también tenía accesos premonitorios.

—Afortunadamente para nosotros, Callaway llamó la atención de Bertine cuando persistió en sus pesquisas. Claro que no fue tan afortunado para él. —El señor Cataliades se tomó un momento para mirar de soslayo al cuerpo inerte que yacía en el suelo—. Callaway rastreó hasta dar con un supuesto experto en conocimiento feérico, alguien que pudiera relatarle lo poco que se sabe acerca de este legendario artefacto feérico; a saber, el hecho de que ninguno existe ya en este mundo. Por desgracia, el experto, que resultó ser Bertine, como sin duda usted habrá supuesto, no entendió la importancia de mantenerlo en silencio. Como la querida Bertine no creía que quedase ningún *cluviel dor* en ninguno de los mundos, se sintió libre de hablar del tema. Por ende, no era consciente del mal que hizo al decirle a Callaway que un *cluviel dor* podía crearse en cualquier forma o condición. Y Callaway nunca sospechó que el objeto que llegó a tener en las manos fuese de origen feérico hasta que habló con Bertine. Se imaginaba que los eruditos y folcloristas le darían una buena suma por tal tesoro.

—Cuando me enseñó el cajón secreto, no me di cuenta de que ya lo había abierto —dije con voz queda—. ¿Cómo fue posible?

—¿Estaba usted con las defensas subidas?

—Estoy segura de que sí. Lo hice sin pensarlo, para protegerme. Evidentemente no podía mantener ese nivel de bloqueo durante todo el día, cada día. Y, además, eso es como llevar orejeras: afecta al oído, pero se acaban filtrando muchas cosas, sobre todo si se está ante un emisor potente. Pero al parecer Donald había estado preocupado ese día y yo estaba tan emocionada con el contenido del cajón que no me di cuenta de que era la segunda vez que él veía el patrón, el sobre y la bolsa de terciopelo. Él no creía haber encontrado nada reseñable o de valor: una carta confusa de una anciana sobre tener hijos y recibir un regalo y una bolsa con un artículo de cosmética, puede que una polvera. Solo cuando creyó haber dado con algo y buscó el extraño término en Google fue cuando empezó a preguntarse por el valor del hallazgo.

—Tengo que darle algunas lecciones, niña, cosa que debí hacer antes. ¿No es maravilloso que por fin podamos conocernos mejor? Lamento que haya hecho falta una enorme crisis para animarme a realizar tal oferta.

Asentí de manera imperceptible. Me alegraba saber algo más sobre mi telepatía de la mano de mi benefactor, pero me atemorizaba un poco pensar que Desmond Cataliades pudiera formar parte de mi vida diaria. Y, claro, él ya sabía lo que estaba pensando, así que me apresuré a pedir:

—Por favor, dígame lo que pasó a continuación.

—Cuando Diantha tuvo la idea de preguntar a Bertine, esta se dio cuenta de lo que había hecho. Lejos de facilitar a un humano un dato relativamente inútil acerca de la antigua sabiduría feérica, lo que había hecho fue revelar todo un secreto. Acudió a mí mientras me recuperaba y finalmente supe por qué me habían estado persiguiendo.

—Porque... —Intenté ordenar mis pensamientos—. ¿Porque mantuvo en secreto la existencia del *cluviel dor*?

—En efecto. Mi amistad con Fintan, cuyo nombre su abuela mencionó en su carta, no era ningún secreto. El estúpido de Callaway también buscó en Google referencias sobre Fintan, y aunque no encontró nada acerca del auténtico, la confluencia de las dos búsquedas desencadenó una alarma que al final llegó... a oídos equivocados. El hecho de que Fintan fuese su abuelo tampoco es un secreto, ya que Niall la encontró y decidió honrarla con su amor y protección. No resultaría difícil atar esos dos cabos.

—¿Es el único *cluviel dor* que queda en el mundo?

—Alucinante.

—A menos que otro yazca perdido y olvidado en el mundo de las hadas. Y, créame, son muchos los que lo buscan todos los días.

—¿Puedo desecharlo?

—Lo necesitará si es atacada. Y será atacada. —dijo el señor Cataliades con naturalidad—. Puede usarlo para sí misma, ya sabe; el amor propio es un desencadenante legítimo de su magia. Regalárselo a otros sellaría su sentencia de muerte. No creo que desease tal cosa, si bien mi conocimiento de usted es incompleto.

Demonios, cuántas estupendas noticias.

—Ojalá Adele lo hubiese usado para salvar su vida o la de uno de sus hijos y no le hubiera cargado a usted con esa responsabilidad. Supongo que nunca creyó en su poder.

—Es probable —convine. Y aunque hubiese creído, seguramente pensaría que usarlo no sería un acto cristiano—. Entonces ¿quién va detrás del *cluviel dor*? Supongo que lo sabrá, a estas alturas.

—No estoy seguro de que le convenga conocer esa información —dijo.

—¿Cómo es posible que usted pueda leer mi mente y yo no pueda leer la suya? —pregunté, cansada de sentirme tan transparente. Ahora sabía cómo debían de sentirse los demás cuando captaba alguno de sus pensamientos. El señor Cataliades era todo un maestro en la materia y yo me sentía como una novata. Parecía poder oírlo todo, y no parecía importunarlo. Antes de aprender a rodearme de escudos, el mundo para mí había sido un galimatías de voces. Ahora que podía bloquear la mayor parte de esos pensamientos, mi vida era más fácil, si bien frustrante cuando quería oír deliberadamente: casi nunca captaba un pensamiento completo o comprendía su contexto. Resultaba sorprendentemente desalentador darse cuenta de que lo asombroso no era lo que podía oír, sino lo que me perdía por el camino.

—Bueno, soy demonio en mayor parte —dijo con aire de disculpa—, y usted humana en la suya.

—¿Conoce a Barry? —pregunté, y hasta el señor Cataliades pareció sorprenderse.

—Sí —admitió tras un perceptible titubeo—. Es el joven que también puede leer la mente. Lo vi en Rhodes, antes de la explosión.

—Si yo me convertí en telépata gracias a su… Bueno, en esencia, gracias a su regalo por mi nacimiento, ¿cuál es la historia de Barry?

El señor Cataliades estiró la espalda y miró en todas direcciones, excepto en la mía.

—Barry es mi bisnieto.

—O sea, que es usted mucho mayor de lo que aparenta.

Se lo tomó como un cumplido.

—Sí, mi joven amiga, lo soy. Y no he dejado de cuidar del chico, ¿sabe? En realidad no me conoce, ni es consciente de su herencia, pero le he mantenido lejos de muchos problemas. No es lo mismo que haber tenido un hada madrina, como fue su caso, pero he hecho todo lo que ha estado en mi mano.

—Claro —supuse, ya que no había sido mi intención acusar al señor Cataliades de ignorar a su propia familia. Era simple curiosidad. Era hora de cambiar de tema, antes de que le dijera que mi propia hada madrina murió intentando defenderme.

—¿Me va a decir quién anda detrás del *cluviel dor*?

Parecía profundamente apesadumbrado por mí. Estaban pasando muchas cosas que se me escapaban.

—Primero deshagámonos de este cuerpo, ¿le parece?
—propuso—. ¿Alguna sugerencia?

Eran tan pocas las veces que me veía obligada a esconder un cadáver que me sentía perdida. Las hadas se reducían a polvo y los vampiros se desintegraban. A los demonios había que quemarlos. Los humanos eran todo un problema.

Consciente de ese pensamiento, el señor Cataliades se volvió con una furtiva sonrisa en los labios.

—Oigo que Diantha está de camino —observó—. Puede que ella tenga un plan.

En efecto, la delgada chica entró ágilmente en la cocina por la puerta trasera. Ni siquiera la había oído o había notado su lectura mental. Vestía una combinación dolorosa para la mirada: una falda muy corta a rayas amarillas y negras sobre unas polainas azul marino y leotardos negros. Las botas, que le llegaban a los tobillos, estaban atadas con prominentes lazos. Hoy llevaba el pelo rosa claro.

—¿Cómoestássookie? —preguntó.

Me llevó un momento traducirla y a continuación asentí.

—Tenemos que deshacernos de esto —respondí, señalando hacia el cuerpo, que resultaba de lo más evidente en una cocina como la mía.

—Esocierraunapuerta —le dijo a su tío.

Asentí con gravedad.

—Supongo que la mejor forma de hacerlo será meterlo en el maletero de su coche —propuso el señor Cataliades—. Diantha, ¿crees que podrías adoptar su aspecto?

Diantha puso una mueca de desagrado, pero enseguida se inclinó sobre Donald Callaway y se quedó contemplando su cara. Le arrancó un cabello de la cabeza y cerró los ojos. Movió los labios y sentí en el aire la misma magia que cuando mi amiga Amelia realizaba sus conjuros.

Para mi estupefacción, en un instante, Donald Callaway estaba de pie, en medio de mi cocina, contemplando su propio cadáver.

Diantha se había transformado completamente. Hasta había mimetizado la ropa de Callaway, o al menos eso era lo que creían mis ojos.

—Putamierda —dijo Callaway, y entonces estuve segura de que era Diantha. Pero no dejó de resultar extraño ver al señor Cataliades y a Donald Callaway transportando el cadáver del propio Callaway hasta su coche, que abrieron con las llaves que llevaba en el bolsillo.

Lo seguí fuera de la casa, atenta a que no se cayese o salpicase nada.

—Diantha, conduce hasta el aeropuerto de Shreveport y aparca allí. Pide un taxi para que te recoja y ve a… la comisaría de policía. Desde allí, encuentra un buen sitio para volver a transformarte y evitar que te sigan la pista.

Ella asintió con un movimiento seco de la cabeza y se montó en el coche.

—¿Diantha podrá mantener su aspecto todo el camino hasta Shreveport? —pregunté mientras daba la vuelta al coche con un ágil giro del volante. Ella (él) nos saludó alegremente antes de salir disparada como un cohete. Crucé los dedos para que no le pusieran una multa de camino a Shreveport.

—No se la pondrán —dijo el señor Cataliades, en respuesta a mis pensamientos.

Y en ese momento llegó Jason montado en su camioneta.

—Oh, demonios —suspiré—. Su estofado de boniatos no está listo.

—Tengo que despedirme de todos modos —anunció el señor Cataliades—. Sé que hay muchas cosas que no le he contado, pero ahora he de irme. Puede que me haya librado de los canes del infierno, pero los suyos no son mis únicos secretos.

—Pero...

Lo mismo me hubiese dado no decir nada, porque, con la misma velocidad que había desplegado cuando los perros del infierno le pisaban los talones, mi «benefactor» desapareció en el bosque.

—¡Hola, hermana! —dijo Jason, saltando de la camioneta—. ¿Acabas de tener visita? Me he cruzado con un coche. ¿Están listos los boniatos?

—Pues, no del todo —contesté—. Era una visita inesperada, un tipo que quería venderme un seguro. Entra y siéntate, estarán dentro de tres cuartos de hora. —Era una exageración, pero me apetecía que Jason se quedase. Me daba miedo quedarme sola. No era una sensación que me resultara familiar, ni una que me gustase.

Jason estaba más que dispuesto a entrar y cotillear mientras yo iba echando los ingredientes a los boniatos, los machacaba y los vertía sobre la corteza preparada antes de meterlo todo en el horno.

—¿Cómo es que está todo mojado? —se preguntó Jason, levantándose de la silla para secar el desastre con un paño seco.

—Se me ha caído una jarra —mentí, y ahí se terminó la curiosidad de Jason. Hablamos de las fechas de boda propuestas, de los bebés de los Du Rone, de la boda de Hoyt y Holly y la idea de Hoyt de celebrar una ceremonia doble (estaba convencida de que Holly y Michele se negarían) y la gran reconciliación entre Danny y Kennedy, que habían sido vistos besándose apasionadamente delante de todos, en el Sonic.

Cuando saqué la fuente del horno y me disponía a echar los últimos ingredientes, Jason dijo:

—Eh, ¿oíste que han arramblado con todos nuestros muebles viejos? Los que compraron los de la tienda de antigüedades. ¿Cómo se llamaba ella, Brenda? Espero que los paguen por anticipado. No estaban en depósito, ni nada, ¿no?

Me quedé petrificada con la fuente a medio camino, pero me obligué a proseguir con la tarea. Me ayudó que Dermot llegase en ese momento, y dado el parecido entre los dos, Jason se lució admirando su aspecto cada vez que veía a su tío abuelo.

—Tranquilo, ya me pagaron —dije, cuando la sociedad de la admiración mutua terminó con su momento de gloria. La mente de Jason delataba que ya se había olvidado de lo que me acababa de preguntar.

Cuando acabé mi parte y mandé a Jason de vuelta con la fuente, Dermot se ofreció a hacer hamburguesas para cenar. La cocina era otro de sus recién adquiridos intereses, gracias a la Food Network y a Bravo. Mientras él asaba las hamburguesas y sacaba los ingredientes que quería meter en el pan, yo me dediqué a revisar la cocina con mucho cuidado para asegurarme de que no quedaban rastros del incidente.

«Oh, venga», me dije. «Llamar "incidente" al asesinato de Donald Callaway; manda narices». Menos mal que lo hice, porque debajo de la mesa de la cocina encontré un par de gafas de sol que debieron de caerse del bolsillo de la camisa de Callaway. Dermot no dijo nada cuando me incorporé y las metí en uno de los cajones.

—Supongo que no tendrás noticias de Claude y Niall —dije.

—No. Puede que Niall haya matado a Claude, o que Claude haya decidido quedarse en el mundo feérico y no quiera saber nada de los que nos hemos quedado aquí —sugirió Dermot con un sencillo aire filosófico.

Fui incapaz de rebatir esos argumentos como imposibles, ya que conocía lo suficiente a las hadas en general, y a Claude en particular, para saber que eran perfectamente capaces de esas cosas.

—¿Vendrán algunos de los vuestros a correr por los bosques esta noche? —pregunté—. Supongo que Bellenos y Gift te lo comentarían anoche.

—Ellos no vendrán esta noche —dijo Dermot, sombrío—. Les he hecho trabajar a modo de castigo. Odian limpiar los baños y la cocina, así que ese será su trabajo cuando cierre el club. Quizá puedan venir mañana, si se portan bien. Lamento lo de tu coche, sobrina.

Ahora, todas las hadas me llamaban «hermana», pero Dermot siempre se refería a mí como «sobrina». Podrían haber escogido un montón de nombres peores, pero toda esa terminología familiar me parecía escalofriantemente íntima.

—El coche está bien —confirmé, aunque, tarde o temprano, tendría que arreglar el parachoques. Seguro que más tarde que temprano. Lo primero que tenía que hacer era cambiar el cinturón de seguridad. Me sorprendió bastante que Dermot tratase al elfo de los dientes afilados y a su compañera de carreras como niños pequeños, castigándolos con las labores de limpieza más desagradecidas. Pero me limité a decir—: Al menos consiguieron sacarlo de la zanja. Lo que temo es que sean vistos en la propiedad de otro o que acaben en las tierras de Bill.

—Él te quiere —dijo Dermot, dando la vuelta a las hamburguesas en la sartén.

—Sí, lo sé. —Saqué dos platos y un cuenco de frutas—. Pero no puedo hacer más que ser su amiga. Yo también lo quise en su día, y he de confesar que a veces siento esa vieja atracción, pero no estoy enamorada de Bill. Ya no.

—¿Quieres al rubio? —Dermot tenía claras las cosas con Bill, pero no parecía tenerlas tanto en el caso de Eric.

—Sí. —Pero ya no sentía los accesos de amor, lujuria y excitación de semanas anteriores. Esperaba que todo volviese a ser como antes, pero me sentía tan maltrecha emocionalmente, que me había vuelto un poco insensible. Era una sensación curiosa, como si se me hubiese dormido una mano y supiese que, de un momento a otro, sentiría un montón de pinchazos simultáneos—. Le quiero —añadí, pero hasta yo misma sabía que no lo decía muy contenta.

Capítulo 11

Quizá os preguntéis por qué estaba dispuesta a comer en la misma cocina donde acababa de presenciar una muerte violenta. Lo cierto era que el fallecimiento de Donald Callaway no era lo peor que había pasado en esa cocina, ni de lejos. Puede ser que esa fuera otra de las cosas a las que me estuviese volviendo insensible.

Justo antes de que la comida estuviese lista, cuando Dermot me daba la espalda, abrí el cajón con discreción y saqué las gafas de sol de la víctima y las deslicé en el bolsillo de mi delantal. Lo admito: no puedo decir que mis piernas estuviesen muy firmes cuando me disculpé para ir al baño. Una vez dentro y cerrada la puerta con llave, me eché las manos a la cara y me senté en el borde de la bañera para respirar profundamente varias veces. Me incorporé, dejando caer las gafas de Donald Callaway sobre la alfombrilla del baño. Las pisoteé con fuerza tres veces, rápidamente. Sin dejar de pensar, coloqué la alfombrilla enrollada sobre sí misma encima del cubo de la basura y la sacudí hasta que el último de los trozos de gafa hubo caído en el fondo de la bolsa de plástico.

Pensé en meter la bolsa en el cubo grande que solíamos llevar hasta la carretera todos los viernes después de cenar.

Cuando oí que Dermot me llamó, me lavé las manos y la cara y salí del baño, obligándome a mantenerme erguida. Al pasar frente a mi habitación, me metí el *cluviel dor* en el bolsillo donde momentos antes habían estado las gafas. No podía permitirme dejarlo solo en la habitación. Ya no.

Las hamburguesas estaban ricas, y me las arreglé para comerme la mía y algo de macedonia de postre. Dermot y yo mantuvimos el silencio, lo cual no me vino nada mal. Mientras lavábamos los platos, Dermot me dijo tímidamente que tenía una cita y que se iría después de ducharse.

—¡Oh, Dios mío! —le sonreí—. ¿Quién es la afortunada?

—Linda Tonnesen.

—¡La doctora!

—Sí —confirmó sin estar muy seguro—. Creo que ese dijo que era su trabajo. ¿Es como curar enfermedades humanas?

—Oh, es una gran idea, en serio, Dermot —dije—. Los médicos son muy respetados en nuestra sociedad. Entiendo que cree que eres humano, ¿verdad?

Se puso rojo.

—Sí. Cree que soy un humano muy atractivo. La conocí en el bar, hace tres noches.

Habría sido una estupidez por mi parte decir nada más. Era guapo, de carácter dulce y fuerte. ¿Qué más podía pedir una mujer?

Además, teniendo en cuenta el confuso estado de mi propia vida sentimental, tampoco era la más indicada para dar consejos.

Le dije que yo terminaría de fregar para que fuese a prepararse para su cita. Cuando por fin estaba arrebujada en el sofá del salón con un libro en las manos, bajó las escaleras con unos pantalones azules y una camisa a rayas azul más claro de cuello italiano. Estaba impresionante, y eso le dije. Me sonrió.

—Espero que ella también lo crea —dijo—. Me encanta cómo huele.

Era un cumplido muy feérico. Linda Tonnesen era una mujer inteligente con un gran sentido del humor, pero no era lo que los humanos consideraban convencionalmente una belleza. Su olor era lo que había conquistado a Dermot. Tendría que recordarlo.

Ya era de noche cuando Dermot se marchó. Cogí la bolsa con la chaqueta de Jannalynn y salí por la puerta trasera, encaminándome a la casa de Bill. Me sentí un poco mejor cuando me deshice de la otra bolsa, la que contenía las gafas machacadas, en el cubo exterior de basura. Encendí mi linterna y me adentré en el bosque. Había un pequeño sendero que Bill usaba; puede que más a menudo de lo que imaginaba.

Justo antes de llegar al claro del viejo cementerio, oí un ruido a mi izquierda. Me paré en seco.

—¿Bill? —llamé.

—Sookie —respondió él, y de repente estaba delante de mí. Llevaba su propia bolsa de plástico enrollada en la mano izquierda. Al parecer, era la noche de las bolsas.

—He traído la chaqueta de Jannalynn —le informé—. Para ti y para Heidi.

—¿Se la has robado? —Parecía divertirle la idea.

—Si fuese lo peor que he hecho hoy, sería una mujer feliz.

Bill omitió eso, aunque casi podía verlo escrutándome. La vista de los vampiros es excelente, por supuesto. Me cogió del brazo y nos encaminamos al cementerio. A pesar de que allí no había demasiadas luces, alguna sí que había, y pude comprobar (difusamente) que Bill estaba excitado por algo.

Abrió mi bolsa, metió la cara e inhaló.

—No, ese no es el olor que detecté en la verja del jardín trasero. Aunque, claro, teniendo en cuenta la cantidad de olores que había y el tiempo que pasó antes de que pudiéramos ponernos a investigar, no es nada definitivo. —Me devolvió la bolsa.

Casi me sentí decepcionada. Jannalynn me incomodaba tanto que no me habría importado que fuese culpable de algo, pero me reprendí por mi falta de compasión. Más bien debería alegrarme por que Sam estuviera saliendo con una mujer inocente. Y así era, ¿no?

—No pareces muy contenta —observó Bill. Volvíamos a su casa y yo llevaba la bolsa bajo el brazo. Estaba pensando en cómo devolver la chaqueta de Jannalynn al despacho de Sam. Tendría que hacerlo pronto.

—Es que no lo estoy —lamenté. Y, como no me apetecía contarle a Bill mis batallas interiores, añadí—: He oído las noticias de la radio mientras cortaba las patatas. La policía intenta colgar el asesinato de Kym a los vampiros simplemente porque la encontraron en el jardín de Eric. Han atacado el Fangtasia echando pintura blanca a la fachada. ¿Siguen aquí Felipe y los suyos? ¿Por qué no se van a casa?

Bill me rodeó con un brazo.

—Cálmate —sugirió con voz áspera.

Tanto me sorprendió que mantuve la respiración un momento.

—Respira —ordenó—. Lentamente. Gradualmente.

—¿Qué eres, un maestro zen con colmillos?

—Sookie. —Cuando ponía esa voz, se trataba de algo serio. Así que inhalé profundamente y solté aire, una vez, otra vez…

—Vale, ya estoy mejor —confirmé.

—Escucha —dijo Bill, y alcé la vista para encontrar sus ojos. Volvía a sentirse excitado. Sacudió su bolsa—. Hemos empleado todos los medios para intentar rastrear a Colton… o encontrar su cuerpo. A primera hora de esta mañana, Palomino ha llamado desde su trabajo en el Trifecta. Lo ha visto. Y sí, lo tiene Felipe. Tenemos un plan para rescatarlo. Es algo improvisado, pero creo que podría funcionar. Si lo conseguimos, quizá descubramos también dónde tienen a Warren. Si lo encontramos y anunciamos su paradero, Mustafá dará un paso al frente y dirá lo que sabe. Cuando nos cuente quién lo presionó a través del secuestro de Warren, sabremos quién mató a Kym. Cuando se lo digamos a la policía, aflojarán la presión sobre Eric. Luego podremos resolver el problema póstumo en el que ese capullo de Apio ha metido a Eric con Freyda. Felipe y sus «perros» se volverán a Nevada. Eric seguirá con su trabajo de sheriff o recibirá algún otro título, pero Felipe no podrá echarlo o matarlo.

—Son muchas piezas de dominó, Bill. De Colton a Warren, de Warren a Mustafá, y de ahí al asesinato de Kym, la policía, Apio, Freyda y Eric. Pero, de todos modos, ¿no es ya demasiado tarde? Estamos acabados. Lo más probable es que Colton lo haya soltado todo.

—Es imposible. Colton estaba sufriendo tanto por la muerte de Audrina, que le borré la memoria de su muerte. Así que es imposible que recuerde todo lo que pasó aquella noche.

—No se lo has dicho a Eric, ¿verdad?

Bill se encogió de hombros.

—No necesitaba su permiso. Ahora ya da igual. Cuando pase esta noche, Colton ya no estará en manos de Felipe. —Alzó la bolsa que llevaba.

—¿Por qué?

—Porque tú y yo lo vamos a rescatar.

—¿Y qué haremos con él? —Colton era un tipo muy agradable, y no disfrutó de lo que algunos podrían considerar una vida fácil. No quería rescatarlo de las garras de Felipe solo para que Bill lo eliminara como testigo.

—Lo he planeado todo. Pero tenemos que actuar rápidamente. He mandado un mensaje a Harp para cambiar la cita. Creo que esto es más importante que interrogarle acerca de los padres de Kym.

Tuve que estar de acuerdo.

—Digamos que rescatamos a Colton —comencé mientras nos metíamos en el coche de Bill—. ¿Qué pasa con Immanuel? ¿Podrían seguirle los pasos hasta Los Ángeles? —Immanuel, el peluquero, también humano, había participado esa noche, ya que la crueldad de Victor había derivado en la muerte de su hermana.

—Le ha salido trabajo en un programa de televisión. Irónicamente, trata de vampiros, y la mayor parte de las grabaciones se realizan de noche. Dos de los miembros del equipo son precisamente vampiros. He dejado a Immanuel bajo el cuidado de uno de ellos. Estará protegido.

—¿Cómo lo has hecho?

—Coincidencia. De vez en cuando ocurre —dijo Bill—. Y tú eres la otra humana de la ecuación, y no hay manera de emplear la seducción vampírica contigo. Así que, si consiguiéramos sacar a Colton y encontrar a Warren…

—Como Warren no estuvo en el Fangtasia la noche en que matamos a Victor —dije—, no creo que su rapto tenga nada que ver con la muerte de este. Creo que lo han secuestrado para coaccionar a Mustafá y que dejase pasar a Kym Rowe por la parte de atrás de la casa. —Se me habían encendido tantas bombillas en la cabeza, que habría podido iluminar toda una habitación—. ¿Qué me dices?

—Digo que tenemos un montón de preguntas —contestó Bill—. Ahora toca buscar las respuestas.

Nuestra primera parada fue mi casa, donde dejé la chaqueta de Jannalynn y abrí la bolsa de Bill.

—Dios santo —exclamé, asqueada—. ¿Tengo que ponerme eso?

—Forma parte del plan —sentenció Bill, aunque con una sonrisa.

Entré en mi habitación para ponerme esa falda «atrevida», por decir algo, que empezaba bien por debajo de mi ombligo y terminaba a pocos centímetros de la entrepierna. La «blusa», que solo lo era nominalmente, era blanca, con un adorno rojo y ajustada en el pecho. Era como un sujetador con mangas. Me puse unas zapatillas Nike blancas con adornos rojos, lo mejor que pude encontrar en mi zapatero para conjuntar con el resto. Como era de esperar, el conjunto no tenía bolsillos por ninguna parte, así que opté por guardarme el *cluviel dor* en el bolso. Mientras me preparaba para esa misión secreta, puse el móvil en modo vibración para evitar que sonase en el momento menos oportuno. Me miré en el espejo del baño. Estaba todo lo lista que las circunstancias permitían.

Me sentía ridículamente cortada cuando entré en el salón, ataviada con esas prendas tan escuetas.

—Estás muy guapa —dijo Bill con sobriedad. Noté que retorcía ligeramente la comisura del labio. No pude reprimir una carcajada.

—Espero que Sam no decida que tengamos que vestirnos así en el Merlotte's —bromeé.

—Llenaríais el local todas las noches —afirmó Bill.

—No, a menos que perdiese un poco de peso. —Mi repaso por el espejo me había recordado que mi estómago no era precisamente cóncavo.

—Estás impresionante —dijo Bill, y para reafirmar su argumento, extendió los colmillos. Tuvo el tacto de cerrar la boca.

—Oh, bueno. —Traté de aceptarlo como un elogio impersonal, aunque dudo que haya ninguna mujer que tenga reparos en que le digan que está atractiva, siempre que la admiración no se exprese de forma ofensiva y no provenga de una fuente asquerosa—. Será mejor que nos vayamos.

El Trifecta, el hotel casino situado en el extremo oriental de Shreveport, era lo más «glamuroso» de Shreveport. De noche, sus innumerables luces irradiaban un halo plateado que estaba segura de que podría verse desde la luna. Como el aparcamiento estaba lleno, tuvimos que dejar el coche en el espacio exterior destinado a los empleados. No obstante, el acceso estaba abierto y nadie lo vigilaba en ese momento, por lo que nos limitamos a atravesar el aparcamiento hasta la prosaica puerta metálica beige por la que entraban los empleados.

Tenía un teclado numérico a un lado. A pesar de mi desánimo, Bill no parecía estar preocupado. Echó un vistazo a su reloj y llamó a la puerta. Se oyeron unos livianos pasos en el interior y Palomino abrió la puerta. Llevaba una bandeja en una mano. Iba tan cargada, que el mero hecho de que pudiera abrir me pareció una proeza.

La joven vampira iba vestida igual que yo y estaba impresionante. Pero en ese momento su aspecto era lo que menos le importaba.

—¡Entrad! —soltó, y Bill y yo obedecimos, adentrándonos en el desaliñado pasillo trasero. Los huéspedes del Trifecta entraban por la puerta más brillante y elegante, dejándose envolver por el constante sonido de las tragaperras y los suspiros de anhelo y deseo de los humanos, típicos en cualquier casino. Pero eso no era para nosotros. Esa noche no.

Sin decir nada, Palomino echó a andar a paso ligero. Me di cuenta de que manejaba la bandeja con gran soltura, incluso a la velocidad de su marcha. Seguí a los dos vampiros por los pasillos de color beige, estropeados por arañazos y roturas. Todos los que andaban por allí tenían prisa por llegar a dondequiera que tuviesen que estar, ya fuese en su puesto de trabajo o camino de la puerta trasera para irse a un lugar más agradable. Reservaban la sonrisa para alguien que les importase. Vi una cara algo familiar en medio de esa horda sombría, y al pasar junto a ella recordé que pertenecía a la manada del Colmillo Largo. Ningún gesto por su parte dio a entender que también me reconociera.

Palomino iba en cabeza. Su piel morena parecía cálida a pesar de llevar años muerta. Su pelo claro se mecía sobre su trasero, desmoralizantemente duro y firme. Entramos en un amplio ascensor. En vez de tener las paredes forradas de espejos y elegantes pasamanos, este estaba simplemente acolchado. Estaba claro que se usaba el ascensor de empleados para llevar bandejas de comida y demás objetos pesados.

—Odio este puto trabajo —se quejó Palomino mientras pulsaba uno de los botones. Lanzó una mirada incendiaria a Bill.

—Es solo por un tiempo. —Y por su voz deduje que no era la primera vez que se lo decía—. Luego podrás dejarlo. También podrás dejar de salir con un licántropo.

Eso la ablandó, e incluso consiguió esbozar una sonrisa.

—Está en la quinta planta, habitación 507 —informó—. Me he recorrido todo este maldito hotel rastreándolo, pero como no han puesto guardias en la puerta, no he podido localizarlo hasta anoche, que pude pasar para recoger la bandeja del servicio.

—Has hecho un gran trabajo. Eric sabrá agradecértelo —la elogió Bill.

La sonrisa de Palomino aumentó.

—¡Bien! ¡Eso esperaba! Ahora Rubio y Parker podrán demostrar lo buenos que son. —Se refería a sus dos compañeros de nido. No eran grandes luchadores, así que esperaba que tuviesen otras habilidades de las que presumir.

—Se lo plantearé a Eric urgentemente —aseguró Bill.

El ascensor del servicio se detuvo y Palomino me pasó la bandeja. Tuve que usar ambas manos. Un buen montón de comida y tres bebidas la lastraban. Pulsó el botón de cierre de puertas y se puso a hablar muy deprisa.

—No les mires directamente y creerán que eres yo —dijo.

—Eso no te lo crees ni tú —repuse, pero al momento pude entenderlo.

Palomino era morena natural, y mi piel estaba bronceada. Su pelo era más claro que el mío, pero el mío era más abundante y estaba más largo. Ambas teníamos la misma altura y constitución, por no hablar de la ropa, que era idéntica.

—Voy a que me vean —dijo—. Dadme tres minutos para que me capten las cámaras de seguridad. Nos reuniremos en la puerta trasera diez minutos después. Ahora salid del ascensor para que pueda irme.

Le hicimos caso. Bill me sostuvo la bandeja un momento, mientras yo me soltaba el pelo y sacudía la cabeza para potenciar mi parecido con la vampira.

—Ya que estaba aquí dentro, ¿por qué no pudo encargarse ella de esto? —siseé.

—Así podrá dejarse ver en cualquier otro sitio —respondió Bill—. Si Felipe sospechara de su complicidad, podría mandar que la mataran. No podría hacer lo mismo contigo, ya que eres la mujer de Eric. Pero ese sería el peor escenario posible. Vamos a poner en marcha el truco. —Extrajo su sombrero de pesca caqui del bolsillo trasero del pantalón y se lo colocó en la cabeza. Me abstuve de comentar su aspecto.

—¿Qué truco? —opté por decir.

—Una especie de truco mágico —dijo—. Ahora lo ves. Ahora no lo ves. Recuerda, hay dos guardias dentro con él. Abrirán la puerta, y tu trabajo consiste en asegurarte de que la dejan abierta. Yo te seguiré y haré el resto.

—¿No podrías echar la puerta abajo sin más?

—¿Y tener a los de seguridad encima en cuestión de minutos? No creo que sea un buen plan.

—Tampoco creo que este lo sea. Pero bueno...

Avancé por el pasillo y llamé a la puerta de la 507 con la mano izquierda mientras apoyaba la bandeja en el rincón formado entre la puerta y su marco. Lancé una gran sonrisa a la mirilla y cogí aire para que el pecho hiciera su cometido. Percibí su eficacia a través de la puerta. Conté las mentes del interior: tres, tal como Bill me había dicho.

La bandeja parecía pesar cada vez más, pero sentí un inmediato alivio en cuanto abrieron la puerta. Pude oír los pasos de Bill avanzando por detrás.

—Está bien, adelante —dijo una voz aburrida.

Por supuesto, ambos guardias eran humanos. Y se suponía que estarían de servicio todo el día.

—¿Dónde os dejo esto? —pregunté.

—Ahí, en la mesita de café. —El tipo era muy alto, bastante corpulento y tenía el pelo gris, muy corto. Le sonreí y apoyé la bandeja sobre la mesa de café. Para ello, me puse en cuclillas. El otro guardia estaba en el baño con Colton, esperando a que me fuese para salir; lo leí claramente en su mente.

La puerta de la habitación seguía abierta, pero el guardia no se alejaba de ella. Tras un instante de ansiosa búsqueda, encontré la cuenta y se la tendí al mazacote sin acercarme demasiado a él. Puso una mueca, pero dio un paso hacia mí, extendiendo la mano. La puerta que había dejado atrás empezaba a cerrarse. Pero antes se coló Bill, ágil y sigiloso a la espalda del otro. Mientras yo mantenía la vista fija en la carpetilla de la cuenta, Bill golpeó al hombre en la sien. El guardia cayó redondo como un saco avena.

Cogí una servilleta de las que había traído y borré mis huellas de la bandeja y la carpetilla mientras Bill cerraba la puerta.

—¿Dewey? —dijo el hombre del baño—. ¿Ya se ha ido?

—Ajá —dijo Bill, poniendo la voz grave.

El otro guardia debió de olerse que algo no iba bien, porque tenía una pistola en la mano cuando abrió la puerta del baño. Puede que tuviese la artillería preparada, pero no podía decirse lo mismo de su disposición mental, porque, al ver a dos extraños, se quedó petrificado, con los ojos abiertos como platos. Apenas duró un segundo, suficiente para que Bill se le echara encima y lo golpeara en el mismo sitio que a su compañero. Arrojé de una patada la pistola bajo el sofá cuando esta se le cayó de la mano.

Bill se apresuró a tirar del hombre inconsciente hasta un rincón mientras yo me encaminaba hacia el baño para desatar a Colton. ¡Era como si lo hubiésemos hecho docenas de veces! He de confesar que me sentía bastante orgullosa de cómo nos estaba saliendo.

Eché un vistazo a Colton mientras empezaba a quitarle el esparadrapo de la boca. No estaba en muy buena forma. Había trabajado para Felipe en Reno y luego siguió a Victor hasta Luisiana, donde trabajó en el Beso del Vampiro. Su aparente devoción no manaba del afecto, sino de su sed de venganza: habían matado a su madre para dar una lección a su hermanastro. Victor nunca se molestó en indagar más en profundidad y no descubrió el vínculo, por lo que Colton se convirtió en una de las piezas claves para que los de Shreveport se deshicieran del regente. Su amante, Audrina, había participado en la lucha y pagó su devoción con la vida. No volví a ver a Colton desde esa noche, pero sabía que se había quedado por la zona, incluso que había conservado su trabajo en el Beso del Vampiro.

Cuando le quité la cinta de esparadrapo de la boca, sus ojos estaban llenos de lágrimas. Sus primeras palabras fueron un torrente de juramentos.

—Bill, necesitamos la llave de las esposas —anuncié, y Bill se puso a revisar los bolsillos de los guardias. Corté la cinta que apresaba los tobillos de Colton. Bill me lanzó la llave y abrí las esposas. Cuando las tiré a un lado, Colton no tenía muy claro qué era lo primero que quería hacer: frotarse las muñecas o masajearse la dolorida cara. Más bien, me rodeó con los brazos y me dijo:

—Que Dios te bendiga. —Lo cual me desconcertó y emocionó a partes iguales.

—Ha sido idea de Bill, y ahora tenemos que salir de aquí antes de que alguien venga a husmear. Estos tipos se despertarán tarde o temprano.

Empleamos las esposas con el más corpulento y recurrimos al cinturón del otro para atarlo. También aprovechamos bien el rollo de esparadrapo que ellos habían usado con Colton.

—¿Y ahora qué, hijos de puta? —escupió Colton con cierta satisfacción. Se incorporó y se dirigió hacia la puerta—. Muchas gracias, señor Compton.

—Ha sido un placer —dijo Bill fríamente.

Entonces Colton pareció darse cuenta, por primera vez, de mi atrevido vestuario y abrió mucho sus ojos grises.

—Caramba —dijo, con una mano sobre el pomo de la puerta—. Cuando Palomino trajo la comida anoche, pude verla de reojo. Rogué por que me reconociera e hiciera algo para ayudarme, pero jamás esperé esto. —Volvió a mirarme y luego se obligó a apartar los ojos—. Vaya, vaya... —añadió, tragando saliva.

—Si has terminado de desnudar con la mirada a la mujer de Eric, creo que es hora de que nos larguemos de aquí —dijo Bill. Si antes se había mostrado frío, ahora estaba irritado.

—No dejéis que nadie me vea —pidió Colton—. Y cuando salga de esta ciudad, no quiero volver a juntarme con ningún vampiro en lo que me quede de vida.

—Aunque hayamos arriesgado la vida para rescatarte…
—observó Bill.

—Hay que moverse; ya filosofaremos más tarde —apremié y ambos asintieron con la cabeza.

Un segundo después, ya estábamos en marcha. Aún tenía la servilleta en la mano, y la utilicé para limpiar el pomo tras cerrar la puerta de la habitación 507. Avanzamos por el pasillo en fila india y alcanzamos el ascensor del personal. Solo nos cruzamos con una pareja en el trayecto. Estaban completamente absortos en sí mismos, y apenas pararon un momento como reacción ante nuestra presencia. El ascensor no tardó en llegar. Dentro había una mujer de mediana edad con la colada limpia dentro de una bolsa de plástico. Nos saludó con la cabeza sin quitar la vista del indicador de pisos. Nos tocaba subir con ella antes de poder bajar otra vez. Las palmas me empezaron a sudar de los nervios. La mujer no reaccionaba ante el aspecto desmejorado de Colton con aire deliberado. No quería saber nada, lo cual nos venía de perlas. Cuando salió del habitáculo, todos nos sentimos aliviados.

Mientras iniciamos nuestro descenso, me horrorizaba la perspectiva de que alguien nos estuviera esperando en la quinta planta; que se abriese la puerta y nos tuviésemos que enfrentar a los dos hombres a los que habíamos dejado inconscientes. Pero nada de eso ocurrió. Al llegar a la segunda planta, las puertas se abrieron con un siseo. Nos encontramos con más trabajadores: otro camarero del servicio de habitaciones con un carro de ruedas, un botones y una mujer ataviada con un traje negro. Iba muy bien arreglada y también calzaba tacones altos. Debía de estar muy arriba en la cadena alimentaria.

Fue la única en prestarnos atención cuando salimos del ascensor.

—Camarera —dijo con sequedad—. ¿Cómo es que no llevas la chapa con tu nombre?

Palomino llevaba la suya en la solapa alta de su escote, y allí fue donde me llevé la mano.

—Lo siento, ha debido de caerse —me disculpé.

—Ve a por otra ahora mismo —ordenó.

Eché un vistazo a su etiqueta de identificación. «M. Norman», ponía. Ella no iba a llevar un apodo. El mío debería ser algo así como «Candi» o «Brandi» o «Sandi».

—Sí, señora —dije, ya que no era el momento de empezar una guerra de clases.

M. Norman desvió la mirada hacia Colton, cuyo aspecto delataba haber estado amordazado y presentaba algunas contusiones. Noté una leve arruga en su entrecejo, y traté de imaginar lo que habría pasado si le hubiese hecho alguna pregunta. Sin embargo, se limitó a encogerse de hombros en un leve gesto. Ya había dejado bastante patente su autoridad por esa noche.

Cuando el ascensor se detuvo en el bajo, salimos de allí como si el hotel fuese nuestro. Doblamos una esquina y dimos con la puerta trasera y Palomino, que caminaba hacia nosotros. Miró fugazmente por encima del hombro. Parecía sutilmente aliviada de vernos llegar. Introdujo el código en el teclado numérico de la puerta y esta se abrió. Salimos con ella hacia el aparcamiento. De camino a su coche rojo, Palomino echó una mirada a la calle que discurría más allá de la zona vallada del aparcamiento, como si hubiese percibido algo extraño. No tuve tiempo de proyectar mis sentidos mientras avanzábamos apresuradamente entre los vehículos de los empleados hacia la salida.

Ya estábamos casi en el coche de Bill cuando aparecieron los licántropos. Eran cuatro. Solo reconocí a uno; lo había visto en casa de Alcide. Era de rostro flaco, pelo largo y respondía al nombre de Van.

Los vampiros y los licántropos no congenian muy bien en general, así que me adelanté un paso a Bill y puse todos mis esfuerzos en esbozar una sonrisa convincente.

—Me alegro de verte, Van —dije, pugnando para parecer sincera, cuando cada nervio de mi cuerpo no paraba de aullarme para salir de allí a toda prisa—. ¿Vas a dejar que sigamos por nuestro camino?

Van, que me superaba en altura por varios centímetros, bajó la mirada hasta mi cara. No estaba pensando en mi cuerpo, lo cual estaba bien para variar, sino en… tomar algún tipo de decisión. La mente de los licántropos resulta muy difícil de leer, pero hasta ahí podía llegar.

—Señorita Stackhouse —saludó, haciendo un gesto con la cabeza y sacudiendo de paso la melena—. La hemos estado buscando.

—¿Por qué? —No estaba de más tener las cosas claras. Si íbamos a pelear, al menos merecía saber el motivo. Aunque no tenía la menor intención.

—Alcide ha encontrado a Warren.

—¡Oh, bien! —Estaba muy contenta. Dediqué una sonrisa a Van. Ahora Mustafá podría volver de su exilio, decirnos lo que había visto y todo volvería a la normalidad.

—El caso es que lo que hemos encontrado es su cadáver, y no estamos seguros de que sea él —explicó Van. Cuando se me torció el gesto, añadió—: Lo lamento de veras, pero Alcide desea que venga para identificarlo.

Adiós al final feliz.

Capítulo 12

bais a alguna parte? —preguntó Van.

—Íbamos a llevar a este al aeropuerto —dijo Bill, señalando a Colton con la cabeza. Primera noticia tanto para Colton como para mí, pero una buena noticia. Sí que había un plan para alejarlo de las manos de Felipe.

—¿Por qué no seguís el camino vosotros dos? —razonó Van. No hizo más preguntas, ni quiso saber quién era Colton. Todo un alivio—. Yo puedo llevar a Sookie hasta donde está el cadáver para que lo identifique y luego a casa. O podemos encontrarnos en alguna parte.

—¿En casa de Alcide? —tanteó Bill.

—Claro.

—¿Estás de acuerdo, Sookie?

—Sí —dije—. Pero antes tengo que coger mi bolso del coche.

Bill desbloqueó los seguros de su coche y cogí mi bolso, que contenía mi otra ropa. Me moría por un par de minutos de intimidad para ponerme algo menos provocativo.

Me sentía incómoda, y no sabía exactamente por qué. Habíamos rescatado a Colton, y si conseguía salir de la ciudad, lo más seguro es que estuviese a salvo. Si no podía contar lo poco que recordaba de aquella noche en el Fangtasia, Eric también lo estaría y, por ende, lo mismo podría decir de mí y del resto de vampiros de Shreveport. Debería estar más contenta. Me eché el bolso al hombro, feliz de llevar el *cluviel dor* conmigo.

—¿Estarás bien con esos lobos? —me preguntó Bill en voz muy baja mientras Colton se subía a su coche y se abrochaba el cinturón.

—Ajá —respondí, aunque no estaba muy segura. Pero me recompuse, decidida a quitarme de encima toda esa paranoia—. Son los lobos de Alcide y él es mi amigo. Pero, por si las moscas, llámale cuando estés de camino, ¿quieres?

—Vente conmigo —sugirió Bill de sopetón—. Supongo que podrán identificar a Warren por el olor. Mustafá puede, desde luego, cuando asome la cabeza.

—Tranquilo, no pasa nada. Lleva a Colton al aeropuerto —dije—. Sácalo de la ciudad.

Bill me observó con aire escrutador y luego asintió secamente con la cabeza. Los observé mientras se alejaban.

Ahora que estaba sola con los lobos, me sentía más rara si cabe.

—Van —pregunté—, ¿dónde habéis encontrado a Warren?

Los otros tres se nos acercaron: una mujer de unos treinta y tantos con un corte de pelo a lo duende travieso, un aviador de la base aérea de Bossier City y una adolescente de curvas muy generosas. La adolescente apenas estaba empezando a experimentar su propio poder como licántropo, casi ebria por unas recién halladas habilidades que dominaban la mayor parte de sus pensamientos. Para los otros dos, era puro trabajo. Y eso fue todo lo que pude percibir de sus pensamientos. Avanzábamos en dirección norte por la calle, hacia un Camaro gris que parecía pertenecer al aviador.

—Te lo enseñaré. Está al oeste de la ciudad. Como Mustafá no era miembro de la manada, nunca conocimos a Warren.

—Está bien —dije con mis dudas. Pensé en buscar alguna excusa para no subirme al coche, ya que mi incomodidad se acrecentaba como un redoble de tambor. Estábamos solos en una calle oscura y me di cuenta de que me tenían atrapada. No tenía ninguna razón objetiva para dudar de que Van me estuviese diciendo la verdad, pero mi instinto me avisaba de que la situación apestaba. Ojalá el instinto me hubiese hablado con más claridad minutos atrás, cuando Bill estaba a mi lado. Me metí en el coche y los lobos me flanquearon. Nos abrochamos los cinturones y al momento pusimos dirección a la interestatal.

Curiosamente, casi no quería descubrir que mi sospecha era válida. Estaba harta de problemas, harta de engaños, harta de las situaciones a vida o muerte. Me sentía como una piedra que alguien arrojara a un estanque, con el único deseo de hundirse lentamente en un lecho anónimo.

Bueno, qué estupidez. Me zarandeé mentalmente. No era el momento de anhelar cosas que no estaban a mi alcance. Era el momento de estar alerta y lista para la acción.

—¿De verdad tenéis a Warren? —le pregunté a Van. Estaba sentado a mi derecha, en la parte de atrás del Camaro. La carnosa adolescente ocupaba el extremo de mi izquierda. No olía especialmente bien.

—Pues no —contestó—. Nunca lo he visto, que yo sepa.

—Entonces ¿a qué se debe esto? —Ya puestos, podrían decírmelo, aunque ya me sentía tristemente segura de que iba a acabar mal.

—Alcide le pidió a ese negro maricón de Mustafá que se uniera a la manada —explicó Van—. No nos lo ha consultado.

Así que eran renegados.

—Pero te vi en la última reunión de la manada.

—Sí, estaba de pruebas, como hacen en las fraternidades universitarias —dijo Van con mucho sarcasmo—. Pero el caso es que no pasé la criba. Supongo que se me excluyó.

—Pero yo pensaba que tenía que admitirte —dije—. No sabía que el líder de la manada tuviese capacidad de escoger.

—Alcide es demasiado selectivo —explicó el aviador, que estaba al volante. Se volvió ligeramente para que pudiera verle el perfil mientras hablaba—. No quiere a nadie en la manada con antecedentes criminales graves.

Todas las alarmas se desencadenaron en mi mente, pero demasiado tarde. Mustafá había pasado por prisión, aunque desconocía la razón… Y, aun así, Alcide había estado dispuesto a aceptarlo en la manada. ¿Qué habrían hecho estos para que la manada lo considerara tan malo como para no aceptarlos en su seno?

La chica de mi izquierda rio con disimulo. La mujer que ocupaba el asiento del copiloto le lanzó una mirada sombría y la muchacha se mordió la lengua como una cría de diez años.

—¿Tienes antecedentes penales? —le pregunté a la chica.

Me miró de soslayo. Tenía el pelo liso y castaño y le llegaba hasta los hombros. Llevaba el flequillo casi metido en los ojos. Iba embutida en un top sin tirantes a rayas y unos vaqueros ajustados. Calzaba sandalias de dedo.

—Todo un historial en el reformatorio —respondió, orgullosa—. Incendié mi casa. Mi madre salió justo a tiempo. Mi padre y los chicos no.

Y capté lo que su padre le había estado haciendo, apenas un escueto retazo de memoria, y casi me alegré de que no saliera del incendio. Pero ¿los hermanos? ¿Niños pequeños? Tampoco creía que estuviese muy contenta con que su madre se salvase.

—¿Y entonces Alcide no os ha aceptado a ninguno de vosotros?

—No —dijo Van—. Pero cuando haya un golpe y la manada cambie de líder, podremos entrar. Con completa seguridad.

—¿Qué va a pasar con Alcide?

—Le vamos a dar una patada en todo el culo —contestó el aviador.

—Es un buen hombre —dije en voz baja.

—Es un imbécil —espetó la adolescente.

Durante tan encantadora conversación, la mujer que ocupaba el asiento del copiloto no dijo nada, y aunque no podía leerle los pensamientos, sí percibía en ella la ambigüedad y el lamento que le dificultaban el estarse quieta. Notaba que estaba en la cúspide de una decisión, y temía decir algo que la decantase hacia el lado equivocado.

—Bueno, ¿y adónde me lleváis? —pregunté, y Van puso su brazo sobre mis hombros.

—Puede que Johnny y yo queramos pasar un rato a solas contigo —respondió, colando la otra mano por debajo de mi falda—. Eres muy guapa.

—Me pregunto por qué te metieron en la cárcel —respondí—. A ver si lo adivino.

La mujer giró la cabeza para cruzarse con mi mirada.

—¿Vas a permitirlo? —preguntó a la adolescente.

Así azuzada, la más joven agarró la mano de Van por la muñeca y la apartó de mi falda.

—Dijiste que no volverías a hacerlo —gruñó literalmente—. Ahora yo soy tu mujer. Se acabó.

—Claro que lo eres, pero eso no quiere decir que no pueda saborear un poco de carne de pueblo —argumentó Van.

—Qué encantador —dije desafortunadamente, porque Van me dio un golpe y, por un momento, vi las estrellas. Lo último que nadie querría es que le golpeara un licántropo. En serio.

Tuve que esforzarme para no sollozar por el dolor, pero decidí que si me daba por vomitar, lo haría encima de Van.

Me agarró la mano y la retorció hasta que noté los huesos apretujarse unos contra otros. Esta vez no pude contener un grito, y eso le gustó. Podía sentir el placer que irradiaba.

«Socorro», pensé. «¿Puede oírme alguien?».

No hubo respuesta. Me preguntaba dónde estaba el señor Cataliades. También me preguntaba dónde estaba su bisnieto, a quien siempre llamé Barry el botones. Demasiado lejos, en Texas, como para oír mi voz mental…

Me preguntaba si vería el próximo amanecer. Había planeado que fuese un día feliz, un día especial.

Al menos Van parecía tomarse en serio la hostilidad de la adolescente y dejó de hacerme daño. El daño que me provocaba aumentaba sus celos tanto como a él le excitaba hacérmelo. Retorcidos. No era mi problema, y tampoco marcaría una gran diferencia cuando llegásemos a nuestro destino, fuese el que fuese. Capté algún que otro pensamiento marginal. Empezaba a verlo todo con más perspectiva. Distinguía ya muy bien una enorme calavera con tibias cruzadas en todo el centro.

El tráfico era bastante denso, pero sabía lo que me pasaría si hacía señas a otro coche. Y no se veía ni un solo coche patrulla en toda la carretera… Ni uno. Nos encontrábamos en la interestatal, en dirección este, de regreso a Bon Temps. Había una docena de salidas, y cuando saliésemos de la interestatal ninguna de ellas iría tan cargada. En cuanto alcanzásemos el bosque, estaría perdida.

Bueno, estaba claro que tenía que hacer algo.

Cuando una moto empezó a adelantar al coche, ataqué a Van. Él estaba pensando en algo completamente distinto; en algo relacionado con la chica de mi lado, por lo que mi súbita agresión fue todo un desconcierto para él. Intenté agarrarle del cuello, pero no podía abarcárselo con las manos, así que opté por agarrarle con fuerza del pelo. Gritó y sus manos fueron en busca de las mías. Hundí con fuerza los dedos y el aviador se giró para ver lo que estaba pasando. Un cristal se hizo añicos, y antes de cerrar los ojos pude ver una fina neblina roja. Alguien había disparado al aviador en el hombro.

Menos mal que estábamos en una recta de la interestatal. Al virar con brusquedad sobre el asfalto, la mujer de delante apagó el motor. «Qué presencia mental más sobresaliente», pensé rápidamente, y el coche empezó a detenerse. La adolescente no paraba de gritar. Van me estaba dando lo mío y todo estaba empapado de sangre. El olor azuzó al lobo que llevaban dentro y empezaron a transformarse. Si no salía del coche, me arriesgaba a ser mordida, y entonces tendrían otra candidata a formar parte de la manada.

Mientras luchaba con Van en un fútil intento de alcanzar la manilla de la puerta, la propia puerta se abrió de repente y una mano enfundada en un guante negro agarró la mía. Me aferré a ella como quien se está ahogando y le echan un cabo, y como un cabo, esa mano me salvó de ahogarme en un océano de problemas. A duras penas agarré el bolso con la mano libre.

—Vámonos de aquí —dijo Mustafá. Me senté tras él en su Harley, el bolso cruzado y asegurado entre los dos. Si bien todavía intentaba asimilar lo que acababa de pasar, una parte más serena de mí me decía que ya habría tiempo de pensar en ello; que lo más conveniente ahora era salir por patas. Mustafá no se entretuvo. Mientras cruzábamos la escurridiza mediana de césped de vuelta a Shreveport, pude ver que un coche se detenía para ofrecer auxilio a los aparentes accidentados.

—¡No, les harán daño! —chillé.

—Son lobos del Colmillo Largo. Estate quieta.

Y salimos disparados. Tras aquello, me centré en mantenerme agarrada a Mustafá mientras atravesábamos la noche a toda velocidad. Tras el primer arrebato de alivio, me resultó muy frustrante no poder formularle alguna de las cincuenta preguntas que se me agolpaban en la cabeza. No me sorprendió tanto entrar en el sendero de acceso circular que daba a la casa de Alcide. Tuve que realizar un esfuerzo consciente para relajar los músculos y bajar de la moto. Mustafá se quitó el casco y me inspeccionó exhaustivamente. Asentí con la cabeza para indicarle que me encontraba bien. Me dolía la mano por el apretón que me había dado Van en el coche y estaba cubierta de manchas de sangre, aunque no era mía. Miré mi reloj. Bill había tenido tiempo de dejar a Colton en el aeropuerto, pero tendría que conducir hasta casa de Alcide. Todo había ocurrido muy deprisa.

—¿Qué haces con ropa de prostituta? —preguntó Mustafá con severidad, llevándome a toda prisa hasta la puerta principal.

Alcide la abrió personalmente, y si lo que veía le sorprendió, hizo un gran trabajo ocultándolo.

—Maldita sea, Sookie, ¿de quién es la sangre? —inquirió, dejándonos pasar.

—De licántropos renegados —dije. Apestaba.

—No venía nadie, así que tuve que intervenir —explicó Mustafá—. Le he disparado a Laidlaw. Iba conduciendo. La manada se está encargando de los demás.

—Cuéntame —me pidió Alcide, inclinándose para mirarme directamente a los ojos. Asintió, satisfecho con lo que veía. Abrí la boca—. En resumen —añadió.

Por lo visto, el tiempo era un factor importante.

—Palomino descubrió dónde tenía Felipe retenido a un tipo, alguien a quien teníamos que rescatar. Con discreción. Me parezco un poco a ella, así que, para no delatar su tapadera, fingí ser ella poniéndome su uniforme de camarera. —Incidí en la última palabra, abrasando a Mustafá con la mirada—. La que imponen los casinos —añadí para no dejar lugar a dudas.

Alcide me zarandeó ligeramente para que no me desviara.

—¡Vale! Bill y yo salimos de allí con el rehén y nos disponíamos a marcharnos cuando apareció ese grupo de cuatro licántropos. Su líder, Van, a quien ya había visto aquí, por cierto, y por lo que no me indujo a sospechar, nos dijo que tú los mandabas y que tenía que acompañarlos, porque por lo visto habían encontrado el cadáver de Warren y querían que yo lo identificase.

Alcide se dio la vuelta y meneó la cabeza de un lado a otro. Mustafá clavó la mirada en el suelo, su rostro convertido en un complejo mapa emocional.

—Entonces, Bill se fue al…, se fue con el rehén y yo me monté en el coche con Van y los demás, pero enseguida me di cuenta de que eran renegados, porque estaba segura de que tú no aceptarías a gente como ellos. Ese Van… —Me fue imposible seguir hablando de él.

—Te golpeó, ¿verdad? —dijo Alcide, volviéndose para mirarme a la cara. Hubo un momento de silencio recargado—. ¿Te violó?

—No le dio tiempo —contesté, feliz de haberme librado—. No sé adónde me llevaban, pero en ese momento

Mustafá le disparó al conductor, me recogió y aquí estamos. Así que, gracias, Mustafá.

Meneó la cabeza, aún sumido en sus propios pensamientos y la preocupación por su amigo.

—¿Les acompañaba una mujer, parca en palabras, de unos treinta?

—¿La del corte de pelo a lo duendecillo?

Los dos se quedaron sin saber qué decir.

—¿Pelo muy corto, castaño claro, alta?

Alcide asintió vigorosamente.

—¡Sí, ella! ¿Está bien?

—Sí. Iba en el asiento del copiloto. ¿Quién es?

—Es una infiltrada mía —respondió Alcide.

—¿Tienes agentes encubiertos?

—Sí, por supuesto. Se llama Kandace. Kandace Moffett.

—¿Podrías explicarme de qué va todo esto? —Detestaba parecer estúpida. Supongo que los telépatas se acostumbran a saber lo que pasa alrededor.

—Te contaré la versión resumida —respondió para mi sorpresa—. Pero pasa al baño y lávate mientras te lo explico. Mustafá, colega, te debo una.

—Lo sé —afirmó Mustafá—. Limítate a ayudarme a encontrar a Warren. No quiero más.

Alcide me condujo al cuarto de baño pegado al vestíbulo. Todas las superficies eran de granito, las toallas refulgían de un blanco impoluto y yo me sentía como algo sucio que hubiese cazado un gato en la calle. A Alcide no le molestaba la sangre, ya que no es algo que ponga a los licántropos, pero a mí sí me incordiaba. Dejé correr el agua de la ducha tras desechar los zapatos, que curiosamente era lo más limpio que llevaba encima. Cuando Alcide se dio la vuelta, me quité el uniforme de camarera y lo dejé caer en el suelo de la ducha. Cogí una esponja, la empapé y empecé a frotar. Alcide mantuvo la mirada resueltamente apartada.

—Empieza —le recordé, y eso hizo.

—Después de que habláramos de Jannalynn, empecé a pensar en ella seriamente —dijo—. Cuanto más tengo en cuenta sus actos recientes, más convencido estoy de que tengo que profundizar. Sospechaba que Jannalynn no me contaba toda la verdad acerca de algunos temas. Pensé que quizá metía la mano en la caja del Pelo del Perro. —Se encogió de hombros—. A veces, cuando se suponía que tenía que andar cerca, desaparecía. Pensé que a lo mejor su romance con Sam estaba acaparando sus prioridades, pero cuanto más me contaba sobre ellos, menos creía saber del tema. Y Sam es tu socio, por lo que supuse que tú estarías más al corriente.

Así que me había llamado para hablar de los «planes de boda» de Sam y Jannalynn, al menos en parte, para oír mi reacción. Por supuesto, yo me escandalicé.

—La he visto una vez sin que ella me viese. Estaba en un bar alejado de la ciudad, en vez de en el Pelo. Y se encontraba con los renegados a los que acabas de conocer. Sabía que estaba planeando algo. Más de una vez me reuní con ellos por las noches. La única que valía la pena era Kandace, y eso que no estaba segura de querer formar parte de una manada. No le van las luchas de poder. Lo respeté, aun creyendo que podría tener buenas cualidades.

Pensé que a lo mejor también le habían convencido otras «cualidades» de Kandace, pero no era asunto mío.

—Al final llamé a Kandace y quedé con ella a solas. Sin hacer falta que sacara el tema, ella se ofreció voluntaria para informarme de lo que estaba pasando; se sentía incómoda.

Saltaba a la vista que Alcide quería que le diese a Kandace una palmada virtual, por lo que dije:

—Debe de ser una buena persona.

Sonrió, complacido.

—Kandace dijo que Jannalynn planeaba desafiarme, pero primero quería afianzarse en la manada acumulando algo de dinero, reclutando a algunos miembros del Colmillo... Fortaleciendo su propia maquinaria, vaya. Su propuesta a los renegados es que podrían entrar a formar parte de la manada si se unían a ella; cuando me derrotase, les daría los plenos beneficios de los que disponen los miembros.

Me preguntaba si eso incluía el seguro médico y dental, pero no iba a desviarme del tema cuando se encontraba en pleno relato. Dejé la esponja, me eché un poco de champú en las manos y empecé a frotarme el pelo y el cráneo.

—Sigue —le animé.

—Pues —prosiguió— hice que un tipo al que Jannalynn no conoce la siguiera. La vio reunirse con tu primo Claude. No se me ocurre ninguna buena razón para eso.

Paré de enjuagarme el champú del pelo.

—¿Qué...? ¿Por qué? ¿Por qué con Claude precisamente?

—No tengo ni idea —admitió Alcide.

—Pues lo único que tenemos que hacer es encontrar a Jannalynn y hacerle un par de preguntas —propuse—. Y encontrar a Warren. Y espero que Claude vuelva del mundo feérico para que yo también pueda hacerle unas preguntas. Y que Felipe y sus vampiros nos dejen en paz en Shreveport. Y que Freyda se largue con viento fresco.

Alcide se me quedó mirando, dudó sobre si hablar y finalmente optó por abordar el asunto de frente.

—Entonces ¿es verdad, Sookie? Palomino le ha dicho a Roy que Eric estaba comprometido con una vampira de Oklahoma.

—No puedo hablar de ello —contesté—. O, de lo contrario, terminaré muy enfadada, Alcide, y es lo último que necesitas esta noche. Le debo a Palomino una muy gorda por facilitarnos el rescate de… un tipo, pero no deberíamos hablar de los asuntos vampíricos por todas partes.

—Le debes más de lo que imaginas —dijo—. Vio cómo te llevaban y me llamó. Justo antes de que Bill lo hiciera. Fue una buena jugada hacer que Bill me llamara. Fue lo único que pude hacer para que siguiese con su misión y que me llamase más tarde. Le prometí que te mantendría a salvo.

—Entonces ¿tú llamaste a Mustafá? ¿Siempre supiste dónde estaba?

—No, pero tras escuchar tus mensajes, le llamé. Y, como aconsejaste, cuando Jannalynn no estaba. Había agotado su última pista sobre Warren y necesitaba hablar con alguien. Pero sigo sin saber dónde estuvo escondido.

—Pero me encontró a tiempo gracias a ti.

—Fue el esfuerzo de todos y algo de suerte. Conoce a esos renegados. Imaginó que volverían a su casa a las afueras de Fillmore. Van se dedica a hacer daño a las mujeres, y seguramente querría pasar un rato a solas contigo antes de entregarte a Jannalynn. Lo de que os siguiera un coche fue también idea suya.

—Oh, Dios mío. —Sentía náuseas y tuve serios temores de ponerme a vomitar. Pero no. Me controlé.

Tras enjuagarme un poco más, me sentí completamente limpia. Alcide salió del baño para que pudiera vestirme con unos shorts y una camiseta más modesta. Qué interesante era la diferencia que podían marcar unos cuantos centímetros de ropa más en la autoestima. Ahora que me sentía más yo misma, podía pensar con más claridad.

Salí del cuarto de baño. Alcide se estaba tomando una cerveza y Mustafá bebía una Coca-Cola. Acepté otra y el fresco dulzor me supo a gloria.

—Bueno, ¿y qué piensas hacer con los renegados? —pregunté.

—Les voy a encerrar en un refugio de seguridad que construyó mi padre —dijo Alcide. Jackson, su padre, era propietario de una granja a las afueras de Shreveport, donde la manada podía correr libremente durante las noches de luna llena.

—Vaya, así que tienes un sitio especial para encerrar gente —solté—. Seguro que Jannalynn tiene otro. ¿Has pensado dónde podría estar?

—Jannalynn es de Shreveport —dijo Alcide—, o sea que sí, he estado pensando en ello. Vive en un apartamento, encima del Pelo del Perro, así que lo podemos descartar.

Allí no hay sitio; además, habríamos oído a Warren si lo tuviese allí, o lo habríamos olido.

—Si estuviese vivo —añadí con voz queda.

—Y si no, sin duda lo habríamos olido también —argumentó Alcide, a lo que Mustafá asintió impasiblemente.

—Bueno, entonces ¿dónde tiene un sitio propio, un sitio donde esté razonablemente segura de que no va a ir nadie?

—Sus padres se jubilaron y se mudaron a Florida el año pasado —dijo Alcide—. Pero vendieron la casa. Nuestro experto en ordenadores, que trabaja en la oficina de tasaciones de Hacienda no ha encontrado nada por el nombre de Jannalynn.

—¿Seguro que se vendió la casa? ¿En este mercado?

—Eso fue lo que ella me contó. Y la última vez que pasé por allí, habían quitado el cartel —argumentó.

Mustafá se removió.

—Está en una parcela muy grande, muy lejos de Shreveport —apuntó—. Una vez fui por allí con Jannalynn, cuando la manada intentaba captarme. Dijo que le gustaba conducir motos de *cross* por allí. También hay caballos.

—Cualquiera puede quitar un cartel —dije.

Justo en ese momento, Alcide recibió una llamada y conversó con los miembros de la manada que habían reducido a los secuestradores. Estaban de camino hacia la granja de Alcide.

—No tenéis por qué ser demasiado civilizados —dijo Alcide al auricular y se escuchó una risotada al otro lado de la línea.

Otro pensamiento me asaltó, y mientras nos dirigíamos hacia el coche de Alcide, solté:

—Supongo que, al criarse como una licántropo de purasangre en Shreveport, es muy probable que Jannalynn conozca a los demás de su edad. Incluso a cachorros que no fuesen de purasangre.

Alcide y Mustafá se encogieron de hombros casi al unísono.

—Igual que nosotros —dijeron, y luego se sonrieron, aunque fue algo complicado dada la creciente tensión.

—Kym Rowe era una licántropo mestiza y no mucho mayor que Jannalynn —observé—. Sus padres vinieron a mi casa. Su padre es Oscar, un purasangre. —Mustafá se detuvo en seco, con la cabeza gacha—. Mustafá, ¿fue Jannalynn quien te obligó a dejar pasar a Kym a la casa de Eric?

—Sí —admitió. Alcide se paró y se volvió hacia él. Su rostro estaba esculpido en piedra e irradiaba acusación.

—Me dijo que tenía a Warren —nos confesó a los dos—. Me dijo que tenía que dejar pasar a esa chica. Eso era todo lo que debía hacer.

—Así que fue cosa de ella —concluí con lentitud—. Era su plan. ¿Que Eric bebiese de Kym?

—No, no fue un plan suyo —rectificó Mustafá claramente—. A ella la contrataron para que encontrase a una licántropo joven que lo hiciera, pero la idea era de ese tal Claude. Lo he visto en tu casa. ¿No era tu primo?

Capítulo 13

Estaba conmocionada. Más que conmocionada.

Y el primer pensamiento coherente que se me pasó por la cabeza fue: «Si Dermot estuviese implicado en esto, me rompería el corazón. O, mejor, le rompería el cuello yo a él».

En el largo trayecto nocturno hacia la antigua casa de los padres de Jannalynn, tuve más tiempo del necesario para pensar, o a lo mejor no. Necesitaba un punto de apoyo sólido, algo seguro en un entorno lleno de incertidumbres.

—¿Por qué? —pregunté en voz alta—. ¿Por qué?

—No tengo ni idea —respondió Mustafá—. El día que estuve en tu casa, tuve que emplear toda mi fuerza de voluntad para quedarme sentado sin saltar encima de Dermot y estrangularlo.

—¿Y por qué no lo hiciste?

—Porque no estaba seguro de que estuviese metido en el ajo. Ese Dermot siempre es agradable y parece quererte mucho. No me lo imaginaba dándote una puñalada trapera o, ya puestos, secuestrando a Warren. Aunque no me extrañaría que eso no le pareciese mal..., ya que a Warren no lo conocía y a mí, apenas.

Tuve que asumir que fue la sangre de Claude la que hizo de Kym un bocado tan irresistible para Eric.

—Maldita sea —lamenté, y me eché hacia delante, hundiendo la cara entre las manos. Menos mal que estaba sentada en la parte de atrás, donde nadie podía vérmela.

—Sookie, acabaremos enterándonos de lo que pasa —aseguró Alcide. Parecía muy fuerte y confiado—. Nos encargaremos de todo. Despejaremos las sospechas de Eric ante la policía.

Eso me dio a entender que temía que me echase a llorar. Me pareció un gesto tierno, pero lo primero era lo primero. Me encontraba en un estado más allá del llanto. Ya había vertido demasiadas lágrimas.

Mirando por la ventana, vi que nos encontrábamos en una zona residencial donde las parcelas medían por lo menos hectárea y media. Puede que se encontraran en pleno campo antes de que Shreveport creciera y se las tragara.

—Está cerca —dijo Mustafá, y al ver una valla blanca bordeando la carretera, añadió—: Ahí es. Recuerdo la valla.

Había un portón para caballos atravesando el sendero de acceso. Me ofrecí para salir y abrirla. Necesitaba respirar aire fresco. Ellos avanzaron y yo les seguí. La oscuridad allí era absoluta, no había ni una sola farola. Sí había, sin embargo, una luz de seguridad en el jardín frontal, pero nada más. Ninguna en la casa estilo rancho o en la cochera independiente que había detrás, donde moría el sendero de acceso. En el jardín frontal se erigía, herrumbroso, un viejo columpio. Imaginé a la pequeña Jannalynn jugando allí, pero la siguiente imagen que me vino a la mente fue la de una de las tablas del mismo golpeándole en la cabeza.

Aparté esa sombría imagen de mi cabeza y me reuní con los dos hombres que habían salido del coche para permanecer vacilantes en medio de la ruidosa noche. Los grillos y la restante miríada de insectos de Luisiana estaban desplegando su concierto en los bosques que bordeaban la propiedad. Oí un perro ladrar en la lejanía.

—Ahora nos colaremos dentro —dijo Alcide.

—¡Espera! —lo interrumpí.

—Pero... —terció Mustafá.

—Callaos —ordené, sintiendo que por fin había algo que podía hacer en vez de permanecer pasiva mientras los acontecimientos se desarrollaban a mi alrededor. Proyecté mi sentido telepático, el mismo que había esculpido toda mi vida, el que había recibido como regalo de nacimiento de la mano del señor Cataliades. Busqué y rebusqué para dar con alguna lectura mental, y justo cuando me iba a dar por vencida, sentí una remota vibración mental—. Hay alguien —dije en voz muy baja—. Hay alguien.

—¿Dónde? —preguntó Mustafá ansiosamente.

—En el desván, sobre la cochera. —Mis palabras obraron como un pistoletazo de salida. Al fin y al cabo, los licántropos son criaturas de acción.

Uno de los laterales de la cochera contaba con unas escaleras exteriores que no había visto antes. Ellos, dotados de una vista más aguda, sí que las vieron y subieron corriendo por ellas. Mustafá, al detectar un olor familiar, echó la cabeza hacia atrás y se puso a aullar. Me puso el vello de punta. Fui hacia el pie de las escaleras y, si bien no veía con demasiada nitidez, distinguí a las dos figuras en la plataforma superior antes de iniciar un movimiento brusco, acompañado de un golpe rítmico. Entendí que los dos hombres estaban intentando echar una puerta abajo. Se produjo un estruendo, que debía de ser la puerta al caer al suelo, y poco después se encendió la luz.

Mustafá volvió a aullar y temí que Warren estuviera muerto.

No podía soportarlo; la muerte de aquel tirador de primera rubio, bajito, con su piel pálida, sus pecas y su diente ausente, era, de alguna manera, más de lo que podía soportar por esa noche. Caí de rodillas.

—Sookie —gritó Alcide, apremiante.

Miré hacia arriba. Mustafá estaba bajando las escaleras con un cuerpo en brazos. De repente tuve a Alcide justo delante.

—Está vivo —me dijo—. Pero lo han tenido allí arriba sin aire acondicionado ni ventilación. Tampoco ha bebido ni comido durante sabe Dios cuánto tiempo. Supongo que a esa zorra le daba igual. Tenemos que ayudarlo.

—¿Con sangre de vampiro? —sugerí con la boca pequeña.

—Creo que Mustafá estaría dispuesto a contemplarlo —respondió Alcide. Warren debía de estar muy mal.

Llamé a Bill.

—Sookie, ¿dónde estás? —chilló—. ¡Te he estado llamando! ¿Qué ha pasado?

Miré la pantalla del móvil. Sí que había un montón de llamadas perdidas.

—Silencié el móvil —le dije—. Te lo contaré todo, pero necesito pedirte un favor antes. ¿Sigues en Shreveport?

—¡Sí, he vuelto al Trifecta para rastrear a esos malditos lobos!

—Escucha, cálmate. Ha sido una noche de perros, no te diré que no, pero ahora necesito a mi amigo.

—¿Qué necesitas?

—Reúnete conmigo en casa de Alcide. Puedes salvar una vida.

—Voy de camino.

En el trayecto de regreso a Shreveport, Mustafá se sentó en la parte de atrás con la cabeza de Warren en su regazo. Cuando propuse que Bill le diese su sangre para que se recuperase, Mustafá dijo:

—Si puede salvarle la vida, de acuerdo. Quizá me odie después. Qué demonios, puede que me odie ya mismo. Pero hay que salvarlo.

El regreso a casa de Alcide se nos hizo más corto porque ya conocíamos el camino, pero apretábamos la mandíbula con cada semáforo y cada conductor más lento, y la urgencia de Mustafá repercutía en mi mente como un martillo. La señal mental de Warren era cada vez más débil, y en un momento dado se interrumpió para volver a aparecer.

Bill nos estaba esperando en la puerta de la casa de Alcide. Salté del coche y le arrastré hasta la puerta trasera. Cuando se abrió y vio a Warren, algo se encendió en sus ojos. Bill conocía a Mustafá y se acordaba de Warren, el tirador. Esperaba que no se le pasase por la cabeza que sería buena idea dejarlo morir, ya que era un testigo más que podría testificar, al menos de manera limitada, sobre lo que ocurrió la noche en que matamos a Victor.

—No estaba en el club —dije, agarrando a Bill de la muñeca, mientras Mustafá levantaba con delicadeza la cabeza de Warren para poder salir del coche y dejar su sitio a Bill.

Este me miró con una enorme interrogación dibujada en la cara.

—Aliméntalo —pedí. Sin decir nada, Bill se arrodilló junto al coche, se mordió la muñeca y mantuvo la herida sobre la reseca boca de Warren.

No estoy segura de que Warren lo hubiese conseguido de no estar tan sediento. Al principio, las gotas de sangre de Bill no parecían surtir efecto alguno, pero al cabo de un momento algo se desencadenó en el interior de Warren, quien empezó a beber conscientemente. Veía el desplazamiento de la nuez de su garganta.

—Es suficiente —dije al minuto—. Sentí que el cerebro de Warren comenzaba a encenderse de nuevo—. Ahora, llevadlo al hospital y allí lo terminarán de curar.

—Pero lo sabrán. —Alcide me miraba con el ceño fruncido, al igual que Mustafá—. Le preguntarán quién lo tuvo encerrado.

Bill, sosteniéndose la muñeca, no parecía muy interesado en la conversación.

—¿No queréis que la policía detenga a Jannalynn? —A mí sí que me parecía la mejor solución del mundo.

—Mataría a los agentes que lo intentasen —aseguró Alcide, pero a tenor del conflicto mental que captaba en él, sabía que no estaba verbalizando su auténtica preocupación.

—Lo que quieres es castigarla —concluí con el tono más neutral posible.

—Pues claro que quiere —confirmó Mustafá—. Ella es de la manada. Suyo es el privilegio de castigarla.

—Quiero hacerle unas preguntas —planteé. Me parecía un buen momento para poner las cartas boca arriba. De lo contrario, Jannalynn podría acabar muerta antes de tener ocasión de sacarle algo de información.

—¿Y qué hay de Sam? —preguntó Bill, como llovido del cielo.

—¿Qué pasa con él? —inquirió Alcide al cabo de un momento.

—No va a estar muy contento —murmuré—. Nunca se han querido tanto como ella te contó, pero después de todo…

—Es su mujer —dijo Mustafá, encogiéndose de hombros. Bajó la mirada hacia Warren. En ese momento, los ojos de este se abrieron vigorosamente. Vio a Mustafá y sonrió.

—Sabía que me encontrarías —dijo—. Sabía que vendrías.

Era emotivo, era extraño y yo estaba absolutamente confundida.

—Así que fue Claude —dije en voz alta—. Me cuesta creerlo. ¿Por qué iba a querer que bebiese la sangre de una tarada como Kym? ¿Por qué le iba a dar su propia sangre? —Ya no me apetecía andarme por las ramas con las formas ni ser clemente con las emociones ajenas.

—Te lo podría decir él —indicó Bill, sombrío—. ¿Dónde está?

—Niall vino para llevárselo. Hace días que no sé nada de Claude.

—¿Y ha dejado a Dermot aquí?

—Sí, lo ha dejado al cargo de todos los seres sobrenaturales que hay ahora en el Hooligans —dije.

—He oído decir que todos los de allí son alguna forma de hada —añadió Bill, confirmando mis sospechas de que los seres sobrenaturales eran tan proclives al cotilleo como los humanos—. ¿Te dijo Claude cuándo volvería?

—No. Niall se lo llevó al mundo feérico para investigar quién pudo haber impuesto la maldición a Dermot. Claude dijo que había sido Murry, pero Murry está muerto. Lo maté en mi patio trasero. —Ahora sí que tenía la atención de todo el mundo. Parecía que todas las piezas separadas de mi vida empezaban a entrechocar. Mi autopista personal estaba llena de hadas, licántropos, vampiros y humanos.

—Qué oportuno para Claude echar las culpas a Murry —dijo Bill, dejándolo flotar en el aire hasta que todo se vino abajo.

—Claude —repetí—. Siempre fue Claude. —Me sentía estúpida.

Tras un instante, todos ordenamos nuestros pensamientos. Como nadie sabía cuál era el paradero de Jannalynn, Alcide invitó a Mustafá y Warren a pasar la noche en su casa, cosa que Mustafá aceptó en nombre de ambos, ya que Warren todavía no estaba muy hablador. Por lo visto, no irían al hospital y tuve que aceptarlo. Al menos le darían una botella de Gatorade. Mustafá dejó que se la tomara a pequeños sorbos.

Bill y yo nos montamos en su coche y Mustafá agradeció al vampiro el haber acudido en auxilio de Warren. No le gustaba mucho tener que decirle que le debía una, pero lo hizo.

Alcide hablaba por teléfono mientras salíamos por el sendero. Estaba convencida de que estaba comprobando la situación con los miembros de su manada que habían apresado a los renegados. Estaba dispuesta a apostar dinero a que la que más le interesaba era Kandace. Lo que no tenía muy claro era si compartiría cautiverio con los otros o abandonaría su tapadera. Por el momento, no podía alegrarme más de que no fuese problema mío.

Menos mal que conducía Bill. A mí se me agolpaban demasiados pensamientos en la cabeza. Ojalá tuviese algún medio de advertir a Niall acerca de la serpiente que cobijaba bajo su ala. Y, aunque me estuviese poniendo en plan beata, nunca en mi vida había estado tan contenta de haberme negado a mantener relaciones sexuales con alguien.

—¿Por qué haría Claude algo así?

No me di cuenta de que lo había dicho en voz alta hasta que Bill contestó.

—No lo sé, Sookie. Ni siquiera puedo imaginármelo. No odia a Eric, o al menos no soy capaz de pensar en ninguna razón para que así fuera. Puede que esté celoso del atractivo de tu amante, pero no me parecería razón suficiente…

No iba a decirle que Claude me había contado que, de vez en cuando, se acostaba con alguna mujer. Sin duda, Claude y Eric compartían algunos principios.

—Vale, pensemos en ello —propuse—. ¿Por qué causar problemas de una forma tan retorcida? Podría haber incendiado mi casa. —Aunque eso ya lo habían hecho—. Podría haberme disparado. —Lo mismo—. Podría haberme secuestrado y torturado. —Más de lo mismo—. Si lo que quería era fastidiar a Eric, se me ocurren al menos veinte formas más directas de hacerlo.

—Sí —asintió Bill—. Pero una forma más directa habría apuntado exactamente hacia él. Es precisamente ese rodeo, esa astucia, la que me hace pensar que no quería enemistarse contigo, que quería seguir cerca de ti.

—No es por amor. Esto te lo digo yo.

—¿Hay algo que no me hayas contado, Sookie? ¿Alguna razón por la que Claude quiera estar cerca de ti, vivir en tu casa, en tu compañía? —Tras un momento de silencio, Bill se apresuró en añadir—: No digo que ningún hombre en sus cabales no quiera hacerlo, incluidos los que buscan otros hombres, como Claude.

—Vaya, Bill —dije—, es curioso que saques el tema, porque la verdad es que sí hay una razón.

Aunque me corté en seco porque no necesitaba que el rumor se extendiera más, estaba que echaba humo. Bien podría llevar tatuado en la frente «TENGO UN *CLUVIEL DOR*». Gracias, abuelo Fintan, por este maravilloso regalo. Y, ya puestos, pensé: Gracias, benefactor Cataliades, por la telepatía. Y, puestos a estar enfadada con las personas de mi pasado: Gracias, abuela, por: (a) tener una aventura con un hada y (b) por no usar el *cluviel dor* cuando tuviste la oportunidad y, por consiguiente, cargarme a mí el muerto.

Tuve que mantener una seria conversación conmigo misma después de esa explosión de rabia interna, y con más vehemencia si cabe al tener que hacerlo en silencio.

Inspiré profundamente y dejé escapar el aire, como Bill me había aconsejado esa misma noche. El proceso liberó algo de la presión acumulada y me dotó del control necesario para imponer algo de disciplina en mis ideas. Una de las cosas que más me gustan de Bill es que nunca me atosigaba con preguntas mientras mantenía mis debates íntimos. Se limitó a conducir.

—No puedo decir nada ahora —añadí—. Lo siento.

—¿Puedes contarme si tienes noticias de Niall o Claude desde que se fueron?

—No, ninguna. Les mandé una carta por… Bueno, les mandé una carta porque a Dermot cada vez le cuesta más controlar a las demás hadas. Seguro que ya sabes que cada vez están más inquietos.

—No son los únicos —dijo Bill sombríamente.

—¿A qué te refieres? —Estaba demasiado cansada e irritada para jugar a las adivinanzas.

—Nuestros invitados siguen aquí: Felipe, Horst, Angie —explicó—. Es como las visitas de los reyes en el siglo XVIII. Uno podía acabar en la pobreza después de tal honor. Y no se separan de ese luchador estúpido, T-Rex. Felipe incluso comenta que le preguntará si se quiere ir con ellos. Cree que sería un buen portavoz de la causa provampírica.

—¿Freyda también sigue aquí? —Me sentía humillada al tener que preguntárselo a Bill para enterarme, pero me podía más la curiosidad que la dignidad.

—Sí. Pasa con Eric todo el tiempo que él le permite.

—No me dio la impresión de ser de las que esperan a que les den permiso.

—Y no te falta razón. No sabría decir si Eric intenta desalentarla o subir la puja.

Me sentí como si Bill me hubiera abofeteado. Debió de darse cuenta, porque enseguida añadió:

—Lo siento, cariño. Debí haber mantenido la boca cerrada. —Quizá estaba realmente arrepentido, pero yo ya no podía confiar más en nadie.

—¿De verdad crees a Eric capaz de eso?

—Sookie, ya sabes que Eric es capaz de eso y de mucho más —dijo, encogiéndose de hombros—. No quiero mentirte. Y tampoco quiero edulcorar la situación. Desde mi punto de vista, el enlace de Eric con Freyda sería muy provechoso. Pero, por la estima que te tengo, espero que te quiera tanto como para hacer de Freyda una compañía más dócil.

—Me quiere. —Me sentía como una cría aterrorizada asegurando a su padre que no temía a la oscuridad. Me desprecié por ello.

—Así es —convino Bill rápidamente.

La conversación se había terminado, estaba claro, y no se volvería a repetir.

Tuve la fantasía de que, cuando llegásemos a casa, Eric estaría sentado en la escalera de atrás esperándome. Habría despedido a todos sus visitantes de Nevada. Estaría esperándome para asegurarme que había mandado a Freyda a paseo y que le había dicho cuánto me quería, que nunca me dejaría por mucho poder y riqueza que le pusiera en bandeja. Y le dedicaría algún improperio final a su creador, Apio Livio Ocella. Todos los vampiros de su dominio estarían felices con su decisión por lo mucho que me apreciaban.

Como la fantasía era mía, decidí no apearme. Al amanecer, Claude volvería a casa con Niall, quien me aseguraría que había lavado el cerebro de mi primo. A partir de entonces, Claude sería una persona agradable que lamentaría sus gestas pasadas y constitutivas de ofensas a terceros. Ambos abrazarían a Dermot como a un igual y se lo llevarían al mundo feérico, junto con los demás del Hooligans. Yo sabría que serían felices para siempre, ya que sería un cuento de hadas.

Luego asistiría a la boda de Jason y Michele y vería cómo tendrían tres niños. Terry y Jimmie también se casarían y tendrían muchas camadas de catahoulas. Alcide sería líder de la manada de por vida y tendría una hija de su feliz matrimonio con Kandace. Los gemelos Du Rone disfrutarían de una beca completa en Tulane, y Sam… Simplemente era incapaz de tener un pensamiento feliz para Sam. Por supuesto, el bar prosperaría, pero con su tendencia a enamorarse de mujeres sobrenaturales… Bueno, dejémoslo en que el bar prosperaría. Quinn viviría felizmente con su tigresa, Tijgerin, y ella podría rehabilitar a la desagradable Frannie, que se convertiría en una enfermera.

Seguro que me dejaba a alguien. Oh, sí, Holly y Hoyt. Ellos tendrían una parejita, y el hijo de ella adoraría a su padrastro y a sus nuevos hermanos. La larga amistad de Hoyt con mi hermano nunca volvería a interponerse entre la pareja, porque mi hermano nunca metería a Hoyt en problemas. Otra vez.

India acabaría encontrando a una joven adecuada y el Estado de Luisiana aprobaría la ley que les permitiría casarse. Nadie volvería a hacer chistes de lesbianas o profanar las Sagradas Escrituras para insultarlas… porque era mi fantasía.

—Bill, ¿cuál es tu fantasía favorita? —le pregunté. Por extraño que pareciera, me sentía mucho mejor después de orquestar todos esos finales felices.

Bill me miró, desconcertado. Casi habíamos llegado a mi casa.

—¿Mi fantasía favorita? Vienes a mi refugio diurno desnuda —contestó, y pude ver el destello de sus colmillos mientras sonreía—. Oh, espera —se interrumpió—. Eso ya ha pasado.

—Tiene que haber otra cosa —dije. Y la verdad es que me podría haber mordido la lengua.

—Oh, sí que la hay. —Sus ojos me contaron qué pasaba exactamente después de la primera parte.

—¿Y esa es tu fantasía? ¿Que voy a tu casa desnuda y hacemos el amor?

—Después de eso, me dices que has mandado a Eric a hacer gárgaras, que quieres ser mía para siempre, y que para compartir mi vida me permitirás convertirte en una vampira como yo.

Cayó un denso telón de silencio y la gracia de la fantasía se desvaneció por completo.

Y entonces Bill añadió:

—¿Sabes qué haría cuando me lo pidieras? Te diría que jamás haría tal cosa. Porque te quiero.

Y con eso, damas y caballeros, concluía la función de esa noche.

Capítulo 14

Al despertarme en mi cama, el sol brillaba con fuerza en el exterior. Hoy no tenía que ir al trabajo; librar en el día de tu cumpleaños era una de las normas de oro del Merlotte's. Con todo, la noche anterior había sido increíble. Había rescatado a dos secuestrados, ayudado a atrapar a una banda de licántropos renegados y destapado una conspiración. ¡Difícil de superar!

También había sido secuestrada y amargamente desilusionada.

Me apetecía presentar un buen aspecto para compensar mi bajo estado de ánimo.

Después de vestirme para hacer unos recados y acudir a una cita concertada días atrás, me maquillé y me recogí el pelo en una coleta alta que caía desde la parte superior de mi cabeza. Mientras despejaba mi bolso en busca de un par de pendientes, mi mano se cerró alrededor del *cluviel dor*. Lo saqué y lo contemplé. Su tono verde pálido aplacaba toda ansiedad que pudiera inspirarme el día venidero. Lo froté entre mis manos, disfrutando de su calidez y suavidad.

Me preguntaba (por enésima vez) si se necesitaba un conjuro especial para desencadenar su magia. En general, suponía que no. Mi abuela me habría transmitido ese conjuro, aunque, como cristiana incondicional, desaprobaba la magia. Pero no habría pasado por alto un elemento que podría ser necesario para mi protección.

Debería haberlo devuelto al cajón del maquillaje, bajo su habitual camuflaje esponjoso, pero no lo hice. Tras un breve debate interior, lo deslicé en el bolsillo de la falda. Por fin había comprendido que de nada servía poseerlo si no tenía acceso a él. Dejarlo en el cajón equivalía a tener una pistola descargada cuando los ladrones entrasen en casa.

En adelante, el *cluviel dor* iría donde yo fuese.

Si Eric... Si decidiera ceder ante Freyda, ¿lo usaría? Según el señor Cataliades, como amaba a Eric, si pedía un deseo para él, se me concedería. Intenté imaginarme diciendo: «Eric no debe elegir quedarse con Freyda».

Por otra parte..., si decidía quedarse con la reina, significaba que me quería menos de lo que le gustaban las posibilidades de un futuro con ella. ¿De verdad me interesaba quedarme con alguien bajo tales premisas?

Hoy era un día potencialmente propicio para un montón de desgracias, pero mantendría los dedos cruzados para que no se produjesen. Solo quería que fuese un día feliz.

Al levantarme de mi tocador, tuve dudas acerca de dejar el *cluviel dor* en mi bolsillo. ¿Era seguro llevar conmigo por ahí un objeto tan irremplazable? Al parecer, todas las hadas refugiadas en el Hooligans sabían que tenía algo especial, a pesar de mi escaso porcentaje de sangre feérica. Algo tendría que ver la proximidad o la posesión del *cluviel dor*. No debería subestimar sus ansias de poseerlo si averiguaban que yo lo tenía, habida cuenta especialmente de su terrible deseo de volver al mundo que amaban. Titubeé, me lo pensé y lo deposité en el cajón otra vez.

Pero reconsideré las palabras «pistola descargada». Al final, lo guardé en mi monedero, que tenía cierre y constituía un lugar más seguro.

Oí la llegada de un coche. Miré por las ventanas del salón y vi que se trataba de la detective Cara Ambroselli. Me encogí de hombros. No pensaba permitir que nada me fastidiase el día.

La detective venía con un compañero, un joven cuyo nombre era incapaz de recordar. Tenía el pelo castaño, a juego con los ojos, vestía ropa del montón y no destacaba físicamente en ningún aspecto. Hasta sus pensamientos eran de lo más neutrales. Ambroselli le traía loco, algo con lo que podía identificarme. Y Ambroselli se limitaba a pensar en él como su ayudante.

—Le presento a Jay Osborn —dijo ella—. Veo que está muy arreglada.

—Tengo una cita esta mañana —informé—. Solo puedo concederles unos minutos. —Los invité a pasar indicando el sofá y me senté frente a ellos.

Osborn escrutaba la habitación, estimando la edad de la casa y de sus acabados. Ambroselli estaba concentrada en mí.

—T-Rex es todo un fan suyo —dijo.

Menos mal que ya iba sobre aviso.

—Qué raro —indiqué—. Nos conocimos la noche que Kym Rowe fue asesinada. Y, en teoría, tengo novio.

—Me llamó para preguntarme si podía darle su número de teléfono.

—Supongo que eso lo dice todo, o sea, que no lo tiene. —Me encogí de hombros.

Luego volvimos a repasar la noche en casa de Eric, de principio a fin. Pero justo cuando pensaba que habíamos terminado, Ambroselli decidió lanzarme una última pregunta.

—¿Llegó usted tarde esa noche porque quería hacerse notar?

Parpadeé.

—¿Eh?

—¿Llegó tarde para atraer la atención de T-Rex? —Hacía preguntas a ciegas. Ni ella se lo creía.

—Si hubiese querido atraer su atención, supongo que habría llegado antes para poder pasar más tiempo con él —me defendí—. Las chicas con las que estaba eran muy atractivas, y no sé por qué iba a interesarse especialmente en mí.

—Quizá su novio vampiro quería ganarse su amistad. Seguro que contar con una personalidad tan reconocida de parte de uno no hace ningún daño de cara a la opinión pública.

—No creo que sea yo la baza más fuerte de la que Eric pudiera echar mano —dije, y me reí.

Ambroselli estaba en un punto muerto de la investigación. Yendo de testigo en testigo, diseminando medias verdades y lanzando preguntas al azar, esperaba poder dar con algún hecho que le sirviese. A pesar de simpatizar con ella en cierto modo, estaba haciéndome perder el tiempo.

—T-Rex no me ha llamado y no espero que lo haga —dije al cabo de un momento—. Si me disculpan, tengo que irme.

Ambroselli y Osborn se levantaron con lentitud y se fueron, eso sí, intentando que pareciese que habían averiguado algo importante.

En Bon Temps, hice una parada en casa de Tara para recuperar mis platos. Los gemelos estaban dormidos. Tara estaba echada en el sofá, medio dormida. Menos mal que llamé muy suavemente. Creo que me habría tirado las sartenes a la cabeza si hubiese despertado a Sara y a Rob.

—¿Dónde está J.B.? —susurré.

—Ha ido a por más pañales —me respondió con otro susurro.

—¿Cómo llevas la lactancia?

—Me siento como la vaca Elsie —dijo—. Ni siquiera sé por qué me abrocho la blusa.

—¿Cuesta mucho? Quiero decir darles de mamar.

—Tanto como que un vampiro te muerda —bromeó.

Sonreí. Me agradaba ver que Tara podía bromear sobre algo que antes le daba sarpullidos.

—Por cierto —añadió Tara cuando me disponía a marcharme—, ¿pasa algo raro en el Hooligans?

—¿Qué quieres decir? —Me di la vuelta como un resorte, alarmada.

—Quizá eso responda a mi pregunta —dedujo—. Menuda reacción, Sookie.

No sabía cómo responder, pero dije:

—¿Ha tenido algún problema J.B. con ellos?

—No, adora a todos los *strippers* —me tranquilizó—.
Por fin hemos podido sentarnos a hablar de ello. Las dos
sabemos que le encanta sentirse admirado… Es un santo.
Y no le falta razón, hay mucho que admirar en él.

Asentí. Era adorable. No destacaba por sus luces, eso
nunca, pero era adorable.

—Pero ¿cree que pasa algo malo?

—Se ha dado cuenta de algunas cosas raras —contestó, calculando sus palabras—. Ninguno de sus compañeros
puede quedar nunca con él para comer, y ninguno ha sabido decirle en qué trabajan durante el día. Es como si
viviesen en el club.

Seguía sin saber qué decirle.

—Me pregunto cómo contrataron a J.B. —dije, para
distraer la conversación mientras buscaba una buena manera de alertarla sobre el Hooligans. Pero estaba segura de
que los Du Rone necesitaban un dinero extra, incluso a
pesar de que los gemelos no habían pasado en el hospital
más tiempo del necesario.

—¿Que cómo lo contrataron? Supo de la noche solo
para chicas por las del gimnasio. Ellas le dijeron que tenía
un cuerpo como para salir al escenario —explicó Tara, más
bien orgullosa—. Así que, un día fue al Hooligans en su
hora del almuerzo.

Uno de los bebés empezó a llorar y Tara fue como
una bala a su habitación y volvió a salir con Sara en brazos.
¿O era Robbie?

—Si uno se pone a llorar, el otro le sigue —susurró.
Hizo unas dulces carantoñas al bebé. Era como si hiciese
años, en vez de días, que era madre. Cuando su cabecita

reposó sobre su pecho, susurró—: En fin, que tu primo Claude le dijo que como te había ayudado a recuperarte de tu dura experiencia (¿se refería a tu accidente de coche?), le quería ofrecer un trabajo… —Nos miramos fugazmente—. ¿Recuerdas que nos conocimos cuando estaba embarazada? ¿Que me dijo que tendría gemelos ese día en el parque? Le dijo a J.B. que un padre tiene que mantener a sus hijos.

Mi dura experiencia no había tenido nada que ver con un accidente de coche, sino con la tortura, por supuesto. J.B. me había ayudado con la rehabilitación durante varias semanas; recordaba habérselo contado a Claude. ¡Ja! La amabilidad de Claude hacia J.B. era una buena noticia, y más en esas circunstancias. Pero yo sabía lo que mi primo era en realidad y me olía que estaba tramando algo malo.

Abandoné la casa tras acariciar con un dedo la suave mejilla del bebé.

—Eres muy afortunada, Tara —le susurré antes de salir.

—Me lo digo todos los días —respondió—. Todos los días.

Podía ver en la mente de mi amiga el caleidoscopio de terribles imágenes que habían compuesto su infancia: sus padres alcohólicos, el desfile de drogadictos por su casa, su propia determinación para salir a flote. Su pequeña y limpia casa, sus preciosos bebés, su marido sobrio… Era lo más parecido al paraíso para ella.

—Cuídate, Sookie —dijo, mirándome con cierta ansiedad. Por algo éramos amigas desde hacía tanto tiempo.

—Cuida de esos pequeñines. No te preocupes por mí. Estoy bien. —Le dediqué una de mis sonrisas más convincentes y salí de la casa en el más escrupuloso silencio.

Pasé por el banco para usar el cajero automático y luego fui al recién abierto bufete de Beth Osiecki y Jarrell Hilburn. Habrá quien diga que Bon Temps está sobrepoblado de abogados, pero todos parecían muy ocupados y prósperos, y como Sid Matt Lancaster, que había tenido una larga carrera, había fallecido, todos sus clientes necesitaban reubicarse.

¿Y por qué elegir a los recién llegados?

Por una razón muy concreta: eran nuevos, no los conocía y ellos a mí tampoco. Quería empezar desde cero. Ya me había visto con Hilburn, por lo de mi transacción con Sam. Hoy me reuniría con Osiecki, que se especializaba en planificación de sucesiones. Y como era nueva, accedió a entrevistarse conmigo un sábado.

En el mostrador de recepción del diminuto vestíbulo de la oficina, había una chica que apenas había dejado atrás la adolescencia. Osiecki y Hilburn habían alquilado la primera planta de un viejo edificio frente a la plaza. Iban a tener que reacondicionar el cuadro eléctrico, no me cabía duda, pero estaba recién pintado y habían comprado muebles de oficina de segunda mano. Algunas macetas hacían que el aspecto general mejorara un poco y no había hilo musical de fondo; todo un aliciente para mí. La chica, que ni siquiera tenía una etiqueta de identificación, me dedicó una sonrisa y comprobó el libro de citas, que tenía muchos espacios vacíos.

—Usted debe de ser la señorita Stackhouse —dijo.

—Así es. Tengo una cita con la señora Osiecki —pronuncié cada sílaba del nombre.

—Se pronuncia «O-si-ki» —dijo ella en voz muy baja, probablemente para que la propietaria del apellido no la oyese corregirme.

Asentí para darle a entender que lo había comprendido.

—Veré si ya puede recibirla —dijo, levantándose y encaminándose hacia el estrecho pasillo que comunicaba con el resto de la oficina. Había una puerta a la izquierda y otra a la derecha, tras lo cual el espacio parecía ampliarse en una zona común. Atisbé una mesa y una amplia estantería llena de tomos que nunca me animaría a leer.

Oí una llamada seca a la puerta y unos murmullos antes de que la adolescente regresara.

—La señora Osiecki puede recibirla en este momento —confirmó con un amplio gesto de la mano.

Me dirigí hacia su despacho tras tomar una bocanada de aire y expulsarla lentamente.

Una mujer de unos treinta años se levantó de su amplio escritorio. Tenía el pelo corto, castaño con mechas rojizas, los ojos azules y llevaba unas gafas marrones. Vestía una blusa blanca de calidad, una falda con motivos florales y sandalias de tacón. Sonreía.

—Me llamo Beth Osiecki —se presentó, por si me había perdido entre la recepción y el despacho.

—Sookie Stackhouse —dije, estrechándole la mano.

Repasó sus notas. Era evidente que eran las mismas que había escrito el día anterior, cuando la llamé por teléfono. Luego desplazó la mirada hasta el gran póster escénico de Luisiana que había junto a su escritorio.

—Bueno —dijo, lanzándome una mirada interrogativa—. Hoy es un día especial para usted, ¿no es cierto? Es su cumpleaños y va a redactar su testamento.

Me sentía un poco extraña al salir del bufete de abogados. Supongo que nada te hace pensar tanto en tu propia muerte como redactar tu testamento. Es como encaramarse a un precipicio sin cuerda. Cuando tu testamento sea leído, será la última vez que la gente oiga tu voz: la última expresión de tu voluntad y tus deseos, la última declaración de tu corazón. Fue para mí un momento extrañamente revelador.

Beth Osiecki se encargaría de traducirlo todo a la jerigonza legal para que estuviera listo pasado mañana, día que yo volvería para firmarlo. Por si las moscas, le dije, quería firmar una lista de puntos que había establecido. La lista era de mi puño y letra. Le pregunté si eso podría legalizarse.

—Claro —asintió con una sonrisa. Sabía que estaba sumando una muesca a su lista de clientes extraños, pero no me importaba.

Cuando salí del despacho de Beth Osiecki, me sentía bastante orgullosa de mí misma. Había hecho testamento.

Lo cierto era que no sabía muy bien qué hacer a continuación. Eran las tres de la tarde. Había desayunado tarde y no me apetecía almorzar. No tenía que pasar por la biblioteca; aún conservaba varios libros prestados que no había leído. Podía irme a casa a tomar el sol, que siempre es un pasatiempo agradable, pero entonces llenaría de sudor todo el maquillaje y el pelo limpio. Bueno, ya corría peligro de hacerlo, allí de pie en la acera. El sol caía a plomo. Debía de hacer por lo menos treinta y siete grados. Cuando mi mano titubeante ya se decidía a tocar la manilla de la puerta del coche, el móvil se puso a sonar.

—¿Diga? —Saqué un pañuelo del bolso para no quemarme los dedos abriendo la puerta del coche. Del interior salió una ola de calor.

—¿Sookie? ¿Cómo estás?

—¿Quinn? —No me lo podía creer—. Qué alegría oírte.

—Felicidades —dijo.

Sentí cómo mis labios se estiraban en una sonrisa involuntaria.

—¡Te has acordado! —reí—. ¡Gracias!

Estaba encantada. No esperaba que Tara estuviera pensando mucho en mi cumpleaños después de haber traído al mundo unos gemelos, pero me había quedado un poco chafada cuando ni siquiera lo mencionó esa mañana.

—Claro, un cumpleaños es un día importante —dijo el hombre tigre. No lo veía desde la boda del hermano de Sam. Me agradó mucho oír otra vez su voz grave.

—¿Cómo estás? —Dudé un momento antes de añadir—: ¿Qué tal Tijgerin?

La última vez que vi a Quinn, él acababa de conocerla; era bella, soltera y, sobre todo, una de las últimas mujeres tigres del mundo. No creo que deba hacer un croquis.

—Yo…, ah…, voy a ser padre.

Caramba.

—¡Qué bien! —dije—. ¿Os habéis ido a vivir juntos? ¿Dónde vivís ahora?

—No solemos hacerlo de esa manera, Sookie.

—Ah. Vale. ¿Y cuál es el procedimiento de los tigres?

—Los hombres no crían a su prole. Eso solo lo hace la madre.

—Vaya, eso me parece un poco antiguo. —Y erróneo.

—A mí también. Pero Tij es muy tradicional. Dice que cuando tenga al bebé, se esconderá hasta que esté destetado. Su madre le ha dicho que si es un niño, yo podría verlo como una amenaza.

No podía leer la mente de Quinn por teléfono, pero parecía muy exasperado si no bastante resentido.

Hasta donde yo sabía (y había tenido ocasión de leer a varios tigres cuando fui novia de Quinn), solo los machos que no fuesen los padres de los cachorros podían matarlos. Pero como era un asunto que se escapaba por completo de mi incumbencia, me tragué la indignación que sentía por Quinn. O al menos lo intenté.

O sea, ¿que se había quedado embarazada de un tigre y ahora ya no quería ver a su pareja?

«No es mi guerra», me dije con vehemencia. Los licántropos tienen una forma de pensar mucho más moderna. ¡Hasta los hombres pantera!

Como notaba que mi silencio había durado demasiado, volví de lleno a la conversación.

—En todo caso me alegro del nacimiento de un cachorro, ya que no quedáis muchos. Supongo que tu madre y tu hermana estarán encantadas.

—Eh…, bueno, mi madre está bastante enferma. Se alegró mucho cuando se lo dije, pero la felicidad no duró gran cosa. Ha vuelto a la casa de reposo. Frannie ha conocido a un chico y el mes pasado se fue a vivir con él. La verdad es que no sé dónde está.

—Eso es muy duro, Quinn. Lo siento de veras.

—Te estoy amargando el cumpleaños, y no era mi intención. En serio, que tengas un día maravilloso, Sookie. Nadie se lo merece más. —Dudó. Sabía que había más palabras que querían salir—. Llámame de vez en cuando, ¿quieres? —dijo—. Así me cuentas qué hiciste al final para celebrarlo.

Puse las neuronas a toda máquina en el escaso tiempo disponible, pero no pude abarcar todos los matices y relieves de tan explícita tentativa.

—Ya veremos —comenté—. Espero que sea algo de lo que merezca la pena hablar. Hasta ahora lo único que he hecho ha sido redactar mi testamento.

Hubo una larga pausa de silencio.

—Bromeas —dijo.

—Sabes que no.

Otro instante de silencio.

—¿Necesitas que vaya a verte?

—Oh, Dios, no —lo tranquilicé, tratando de transmitir una sonrisa en la voz—. Tengo la casa, el coche y algo de dinero ahorrado. Era solo que me parecía un momento adecuado. —Deseaba que fuese verdad—. Bueno, tengo que dejarte, Quinn. Me alegra mucho que hayas llamado. Has conseguido que sea un día especial. —Colgué y eché el móvil al bolso.

Me subí al coche, en cuyo interior el calor no era tan sofocante y me puse a pensar en algún sitio divertido al que ir. Ya había recogido el periódico y comprobado el correo de camino a la ciudad: nada más que la póliza del seguro del coche y un folleto del Wal-Mart.

Decidí que tenía apetito suficiente como para permitirme algo especial. Fui al Dairy Queen y pedí un Oreo Blizzard. Me lo comí en el local, ya que hacía demasiado calor para hacerlo en el coche. Saludé a un par de conocidos y mantuve una breve charla con India, que entró con una de sus sobrinas pequeñas cogida de la mano.

El teléfono volvió a sonar. Era Sam.

—Sook —dijo—, ¿puedes pasarte por el bar? Nos faltan una caja de Heineken y dos de Michelob y necesito saber qué ha pasado. —Parecía bastante irritado. Mierda.

—Es mi día libre.

—Ya, pero ahora formas parte del negocio. Tienes que llevar el peso de tu parte.

Moví los labios gesticulando un taco que no pronuncié en voz alta.

—De acuerdo —accedí, tan irritada como me sentía—. Voy para allá, pero no pienso quedarme.

Atravesé la entrada de los empleados como si fuera un toro entrando en la plaza. Tres cajas menos, y un cuerno.

—Sam —grité—, ¿estás en la oficina?

—Sí, pasa —respondió con otro grito—. Creo que he encontrado el problema.

Abrí la puerta de golpe y todo el mundo me chilló al unísono.

—¡Oh, Dios mío! —exclamé, absolutamente sorprendida.

Un segundo después, comprendí que se trataba de una fiesta sorpresa de cumpleaños.

J.B. estaba allí, al igual que Terry y su novia Jimmie. Sam, Hoyt y Holly; Jason y Michele; Halleigh Bellefleur; Danny y Kennedy. Incluso Jane Bodehouse.

—Tara ha tenido que quedarse con los bebés —dijo J.B., entregándome un pequeño paquete.

—Pensamos en regalarte un cachorrillo —dijo Terry—, pero Jimmie pensó que sería mejor consultártelo antes. —Jimmie me lanzó un guiño por encima de su hombro.

Sam me abrazó con tanta fuerza que creí que dejaría de respirar y le di un golpe en el hombro.

—Serás capullo —le solté al oído—. ¡Que faltaban cajas de cerveza! ¡Eso me ha gustado!

—Tenías que haberte oído —dijo riéndose—. Jannalynn me ha pedido que la disculpe, pero es que le tocaba abrir el Pelo del Perro.

Sí, claro, seguro que se moría por no haber podido estar allí en ese momento. Me volví para que Sam no me viese la cara.

Halleigh también se disculpó por la ausencia de Andy; estaba de servicio. Danny y Kennedy me dieron una especie de abrazo de grupo y Jane Bodehouse me plantó un beso en la mejilla de alto grado etílico. Michele me cogió un momento de la mano y dijo:

—Espero que tengas un año maravilloso. ¿Quieres ser mi dama de honor?

No pude sonreír más, y le contesté que sería un honor para mí serlo. Jason me colgó un brazo al hombro y me entregó una caja atada con un lazo.

—No esperaba ningún regalo. Soy demasiado mayor para una fiesta de cumpleaños —protesté.

—Nunca se es demasiado mayor para recibir regalos —rebatió Sam.

Tenía los ojos tan llenos de lágrimas que me costó un mundo desenvolver el regalo de Jason. Era una pulsera que mi abuela solía llevar, una pequeña cadena de oro con perlas dispuestas a intervalos. Fue toda una sorpresa.

—¿Dónde la encontraste? —pregunté.

—Estaba limpiando la mesita de té que saqué del desván y apareció en el fondo de un cajón, atrapada en una astilla de madera —dijo—. No podía ser más que de la abuela, y supe que sería para ti.

Dejé que las lágrimas siguieran su curso sin contención alguna.

—Es la cosa más dulce y encantadora que has hecho —le dije.

—Toma —me ofreció Jane, tan entusiasmada como una niña. Depositó una pequeña bolsa de regalo en mi mano. Sonreí y metí la mano en su interior. Jane me había regalado cinco cupones de lavado de coche gratis de un sitio donde trabajaba su hijo. Me las arreglé para agradecérselo sinceramente.

—Los usaré todos —le prometí.

Holly y Hoyt me habían comprado una botella de vino; Danny y Kennedy un afilador de cuchillos eléctrico y J.B. y Tara una de las cinco ollas eléctricas que les habían regalado a ellos por la boda. Me alegró mucho.

Sam me entregó un pesado sobre.

—Ábrelo más tarde —ordenó ásperamente. Le miré con los ojos entrecerrados.

—Está bien —accedí—. Si es lo que quieres.

—Sí —afirmó—. Es lo que quiero.

Halleigh había hecho su versión de la tarta de chocolate de Caroline Bellefleur y yo la corté para que todo el mundo pudiera disfrutar de ella. Al demonio el Blizzard de Dairy Queen. Estaba deliciosa.

—Creo que está más rica que la de la señora Caroline —concedí, lo cual era poco menos que una blasfemia en Bon Temps.

—Le he puesto un toque de canela —me susurró.

Tras la fiesta, salí a la parte delantera para recibir los abrazos de felicitación de India, que estaba de servicio, y Danielle, que ese día trabajaba por mí.

Halleigh quería que fuese a su casa para ver la cuna, que estaba completamente lista para su previsto ocupante. Me encantaba estar con una persona tan feliz y sin planes en la agenda. La visita fue todo un regalo.

Después, cené rápidamente con la amiga de mi abuela. Maxine, la madre de Hoyt, era un par de decenios más joven que la abuela, pero las dos habían estado muy unidas. Estaba tan exultante por la boda de Hoyt que me sentí contagiada de su felicidad tras la visita, aparte de que me contó varias anécdotas divertidas sobre la abuela. Resultaba agradable recordar esa faceta suya, la familiar, en vez de su aventura con Fintan. Diablos, eso me superó. Gracias a Maxine, pasé una buena hora recordando a la abuela a la que siempre creí conocer.

Anocheció mientras conducía hasta casa. El día había sido mucho mejor que el anterior. No podía creer lo afortunada que era por tener tan buenos amigos. La cálida noche parecía prometer benevolencia. Canté a dúo con la radio, aprovechando que no había nadie allí para oír mi terrible voz.

Esperaba recibir al menos algún mensaje de mis amigos vampiros, aunque más de parte de Eric, claro. Pero mi móvil no dio señales de vida durante el trayecto. Me detuve un momento al final del sendero de acceso para recoger el periódico local y luego proseguí la marcha.

No fue ninguna sorpresa, aunque sí un alivio, comprobar que me estaban esperando. El coche de Pam estaba aparcado en la parte de atrás, y tanto ella como Bill y Eric aguardaban sentados en las sillas del jardín trasero. Pam llevaba puesta una camiseta de corte bajo y motivos florales con pantalones blancos de talle igualmente bajo como concesión a la estación actual; a ella la temperatura le traía sin cuidado. Sus sandalias altas de corcho remataban el conjunto maravillosamente.

—¡Hola a todos! —saludé, sacando los regalos del asiento trasero. Lancé a Pam un gesto con la cabeza para reconocer su gusto por el conjunto—. ¿Qué tal por el Fangtasia?

—Hemos venido a desearte un feliz cumpleaños —dijo Eric—. Y supongo que, como siempre, Bill querrá expresar su amor inmortal, más intenso que el mío, mientras que Pam optará por algo sarcástico, y casi doloroso, al tiempo que te recuerda que también te quiere.

Bill y Pam se disgustaron visiblemente ante el ataque preventivo de Eric, pero yo no pensaba permitir que nada me fastidiase el buen momento.

—¿Y tú qué, Eric? —contrataqué—. ¿Me vas a decir que me quieres tanto como Bill, pero de un modo más práctico, mientras encuentras una forma sutil de amenazarme y a la vez recordarme que puedes irte con Freyda en cualquier momento? —rematé con una sonrisa agresiva mientras pasaba junto al trío de camino a los peldaños del porche. Abrí la puerta de malla, crucé el porche, abrí la puerta de la cocina y entré en la casa con los bultos.

Dejé los regalos sobre la mesa de la cocina, volví al porche y abrí la puerta de malla.

—¿Tiene alguno de vosotros algo que decir? —Los miré de uno en uno—. ¿O doy la conversación por acabada? —Pam miraba hacia otra parte para ocultar su sonrisa traviesa.

—Solo que Eric tenía razón —comentó Bill, sonriendo abiertamente—. Te quiero más que él. Que pases una noche estupenda, Sookie. Este es mi regalo.

Sacó una pequeña caja con un lazo y extendí el brazo para cogerla.

—Gracias, señor Compton —dije, devolviéndole la sonrisa. Se alejó hacia el bosque, pero antes de desaparecer más allá del linde, se giró y me lanzó un beso.

—Yo también te he traído algo —observó Pam—. Nunca pensé que me gustaría pasar tiempo con una humana, pero tú eres más tolerable que la mayoría. Espero que nadie te haga daño en tu cumpleaños.

En lo referido a los deseos de cumpleaños, esos eran los que menos me gustaban, pero así era Pam. Bajé del porche y le di un abrazo. Ella me lo devolvió, lo que me provocó una sonrisa. Con Pam nunca se sabe. Su tacto era frío y olía a vampiro. Me caía muy bien. Se sacó una pequeña caja muy ornamentada y me la depositó en la mano.

Retrocedió un paso y nos contempló a Eric y a mí.

—Os dejo para que habléis de lo que sea —añadió con voz neutra. Eric era su creador, y existía un límite en cuanto al lenguaje que ella podía utilizar con él. Al momento, había desaparecido.

—¿Es que no me vas a abrazar a mí también? —Eric bajó la mirada hacia mí, arqueando una ceja.

—Antes de empezar con los abrazos, necesito saber en qué situación nos encontramos —contesté. Me senté en uno de los peldaños del porche, posando los regalos delicadamente a un lado. Eric se sentó también.

Ya no estaba tan contenta, era de esperar, pero sí mucho más calmada de lo que pensaba cuando supe que tendríamos que tener esta conversación.

—Creo que me debes alguna explicación —empecé a decir—. Hace semanas que no parecemos una pareja de verdad, a pesar de que no paras de decirle a todo el mundo que soy tu mujer. Últimamente eso solo se limita a tener sexo. Sé que, por tradición, a los chicos no os gustan las conversaciones de pareja. Creo que a mí tampoco, pero necesitamos mantener una.

—Pasemos dentro.

—No. Nos arriesgaríamos a acabar en la cama. Antes de que llegue eso, tenemos que comprendernos mutuamente.

—Te amo. —La luz de seguridad arrancó un destello a sus cabellos rubios pero fue engullida por la oscuridad de sus prendas. Parecía que se había vestido para un funeral.

—Yo también te quiero, Eric, pero creo que no estamos hablando de eso, ¿verdad?

Eric apartó la mirada.

—Supongo que no —dijo a desgana—. Sookie… Esto no se limita a una decisión lineal entre tú y Freyda. Si tan solo se tratase de escoger a una de las dos… Te quiero a ti. Es un hecho consumado, no tiene nada que ver con ninguna elección. Pero no es tan sencillo.

—¿Que no es tan sencillo? —repetí. Sentía demasiadas emociones como para decantarme por una, ya fuese el miedo, la ira o el entumecimiento. Se me agolpaban todas ellas, y muchas más. Como no soportaba mirar a la cara de Eric tanto como él a la mía, desvié la mirada hacia el cielo estrellado. Al cabo de otro instante de silencio, dije—: Pero sí que lo es. Es muy sencillo.

La noche rezumaba magia, no la magia benigna del amor que arrastra a las parejas, sino esa que azuza las lágrimas, esa que se arrastra fuera del bosque y te suelta una dentellada.

—Mi creador me legó esta orden —dijo Eric.

—Jamás pensé que recurrirías a ese argumento —protesté—. «Solo obedezco órdenes». ¡Venga ya! No puedes esconderte tras los deseos de Apio Livio, Eric. Está muerto.

—Él firmó un contrato legalmente vinculante —me corrigió Eric, manteniendo la compostura.

—Te estás dando una excusa para hacer algo doloroso y equivocado —repliqué.

—No me queda más remedio —restalló, volviendo su expresión cada vez más feroz.

Perdí la mirada en mis pies por un momento. Volvía a llevar mis sandalias alegres, de tacón alto y con unas pequeñas flores en las bandas que cruzaban los dedos gordos.

Parecían ridículamente frívolas, adecuadas para el día del cumpleaños de una soltera de veintiocho años. No eran la mejor elección para dar el beso de despedida al amor de una.

—Eric, eres un vampiro poderoso —dije. Cogí su fría mano—. Siempre has sido el tío más duro y audaz de la zona. Estoy segura de que no podrías hacer nada si tu creador estuviese vivo, pero yo lo vi morir, justo aquí, en mi jardín. Esto es lo importante; esto es lo que realmente creo. Creo que no tendrías problemas en salir de esta si odiases a Freyda. Pero no la odias. Es preciosa. Es rica. Es poderosa. Te necesita para que vigiles sus espaldas a cambio de un montón de cosas que te encantan. —Cogí aire con la respiración entrecortada—. Yo solo me tengo a mí. Y supongo que no es suficiente.

Aguardé, esperando quizá una refutación. Levanté la cabeza para mirarlo. No vi vergüenza. No vi debilidad. Lo que vi fue una intensidad eléctrica en sus ojos azules, igual que la de los míos.

—Sookie —advirtió—, si rechazo esta oportunidad, Felipe nos castigará a los dos. Nuestras vidas serán un infierno.

—Pues nos iremos —rebatí con tranquilidad—. Iremos a otro sitio. Trabajarás para cualquier otro rey. Me buscaré un trabajo.

Pero a medida que salían las palabras por mi boca, sabía que era una opción inviable. De hecho, me preguntaba si la habría puesto sobre la mesa de haber existido la menor probabilidad de que aceptara. Por lo general, pensaba que yo sí, aunque no creo que hubiese podido dejar atrás todas las cosas que estimaba.

—Ojalá hubiese una forma de evitarlo —lamentó Eric—. Pero no se me ocurre ninguna, y no pienso arrancarte de tu vida.

No estaba segura de si mi corazón se había roto en dos, de si sentía angustia o alivio. Estaba segura de que diría eso.

Pero no dijo nada más.

Esperaba a que yo hablase.

Sentía tanta aprehensión que noté cómo mis cejas se juntaban en una expresión inquisitiva.

—¿Qué? —inquirí—. ¿Qué?

No sabía adónde demonios quería llevarme con esa terrible conversación.

Eric casi parecía airado, como si no estuviese pillando la indirecta.

Yo seguía desconcertada, pero él seguía intentando forzar algún tipo de declaración por mi parte.

Cuando se aseguró de que realmente no tenía ni idea, dijo:

—Podrías parar todo esto si lo desearas —pronunció cada palabra con diáfana claridad.

—¿Cómo? —Le solté la mano y extendí las mías para escenificar mi ignorancia—. Dime cómo. —Rebusqué en mi mente tan rápido como pude, intentando comprender frenéticamente lo que Eric me estaba insinuando.

—Dices que me quieres —dijo, molesto—. Podrías parar esto.

Se volvió para marcharse.

—Pero dime cómo —rogué, oyendo y odiando la desesperación que proyectaba mi voz—. Maldita sea, ¡dime cómo!

Me echó una mirada por encima del hombro. No había visto esa expresión en su cara desde que nos conocimos; me miró como a cualquier otro trozo de carne del que alimentarse.

Al instante siguiente salió volando y se perdió en el cielo.

Me quedé mirando a lo alto durante uno o dos minutos. Quizá esperaba que apareciesen letras brillantes en el cielo que explicasen sus palabras. Quizá esperaba que Bill apareciese por el bosque como una salvación imprevista para traducirme aquello que Eric pensaba que debía saber.

Volví a entrar en la casa y eché el pestillo con gesto automático. Permanecí en el centro de la cocina, hostigando mi pobre cerebro para que cobrase actividad.

«Está bien», me dije. «Vamos a ver, Eric ha dicho que en mi mano está impedir que se vaya con Freyda».

—Pero no puede deberse solo a que le quiero, porque eso se lo he dicho y ya lo sabe —susurré—. Así que no es un sentimiento, sino una acción que debo emprender.

¿Qué acción? ¿Cómo podía impedir su matrimonio?

Podía matar a Freyda; pero eso no solo sería un acto horrible, ya que su único crimen había sido desear al mismo hombre al que yo quería, sino porque intentar acabar con una vampira tan poderosa sería un acto suicida.

Y matar a Eric difícilmente redundaría en un final feliz, y esa era la única alternativa que se me ocurría de impedir el enlace.

«Supongo que podría acudir a Felipe y rogarle que pujase fuerte por Eric», pensé. A pesar de que Eric había comentado que Felipe nos castigaría a los dos si se quedaba en Luisiana, oponiéndose a los deseos de Freyda, ahora meditaba seriamente la posibilidad de apelar al rey. ¿Cuál sería su respuesta? Estaba al corriente de que le había salvado la vida en el pasado, pero a pesar de sus grandes promesas, no había cumplido realmente ninguna de ellas. No, Felipe se reiría cuando cayese de rodillas. Y luego me diría que tendría que honrar los deseos de Apio y dejar que su vástago se prestase a tan aventurado enlace.

A cambio, estaba convencida de que Felipe recibiría un trato de favor en sus subsiguientes negocios con la reina de Oklahoma.

Con todo, era incapaz de vislumbrar la menor probabilidad de que Felipe aceptase que Eric se quedara en Shreveport. Su valía como sheriff no podría rivalizar con las ventajas de tenerlo bajo el ala de Freyda, murmurándole a saber qué cosas al oído.

Bueno, entonces los ruegos a Felipe estaban descartados. No puedo decir que no me sintiese aliviada.

Seguía dándole vueltas a la cabeza, intentando dar con alguna idea, mientras me duchaba y me ponía el camisón. Eric estaba tan seguro de que yo podía detener el acuerdo entre Freyda y Felipe. Pero ¿cómo? Era como si Eric pensase que alguien podía concederme un deseo, que yo tenía un as mágico en la manga.

Oh.

Me quedé petrificada con un brazo pasado por el camisón y el resto de la prenda colgada del cuello. No respiré durante un buen rato.

Eric sabía que tenía el *cluviel dor*.

Capítulo 15

No pegué ojo en toda la noche.

Mi mente no paraba de recorrer los mismos sitios, una y otra vez, como una ardilla enjaulada. Y siempre acababa obteniendo la misma conclusión.

Eric quería que admitiese que poseía el *cluviel dor*. ¿Qué habría pasado si le hubiese comprendido a tiempo anoche, si hubiese admitido que lo tenía? ¿Me lo habría arrebatado? No tenía claro si lo quería simplemente para él o si Freyda lo canjearía por sus servicios. O, a lo mejor, Eric solo quería que lo utilizase para impedir su marcha a Oklahoma.

Y esto es lo que pasa cuando tienes demasiado tiempo para pensar: llegué a creer que Eric había ingeniado todo ese episodio con Freyda para que le revelase el paradero del *cluviel dor*. Una posibilidad que me ponía enferma. De no haber sufrido traiciones en el pasado, esa idea jamás se me habría cruzado por la mente. A pesar de haber aceptado que el mundo era como era, me entristecía pensar siquiera que una traición tan planificada y prolongada fuese siquiera posible.

Cada nueva idea se antojaba peor que la anterior.

Permanecí en la oscuridad, contemplando las evoluciones del reloj de pared.

Intenté pensar en cosas que hacer en vez de pasarme las horas en la cama. Podría atravesar el cementerio para hablar con Bill, quien seguro estaría despierto. Una idea terrible, y la descarté las diez veces que se me ocurrió. A la undécima, salí de la cama y me dirigí hacia la puerta trasera antes de obligarme a darme la vuelta. Sabía que si iba a ver a Bill ahora mismo, ocurriría algo de lo que muy probablemente me arrepentiría; y eso no sería justo ni para mí, ni para Eric. No hasta que estuviese segura de las cosas.

Aunque ya creía estarlo.

Abrí el bolso y cogí el *cluviel dor*. Su superficie tibia y suave alivió mi dolor, me calmó. No estaba segura de poder confiar en esa sensación o no, pero era, de largo, preferible a la profunda desdicha de momentos antes. Oí la llegada de Dermot y cómo atravesaba la casa sigilosamente. No soportaba la idea de tener que explicarle la situación, así que no le hice saber que estaba despierta.

Cuando subió al piso de arriba, me metí en el oscuro salón y esperé a que amaneciera. Me quedé dormida cuando los primeros rayos de sol hendían el manto nocturno. Dormí un sueño inquieto en el sofá hasta despertar varias horas después con un calambre en el cuello y la rigidez lastrándome todas las articulaciones. Me levanté, sintiéndome como creía que se debía de sentir una mujer mayor cada mañana. Quité el pestillo de la puerta delantera y salí al porche. Los pájaros cantaban y el calor del día ya empezaba a notarse. La vida se abría paso.

Como no se me ocurría qué más hacer, fui a la cocina y puse la cafetera. Al menos no tenía que ir a trabajar, ya que el Merlotte's cierra los domingos.

La noche anterior había dejado sobre la mesa el periódico local sin leerlo, así que, mientras tomaba el café, lo desenrollé y me puse a leer. Eran apenas unas cuantas páginas, anecdóticas en comparación con el diario de Shreveport, que también solía leer. No obstante, a menudo el diario de Bon Temps traía noticias más interesantes que el otro. Ese era el caso hoy. «¿Un oso en los bosques de la ciudad?», rezaba el titular. Busqué el artículo apresuradamente y el corazón me dio un vuelco, si es que aún le quedaba ese margen.

El hallazgo de dos cadáveres de ciervo por oriundos de la zona había dado lugar a ciertas especulaciones sensacionalistas. «"Ha debido de ser un depredador de gran tamaño", dice Terry Bellefleur, que se topó con uno de los animales muertos mientras entrenaba a su perro. "No parecía obra de un oso o una pantera, pero es indudable que lo mató algo grande"».

Mierda. Mira que le había dicho a Bellenos que se ciñese a mi bosque.

—Como si ya no tuviese bastantes preocupaciones —me dije, levantándome para rellenarme la taza de café—. No necesitaba esto.

—¿Qué es lo que te preocupa? —preguntó Claude.

Pegué un grito y mi taza de café salió volando.

Cuando recuperé el habla, dije:

—No… me… vuelvas… a… hacer… eso. —Debió de entrar por la puerta delantera, que se había quedado abierta. Es verdad que tenía llaves, pero de haberlas usado al menos le habría oído meterlas en la cerradura y habría podido estar sobre aviso.

—Lo siento, prima —dijo con aire arrepentido, pero no se molestó en disimular la diversión en su mirada.

Oh, mierda, ¿dónde había dejado el *cluviel dor*?

Estaba encima de la mesa de café del salón. Eché mano de cada gramo de autocontrol para no salir corriendo a por él.

—Claude —comencé—. Las cosas no han ido muy bien durante tu ausencia. —Pugné por evitar que me temblara la voz—. Algunos de tus empleados feéricos se han tomado unas vacaciones. —Indiqué el periódico—. Creo que Dermot se ha pasado la noche en el Hooligans. Deberías leer esto. —Como no había entrado por detrás, era probable que no hubiese visto el coche de Dermot.

Claude se sirvió una taza de café y, obediente, tomó asiento.

Sus acciones no eran amenazadoras, pero estaba ante el hombre que había mandado a Kym Rowe a su muerte. Por lo que yo sabía, era el que la había matado al no conseguir ella que lo hiciera Eric. La repentina reaparición de Claude (sin Niall) habría bastado para ponerme la piel de gallina, aun sin saber de su connivencia con Jannalynn.

¿Por qué había vuelto solo? Noté en su expresión algo inédito. Quería que se sentase, que me diese tiempo para ir al salón y recoger el objeto mágico.

—¿Dónde está Niall? —pregunté, recogiendo mi taza, que milagrosamente no se había roto. La deposité en el fregadero y tomé un montón de papel de cocina para limpiar el café derramado.

—Sigue en el mundo feérico —contestó, concentrándose ostentosamente en el periódico—. Oh, ¿te gustó la actuación de tu amigo en el Hooligans? El humano, quiero decir.

—¿J.B.? Bueno, no puedo negar que a su mujer y a mí nos sorprendió que fuese el único humano y que nadie supiese nada de lo que iba a pasar.

—Necesitaba un trabajo y me acordé de la bella señora que estaba con esa criatura —explicó—. ¿Ves? He hecho una buena acción. No soy tan malo.

—Nunca dije que lo fueras.

—Sin embargo, a veces me miras como si no comprendieras por qué respiro el mismo aire que tú.

Eso me dejó honestamente pasmada.

—Claude, lamento si alguna vez te he dado esa impresión. Si alguna vez pensé que no merecías la pena, ahora no es en absoluto así. —¿O sí? No, no creo. Creía que era egoísta y falto de encanto, y puede que culpable de un asesinato, pero eso era harina de otro costal.

—No quieres que hagamos el amor. Si tuvieses un poco más de sangre de hada, estarías más que dispuesta.

—Pero no la tengo. Y eres gay. Y estoy enamorada de otra persona. Y no creo en el sexo entre familiares. Ya hemos tenido esta conversación y no tengo ninguna gana de volverla a tener.

La sensación de que algo iba mal no dejaba de aumentar, y, especialmente tras mi experiencia con los licántropos renegados, sabía que era conveniente no dejar pasar algo así. También era consciente de que Claude era más fuerte que yo y daba por sentado que atesoraba habilidades nunca vistas.

—De acuerdo —dijo—. ¿Intentas darme a entender que mis conocidos y hermanos cazan por las noches? ¿Por eso me das el periódico?

—Sí, Claude. Eso es lo que quiero decir. Dermot casi se deja la piel intentando controlarlos. ¿Recibió Niall la carta que le mandé?

—No lo sé —respondió Claude.

Estaba desconcertada.

—Creí que habías vuelto con Niall para investigar quién lanzó el hechizo de locura sobre Dermot —dije—. Él se ha pasado muchas noches en el club esforzándose mucho para que todo siga funcionando. —Temía por mí, claro estaba, pero también por Dermot. Ojalá se hubiese despertado. Claude no me creería si le dijese que Dermot no estaba; subiría para comprobarlo—. ¿Y qué has estado haciendo en el mundo feérico? ¿Encontrasteis al final al que lanzó el hechizo?

—Niall y yo hemos tenido ciertos desencuentros —explicó Claude, alzando sus maravillosos ojos oscuros para clavarlos en los míos—. Lamento decir que piensa que fui yo quien maldijo a Dermot.

Me quedé sin palabras, ya que veía refrendadas en su boca mis propias sospechas.

—Creo que es terrible —dije con sinceridad absoluta. Se lo podía tomar como quisiera—. Voy a abrir las contraventanas del salón. Sírvete más café. Creo que me quedan algunas tartitas en la nevera, por si tienes hambre.

Atravesé el pasillo que daba al salón esforzándome por no parecer apresurada, obligándome a dar pasos uniformes y despreocupados. De hecho, fui directamente hasta una de las contraventanas y la abrí.

—Va a hacer un día precioso —anuncié, me volví y, de un solo gesto, cogí el *cluviel dor* y me lo metí en el bolsillo del camisón. Dermot estaba a medio camino bajando las escaleras.

—¿He oído la voz de Claude? —preguntó y pasó corriendo a mi lado. Por lo visto, ni siquiera había reparado en lo que acababa de recoger; todo un alivio, aunque lejos de mi lista de prioridades en ese momento.

—Sí, ha vuelto —contesté con lo que esperaba que fuese un tono natural, pero le agarré del brazo cuando pasó a mi lado. Lo miré con toda la alarma que supe invocar.

Los ojos de Dermot, tan parecidos a los de Jason, se abrieron mucho. No podía hacer ningún gesto que tradujese claramente lo que pensaba: que Claude quería hacernos algo terrible; que había matado a Kym Rowe por alguna razón que se me escapaba y que creía que era el responsable de su maldición. Pero al menos entendió que la situación demandaba precaución.

—No le he dicho que estabas aquí —le susurré. Él asintió.

—Claude —llamó—. ¿Dónde has estado? Sookie dice que no me oyó llegar anoche. Los demás están como locos por oír noticias tuyas. —Se encaminó hacia la cocina.

Pero se topó con Claude, que venía hacia el salón. No creo que hubiese visto nuestro silencioso coloquio, pero a esas alturas no estaba dispuesta a apostar por nada bueno. Por lo visto, mi día bueno había sido el de ayer, aunque hubiera terminado tan mal como era posible. ¡No, me equivocaba! Claude podría haber vuelto la noche anterior. Sí, eso sí que habría sido peor.

—Dermot —dijo Claude. Su voz era tan gélida que detuvo a Dermot en seco. Yo procedí a abrir la tercera contraventana.

—¿Qué pasa? ¿Has vuelto sin padre? —quiso saber Dermot.

—El abuelo tiene asuntos de los que ocuparse —gruñó Claude—. En casa.

—¿Qué has hecho? —insistió Dermot. Tenía valor. Yo intenté pasar lo más desapercibida posible de camino a mi habitación para coger el móvil. No sabía a quién llamar; no sabía quién podía enfrentarse a un hada—. ¿Qué has hecho, Claude?

—Creí que a mi vuelta con él encontraría apoyos para nuestro programa —dijo Claude.

Ay, ay. No me gustaba cómo sonaba eso. Di dos pasos más a mi izquierda. ¡El Hooligans! ¡Llamaría al Hooligans! Espera, a menos que ellos lo apoyasen en lo que demonios fuera ese programa. Mierda. ¿Qué podía hacer? Dermot iba desarmado. Solo llevaba los pantalones del pijama, sin camiseta.

Tenía guardada la escopeta en el armario, junto a la entrada principal. Quizá debería dirigirme allí en vez de ir a buscar el móvil. ¿Tenía el número del Hooligans en la agenda de marcado rápido? ¿Cuánto tardaría la policía en llegar si llamaba al 911? ¿Mataría Claude a los agentes?

—¿Y no fue así? —preguntó Dermot—. No estoy seguro de qué programa me estás hablando, Claude.

—Simplón ingenuo —soltó Claude, mordaz—. ¿Cuánto te has esforzado fingiendo que no sabías lo que estaba pasando a tu alrededor con tal de seguir con nosotros?

Claude ya había rebasado la línea de la grosería. Si hubiese dormido algo, no habría saltado como hice, pero como no era el caso, estallé.

—Claude Crane, te estás comportando como un capullo de primera —le solté—. ¡Cierra la boca ahora mismo!

Había conseguido desconcertar a Claude, que desvió la mirada hacia mí un segundo, segundo que Dermot aprovechó para golpearlo con todas sus fuerzas. Y vaya si las tenía. Claude se tambaleó a su derecha y Dermot siguió golpeándolo. Por supuesto, el elemento sorpresa se evaporó después del primer golpe. A Claude se le daba bien otra cosa, aparte de quitarse la ropa en un escenario: sabía pelear sucio.

Los dos se enzarzaron plenamente, dos hombres tan bellos ocupados en algo tan terrible que apenas pude mirar.

El objeto más pesado a mano era una lámpara que perteneció a mi bisabuela. Con un atisbo de renuencia, la cogí entre las manos, dispuesta a estamparla en la cabeza de Claude a la menor oportunidad.

Pero en ese momento se abrió de golpe la puerta de la cocina y Bellenos irrumpió como un torbellino a través del pasillo. Llevaba una auténtica espada en la mano, en nada parecida a la lanza que usaba para cazar ciervos. Lo acompañaba Gift, con sus cuchillos largos en las manos. Detrás venían otras tres de las hadas de Monroe: dos de los *strippers* (el policía y el demonio que llevaba las prendas de cuero) y la que comprobaba los pases en la entrada. Hoy ni siquiera se había molestado en parecer humana.

—¡Ayudad a Dermot! —chillé, esperanzada con que eso fuese lo que habían venido a hacer. Con increíble alivio vi cómo se metían en la pelea llenos de excitación. Hubo muchos puñetazos y mordiscos innecesarios, pero cuando estuvieron seguros de haber reducido a Claude, todos se echaron a reír. Incluido Dermot.

Al menos pude colocar la lámpara en su sitio.

—¿Quiere alguien explicarme qué está pasando? —inquirí. Me sentía (como de costumbre con los sobrenaturales) dos pasos por detrás de los acontecimientos, y no hay telépata en el mundo que disfrute con eso. Iba a tener que pasar mucho tiempo entre humanos normales para compensar esa triste incertidumbre.

—Mi queridísima hermana —saludó Bellenos. Esbozó esa sonrisa que tanto me desconcertaba. Hoy parecía tener más dientes que nunca, y como encima estaban ensangrentados, el efecto no fue en absoluto reconfortante.

—Hola a todos. —Fue lo único que se me ocurrió decir, pero solo conseguí que todos sonriesen más si cabe. Gift le dio un sonoro beso a Dermot en la mejilla. Su párpado suplementario se abrió y se cerró, casi demasiado deprisa para el ojo humano.

Mientras tanto, Claude yacía en el suelo, hecho un amasijo jadeante y ensangrentado. A tenor de las miradas que disparaba en todas direcciones, seguía con muchas ganas de pelea, pero estaba tan superado en número que no le quedó más remedio que rendirse…, al menos por el momento. La chica de la entrada estaba sentada sobre sus piernas y cada uno de los *strippers* le inmovilizaba un brazo.

Gift vino a sentarse a mi lado; yo me había derrumbado en el sofá. Me rodeó con el brazo.

—Claude quería que nos rebelásemos contra Niall —dijo con dulzura—. Hermana, me sorprende que no pusiera a prueba tu lealtad también.

—¡Bueno, no creo que hubiese llegado demasiado lejos! —exclamé—. ¡Le habría mandado a freír monas en menos que canta un gallo!

—Eso ha sido inteligente por tu parte, Claude —dijo Bellenos, inclinándose sobre su cara—. Una de las pocas cosas inteligentes que has hecho. —Claude lo atravesó con la mirada.

Dermot sacudió su atractiva cabeza.

—Todo este tiempo pensé que debía emular a Claude por sus éxitos en el mundo humano. Pero me di cuenta de que, cuando Claude creía que la gente estaba satisfecha con él, no percibía que solo era así por su atractivo. Lo más normal, cuando trataba con los demás, era que suscitase desagrado. No me resultaba fácil creerlo, pero lo había hecho muy bien a pesar de sí mismo, y no por sus propios talentos.

—Le gustan los niños —dije con voz débil—. Y se porta bien con las embarazadas.

—Sí, eso es verdad —apuntó el *stripper* policía—. Por cierto, puedes llamarme Dirk, mi nombre artístico. Siobhan es la que está sentada encima de las piernas de Claude. Y este es Harley. Seguro que te acuerdas de Harley.

—Oh, claro, ¿quién podría olvidarse de Harley? —dije. Incluso en aquellas circunstancias podía recordar el aspecto del cabello negro y liso y la piel cobriza de Harley bajo las luces del Hooligans. Intentó saludar con una inclinación desde su posición acuclillada, lo cual no resultó nada fácil, mientras que Siobhan me dedicaba una sonrisa—. Entonces, ¿sí es verdad que exiliaron a Claude aquí, junto al resto de vosotros? ¿Eso no era una mentira?

—No, no lo era —dijo Dermot con tristeza—. Mi padre me odiaba porque siempre creyó que yo iba en su contra. Pero es que yo estaba maldito, y convencido de que él me había echado la maldición, pero ahora comprendo que siempre fue Claude. Claude, me traicionaste y luego me mantuviste pegado como un perro faldero.

Claude empezó a hablar en otro idioma, y entonces las hadas se movieron a una increíble velocidad. Gift se arrancó la parte de arriba de la ropa y Harley lo introdujo en la boca de Claude.

Hubiese sido poco decoroso dar cuenta del pecho desnudo de Gift, así que me sobrepuse.

—¿Eso era el idioma secreto de las hadas? —Odiaba preguntar, pero es que quería saberlo. Mis días de ignorancia se habían terminado.

Dirk asintió.

—Entre nosotros hablamos así; es lo que tenemos en común: las hadas puras, los demonios, los ángeles y todas las castas mestizas.

—Dermot, ¿es verdad que Claude y tú os mudasteis conmigo por mi sangre de hada? —le pregunté. La boca de Claude seguía llena.

—Sí —respondió, inseguro—. Aunque Claude dijo que aquí había algo que lo atraía, y se pasó las horas registrando la casa cuando no estabas. Cuando no encontró lo que buscaba, imaginó que podría estar en los muebles que vendiste. Asaltó la tienda para volver a registrarlos.

Sentí un acceso de ira cubriendo mis pensamientos.

—Encima de que tuve el detalle de aceptarlo en mi casa. La registró. Rebuscó entre mis cosas. Cuando yo no estaba.

Dermot asintió. Por su mirada culpable, estaba segura de que Claude había reclutado a mi tío abuelo para que le ayudase.

—¿Qué era lo que buscaba? —preguntó Harley con genuina curiosidad.

—Sintió la presencia de un objeto feérico en casa de Sookie, una influencia de nuestro mundo.

Todos me miraron a la vez, prestándome toda su atención.

—Mi abuela… Todos sabéis que mi parte feérica procede de la unión de mi abuela con Fintan, ¿verdad? —Todos asintieron y parpadearon. Menos mal que no había querido guardar el secreto—. Mi abuela era amiga del señor Cataliades, por parte de Fintan. —Volvieron a asentir, más despacio—. Él me dejó algo, pero el otro día me hizo una visita rápida y se lo llevó otra vez.

No parecieron tener problemas en aceptarlo. Al menos nadie saltó para decirme algo del tipo: «¡Serás mentirosa, si lo tienes en el bolsillo!».

Claude se removió en el suelo. Era evidente que quería desdecirme, y no pude alegrarme más de que tuviese el top de Gift metido en la boca.

—Ya puestos a hacer preguntas... —añadí, esperando que Bellenos me interrumpiera y dijera que ya había pasado el tiempo. Pero eso no ocurrió—. Claude, sé que has intentado sabotear mi relación con Eric. Lo que no sé es por qué.

Dirk arqueó las cejas con curiosidad. Me estaba preguntando si quería que le quitase la improvisada mordaza.

—Puede que baste con que me digas si he acertado —sugerí, con la esperanza de que la mordaza se quedase en su sitio—. ¿Pediste ayuda a Jannalynn porque querías contar con la ayuda de algún tipo de cambiante?

Claude asintió, horadándome con la mirada.

—¿Quién es esa? —susurró Dermot, como si el mismo aire fuese a contestarle.

—Jannalynn Hopper es la segunda al mando de la manada del Colmillo Largo de Shreveport —dije—. Está saliendo con mi jefe, Sam Merlotte. Pero me odia, aunque es una larga historia, un poco aburrida, que ya contaremos en otro momento. En fin, que sé que estaba deseando jugarme una mala pasada. Y la joven que fue asesinada en el jardín de Eric resultó ser una licántropo mestiza con poco aprecio a su vida y serios problemas económicos, dispuesta a participar en un plan desesperado, supongo. Claude, le diste un poco de tu sangre para que hiciera perder el control a Eric, ¿verdad?

Todas las hadas se quedaron estupefactas. No podía haber dicho nada más aberrante para ellas.

—¿Le diste tu sagrada sangre a una mestiza? —siseó Gift, propinando una patada llena de ganas a Claude.

Este cerró los ojos y asintió.

A lo mejor deseaba que los otros lo matasen allí mismo. Por lo visto, Kym Rowe no era la única que había desarrollado un deseo suicida.

—Bien, entiendo cómo lo hiciste…, pero ¿por qué? ¿Por qué querías que Eric perdiese el control? ¿Qué beneficio sacabas?

—¡Oh, esa me la sé! —saltó Dermot, sonriente.

Suspiré.

—Podrías explicarlo, entonces.

—Claude me dijo muchas veces que si conseguíamos que Niall volviese a tu lado, podríamos atacarlo en el mundo humano, donde no estuviese rodeado de los suyos —contó Dermot—. Pero no le hice caso. Estaba seguro de que Niall no volvería, que ni siquiera podría, ya que se mantendría firme en su decisión de no salir del mundo feérico. Pero Claude argumentó que Niall te quiere tanto que si algo te pasaba no dudaría en venir a tu lado. Así que intentó arruinar a Eric con la esperanza de que tú y él os peleaseis y que al final él te hiciese daño. O que te detuviesen por su asesinato y, en todo caso, necesitases de la ayuda de tu bisabuelo. Como mínimo, romperías con Eric y tu tristeza lo azuzaría para volver.

—Triste sí que estaba —dije lentamente—. Y anoche más todavía.

—Y aquí estoy —anunció una voz que reconocí—. He venido en respuesta a tu carta, que ha servido para que abra los ojos hacia muchas cosas.

Resplandecía. Mi bisabuelo no se había molestado en adoptar su apariencia humana. Su pelo rubio blanquecino flotaba en el aire alrededor de su cabeza. Su rostro estaba radiante, sus ojos como dos puntos luminosos en un árbol blanco.

El pequeño grupo de hadas que ocupaba mi salón cayó arrodillado.

Él me abrazó y pude sentir su increíble belleza, su aterradora magia, su loca devoción.

No había nada humano en él.

Acercó la boca a mi oreja.

—Sé que lo tienes —dijo.

De repente estábamos en mi habitación, y no en el salón.

—¿Te lo vas a llevar? —pregunté con un diminuto hilo de voz. Las hadas del salón podrían oírlo.

—Ni siquiera me lo muestres —dijo—. Era un regalo de mi hijo a su amada. Quería que fuese para una humana, y en manos de una humana debería permanecer.

—Pero lo deseas con todo tu corazón.

—Así es, y apenas sé controlar mis impulsos.

—Vale. Nada de enseñártelo. —Peligro. Intentaba relajarme, pero no era sencillo querer y ser querida por un príncipe sin aspecto o referencias humanas, es más, alguien cuya dilatada edad se hacía notar. Bueno, un poco. De vez en cuando—. ¿Qué va a pasar con las hadas del salón?

—Me las llevaré conmigo —dijo—. Me he encargado de muchas cosas mientras Claude estuvo conmigo. Nunca le di a entender lo que ya sabía de él. Sé lo que le pasó a Dermot. Le he perdonado.

Vale, eso estaba bien.

—¿Cerrarás el acceso al mundo feérico definitivamente?

—Pronto —susurró, sus labios incómodamente cerca de mi oído—. Pero aún no has preguntado quién le dijo a tu amante que tenías el... objeto.

—No estaría de más saberlo.

—Tienes que saberlo. —Sus brazos se afianzaron de forma molesta alrededor de mi cuerpo. Me obligué a relajarme apoyada en él—. Fui yo —dijo Niall de manera casi inaudible.

Di un respingo, como si me hubiese pellizcado en el trasero.

—¿Qué?

Su brillante mirada se zambulló en la mía.

—Tenías que saberlo —dijo—. Tenías que saber lo que pasaría si él creía que tenías poder.

—Por favor, dime que todo el asunto de Apio no fue cosa tuya. No podría soportarlo.

—No. Eric tiene la mala suerte de que todo el mundo quiere bajarle los humos, incluido su creador. El romano quería mantener el control sobre un ser que rezumaba vitalidad hasta después de su muerte, y más aún después de convertir al niño. Qué inestable era. Apio Livio Ocella cometió muchos errores a lo largo de toda su existencia. Quizá convertir a Eric fuese su mayor logro. Creó al vampiro perfecto. Su única debilidad eres tú.

—Pero... —Ya no recordaba lo que iba a decir.

—Pero, por supuesto, no es así como lo percibo yo, querida mía. Eres el único impulso correcto que ha tenido Eric en cinco siglos, o más. Bueno, Pam también. Ni siquiera la otra creación viva de Eric rivaliza con su creador.

—Gracias —dije torpemente—. Entonces ¿conocías a Apio?

—Coincidimos. Era un romano apestoso e idiota.

—Es verdad.

—Me alegró que muriese. Fue en tu jardín, ¿verdad?

—Ah, sí.

—Los terrenos que circundan tu casa se han anegado en sangre. Aumentará su magia y su fertilidad.

—¿Y ahora qué pasará? —Era lo único que se me ocurrió decir.

Me cogió en brazos y me sacó de la habitación como si fuese un bebé. No era como cuando Eric lo hacía, que siempre tenía una connotación carnal. Ahora se trataba de algo infinitamente tierno (como tantas otras cosas en mi bisabuelo) y muy escalofriante.

Me depositó en el sofá con tanta delicadeza como si fuese un huevo.

—Esto es lo que va a pasar —me dijo. Se volvió hacia las demás hadas, que seguían arrodilladas. Claude había dejado de resistirse y tenía la mirada levantada hacia Niall, resignado. Por un instante, Niall ignoró a su nieto.

—¿Queréis volver a casa? —preguntó a los demás.

—Sí, mi príncipe —asintió Dirk—. ¿Podría ser junto con los hermanos que aguardan en el club?

—Con tu bendición, creo que me quedaré aquí, padre —dijo Dermot.

Todos lo miraron con incredulidad, como si acabase de anunciar que iba a dar a luz a un canguro.

Niall apretó a Dermot contra su pecho. En su rostro era visible la felicidad, el miedo y todo lo que yo misma había sentido entre los brazos del príncipe de las hadas.

—Ya no serás un hada —dijo Niall—. Todas las hadas de este país se irán. Elige.

Era doloroso ver el conflicto reflejado en la expresión de Dermot.

—Sookie, ¿quién puede terminar la reforma del desván?

—Contrataré a Terry Bellefleur —le respondí—. No será ni la mitad de bueno que tú, Dermot.

—Sin televisión —dijo—. Echaré de menos la HGTV. —Sonrió—. Pero no podría vivir sin mi esencia, y soy tu hijo, Niall.

Niall le dedicó una generosa sonrisa, el regalo que Dermot había deseado a lo largo de toda su existencia.

Me levanté; no iba a permitir que se fuera sin darle un abrazo. Se me saltaron las lágrimas sin previo aviso. Todos me besaron, incluido Bellenos. Sentí sus dientes arañándome la mejilla y su pecho agitarse en un puntual sollozo.

Niall dibujó unos misteriosos símbolos sobre mi cabeza y cerró los ojos, exactamente igual que un sacerdote cuando da una bendición. Sentí que algo cambiaba en la casa y las tierras que la rodeaban.

Y entonces, todos desaparecieron. Claude también.

Estaba estupefacta. Estaba segura de que el Hooligans se había quedado vacío, con las puertas cerradas con llave.

Las hadas habían abandonado Estados Unidos. ¿Su punto de salida? Bon Temps, Luisiana. Los bosques tras mi casa.

Capítulo 16

Como os podréis imaginar, resultó muy difícil que el resto del día transcurriera con normalidad después de lo ocurrido.

No había dormido en toda la noche, y los traumas no dejaban de llegar.

Pero, tras una buena ducha y estirarme en el salón, que se había visto un poco afectado tras la lucha, me senté en la mesa de la cocina intentando asimilar todo lo que había pasado la noche anterior y esa misma mañana.

El proceso requería mucha energía. A medio camino de la puesta en orden de mis ideas, me vi en la necesidad de pensar en otras cosas. Afortunadamente tenía ante mí algo que podría servir.

Entre los regalos que había dejado sobre la mesa la noche anterior se encontraba la pequeña caja de Pam, la de Bill y el sobre de Sam, que no había llegado a abrir. Pam me había regalado un perfume cuyo olor me encantó. Bill me regaló un collar con un colgante de camafeo. Sin duda, habría sido del agrado de mi abuela.

—¡Oh, Bill —dije—, te has lucido!

Pensé que nada podría igualar ese regalo mientras echaba mano del sobre de Sam para abrirlo. Imaginé que habría metido una tarjeta de felicitación divertida, quizá con un vale de regalo.

Sam me había hecho socia del bar de forma oficial. Era propietaria legal de un tercio del Merlotte's.

Apoyé la cabeza en la mesa mientras soltaba tacos. De felicidad, claro.

Las últimas veinticuatro horas habían sido mi personal vía crucis de lágrimas. ¡Se acabó!

Me obligué a levantarme de la silla, me puse una tonelada de maquillaje y un vestido de verano, así como la mejor sonrisa de mi repertorio. Era hora de volver con los vivos, mi mundo de todos los días. No quería conocer un solo secreto más, ni ser objeto de una sola traición más.

Había quedado para desayunar con Kennedy en LaLaurie's, donde, según ella, servían el mejor *brunch* los domingos. Creo que nunca había comido nada llamado así. Ese día fue el primero, y me supo a gloria. ¡Y había auténticos manteles y servilletas blancos! Kennedy también llevaba un bonito vestido y su pelo estaba de catálogo. Y no había conseguido disimular con maquillaje el chupetón que asomaba por el cuello.

Kennedy estaba de un humor excelente y me confió más de lo necesario las maravillas de su situación actual con Danny. Danny incluso hacía algunos recados para Bill, puesto que, al cerrar los domingos, no tenía que trabajar en el almacén de madera. Saldría bien. Se ganaría la vida. Cuando su economía se estabilizase, quizá se fuesen a vivir juntos.

—Quizá —enfatizó, pero a mí no me engañaba. Era solo cuestión de tiempo.

Pensé en mis alegres fantasías de la noche anterior; ¿de verdad había pasado todo hacía solo una noche? Intenté recordar todos los finales felices que había imaginado para todo el mundo, y si alguno incluía a Danny y Kennedy.

Tras salir del LaLaurie's, llena y satisfecha, sabía que no podía esperar más para agradecer a Sam su maravilloso regalo. Su camioneta estaba aparcada delante de su caravana. Su cerca y el jardín estaban bien regados y muy floridos a pesar del calor. Conocía pocos hombres dispuestos a mantener un jardín detrás de su caravana si esta se encontraba, a su vez, detrás de un bar. Siempre me había esforzado por dejarle su parcela de intimidad. Podía contar con los dedos de una mano las veces que había llamado a la puerta de su casa.

Hoy era una de ellas.

Cuando abrió, mi sonrisa se esfumó. Estaba claro que algo iba muy mal.

Entonces me di cuenta de que acabaría de saber lo que había hecho Jannalynn.

Me miró sombríamente.

—No sé qué decirte —lamentó—. Es la segunda vez que salgo con una mujer que intenta hacerte daño.

Me llevó un instante recordar cuál había sido la primera.

—¿Callisto? Oh, Sam, eso fue hace siglos, y apenas podía decirse que fuese una mujer. No era nada personal. Jannalynn, bueno, ella sí. Pero es una joven ambiciosa; está intentando… —Mi voz perdió vigor. «Está intentando derrocar al líder de una manada, a quien juró lealtad. Está intentando asegurarse de que arresten a mi novio por asesinato. Ha conspirado con un hada para pagar a una muchacha, conduciéndola a su propia muerte. Ha secuestrado a Warren. Lo abandonó para que muriese. Ha intentado matarme, de una u otra manera»—. Está bien —admití—. La has cagado con Jannalynn.

Parpadeó varias veces. Su pelo rubio rojizo se erizó como las púas de un puercoespín por toda su cabeza. La ladeó ligeramente, como asegurándose de que había oído bien.

Sus labios se estiraron en una sonrisa involuntaria. Me pasó lo mismo. Y nos echamos a reír los dos. Tampoco fue exagerado; lo justo para despejarnos.

—¿Dónde está? —pregunté—. ¿Sabes lo que pasó hace dos noches?

—Cuéntamelo —contestó, apartándose para dejarme pasar.

Sam conocía la versión resumida que le había contado un amigo suyo, un joven que trabajaba para Jannalynn en el Pelo del Perro.

—No me has dicho qué te hizo sospechar de ella —me dijo Sam. La idea permaneció suspendida en el aire.

—Sam, deja que te cuente lo que ha pasado durante los dos últimos días y lo comprenderás, te lo prometo —aseguré. Y le narré una versión un poco edulcorada.

—Dios bendito, Sookie —exclamó—. Tú sí que sabes cómo celebrar tu cumpleaños, ¿eh?

—Lo mejor de mi cumpleaños ha sido tu regalo —dije, y le cogí de la mano.

Sam se puso rojo.

—Oh, Sook. Te lo has ganado. Te lo mereces. Y, mira, tampoco te he hecho socia a partes iguales, ¿no?

—Intentar reducir la importancia de tu regalo no me va a convencer —rebatí. Le di un beso en la mejilla y me levanté para suavizar el momento y que Sam no se sintiese incómodo—. Tengo que volver a casa —me excusé, aunque no imaginaba para qué.

—Hasta mañana, pues.

Sería mucho antes que eso.

De camino a casa me sentía extrañamente ausente.

Desde lo que parecía una eternidad, mi tiempo libre había estado monopolizado por Eric. Hacíamos planes para vernos, o estábamos juntos, o hablábamos por teléfono. Ahora que parecía que nuestra relación se desmadejaba, no sabía qué esperar de nuestro siguiente encuentro. Si es que se producía. Pero no podía imaginar cómo llenar el agujero que había dejado su ausencia en mi vida. Ahora que sabía quién había intentado causar los problemas a Eric, sabía que su implicación conmigo había conducido hasta ese momento. Nunca habría estado en el punto de mira de Claude o de Jannalynn de no ser por mí, y eso suponía tal vuelco en la situación (normalmente yo era el objeto de las conspiraciones por ser novia suya) que no podía quitármelo de la cabeza. Me preguntaba cuánto sabría Eric, pero era incapaz de llamarlo para contarle nada.

Sabía que tenía el *cluviel dor* y esperaba que lo hubiese utilizado para evitar pasar por el aro del acuerdo de Apio Livio con Freyda.

Y puede que lo hubiera hecho. A lo mejor lo hacía. Parecía la elección más obvia, lo más lógico para hacer con la magia. Pero también tenía la sensación de que Eric esperaba que le ahorrase mágicamente los problemas de los que tenía que desembarazarse por sus propios medios. Tenía que quererme lo suficiente como para sencillamente rechazar a Freyda. Era como si no quisiera ser responsable de la decisión, fuese cual fuese.

Era una idea que no me gustaba. Pero no se puede borrar una idea. Cuando se tiene, se queda.

Me habría gustado tener la absoluta convicción de que sacar ese objeto de mi bolsillo y desear con todas mis fuerzas que Eric se quedase conmigo fuese lo más correcto.

Le di vueltas y más vueltas. Pero no me parecía lo correcto.

Necesitaba la siesta que me eché. Desperté hambrienta. Calenté al microondas un plato de lasaña y dejé volar los pensamientos mientras me la comía. En el bar nadie había vuelto a oír noticias de misteriosas muertes de ciervos, y ahora podía estar segura de que nunca volverían a producirse. Pensé en el Hooligans, ahora lo más seguro vacío, pero ya no tenía nada que ver conmigo. Oh, Dios, con certeza habían quedado cosas de Dermot y Claude arriba. Quizá podría empaquetarlas. Aunque tampoco sabría a quién mandárselas.

Bueno, podía donar la ropa a la beneficencia.

Puse la televisión un rato. Echaban una vieja película en blanco y negro acerca de un hombre y una mujer que se querían pero que habían tenido que sortear innumerables obstáculos para acabar juntos. Luego pusieron un programa de cocina y un par de episodios del concurso *Jeopardy* (fui incapaz de responder bien a ninguna pregunta). La única llamada que recibí fue de una organización de recaudación de fondos. Les di largas.

No les gustó mucho, vaya que no.

Cuando el teléfono volvió a sonar, lo descolgué sin molestarme en bajar el volumen del televisor.

—¿Sookie? —dijo una voz familiar.

Apagué el televisor con el mando a distancia.

—Alcide, ¿cómo está Warren?

—Mucho mejor. Creo que se pondrá bien. Oye, necesito que Sam y tú vengáis esta noche a la vieja granja.

—¿A la de tu padre?

—Sí. Se requiere vuestra presencia.

—¿Quién la requiere?

—Jannalynn.

—¿La habéis encontrado?

—Sí.

—Pero ¿Sam también? ¿Quiere que vaya él?

—Sí. Lo ha engañado a él también. Tiene derecho a estar presente.

—¿Lo has llamado?

—Va de camino a recogerte.

—¿Es necesario que vaya yo? —pregunté.

—¿Estás llorando, Sookie?

—Sí, creo que sí, Alcide. Estoy agotada y no me esperaba que aún tuviesen que pasar más cosas malas.

—Es más de lo que puedo asumir solo. Ven. Y, si te sirve de aliciente, tu novio vendrá también.

—¿Eric?

—Sí, el Rey del Frío en persona.

Miedo y anhelo me produjeron escalofríos en la piel.

—Está bien —accedí—. Iré.

La falta de sueño de la noche anterior ya se dejaba notar cuando oí que Sam llegaba con su camioneta por el sendero de acceso. Me pasé los minutos de espera refrescando la memoria sobre la ruta para llegar hasta la vieja granja familiar de Alcide e hice algunas anotaciones en un papel. Me lo estaba guardando cuando Sam llamó a la puerta. Si íbamos a una granja por la noche, querría dejar el bolso en el coche. Me aseguré de que el *cluviel dor* seguía en mi bolsillo y sentí su ya familiar forma curva.

La expresión de Sam era dura y sombría, y no me gustó nada verle así.

No hablamos durante el trayecto hasta la granja.

Tuve que recurrir a la luz interior alguna que otra vez para leer mis anotaciones, pero en general no tuvimos ningún problema. Creo que la preocupación en el mero hecho de llegar nos distraía de pensar en lo que podíamos encontrarnos.

Nos encontramos con un caos de coches aparcados de cualquier manera frente al jardín de la vieja casa de la granja. Decir que estaba «lejos» habría sido muy generoso. Si bien tenía más terreno despejado alrededor del que nunca hubo en mi casa, la sensación era de mayor intimidad. Nadie vivía ya allí habitualmente. El padre de Alcide había sido el último propietario y Jackson Herveaux la mantuvo a pesar de dedicarse a la construcción para tener un lugar por el que correr durante las lunas llenas. La manada había hecho buen uso de ella. La fachada de la casa estaba oscura, pero se oían voces procedentes de la parte trasera. Sam y yo atravesamos la hierba crecida. No intercambiamos una sola palabra.

Era como meternos en otro país.

El prado detrás de la casa estaba bien cuidado. Había luces encendidas. Por los postes plantados, se veía que allí normalmente había una cancha de vóley. A pocos metros había una piscina que parecía nueva. Incluso vi un campo de béisbol más atrás. Bajo un patio cubierto tenían una parrilla Weber. Estaba claro que allí era donde iba la manada para relajarse y estrechar lazos.

A la primera que vi fue a la alta y silenciosa Kandace. Me dedicó una sonrisa y señaló a Alcide, que destacaba entre su gente igual que Niall entre los suyos. Esa noche Alcide parecía un rey. Un rey en vaqueros y camiseta; un rey descalzo. Y parecía peligroso. El poder se arremolinaba a su alrededor. El aire estaba cargado con la magia de la manada.

Bien. Más tensión, justo lo que necesitábamos.

Eric refulgía como la luna, pálido y autoritario. A su alrededor había un amplio espacio vacío. Estaba solo. Extendió su mano hacia mí y se la cogí, provocando una oleada de desprecio por parte de los cambiantes.

—¿Sabes lo de Jannalynn y Claude? —pregunté, levantando la cabeza para mirarlo.

—Sí. Niall me ha mandado un mensaje.

—Se ha ido. Todos se han ido.

—Me dijo que no volvería a saber nada de él.

Tragué saliva y asentí. Basta de lágrimas.

—¿Qué va a pasar esta noche?

—No sé qué nos quieren enseñar —dijo—. ¿Una ejecución? ¿Un duelo? Con los lobos nunca se sabe.

Sam se había quedado solo, justo debajo del toldo que cubría parte del patio. Alcide se le acercó y le dijo unas palabras. Sam se encogió de hombros y luego asintió. Me encaminé hacia Alcide.

Repasé las caras de los miembros de la manada. Todos estaban inquietos por la luna y por la promesa de violencia que flotaba en el aire. Iba a derramarse sangre.

Alcide levantó un brazo y trajeron a cuatro figuras desde la parte de atrás. Iban con las manos atadas. Van, la adolescente, el aviador vendado (Mustafá se había referido a él como Laidlaw) y Jannalynn. No sé cómo darían con ella, pero llevaba la cara amoratada. Les había plantado cara, lo cual no me sorprendía en absoluto.

Entonces vi a Mustafá. Se había fundido con las sombras. Iba magníficamente desnudo. Warren se escondía también en las sombras, tras él, hecho un ovillo en una tumbona plegable. Estaba demasiado lejos para poder verle bien.

Mustafá llevaba una espada. «Últimamente han pasado muchas de esas por mi vida», pensé, notando cómo la fría mano de Eric apretaba la mía.

—Esta noche nos hemos reunido para celebrar un juicio —declaró Alcide—. En los últimos tiempos hemos tenido que hacer esto demasiado a menudo. Ha habido mucho disenso y deslealtad en la manada. Esta noche exijo de todos vosotros que renovéis vuestros votos, y esta noche declaro que el castigo por quebrantarlos es la muerte.

Los licántropos bufaron a la vez, como un grito ahogado colectivo. Miré a mi alrededor. La licantropía se manifiesta con la pubertad, por lo que ninguna de las caras allí presentes era más joven que la de un adolescente. Aun así, las más jóvenes bastaban para resultar desconcertantes en ese contexto.

—Cuando se ejecuten las sentencias esta noche, quien quiera podrá desafiarme aquí mismo —dijo Alcide con expresión salvaje—. No se ha postulado ningún candidato, pero si alguien quiere probar su suerte aquí y ahora, sin ceremonias, será bienvenido en un combate individual. Preparaos para luchar hasta la muerte.

Todo el mundo se quedó petrificado. Aquello no se parecía en nada al último desafío al líder que había presenciado, cuando murió el padre de Alcide. Aquella fue una pugna formal, ceremonial. El propio Alcide había ascendido a la posición cuando el contrincante de su padre, Patrick Furnan, murió luchando junto a él contra un enemigo común. Supongo que podría decirse que Alcide se convirtió en líder por aclamación. Esa noche, Alcide arrojaba el guante a todos los presentes. Una apuesta arriesgada.

—Ahora pasaremos al juicio —declaró Alcide tras mirar a la cara a cada uno de los presentes.

Empujaron a los prisioneros para que cayeran de rodillas sobre la arena de la cancha de vóley. Roy, el licántropo que salía con Palomino, parecía estar al mando de los acusadores.

—Los tres renegados a los que rechacé para nuestra manada han actuado contra nosotros —dijo Alcide con una voz que atravesó toda la cancha—. Secuestraron a Warren, un amigo de Mustafá, quien a su vez es amigo, si bien no miembro, de esta manada. Si no lo hubiésemos encontrado a tiempo, Warren habría muerto.

Todo el mundo se movió a la vez, adoptando posiciones para mirar a los que yacían arrodillados.

—Los tres renegados fueron incitados por Jannalynn Hopper, no solo integrante de esta manada, sino también su lugarteniente. No ha sido capaz de contener su orgullo y ambición. No ha podido esperar a ser más fuerte y desafiarme abiertamente. En vez de ello, ha iniciado una campaña para socavarme. Ha buscado el poder en los sitios equivocados. Incluso aceptó dinero de un hada para encontrar a una zorra mestiza dispuesta a conseguir que arrestasen a Eric Northman por asesinato. Al no morder Eric el anzuelo, se coló en su propiedad y asesinó a Kym Rowe con sus propias manos para que no tuviera ocasión de contarle a la policía quién la había contratado. Algunos de vosotros habéis corrido con Oscar, el padre de Kym. Esta noche se ha unido a nosotros.

Oscar, el padre de Kym, se movía furtivamente detrás de Alcide. Se le veía extrañamente fuera de lugar. Me preguntaba cuándo fue la última vez que había asistido a una reunión de manada. ¿Qué remordimientos podía albergar ahora sobre la vida y la muerte de su hija? Si fuese un padre normal, un ser humano normal, pensaría en cómo Kym perdió su empleo y lo desesperada que estaría por ganar algo de dinero como para acceder a convertirse en cebo para un vampiro. Debería preguntarse cómo la habría podido ayudar.

Pero a lo mejor estaba proyectando mis propias ideas. Tenía que volver al momento presente.

—¿Jannalynn estaba dispuesta a sacrificar sangre de su raza para satisfacer sus intereses particulares y los de un hada? —saltó Roy. Estaba convencida de que Alcide le había aleccionado para que formulase esa pregunta.

—Eso es. Ella lo admite. Ha escrito una confesión y se la ha enviado a la policía de Shreveport. Ahora nos vamos a asegurar de que se la tomen en serio.

Alcide marcó un número. Tenía el altavoz activado en su móvil.

—Detective Ambroselli —contestó una voz reconocible.

Alcide colocó el móvil delante de Jannalynn. Sus ojos se cerraron por un momento mientras se preparaba para saltar al precipicio.

—Detective, soy Jannalynn Hopper —dijo.

—Ajá. Espere, es usted la encargada de la barra del Pelo del Perro, ¿no es así?

—Sí. Quiero hacer una confesión.

—Pues venga por aquí y hablemos —le sugirió Ambroselli con tono cauteloso.

—No puedo. Estoy a punto de desaparecer. Le he enviado una carta, pero quería decírselo de viva voz para que esté segura de que soy yo. ¿Está grabando?

—Ahora sí —confirmó Ambroselli. Se oía mucho movimiento al otro lado de la línea.

—Yo he matado a Kym Rowe. La abordé cuando salía de la casa de Eric Northman y le partí el cuello. Soy una licántropo. Somos muy fuertes.

—¿Por qué lo hizo? —preguntó Ambroselli. Oí que alguien le murmuraba algo y supuse que eran los demás detectives aconsejándole.

Por un instante la expresión de Jannalynn se quedó en blanco. No había pensado en ninguna motivación, al menos ninguna sencilla.

—Kym me robó la cartera. Cuando le seguí el rastro y di con ella para que me la devolviera, me faltó al respeto. Tengo... muy mal temperamento y ella me dijo algunas cosas que me hicieron perder los estribos. Ahora tengo que colgar. Pero no quiero que se acuse a nadie por algo que yo hice.

Y Alcide colgó.

—Esperemos que esto libere a Eric de toda sospecha. Es nuestra responsabilidad —asumió, señalando con la cabeza a Eric, quien devolvió el gesto.

Jannalynn endureció la expresión y miró alrededor, pero no consiguió cruzarse con los ojos de nadie. Ni siquiera los míos.

—¿Cómo ha conseguido que esta escoria le ayude? —preguntó Roy, sacudiendo la cabeza hacia los prisioneros. Ya estaba claro: seguía un guion.

—Les prometió aceptarlos en la manada cuando ascendiese a su liderazgo —informó Alcide a los presentes—. Van es un violador convicto. Coco quemó a su propia familia, el padre y dos hermanos, en su casa. Laidlaw, aunque no condenado en ningún tribunal humano, fue expulsado de su anterior manada, en el Oeste de Virginia, por atacar a un niño humano durante una luna llena. Esas son las razones por las que los he rechazado para la manada del Colmillo Largo. Pero Jannalynn estaba dispuesta a abrirles las puertas para correr con nosotros. Y ellos han cumplido con sus peticiones.

Hubo un largo silencio. Ni Van, ni la adolescente (Coco), ni Laidlaw negaron los cargos presentados. No intentaron justificarse, lo cual resultó absolutamente impresionante.

—¿Qué creéis que deberíamos hacer con los renegados? —preguntó Roy cuando el silencio ya duraba demasiado.

—¿Qué crímenes han cometido aquí? —preguntó una joven de algo más de dieciocho años.

—Han secuestrado a Warren y lo han encerrado en la casa familiar de Jannalynn. No lo han alimentado y lo han dejado en el desván sin aire acondicionado o cualquier otra forma de paliar el calor. Casi muere. Secuestraron a Sookie y pensaban llevársela a su propia guarida. Solo podemos imaginar lo que habrían hecho allí con ella. Y todo por órdenes de Jannalynn.

—Y les prometió acceder a la manada si tú morías. —Era como si en la joven se estuviese produciendo un intenso debate interno—. Son cosas muy feas, pero la verdad es que Warren está vivo y Sookie ha sido rescatada por la manada. Jannalynn no te sucederá y ninguno de ellos se unirá a nosotros.

—Es verdad —admitió Alcide.

—Así que han actuado como se esperaría de unos renegados —insistió la joven.

—Sí. No son lobos solitarios —explicó Alcide para los licántropos más jóvenes de la reunión—. Pero son renegados que han recibido negativas para unirse probablemente a más de una manada.

—¿Y qué pasa con Kandace? —preguntó la joven, señalando a la renegada del pelo corto.

—Kandace nos informó de lo que estaba pasando porque no quería formar parte de ello —respondió Alcide—. Por eso, someteremos su admisión a votación dentro de un mes. Tiempo para que todos podáis conocerla mejor.

Hubo un asentimiento generalizado, contenido. Kandace podía haber delatado a los otros renegados porque era lo correcto o porque fuese una oportunista. Tener la ocasión de hablar con ella individualmente era la mejor decisión.

—Creo que deberíamos dejar libres a los renegados —gritó otro hombre—. Estigmatizarlos para que no puedan entrar en ninguna manada. Hacer correr la voz.

Van cerró los ojos. No estaba segura de si era alivio o tristeza. Coco estaba llorando y Laidlaw escupió al suelo. Poco delicado mientras un grupo de gente decidía sobre tu vida o muerte.

Al final fueron liberados sin ninguna ceremonia. Roy los reunió y les dijo:

—Habéis tenido suerte.

Eric miró hacia otra parte para ocultar su asombro ante tamaña falta de ritual. Laidlaw salió hacia el este, corriendo torpemente por culpa del hombro vendado. Coco y Van se fueron al norte. Se perdieron de vista en un instante, y ese fue el fin de los renegados en lo que concernía a la manada del Colmillo Largo.

Jannalynn se quedó. En respuesta a un gesto de Alcide, Roy le desató las manos y ella se levantó, impresionante en su altura, estirándose y frotándose las muñecas.

Mustafá se adelantó para encararle en la cancha de tierra de vóley.

—Te voy a matar —dijo con voz grave. No llevaba puestas sus gafas de sol.

—Inténtalo, basura negra —respondió Jannalynn. Roy le entregó una espada. Me sorprendió un poco. Creía que una ejecución sería más apropiada que un duelo. Pero a mí nadie me había preguntado.

Ella intentaba que Mustafá se saliese de sus casillas con su insulto, pero el apelativo no parecía haber obrado ningún efecto en él. Algunos de los miembros de la manada parecían asqueados. Los demás parecían... esperar el comienzo de un acontecimiento deportivo. Alcé la mirada hacia Eric, que parecía albergar un moderado interés. De repente me entraron ganas de darle un puñetazo. Esa mujer había convencido a una *stripper* desesperada para que bebiese sangre de hada y sedujese a un vampiro, ambas peligrosas acciones de desenlace incierto. Puede que Kym fuese tan descerebrada como para arriesgar su propia vida, pero eso no suponía ningún atenuante para la conspiración de Jannalynn o un alivio para el dolor que yo había sentido como consecuencia de todo.

Estaba convencida de que merecía morir solo por lo que le había hecho a Sam. Su expresión estaba rígida en el continuado esfuerzo por ocultar todas las emociones que sentía. Sentía un nudo en el corazón por él.

Los dos combatientes describieron círculos uno alrededor del otro, y de repente Jannalynn ejecutó una de sus patadas voladoras apuntando a la cabeza de Mustafá. El lobo solitario pivotó y bloqueó su estocada con la espada. Ella cayó rodando por el suelo, pero enseguida se incorporó lista para lanzar un nuevo ataque. Mustafá me había confesado que no estaba seguro de que pudiera ganar a Jannalynn en una pelea, y durante unos segundos ella disfrutó de la ventaja. No solo le lanzaba tajos (no tenía nada que ver con la esgrima que vemos en películas como *Robin Hood)*, sino que también aullaba, gritaba y hacía todo lo posible para distraer y confundir a su oponente.

Observé que poco a poco se iba acercando al borde de la cancha. Cada vez más cerca de Alcide y de Sam.

Puede que fuese una licántropo, pero había cosas tan obvias que no se escapaban a la vista.

—Va a por ti —advertí con un grito, y justo cuando mis palabras salían por mi boca, Jannalynn saltó, giró y cayó sobre Alcide, quien se apartó de un salto en la última fracción de segundo.

Pero le dio a Sam.

Este cayó al suelo en medio de un chorro de sangre. Jannalynn se paralizó, desconcertada al haber herido a su novio, y en ese momento Mustafá la agarró del pelo, la tiró sobre la arena y la decapitó. Ya había visto decapitaciones antes, pero nunca dejan de ser espectacularmente horribles.

No me acordé de la de Jannalynn hasta más tarde, ya que en ese momento me estaba abriendo paso a toda prisa entre los presentes para arrodillarme junto a Sam, que estaba desangrándose sobre el césped del patio. Oí que alguien gritaba y tardé un poco en reconocerme. Alcide se arrodilló a mi lado y extendió la mano para tocar a Sam, pero yo lo aparté. Los ojos de Sam estaban muy abiertos y anegados en desesperación. Era consciente de la gravedad de la herida.

Me disponía a llamar a Eric para que le diese de su sangre, pero en cuanto le puse la mano sobre el cuello, su pulso se detuvo. Cerró los ojos.

El resto del mundo se desdibujó.

En mi universo, todo se quedó en silencio. No oía el caos que se estaba produciendo a mi alrededor. No oía una voz que pronunciaba mi nombre. Aparté a Alcide por segunda vez. Lo tenía muy claro. Metí la mano en el bolsillo, saqué el *cluviel dor* y lo deposité sobre el pecho de Sam. El tono verde cremoso resplandeció. La banda dorada refulgió.

Amelia siempre me había dicho que la voluntad y la determinación lo eran todo en la magia, y yo iba sobrada de ambas.

—Sam, vive. —Apenas reconocí mi propia voz. No conocía ningún conjuro, pero tenía toda mi voluntad puesta en ese deseo. Tenía que creer en ello. Apreté el *cluviel dor* contra el pecho de Sam y coloqué la mano izquierda sobre la terrible herida de su cuello—. Vive —repetí, escuchando solamente mi voz y el silencio del cuerpo de Sam.

Y el *cluviel dor* se abrió por su banda dorada, revelando un interior hueco. La magia concentrada allí salió disparada y se vertió sobre Sam. Era clara, brillante y ultramundana. Fluyó a través de mis dedos hasta el cuello de Sam y se desvaneció en la horrible herida. Inundó su cuerpo, que empezó a brillar a su vez. El *cluviel dor,* ahora vacío de toda magia, resbaló de mi mano derecha, que permaneció posada en el pecho de Sam. Noté movimiento con la izquierda y la aparté rápidamente del tajo mientras observaba.

Era como ver una película al revés. Los vasos y los tendones cercenados del cuello de Sam empezaron a recomponerse. Contuve el aliento, temerosa siquiera de moverme o parpadear. Tras un largo instante, o quizá varios, noté que el corazón de Sam empezaba a latir bajo mis dedos.

—Gracias, Fintan —susurré—. Gracias, abuela.

Al cabo de una pequeña eternidad, Sam abrió los ojos.

—Estaba muerto —dijo.

Asentí. No podía hablar si quería salvar mi alma.

—¿Qué…? ¿Cómo lo has hecho?

—Te lo contaré más tarde.

—Pero… ¿puedes hacerlo? —Estaba aturdido.

—Solo una vez —le advertí—. Ya está. De ahora en adelante tendrás que seguir vivo.

—Vale —asintió con voz débil—. Prometido.

Eric se marchó cuando yo todavía estaba con Sam. Se fue sin decirme nada.

Cuando le ayudé a levantarse, tuvimos que sortear el cadáver de Jannalynn. Sam miró el cascarón de la mujer con la que llevaba meses saliendo, pero su expresión estaba vacía. Tenía muchas cosas que asimilar.

El resto de la reunión de licántropos me importaba una mierda. Imaginaba que nadie desafiaría a Alcide, y si lo hacían, no pensaba quedarme para presenciar otra pelea. También me imaginé que si Mustafá quería unirse a la manada, nadie votaría en contra. Esa noche no. Ni siquiera me preocupaba el efecto del espectáculo de aquella noche en los licántropos adolescentes. Tenían su propio mundo y tenían que aprender sus reglas muy deprisa.

Conduje yo, ya que pensaba que una persona que acababa de morir y volver a la vida tenía derecho a meditar sobre esa experiencia. No me costó llevar la camioneta de Sam, pero entre conducir un vehículo con el que no estaba familiarizada y encontrar la carretera del condado para volver a casa, estaba bastante preocupada.

—¿Adónde fue Eric? —preguntó Sam.

—No lo sé. Se fue a toda prisa. Sin decir nada. —Me encogí de hombros.

—Un poco precipitado.

—Sí —asentí con brevedad. Supongo que era su voz la que había oído gritar antes de centrarme en Sam. Un incómodo silencio nos rodeó—. Vale —dije—. Has oído hablar de Freyda. Supongo que se irá con ella.

—¿Oh? —Sam no sabía claramente cómo reaccionar.

—Oh —repetí con vehemencia—. Sabía que tenía esa cosa mágica; eso que he usado contigo, y supongo que lo consideraba una especie de prueba de mi amor.

—Esperaba que lo utilizases para impedir su matrimonio —concluyó Sam con lentitud.

—Sí, evidentemente. —Suspiré—. Y lo cierto es que yo esperaba que la mandase al infierno. Supongo que así ponía a prueba yo su amor.

—¿Qué crees que hará?

—Es orgulloso —dije. Noté lo cansada que estaba—. Ahora mismo no quiero pensarlo. Solo espero que Felipe y su gente se vayan a casa y nos dejen en paz.

—Y Claude y Dermot se han ido al mundo feérico.

—Sí, a su casa también.

—¿Volverán?

—No. Esa era la idea de todos modos. Y creo que J.B. se ha quedado sin uno de sus trabajos, a menos que los nuevos dueños del Hooligans lo quieran contratar. No sé qué pasará con el club a partir de ahora.

—Vaya, todo ha cambiado en unos pocos días.

Me reí. Solo un poco. Pensé en el *striptease* de J.B., la silla donde Tara había roto aguas, los rostros de los bebés. Había hablado con el señor Cataliades. Había vuelto a ver a Niall. Me había despedido de Dermot. Había odiado al rey Felipe. Había hecho el amor con Eric. Donald Callaway había muerto. Warren había vivido. Jannalynn había muerto. Sam había muerto. Y había vivido. Me había preocupado de mil maneras distintas por el *cluviel dor,* pero me di cuenta de que ya nunca debería hacerlo más.

Me alivió que Sam aceptara pasar la noche en el cuarto de invitados libre del otro lado del pasillo. Ambos estábamos agotados por razones bien distintas. Aún estaba muy débil, así que le ayudé a entrar en casa. Lo senté en la cama y me arrodillé para quitarle los zapatos.

Le llevé un vaso de agua y lo dejé en la mesilla.

Me encaminé hacia la puerta, haciendo el menor ruido posible.

—Sookie —dijo Sam. Me volví con una sonrisa a pesar de que no me estaba mirando. Tenía los ojos cerrados y la voz cargada de sueño—. Tienes que contarme toda la historia del *cluviel dor.* Cómo conseguiste que funcionase.

Sería una conversación delicada.

—Claro, Sam —dije en voz muy baja—. Otro día.

Cada mes, Real Murders, una asociación de aficionados al crimen de Lawrenceton, Georgia, se reúne para discutir sobre un asesinato famoso. Sus miembros son de lo más excéntrico: Gifford Doakes, el especialista en masacres; Jane Engle, amante de las historias de terror victorianas; Perry Allison, fan de Ted Bundy…

Durante la noche de la última reunión, la bibliotecaria local, Aurora «Roe» Teagarden, descubrió el cuerpo mutilado de Mamie Wright en la cocina de la sede del club. Está segura de que el asesino pertenece a la asociación, ya que el crimen guarda un parecido escalofriante con el Asesinato del Mes.

Y comoquiera que después tuvieron lugar otros asesinatos de imitación, el único móvil parece un aterrador y extraño sentido de la diversión…

«Una escritora de talento excepcional.» *Publishers Weekly*

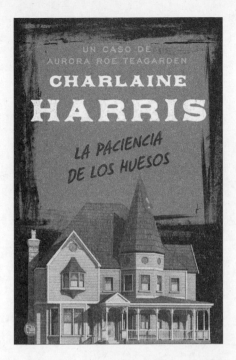

Un caso de
Aurora Roe Teagarden
CHARLAINE
HARRIS
LA PACIENCIA DE LOS HUESOS

Ir a dos bodas —una de ellas la de un antiguo amor— y al funeral de uno de los miembros del club, ya disuelto, de aficionados al estudio de crímenes mantiene muy ocupada a Aurora «Roe» Teagarden durante unos meses. Por desgracia, su vida personal parece estar en un punto muerto, hasta que su suerte cambia inesperadamente.

Tras el funeral, Roe descubre que Jane Engle, la fallecida, la ha nombrado beneficiaria de una considerable herencia que incluye dinero, joyas y una casa con un cráneo oculto en la repisa de una ventana. Conociendo a Jane, Roe concluye que la anciana le ha dejado deliberadamente un asesinato por resolver. Por tanto, deberá identificar a la víctima y descubrir cuál de los vecinos de Jane, todos aparentemente normales y corrientes, es un asesino. Y todo ello sin ponerse ella en peligro de muerte…

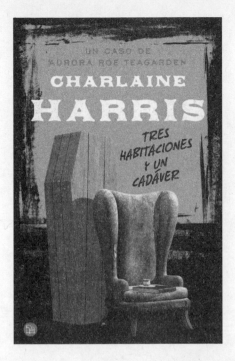

Mientras disfruta de una herencia que le permite una vida desahogada, Roe busca algo con lo que mantenerse ocupada. La venta de inmuebles puede ser divertida, pero al mostrar una vivienda encuentra el cadáver de otra vendedora. Y solo es la primera víctima. Pronto es evidente que el asesino es alguien familiarizado con la comunidad de vendedores inmobiliarios de Lawrenceton, alguien con acceso a las casas en venta.

«Una escritora de talento excepcional».
Publishers Weekly

«Aurora tiene tiempo para investigar hasta saciarse en esta animada y amena novela sureña de suspense».
Publishers Weekly